文春文庫

ずっとあなたが好きでした

歌野晶午

文藝春秋

目次

ずっとあなたが好きでした

ずっとあなたが好きでした

1

弁慶の連勝は九百九十九で止まったというが、大和（やまと）は三戦目にしてあえなく召し捕られた。

ガムとチョコレートをポケットに突っ込み、店を出たところ、店員に腕を摑まれ、事務室に連行された。警察沙汰にはしないでもらえたが、親には連絡された。

母親は怒り、嘆き、そして泣いた。こんな子に育てたおぼえはない、貧しいからといって心がひねてしまってはだめだ、たかが万引きじゃないかという気持ちが銀行強盗や人殺しに発展する、おまえが刑務所に入るようなことになったらお母さんは死んで詫びるしかない――。

言いたいことは十分わかった。言われなくてもわかっている。わかっていないのは彼女のほうだ。

ここは無人島ではない。周りには人がいる。クラスだけでも四十人もいる。みな、買い食いをしている。はやりのあれやこれやを学校に持ってくる。なのに自分一人だけが今日も我慢明日も我慢というのは拷問だ。おまえはどうしてアイスを買わないのだ、つきあいが悪いと仲間はずれにされ、身の置きどころがない。それでも十五歳の中学生に、解脱せよと強いるのか。

小づかいを上げてくれと、大和は母に頼んでみた。泣いて頭をさげても願いは聞き入れられなかった。それならと、自分でどうにかしてやると宣言すると、ひったくりでもやらかすつもりなのかと彼女は血相を変える。

大和は長田のビッグリーマートで働くことになった。昨年暮れに商店街のはずれにできた大型スーパーだ。しかし本当に働くことになるとは思ってもみなかった。

店舗の壁に従業員募集の貼り紙があった。大和はその前にたたずみ、夏休みの間めいっぱい働けば、向こう半年困らないだけ稼げるのにと、腕組みをし、溜め息まじりに〈短期可〉の文字を見つめていた。するとパートのおばさんに、坊やバイトしたいのかいと声をかけられ、ええまあと大和が曖昧に返事をしたところ、事務所の場所を教えられた。大和は礼を言い、しかし足は出口に向けた。応募の条件が高校生以上だったからだ。ところがおばさんに、そっちじゃないわよと腕を取られ、事務所まで連れていかれた。そして男性社員と二言三言やりとりしたところ、その場で採用となったのである。

履歴書は必要なかった。学校と学年は訊かれたが、適当なマンモス私立高校の名を挙げたら、すんなり信用された。学校や親への確認はなかったし、生徒手帳の提示も求められなかった。老け顔でも体格が飛び抜けているわけでもないのによく通用したものだと、大和はひどく拍子抜けした。地域最安値を豪語し、平日休日を問わずレジに列ができている店なので、とにかく人手がほしかったのかもしれない。

大和は夏休みの初日から働きはじめた。週六日一日八時間で、期限は八月二十五日まで。夏休みいっぱいとしなかったのは、宿題をする時間を残しておこうと配慮したからである。

大和が配属されたのは三階の衣料品売り場だった。そしてそこで彼女と出会うのである。

2

七瀬三千穂のことはアルバイト初日から意識していた。一目惚れとは違う。同じフロアーで同年配の従業員は彼女一人だったので、真っ先に顔を憶えたまでだ。

同年配といっても、中学生の自分より歳上である。歳を訊くまでもなく、顔を見ればわかる。この年代で一つ歳が違えば、五つも十も離れているように感じられ、だから大和は彼女に特別な想いを抱くことはなく、朝夕に無言の挨拶をするだけで最初の週が終わった。

声をかけてきたのは彼女のほうだった。

「毎日カレーなんだね」

昼休み、大和が社員食堂の席を探していると、横から笑いかけられた。

「あっち、空いてるよ」

三千穂は肘を張って右のテーブルを示し、並んだ背もたれの間をすり抜けてそちらに向かった。テーブルにトレーを置き、椅子に坐ると、君はここに坐りなさいというように隣の椅子を少し引いた。

「どこ高？」

大和が隣に坐ると、三千穂が尋ねてきた。

「凪灘」

面接の時から使っている嘘だ。

「何年？」

「一年」

「あたしは和田北の二年」

「すごい」

「何が？」

「すごい進学校」

「入る時はそれなりに難しいけど、出ていく時にはみんなおバカになってるよ。現役での大学合格率の悲惨なことといったら。しかし君もよく飽きないね」

「え？」

「毎日カレーで。そんなに好きなんだ」

「べつに……」

毎日カレーなのは経済上の理由からだ。一番安いのは素うどんだったが、それでは腹持ちが悪そうなので、二番目に安いカレーライスにしている。肉どころか野菜もほとんど見あたらない代物だが、ライスの盛りはいいので、満腹感だけは得られる。

「卵、好き？」

「え？」

「あたし、基本的には好きなんだけど、これは苦手なんだ。よかったら食べて」

B定食のサラダに載っていた輪切りのゆで卵がカレーの深皿に移された。

この昼休みを境に、二人は急速に親しくなった。

大和に与えられた仕事は、一言で言うなら雑用だった。バックヤードに搬入された商品をカゴ車と呼ばれる鉄の檻のような台車で所定の場所に移動させ、空いた段ボール箱やコンテナを畳み、売り場の乱れた陳列を直し、切れた電球を取り替え、タイムセールのワゴンを組み立て、マイクを握って呼び込みを行なう。

三千穂も同じく雑用係だったが、力仕事の比率は少なく、レジに入っていることが多かった。チェッカーではなく、その後ろで商品を袋詰めするサッカー担当である。

大和も、POP広告のつけかえをまかされることはあったが、POPを書かせてはもらえなかった。売り場への商品補充も自己裁量では行なえず、高校生はあくまで半人前扱いだった。

与えられた仕事が違い、売り場は終日賑（にぎ）わっていたので、大和と三千穂は同じフロアにいながらも、接触するのは休憩時間にほぼかぎられた。

昼休み、食堂の席を向かい合わせか並びで取った。午後の休憩時間には、非常階段の踊り場で、十分間たっぷり立ち話をした。そして大和は、三千穂との時間を心待ちにしている自分に気づいた。口をきくまではまるで彼女に興味がなく、高校生のババアがと心の中で陰口を叩いてすらいたというのに、話をするうちに好意が生まれ、それは日に日に成長した。歳の差はまったく気にならなくなり、二つも若い中学の同級生たちよりかわいらしく感じられてきた。

　しかし幸福な時間は長く続かないのが世の常である。

3

　八月に入ったばかりのその日の休み時間、大和と三千穂はバックヤードの片隅にいた。

「こうやって肩を袖に持っていって、くるっ」

　三千穂がＴシャツをひっくり返し、袖を軽く整えると、きれいな四角形が完成した。

「肩を袖に、くるっ」

　大和の手の中のＴシャツは団子状態である。何度まねてもうまくいかない。

「左手はもう少し内側、ここ。あと、君は動きが硬いんだよなあ。手首も肩も力を抜かないと」

　三千穂は文字どおり手取り足取りで教える。自然と二の腕がふれあう。そのやわらかな感触に大和がどぎまぎしていると、頭上から棘（とげ）のある声が降ってきた。

「こんなところで何をしている？」

　すらりとした男が腕組みをして二人を見おろしていた。

「休憩です」

大和は仰向き、婦人服担当の宗像主任に向かって答えた。

「よそで休め。商品の出し入れのじゃまになる」

腕を抱えられるようにして、大和は無理やり立たされた。

「じゃまにならないようにします」

「何ぃ？」

「七瀬さんにシャツの畳み方を教えてもらっているんです」

この日の午前中、大和は珍しくサッカーのヘルプに入ったのだが、シャツをまともに畳めずお客さんの失笑を買い、チェッカーのおばさんはおかんむりで、たっぷり冷や汗をかいたのだった。それで三千穂にレクチャーを受けることにした。彼女はいつもサッカーをやっているので、その手さばきはベテランなみだった。

「おい、大切な商品だぞ」

宗像主任は段ボール箱の上に広げていたTシャツを取りあげた。

「あそこに入っていたものですけど」

ヤードの片隅にある不良品回収のコンテナを大和は指さした。ほころびがあったりボタンが取れたりしている衣料品が放り込まれている。

「汚したら返品がきかない」

「不良品で練習すればいいって、あたしが言い出したんです。すみません」

三千穂が立ちあがり、お客さんにするように、臍の前で手を揃えて頭をさげた。

「今後は気をつけてね」

主任は彼女ににこっと笑いかけ、その一方で大和には、

「リフトのところにある段ボールを縛っておけ」

と睨みつけて言い、背中を押す。

「まだ休み時間が……」

大和は不平を漏らしたが、

「あそこにバラで置いておくと危険なんだよ。不用意に踏むと、バナナの皮のように滑ってしまう。まめに片づけるように」

手首を摑まれ、引っ張っていかれる。

「じゃあ、あたしも」

そう言ってついてくる三千穂は、

「あなたはいいから。これは野郎の仕事」

猫なで声で押しとどめられた。

廃棄でなく返品するものを無断使用した罰なのだなと、その時の大和はいちおう納得した。同罪でありながら三千穂が罰を受けなかったことも、女だから甘やかされているのだと解釈し、男である自分に誇りのようなものも感じた。

とんだ思い違いだった。

翌日、大和と三千穂はいつものように一緒に昼をとろうとしていた。並んで空いている席を大和が確保して待っていると、隣に黒い影が現われたので、大和はスプーンを口

に運びながら尋ねた。

「今日はA定？　B？」

「今日もカレーか」

大和は驚き、口の中のものを噴き出しそうになった。予想された声より一オクターブも低かったのだ。

「顔が黄色くなるぞ」

宗像主任が坐っていた。坐っていただけでなく、テーブルには丼が載ったトレーが置いてあった。肉うどんに七味唐辛子をかけ、箸を割り、麺を口に運ぶ。

大和が呆然としていると、同じように呆然としている者の姿が目に入った。トレーを持った三千穂が主任の斜め後ろに立ちつくしていた。大和がスプーンを止め、彼女の方に顔を向けていると、主任は振り返り、にこっと笑って隣の席を指し示した。

「空いてるよ」

三千穂はぎこちなくうなずき、勧められた席に腰をおろした。隣というのは大和とは逆側の隣ということで、つまり宗像主任という壁により、大和と三千穂は分断されてしまった。

「今日は夕方混むはずだから、しっかり食べてエネルギーを蓄えておいてね」

主任は三千穂にやさしく声をかけ、大和には、

「そんな肉なしカレーで力が出るのか？」

と怒ったように言い、自分のうどんから肉片をつまみあげると、大和のカレーの上に、

まるで残飯を扱うように落とした。

宗像主任は背が高いうえに、テーブルに対して体を斜めにし、片肘を突いてうどんをすするものだから、大和は三千穂の姿を完全にブロックされてしまった。主任はそして、汁を一滴残らず飲み干しても、コーラをちびちび嘗めたり爪楊枝をちまちま動かしたりで、いっこうに席を立とうとしないのだ。

さらにその日の午後の休み時間、大和が非常階段に出ていこうとすると、宗像主任に後ろから肩を摑まれた。

「段ボール」

「え？」

「リフトのところの段ボールはまめに片づけるよう言っただろう」

「さっき片づけましたけど」

「さっきとはいつだ？　夕方のセールに向けて品出しして、空き箱がたくさん出たぞ。先に片づけて、休憩を取るのはそのあとにしろ」

「えー？」

「私が嘘をついていると言うのか？　その目で確かめてみろ」

大和はバックヤードに引きずり戻された。たしかに段ボールが通路上に散乱していた。

大和はそれを拾い集め、まだ箱の状態のものは潰して畳み、大きさを揃えて紐で縛り、カゴ車に載せた。そして非常階段の踊り場に行ってみると、三千穂はすでに仕事に戻ってしまっていた。

翌日の昼休みも二人の仲は引き裂かれた。前日と同じく、並んで席を取ろうとしたら、宗像主任に割り込まれた。大和を邪険に扱い、三千穂には脂下がった顔を見せ、若い二人が直接話すことを許さない。広い背中を壁にして、姿を見ることさえ妨げた。

そう、これは妨害だと、大和は確信した。バイト風情がいちゃつきやがってと、こころよく思っていないのだ。

いや、ただの嫌がらせではない。

主任の宗像は、こういう場末のスーパーには不釣り合いな男だった。小顔に映える切れ長で涼しげな目、細く筋の通った鼻、少し尖った顎、額にはらりと垂れた前髪という整った面立ちに、低くてよく通る声を持ち、そのまま舞台に出ていけそうだった。背もすらりとし、腹や腕も引き締まっている。今さら俳優は無理としても、ビッグリーマートで三足いくらのタイムセールの呼び込みに声を嗄らすより、北野のテーラーで領事の燕尾服の採寸をしたり、芦屋のブティックで令嬢令夫人を相手に高級ブランド談義に花を咲かせたりするほうが似つかわしかった。

そういう絵に描いたような美形だったので、ビッグリーマートでもかなりの人気だった。ロッカーの陰や駐車場の片隅で女性従業員から贈り物らしき包みを受け取っている場面を、大和は何度か目撃したことがある。従業員ばかりか女性客にも人気で、宗像主任がレジに立つと、隣のレジがすいていても、彼のほうに長い列ができた。彼と話をしたいがために、わかりきった商品説明を求めたりクレームをつけてきたりする客もいた。

しかし宗像主任は、引く手あまたでありながら、三十を過ぎているのに独り身だった。

パートのおばさん曰く、

「まだまだ遊んでいたいからよ。何をして？　やあねぇ、言わせないでちょうだい」

結婚するとそれは許されないので、家庭を持たずに女性を取っ替え引っ替えしているということらしい。

宗像がそういう男であるなら、今回のちょっかいはただの意地悪ではない。宗像は女子高校生にも手を出そうとしている。

しかし現在、ロックオンした彼女はバイトの小僧と親密な関係にある。そこで宗像は、まずは二人を分断し、しかるのち彼女に手を出そうとしている。

宗像による分断工作は日を追うごとに露骨になった。

当初大和は、一日の半分近くは売り場に出ていたのだが、宗像の命により、バックヤードでの整理作業専任になってしまった。一方三千穂はサッカーに入らされることが多くなり、二人は仕事中お互いの姿を見ることさえ難しくなった。

休み時間も大和は何やかや言いつけられ、三千穂と話すことができない。

昼休みの時間もずらされてしまった。

ビッグリーマートは工場でも役所でもないので、従業員がいっせいに昼食をとるわけにはいかない。接客に支障をきたさないよう、二時間半の幅の中で交代交代休みを取る。ただし短期のアルバイト等下っ端の従業員は十二時から十二時四十分で固定されていた——のに、食堂の混雑緩和のためというわけのわからない理由で、大和の昼休みは十二なくなってしまった。その結果、三千穂と同じテーブルに着くことがかなわなくなってしまった。

大和は落胆し、憔悴した。しかし絶望はしていなかった。仕事が終わってから会えばいいじゃないか。

ただし、一緒に帰るには一つ問題があった。三千穂が仕事をあがるのは大和より一時間早いのだ。これは宗像の横槍でそうされたのではなく、彼女の希望により最初から四時半あがりになっていた。

大和は四時二十八分にバックヤードを抜け出すと、ロッカー室の前で三千穂を待ち伏せし、自分があがるまでそのへんで待っていてもらえないかと頼んだ。告白というほどのものではないが、自分から異性にアプローチするのははじめてだったので、それなりに勇気がいった。

想いはあっけなく打ち砕かれた。

「まっすぐ帰ってごはんの支度をしなければならないんだ」

断わられるとは考えていなかったので、大和は二の句が継げなかった。しかし彼女がロッカー室に消えたあとわれに返り、彼女が着替えて出てくると、明日はどうかと、あらためてアタックした。

「毎日なの。ごめんね」

ふたたび大和は固まってしまい、気がついたらそこに三千穂の姿はなかった。

毎日夕飯を作っている？　高校生が？　母親が病に伏せっている？　それとも父子家

庭？　アルバイトも家計を助けるため？

　様々な想像が大和の脳裏に去来した。食事の支度というのは誘いを断わるための方便なのかもしれないという、ネガティブな想像も。

　思えば、大和は三千穂の家庭の事情について何一つ知っていなかった。休み時間の話題はというと、昨日見たテレビであり、仕事の愚痴だった。お互い踏み込んだ話をする間柄になる前に引き離されてしまったのだ。

　大和のほうで家庭の話題を避けていたふしもある。

　彼女の家庭について何か尋ねたとする。彼女はそれに答えたあと、君のうちではどうなのかと尋ね返してくるだろう。それがコミュニケーションというものだ。しかし大和は自分の家のことは他人に明かしたくなかった。小づかいもろくに与えられないようなみじめな家庭の事情をどうして言えよう。恥ずかしいし、軽蔑されてしまうと恐れた。

　大和がロッカー室の前で悄然(しょうぜん)と立ちつくしていると、後ろから肩を摑まれた。

「なに油を売っている」

　宗像だ。ちょっとトイレにという言い訳も通用せず、大和はねちねち説教を食らった。

4

　恋とは想像の賜物(たまもの)である。相手のことをあれこれ考え、気分が高まったり落ち込んだりする心象風景が恋である。

想像の余地があればあるほど、相手を想う気持ちが強くなる。逆に、つきあいを重ねて相手の実像がわかってくると、想像の余地が少なくなり、恋の熱が冷めてくる。そのあと生まれるのが愛なのだが、大和は三千穂の実像をほとんど知らないので、ただ恋の熱に浮かされている状態だった。

バックヤードの暗がりで段ボールを束ねている時も、夕飯の膳を前にしても、夢の中でも、七瀬三千穂のことを想っていない時間はなかった。しかも、最後にかわした会話が、誘いに対する断わりだったので、想像は悪い方向にばかり枝を伸ばす。すでに宗像の毒牙にかかっているのではとも疑う。

脈がないのなら、そうとはっきり言ってほしい。崖から突き落とされたような大きな痛手を負うだろうが、どれだけ痛くてもそれは一過性のものだ。宙ぶらりんの状態で、いつ落ちるかと怯(おび)え続けるほうが精神衛生上よろしくない。

白黒はっきりさせようにも、三千穂と接触する機会を奪われているので、大和は悶々(もんもん)とするしかなかった。彼女の連絡先も聞いていない。

しかし、恋は想像の上に成り立っているのだから、現実がそのとおりであるとはかぎらない。

悪い想像にとらわれ仕事に身が入らず、睡眠不足も手伝って、単純なミスを犯しては宗像の叱責を受けるという泥沼状態が続いていたある日のこと、一日の仕事を終えてロッカーを開けた大和の足下で、かさりと小さな音がした。見ると、白く小さなものが落ちていた。四つに折り畳んだ紙だった。開いてみると、右上がりの小さな字が躍っていた。

〈川のところの公園で待ってる〉

大和は思わず声をあげ、ロッカー室にいたほかの従業員に変な目で見られてしまった。三千穂だ。署名はなかった。彼女の字を見たこともない。けれど彼女からの伝言だと大和は確信した。

ロッカー室は男女兼用で、並んだロッカーが衝立になり、男と女を隔てている。三千穂は耳をそばだて、男のほうには誰もいないと察して忍び込み、大和のロッカーに伝言を挟んだ。ロッカーは契約期間中は同じものを使うよう決められており、名札が入れられている。

タイムカードを押してビッグリーマートを出ると、大和は夕方の人込みを掻き分けた。走らなくても三分で着くのだが、その三分がじれったかった。

はたして三千穂は川筋の公園にいた。箱ブランコに乗り、所在なげに手摺りに体をあずけていた。

「今日は夕飯の支度をしなくていいの？」

言いたいことはいろいろあったが、最初に大和の口をついて出たのはそれだった。

「きのうのカレー」

「そんなに好きなんだ」

「大和君ほどではないよ。立ってるのが好き？」

うながされ、大和もゴンドラに乗り込んだ。彼女の横も空いていたが、勇気がなく、向かいに坐った。

「宿題、ちゃんとしてる？」

「なんだよー、お姉さんぶって」

「まとめてやるにも限界があるよ。毎日ちょっとずつ消化しておかないと」

「宿題なんてやらなくても卒業できる。義務教育だから」

「高校は義務教育じゃないじゃない」

「あ」

大和は目を泳がせた。

「あ？　え？　まさか、大和君、中学生？」

三千穂がきょとんと指さしてくる。

「違うよ、違う。凪灘高校」

大和は顔の前で手を振りたてる。

「一年生？」

「そう、高一」

「何組？」

「三組。一の三」

「凪灘のクラスはＡＢＣのはずだけど」

大和は観念した。

「店には黙っておいて」

ささやくように言い、手を拝むように合わせた。

「びっくりだわ」

「お願いします」

「言われてみれば、幼さがあるかなあ」

まじまじと顔を見られ、大和は目を伏せる。

「そっかぁ、中学生なんだ。さすがに一年生じゃないよね？」

「三年」

「中学生でアルバイトか。偉いね」

「べつに。それより、店には黙っといて。馘にされたくない」

大和はあらためて手を合わせる。

「言わないよ。でも、中学生だったら、夜遅くなるとまずいよね」

「全然遅くないよ。勤務時間は五時半までだよ。少し残業しても、帰る時はまだ明るい」

「そうじゃなくて、花火」

「花火？」

「花火大会に行けないかなと思ったんだけど、帰りがかなり遅くなるからまずいよね、中学生は、やっぱり」

「花火大会？　僕と？」

大和は思わず立ちあがった。

「だいじょうぶ？」

と三千穂が大和の顔を覗き込んできたのは、勢いで鉄の枠に頭をぶつけたからだ。

「平気。花火大会に？」

「うん」

「行くよ、行く行く。あれっ？　でも今年はもう終わっちゃったよ」

「神戸のはね。猪名川(いながわ)は今度の土曜日」

「そうなんだ」

「でも、遠いから、帰るのがかなり遅くなる」

「平気。見放されてるから何も言われない」

「何よ、それ」

「帰りはいいけど、土曜か……」

「予定があるんだ」

「僕、土曜は休みじゃないから」

「花火大会だよ。夜だよ。始まるのも陽が完全に落ちてから。五時半に仕事を終えてから行っても十分間に合う」

「あ、そうか」

「いい場所は取られちゃってるだろうけどね」

彼女と一緒なら、席などどこでもいいと大和は思った。花火がまったく見えなくても。

「七瀬さんこそだいじょうぶなの？」

ふと気になり、大和は尋ねた。

「何が？」

「夜出かけて」

「花火大会ならだいじょうぶだよ。学校の友達と行くことにするし」

「夕飯は作らなくていいの？」

「その日はだいじょうぶ」

「カレーにするの？」

「なわけないよ、大和君じゃないんだし。今度の土曜日はお弁当が届くから」

弁当？　どこから？　なぜその日にかぎって？　大和は訊きたいことがいくつも浮かんだが、実際にそれを口にすることはためらわれた。目を伏せ、唇をもぞもぞ動かしていると、三千穂が少し大きな声をあげた。

「ちょっとぉ、ちっともだいじょうぶそうじゃないじゃないの」

「え？」

「見せて」

三千穂は大和の頭を指さす。大和は先ほどぶつけたところを押さえていた。

「どうもないよ。ちょっと痛いだけで」

腫(は)れている感触はあるが、出血はしていない。

「いいから見せなさい」

三千穂は中腰になり、大和の手を取った。

「何これ？」

彼女の驚きは頭の瘤に対してのものではなかった。握った大和の手に目を向けている。

「どうしたの？」

空いたほうの手も持ってきて、大和の掌をさわる。

「たいしたことない」

照れくさく、大和は彼女の手を振り払った。

「普通じゃないじゃない。ボロボロ」

「男の勲章」

「男の勲章？」

「最近力仕事ばかりで、一番多いのが段ボールの片づけなんだ」

大和は紙鑢のようになった掌どうしをこすりあわせる。さっきあのまま彼女に手を握られていればよかったと後悔の気持ちが浮かんだ。

「段ボールの片づけって、そんな大変な作業なの？」

「段ボールに手の水分を吸い取られるんだ」

「軍手をしたら？」

「最初はしてたけど、滑って、やりづらい」

もたもたしていると、宗像にどやしつけられる。

「せめてハンドクリームをまめに塗りなよ」

「女みたいなことできるかよ」

「仕事を替えてもらえば？」

「無理」

「その手を見せればわかってもらえるよ」

「そんな物わかりのいいやつかよ」

大和は怒気もあらわに吐き捨て、

「七瀬さん、宗像に何かされてない？」

と膝を乗り出して尋ねた。

「何かって？」

「何って、なれなれしく話しかけられるとか、それから、ほら、あれだよ、体をさわられるとか」

「よく話しかけられるよ」

「やっぱり！」

「あたりまえじゃない。上司と部下なんだし。でもさわったりはされないよ」

「じゃあ、そのう、映画やドライブに誘われたことは？」

「ないよ」

大和は安堵し、肩の力が抜けた。しかし気は緩めない。

「気をつけないとだめだよ。あいつ、女癖が悪いから」

「そういう噂は聞くけど、そう悪い人には見えないけどなあ」

「実際、悪いやつじゃないか。僕を奴隷のように扱っている」

これが証拠と、大和は荒れた掌を三千穂に向ける。

「まあそうだけど」

「今は七瀬さんの前ではいい人ぶってても、そのうち牙を剝くから。それがやつの手口なんだよ。油断させておいて、気を許したら……」

「やだぁ」

三千穂は腕を胸のところで交差させて自分の肩を抱く。

「何かあったら言ってよ」

大和は拳を握りしめ、ファイティングポーズを取る。といって、何かあった場合、何をしていいのかわからないのだが。

5

大輪の花が天空に咲き、はらはらと散っていく。赤、緑、白、橙、牡丹のようであったり雛菊のようであったり時計草のようであったり、時に星や蝶も飛び交い、夏の夜空はまさに百花繚乱だった。

しかし大和の心はそこにはない。

猪名川の河川敷は休日の三宮のように人がひしめき合っていた。隣どうしの体がふれあいぶつかりあい、叢に体育坐りする大和と三千穂の腕と腕、膝と膝も、自然と密着することになった。じんわり伝わってくるやわらかさとぬくもりに、夜が明けるまでずっと打ちあげていればいいのにと大和は思った。

その願いは叶わず、花火大会は一時間余で終わってしまったが、しあわせな時間はそのあとも続いた。駅へ向かう人込みではぐれないよう、三千穂のほうから手をつないできたのだ。手首を摑み、まるで痴漢を連行するような情緒のないものだったが、大和は自分の手を少しずつ動かしてポジションを変え、彼女の手首にふれ、甲を包み込み、掌を合わせ、握手する形にまで持っていった。

「ひどい！」

三千穂が声をあげ、指をからめたことが不愉快に思われたのかと、大和は焦って手を引いたが、そうではなかった。

「この間よりひどくなってる」

「え？」

「手だよ、この手。ハンドクリーム塗ってないでしょう」

「女じゃないって」

「全然恥ずかしいことじゃないよ。口紅じゃないんだし」

「そうそう！　あいつ、とんでもないことをしやがってた」

大和は声のトーンをあげ、どさくさにまぎれて三千穂の手を強く握り直した。

「あいつ？」

「宗像に決まってるだろ」

「また厳しくされたの？」

「手がこんなにボロボロになったのは、あいつのせいだった」

「それはこの間聞いた。段ボールの片づけをやらされている」

「ただやらされてたんじゃない。無駄に繰り返しやらされていた」

「は？」

「今日気づいたんだ。さっき片づけたはずの段ボールがまたほったらかしにしてあった」

同じ種類の箱を続けて片づけることは珍しくない。同じ商品を大量に仕入れることで価格破壊を実現している店である。しかし本日のケースは、箱の種類が同じなのではなく、箱そのものが同じだった。午前中、G社のロゴのところに油の染みのある段ボール箱を片づけた。昼食後バックヤードに戻ると、同じサイズで同じ位置に染みのある段ボールがリフトの前に落ちていた。変に思いながら作業を続けていると、紐の切れ端を見つけた。段ボールを縛るのに使っているのと同じ紐だった。切り口はきれいな直線だった。まるで鋏（はさみ）かナイフで切ったように。

「一度片づけた段ボールが、何者かによってばらされ、散らかされていた？」

三千穂が大和の方に顔を向けた。寄り添って歩いているので、耳元で声が聞こえ、こそばゆい。

「そう。宗像によって」

「段ボール整理を増やして手荒れをひどくさせてやろうと？」

「肉体のダメージはおまけ。主たる目的は、僕のバックヤードでの仕事を水増しし、僕を売り場から遠ざけること」

　すなわち三千穂から遠ざけるための工作である。

「思い過ごしじゃない？」

「紐の切れ端があったんだよ。証拠として取ってある」

「でも、主任がやったという証拠はないよね」

「ほかに誰がするんだよ」

　どうして宗像をかばうような物言いをするのかと、大和は腹立たしくなる。すでに粉をかけられ、心が傾いているのかと、不安に襲われる。

「でも証拠がなかったら、文句を言っても、否定されたら、それ以上どうしようもないよ」

「文句？　言わないよ。たとえやつが認めたとしても、だから何？　こっちの腹の虫はおさまらない。何も言わずにやってやるよ」

「やってやる？」

「そっちが嫌がらせをするなら、こっちも嫌がらせをするまでってこと。目には目を」

「ちょっとぉ、何をするつもりなの？」

　とがめるように三千穂の手に力がこもる。理由にかかわらず、大和は嬉しく思う。

「何をするかは、考え中」

「早まっちゃだめだよ」

「あいつ、マイカー出勤だよね」

「いつも駐車場の右隅に駐めてあるスカイライン。見たことない?」

「知らなかった」

「あれ、たぶん新車。まっさらなボディーに釘で落書きしたら気持ちいいだろうね」

「それ、犯罪だよ」

「タイヤを刺しちゃおうか」

「それも犯罪」

「鍵孔に枝を突っ込んで折る」

「犯罪」

「運転席のドアのところに犬の糞を撒いておく」

「やだっ」

「置くのは地面。車に直接ふれなければ犯罪にはならないよね?」

「汚いでしょう!」

「なんだよ、否定するばかりで。代案を出してよ」

「犯罪に手は貸せません」

「犯罪にならないような仕返しを考える頭があるだろう、和田北なんだし」

「うわっ、何その言い方。英語や数学を解く頭しか持っていません」

「じゃあ泣き寝入りしろって言うわけ?」

「会社に罰してもらえばいいじゃないの」

「そうなの?」

「どうやって?」

「上の人、係長や課長に報告する。停職、減給になるかも」

「宗像がやった証拠がないから言い逃れされると言ったのは誰だよ」

「だからまず、主任がやったという確かな証拠を見つける」

「そんな時間がどこにあるんだよ。バイト終了まで、もう二週間もない。その間に証拠が見つからなかったら、泣き寝入りと一緒じゃないか」

大和は三千穂に食ってかかりながら、これまで目をそむけていた重大な事実に気づかされた。

間もなくアルバイト期間が明ける。そのあと三千穂との関係はどうなるのだろう。自分は、そして彼女は、どうしたいのだろうか。

6

大和は一晩を費やし、宗像への報復策を決めた。今ひとつぱっとしないものだったが、三千穂に嫌われては困るので、あとあと罪に問われるような悪質なものは避けた。

策は決まったが、なかなか実行に移せなかった。躊躇(ちゅうちょ)したのではない。タイミングが合わなかった。昼食時に仕掛けなければならないのだが、大和と宗像の昼休みの時間がかぶってくれなかった。大和の昼休みは十二時五十分から十三時三十分と毎日固定されているが、宗像は日によって異なる。

アルバイト終了がいよいよカウントダウンとなり、このままでは一矢報いることもできずに退場となってしまうと焦りを感じていた八月二十二日、ついに機会が到来した。しかも向こうから転がり込んできた。

大和が社員食堂で席に着き、スプーンの先をコップにひたして皿の上に持っていくと、

「またカレーか」

と露骨に軽蔑したような声が降ってきた。斜め後ろにトレーを持った宗像が立っていた。

「二時に十五梱包納品がある。夕方のタイムセールに出すものだから、A列まで移動させ、開封しておくように。全部だぞ」

宗像は大和の横に坐る。

「承知しました」

大和はいちおう部下としての返事をした。そのあと食事に専念するふりをして、目だけを左に配った。

トレーには丼が載っている。海老天うどんだ。人には、毎日カレーだなとのたまいながら、この男の昼食はかなりの確率でうどんであることに大和は気づいていた。いなり寿司と小鉢とコーラのオプションがついているので、金額的には自分よりずっと上ではあるが。

宗像は最初にコーラでうまそうに喉を鳴らしてから割り箸を取りあげた。そこに、彼を呼ぶ声がした。

「宗像君、例の七分袖のシャツだけどね、終売だそうだ。それで先方からの提案なんだが――」

衣料品売り場の宍倉係長だった。宗像は箸を置き、立ちあがって上司と対する。二人は大和にはさっぱりわからない数字を交えて話をする。またとない機会だった。

大和はテーブル中央の調味料群に手を伸ばした。醬油差しの陰から七味唐辛子の容器を取りあげ、手元に持ってくる。スクリュー式のキャップをはずすと、中央に小さな孔の空いた内蓋がある。大和は顔を向けずに左に注意を払う。宗像はまだ宍倉係長と話している。

大和は七味唐辛子の容器の内蓋を親指と人さし指でつまんだ。滑るばかりではずれない。爪の先を隙間にこじ入れてみる。固くて爪が負けそうになる。普段は開け閉めしない箇所なので遊びがないのだ。

「うわっ」

大和が声をあげた時はもう事後だった。

七味唐辛子があたりに飛び散っていた。力のコントロールがうまくいかずに内蓋が勢いよくはずれてしまい、容器本体が反作用で同じ勢いで回転し、中身をぶちまけてしまったのだ。

「おい、何をしているんだ」

宗像がものすごい形相で見おろしてきた。

「カレーがあまり辛くないので、パンチをきかせようと……」

大和はわけのわからない言い訳を口にしながらテーブルの上の粉を掌で集める。しかし七味は前方百五十度くらいの範囲に飛散し、そこにあった料理をも汚しており、大和は白い目を一身に浴びることとなった。

内蓋をひそかに取り払った状態の七味唐辛子の容器を宗像に使わせようと大和はもくろんでいた。キャップを開け、いつもの力かげんでうどんに振りかけると、いつもの百倍の量が出てきて丼が朱に染まる。ささやかな仕返しだった。しかし失敗に終わった。

再チャレンジも絶望的だった。このいたずらを仕掛けるには並んで食事をする必要がある。しかし大和と宗像の昼休みが次いつ重なるかは不明である。辛抱強くひと月も待てば機会は訪れるだろうが、大和に残された時間はあと三日しかない。

次の日の昼休み、大和は昼休みいっぱい食堂で粘ったが、宗像は現われなかった。

翌二十四日、宗像は欠勤しており、昼休みを待たずに希望がついえた。

しかし別の希望が灯ったことに大和は気づいた。宗像が休みなら、仕事中バックヤードを抜け、売り場の三千穂と接触できるではないか。

なのに天は大和を見放した。三千穂も休みだったのだ。会えないこと自体はいつもと一緒なのだが、ひとたび舞いあがってしまっただけに、落ちた時のショックは大きかった。あの野郎と揃って休んで遊園地にでも行ったのではないかという疑心暗鬼さえ生じた。

とうとう最終日となった。宗像も三千穂も出勤していた。大和は運を天にまかせることはやめた。

十一時半ごろから頻繁に時計を確認し、正午を待ちきれずフライング気味に、段ボールと紐をほっぽり出して食堂に向かった。

カレーライスの皿をトレーに載せて食堂の片隅に立っていると、三千穂が一人で現われた。フライの定食をトレーに載せ、テーブルに向かう。大和は彼女の方に移動し、彼女が席に着くと、その隣の空いたテーブルにトレーを置いた。

「休み時間、変わったの？」

三千穂は驚いたように目と口を大きく開いた。

「きのう、休んでたよね？」

大和は自分の質問を優先させた。

「うん。十時まで寝ちゃった」

「宗像とどっか行った？」

「はあ？」

「あいつも休みだったんだけど」

「行くわけないじゃないの。そんなことより、ここにいていいの？　大和君はまだ昼休みじゃないんじゃないの？」

「最後だから」

誰の許可も得ていない。今日でおさらばなのだから、とがめられても関係ないさと、大和が勝手に時間を変更した。

こうして一緒に昼をとるのは何日ぶりだろうと大和はあらためて思った。毎日同じ職場に来ていたというのに、昼食どころか、話も、顔を合わせることさえできなくなっていた。そして明日からは、彼女と同じ空気を吸うこともできなくなる。

しかし大和は、どういうわけか、寂しくはなかった。彼女のことをあきらめたわけではない。出会ってひと月、よく話したのは前半の数日だけで、お互いわかり合ったとはとても言えない。けれど心は通じ合っていると、根拠はないが、妙な自信のようなものがあった。

昨日三千穂は休みで、宗像も休み、二人の間に何かがあるのではと、大和の心を不安の影がよぎった。けれどそれは、わずかに漣が立っただけだ。彼女は宗像より自分を選ぶという自信は揺るがなかった。昨日のことで彼女を疑うようなことを言ったのも、ほとんど冗談だ。花火大会を境に心の持ちようが変わった。

大和には父親がいない。この世のどこかに存在してはいるが、一緒に暮らしてはいない。電話や手紙もない。しかし父親の存在は確かに感じるし、ある日突然目の前に現われたら、とくに身構えることなく、息子として接することができる自信がある。三千穂との距離感もそれに近いように大和は思う。

最後の午餐も終わろうかというころ、大和の椅子の脚が蹴られた。振り返ると、宗像が睨みおろしていた。

「仕事はどうした？」

険のある声で言う。

「今日が最後だから」

大和は半笑いで応じ、心の中でも、餌にひっかかったぞとほくそ笑んだ。自分が三千穂に近づいたら排除しにやってくるだろうと踏んだところ、まんまとそのとおりになった。運に頼らず、自力で対決の舞台をととのえたのだ。

「そんな言い訳が通用するか。決まりは守れ。仕事の何たるかがわかっているのか？」

「罰として、残りの休み時間は返上しまーす」

大和は椅子を引き、食べかけのカレーを持って立ちあがった。

「何だ、その言い草は」

「どうぞ」

いきりたつ雄牛をいなすように、大和は自分が坐っていた席を勧める。宗像は眦（まなじり）を決し、口を開きかけたが、その体勢だと話しづらいと思ったのか、トレーをテーブルに置いて椅子に腰をおろした。

「休み時間を減らせばいいというものではない。その時間に人員が必要だから割り当てているのだ」

宗像は体を大和の方にねじって説教を続ける。大和はそれを聞き流し、三千穂の方に視線を向けた。彼女は不安そうに二人のやりとりを見守っている。大和は彼女に向かって口を開いた。音声は発さず、内緒の伝言を伝えるように、思わせぶりに唇を動かした。

何事かと、宗像が大和の視線を追い、三千穂の方に体ごと顔を向けた。大和には背中を向けた。

大和は自分のトレーを片手で支え持つと、空いたほうの手を宗像のトレーに伸ばした。そこにはいつものようにうどんの丼が載っている。しかし大和の狙いはこれではなかった。

大和はコーラの缶を取りあげると、手首のスナップをきかせて数回振り、うどんの丼の横に戻した。この間わずか二秒、宗像が顔を戻した時にはもう、余裕で事をなし終えていた。七味唐辛子の容器を工作するよりはるかに手間いらずだった。どうして最初にこれを思いつかなかったのかと大和は悔しく思う。

小姑のような宗像の攻撃を柳に風と受け流し、ようやく解放されて下膳口に向かった大和の耳に、ブシュッという低い破裂音が届いた。大和が振っておいた缶コーラを宗像が開け、中身が盛大に噴出したのだ。

それが彼の顔を直撃――というのが大和のもくろみだったのだが、残念ながらそうはならなかった。宗像の直接の被害は、白いシャツに少々染みができた程度だった。

しかし間接的な被害はそれなりに大きかった。噴出したコーラはテーブルの幅を軽く飛び越え、前に坐っていた三人に降りかかった。そのうちの一人は大切な取引先の幹部だったらしく、宗像は店長に呼ばれて叱責されることになった。

報復というにはささやかなものだったが、大和はとりあえず胸がすいた。

7

五時半になり、大和は段ボールとナイフを置いた。最後の最後まで、薄暗く息苦しいヤードに幽閉されていた。

売り場に顔を出し、よくしてくれたパートのおばさんたちに別れの挨拶をし、大和は仕事をあがった。宗像には、大変お世話になりましたといやみを言うつもりだったのだが、残念なことに彼の姿は見あたらなかった。

三千穂もすでにあがっており、最後の挨拶をすることはかなわなかった。昼休みにも、宗像の一件があったものだから、きちんとした形で別れを告げていない。しかし悲しむことはなかった。アルバイトは今日で終わりだが二人の絆は切れやしないと、大和は強く感じていた。

無根拠な自信はやがて、根拠ある事実に変わった。帰り支度のためロッカーを開けると、折り畳んだ紙片が足下に落ちた。三千穂からのメッセージだった。〈おつかれさま〉の一言に花束のイラストが添えてあった。それから電話番号も。

大和は着替えをすますと、ひとつ口笛を吹いてロッカー室を出た。

ドアを開けたら人が立っていた。お化け屋敷で唐傘小僧（からかさこぞう）に遭遇した時のように、大和はびくりと身を引いた。

「ずいぶんなことをしてくれたな」

宗像だった。

「な、何がですか？」

大和は砕けた腰を立て直す。

「とぼけるな」

「は？」

「とぼけるなって。コーラに決まってるだろう」

大和は腕を取られた。

「僕は何もしていませんけど」

廊下に引きずり出されながら抵抗を試みる。

「とぼけるなと言ってるだろう。ネタはあがってる」

「ネタ？」

「おまえがコーラの缶を振っているのを目撃した者がいる」

「えっ？」

大和は動転した。そのまま観念しそうになったが、踏みとどまり、

「誰です？」

と尋ねた。

「誰でもいいだろう」

宗像の視線がわずかにはずれた。鎌をかけているのだと大和は察した。

「とんだ濡れ衣です」

大和は一転、強気に出た。用意の台詞を思い出す余裕も生まれた。

「短い間でしたが、大変お世話になりました」

へらっと笑うと、腕を強く引き、宗像の手を振りほどいた。言葉はなく、唇の片端を

引きつらせている宗像の姿が痛快だった。しかし階段に向かっていると、足を止めさせられた。

「証拠は目撃証言だけではないぞ」

「え？」

「あの缶を保存してある」

どういうことかと大和は振り返った。

「缶には犯人の指紋がべったりついている。しかるべきところで鑑定すれば、それが誰のものか特定できる。指紋は一人一人異なる。同じ指紋を持つ人間は、この世に二人といない。そのくらい、高校生でも知ってるよな？」

これこそはったりだった。犯人の指紋は付着しているが、それを採取し、鑑定するしかるべき機関などあるはずがない。刑事事件でなければ警察も相手にしない。しかし社会をよく知らない十五歳は真に受けてしまい、黙り込んでしまった。

「ここは職場だ。学校ではない」

主導権は宗像に戻った。

「ふざけることは許されない。休み時間でもだ。高校生のアルバイトであってもだ。うちだけの話じゃない。それが社会常識だ。次にどこかでアルバイトする時も、それは肝に銘じておけ」

大和が目を伏せて押し黙っていると、嵩（かさ）にかかってまくしたててきた。しかしそれが大和に火をつけた。

「ふざけてるのはそっちでしょう。どうしてヤードの仕事ばかりさせたんですか。最初は違ったのに」

堰が切れると、あとは止まらなくなった。

「段ボール整理をやらせるために、一度縛った紐を切りましたよね。わかってるんですから。紐の切れ端、取ってありますよ。しかるべきところで鑑定してもらいましょうか？　七瀬さんから僕を引き離すためにそこまでやるとか、どうかしてる。卑怯ですよ。それが大人のやり方ですか？　地位を利用して、手に入れたいものは入れる。だから大人は嫌いなんだ。汚いよ、汚い。だいたい、三十いくつの大人が女子高生に手をつけていいんですか？　道徳的にどうなんですか？」

今にも胸を突きそうな勢いで詰め寄った。涙目にもなっていた。それに対して宗像は、途中から視線を落とし、無言でかぶりを振った。その、殊勝ともとれる態度が大和をいらだたせた。

「言い訳でもしたらどうです。図星で言い訳できないから、だんまりでやりすごそうって？」

「誤解だ……」

そのつぶやきが大和をさらに焚きつける。

「その台詞も大人は好きですよね。『誤解』の一言で責任から逃れられると思ってる。バカにしてる。店長に言いますよ。いや、社長に言ってやる」

「こっちに……」

宗像は大和の手首を取って引き寄せた。背後に回り、通路の奥に押していく。やり取りの間に横を何人か通り過ぎたこともあり、人目を避けたく思っているのだろう。案の定、宗像は非常口のドアを開け、大和を非常階段に押し出した。

「な、何ですか？　口封じですか？」

宗像の勢いが尋常ではなかったので、大和は動揺した。目も血走っている。三階からでも、打ちどころが悪ければ死んでしまう。

「聞いてくれ」

宗像は両手を顔の横に掲げた。

「聞こえてます」

「君は勘違いしている」

「まーた、都合がいい言葉を持ち出して」

「私は七瀬さんをどうこうしようとは思っていない。神に誓って」

宗像は胸に手を当てる。

「ずいぶん軽い神様ですね」

「七瀬さんから君を引き離そうとしたことは認める。そのために少々荒っぽい手も使った」

「少々？」

大和は日照り続きの畑のようになった掌を見せつける。

「すまない。本当に悪かった」

宗像は頭をさげる。

「七瀬さんを奪うつもりはないのに、彼女とボーイフレンドの仲を引き裂いたって？　何のために？　七瀬さんに悪い虫がつかないように？　保護者気取りですか。もしかして本当に親戚のおじさんだったりして」

大和はふんと鼻を鳴らす。

「違う。私は……」

宗像はかぶりを振る。ズボンのポケットからハンカチを出し、額の汗をぬぐう。そして目を伏せ、足下に向かってぼそりとつぶやいた。

「私は……、彼女に君を取られたくなかったんだ」

黄泉路より

1

助手席側の窓が外から叩かれた。ベージュの駅ビルを背景に、帽子と眼鏡の顔があった。ウインドウを降ろすと、薄く紅を差した唇が小さく動いた。

「五十嵐さん？」

その問いに、運転席の彼は一拍遅れてうなずいた。作って間もない名前なので、どうもぴんとこない。

「仁木（にき）智子です。中西さんと吉田さんもいらしてます」

帽子の女の後ろには男が二人立っていた。女は四十過ぎ、男二人はそれより五つ前後若く見える。

「どうぞ」

五十嵐はドアのロックを解除した。仁木と名乗った女がワンボックスカーの助手席に、男二人が後ろに乗り込む。三人とも軽装だったが、男の一人は特大の紙袋を二つ提げていた。その、紙袋を持ち込んだ小太りの男が、

「中西です。今日はお世話になります」

と野球帽を脱いで顔をあおいだ。頭頂部が寂しくなりかけていた。もう一人の男は腕組みをし、サングラスをかけた顔を窓の外に向けている。

「お手数をおかけしました」

助手席の彼女が小さく頭をさげた。何のことかと五十嵐は横を向く。ほのかに甘い香りがした。

「レンタカーの手続きです。免許がないもので、おまかせしてしまって」

「お安い御用ですよ」

「お金は折半します」

仁木が首を後ろに向けた。中西が財布を探すように上着のポケットを叩く。

「いいですよ、もらったところで使い道がない」

五十嵐は小さく手を振る。中西がうわずった調子で応じる。

「ですよねー。じゃあこっちは僕持ちということで、精算はいいです。わざわざ領収書をもらわなくてもよかったんだ」

あははと笑って紙袋の一つを膝に載せる。吉田が窓外に目を向けたまま眉を寄せた。

「じゃあ行きましょうか。私は不案内なので、どなたか、ナビをお願いします」

五十嵐はエンジンをかける。

「僕もここははじめてで」

中西が頭を掻いた。

「そこの大通りをひたすらまっすぐです」

仁木が言った。白いズボンの膝の上にロードマップを広げている。

「後ろの方もシートベルトを締めてくださいね。警察に停められたら厄介なことになりますから」

自分もシートベルトを確認し、五十嵐はサイドブレーキを解除した。

「風呂に寄っていきませんか？」

中西が調子はずれのことを言った。仁木が怪訝な表情で振り返り、五十嵐も眉をひそめた。

「みなさん、汗かいてません？　僕、汗だくなんですけど。妙に蒸し暑いじゃないですか。梅雨のはしりなんですかね。それとも荷物を運んだせいかな」

上着のファスナーを半分おろし、襟を摑んでばたばたあおぐ。

「お風呂って……」

仁木が運転席の方に顔を向けた。とまどうように、上下の唇が微妙に開いている。五十嵐は息を詰める。

「この先、温泉があるんじゃないですか？　だってほら、富士山は火山ですから」

「旅行じゃねえぞ」

吉田が窓の外を見たまま吐き捨てた。

「いやでも、こういう時ってやっぱり、身を清めておきたいじゃないですか」

「おまえはアホか。汚れを落としたところでどうせ汚くなるんだし、意味ねえだろ」

「意味ありますよ。小さいころから親に口うるさく言われてます。車に轢かれて病院に運ばれ手術になった時に恥をかかないよう、ゴムの伸びたパンツや穴の空いた靴下は決してはくなと」

「当分まっすぐでいいんですね？」

五十嵐は助手席をちらと見、アクセルを踏んだ。険悪になった空気を変えたいということもあったが、長く駐めていると、すぐそこの交番から警察官がやってきかねない。

駅前ロータリーから片側三車線の道に入ったところで、ふたたび中西が口を開いた。

「いやぁ、見つけるの、大変だったんですよ」

一分前の不機嫌さは消え、表情も緩んでいた。

「ホームセンターを十店くらい回ったんですけど、どこにも置いてなくて。たぶんあれですよ、あまりにはやって社会問題になっちゃったから、取り扱いを自粛してるんですよ。シャッター商店街の中にある昭和の香りのする雑貨店でやっと見つけたんですけど、どこで何に使うのかと詰問されちゃって、そんなこと訊かれるなんて思ってないから答なんか用意してないじゃないですか。だからしどろもどろしてたら販売拒否されちゃって、しょうがないから別の店を探して、どういう店に置いてあるか学習したから今度はわりとすぐに見つかって、渓流釣りに持っていってその場で魚を焼くと言ったら、すんなり売ってくれました」

と中西は、膝の上の紙袋を、わが子のようになでる。

袋の口から黒い塊（かたまり）が覗いている。円筒形で、頭の部分には蓮根のように穴がたくさん空いている。練炭だ。彼の足下にあるもう一つの袋には七輪が入っているはずである。

2

彼の半生は悪いものではなかった。

幼少の砌、枕元に靴下を置いてサンタに願っても鉄道模型もゲーム盤も届かず、百点の答案を持って帰っても抱きしめても頭をなでてももらえず、長じては浪人の憂き目に遭い、どうにかこうにか大学に滑り込んだものの、田舎出の野暮天はダンパでも合ハイでも歯牙にもかけてもらえず、就職活動も門前払い続きと、前半生は己の不幸を呪ってばかりだった。

しかし、拾ってもらったように勤めはじめた、企業と称するにはあまりに小さな同族会社が、小規模ゆえに可能だった常識にとらわれない発想と迅速な決断で業績を伸ばし、戦後もひと区切りつき人々が生活にゆとりを求めていたという時代にも恵まれ、やがて東証一部上場、都心に高層の自社ビルを構え、気がつけば業界のトップに躍り出ていた。彼はその波に漫然と乗って運ばれたわけではなく、営業に商品企画にと多方面で社を牽引し、その貢献は四十代での取締役昇進として評価された。

この間、世間の平均よりは少し遅れたが、伴侶を得た。媒酌人は社長夫妻で、のちに閣僚名簿に名を連ねる代議士が乾杯の音頭を取った。

子宝にも恵まれた。器量はまずまず、大病や事故とは無縁で、学校で問題行動を起こすことも、学業でのつまずきもなく、順調に成長した。

しあわせな家庭生活を営む一方で彼は、家庭の外で幾人かの女性と関係を持った。一夜かぎりの関係もあれば、数年にわたって逢瀬を重ねた女性もいた。

妻が嫌いになったわけではない。家事も育児もきちんとこなし、夫には好きなだけ小づかいを与え、つきあい酒や休日出勤にも寛容で、自身はブランドものや宝飾品には興味を持たない倹約家と、妻としては文句のつけようがなかった。しかし結婚して時間が経つと、愛は深まったが、恋が冷めた。この人を抱きしめたい、口づけをしたいという気持ちがまったく湧かなくなった。それでいて、女性を抱きしめたい、口づけをしたいという欲望はしっかりとあり、彼は外の世界に目を向けることになった。

浮気はしたが、妻には（おそらく）気づかれることなく、浮気相手とも、みな後腐れなく別れた。三十代前半から五十にかけての、男として一番いい時期は、仕事も家庭も恋愛も、何もかもがうまくいっていた。若き日の不幸を補って余りあるものだった。

しかし後半生に入り、振り子がまた大きく振れた。

業界の頂点を極めた会社が次に目標として掲げたのは安定経営で、為替取引や内外の不動産投資を積極的に行なうようになったのだが、これに失敗、株価は連日ストップ安、本業の信用も失い、業績は一気に落ち込んだ。

もはやここに未来はない。そう判断した彼は、沈没船から逃げるように退職、妻の実家の援助も得て、自分の会社を興した。

しかし元来彼は、人の上に立つことをあまり得意としておらず、経営に関しても素人同然だった。数年で会社を畳むことになったのは当然の帰結だった。借金の返済で、二つ持っていた家も三台の車も失った。

彼には新たな事業を興す資金も気力もなかった。といって再就職も、五十を過ぎては厳しい。

働き口はあった。清掃、警備、配送などの人材は、年齢や景気とは関係なく求められていた。しかし彼は大手企業で取締役を務めた男である。低賃金での肉体労働はプライドが許さず、求人票を一瞥しては舌打ちをくれることの繰り返しで時が過ぎた。じきに職安への足も遠のき、わずかな蓄えが心細くなってきても、アパートで就職情報誌をめくるふりをするばかりだった。

そんなある日、妻に一枚の薄っぺらな紙を渡された。離婚届だった。妻の欄はすでに書き込まれ、判もついてあった。

悪い冗談か、そうでなければ一時の気の迷いだと、彼は相手にしなかった。いったいどう自活するというのだ。彼女は結婚して二十余年、一度も働きに出たことがない。歳は彼と同じなので、よい条件の職も望めない。実家も資産家というわけではない。

しかし妻は娘を連れて本当に出ていってしまった。そして、そのような技能など持っていなかったはずなのに、カラーコーディネーターの仕事を得、寡婦という立場を存分に活かして行政の支援を取りつけ、第二の人生を出帆させたのだった。

そのたくましさが彼をさらに打ちのめした。これまでのキャリアが全否定されてしまったような敗北感で、雨戸を閉てた部屋に引きこもり、どうせ人と会わないのだからと、着替えや入浴も行なわなくなった。

彼は日々をぼんやり過ごし、ときどき自問した。

自分は何のために働くのか？

自分は何のために生きているのか？

自分は誰のために働くのか？

自分は誰のために生きているのか？

何度問うても答は見つからなかった。

答を求めて彼はネットをさまよい、とあるサイトに行き着いた。

そこには自由に書き込める掲示板があり、鬱による悩みを吐露したり、今日もリストカットしちゃったと嬉々として語ったり、農薬の商品名と致死量を列挙してあったり、睡眠薬自殺に失敗して苦しんだ者が決してまねはするなと諭していたりする中に、一緒に自殺しませんかという呼びかけがまじっていた。仁木智子という名前での書き込みで、ずっと独りぼっちだったので、最期くらいは誰かと手をつないで旅立ちたいとあった。

死ねばすべて片づく——もう何か月も前から、彼は幾度となく内なる声を聞いていた。ただ、どうすれば確実かつ楽に死ねるかわからず、死を望むばかりで実行にはいたっていなかった。都市ガスでは死ねないそうだし、電車への飛び込みは迷惑がかかりすぎる、拳銃は手に入らないし、首吊りでも死にきれないことがあると聞く。

自殺サイトの書き込みは、天から差し伸べられた手のように彼には感じられた。これは運命だと思った。

彼は五十嵐という偽名で、一緒に死にましょうと書き込んだ。相前後して、吉田、中西という賛同者も現われた。

なぜ死にたいのか、それはお互い語らず詮索せず、事務的なメールのやりとりで話を詰め、五月二十日の午後四時に甲府駅に集合して富士山麓の樹海に向かい、車の中で練炭自殺を行なうことに決まった。

3

「そういうことが続いたもんで、勤めを辞めて家にいるようになったんですけど、親がうるさいんですよ、そろそろ働けって」

後部坐席で中西が喋っている。市街地を抜け、中央道をくぐり、笛吹川を渡り、山道に入っても、彼一人が喋り続けている。

「でも心が折れてしまっていて、一年休んでも五年待っても回復しなくて、なのに親ときたら、働け働けって。毎日ですよ。どうにかなりますよ」

当初、うるさい、帰れと、いちいちクレームをつけていた吉田は、今は黙って腕組みをし、茶色のレンズの奥では瞼を閉じ、窓に頭をあずけている。

仁木も助手席でドアに体をもたせかけている。目は開いていたが、表情はうつろで、思い出したようにしか瞬きをしない。

「だから殺しちゃったんです。二人とも。というか正確には、気がついたら息をしてなかっただけなんですけど。まいっちゃいましたよ。そのあとどうにか死体を隠したんですけど、メシを作ってくれる人がいなくなっちゃったものだから、ピザや中華の出前で空腹をしのいでたんですけど、その支払いは親の財布だったんですけど、現金はすぐに心細くなって、キャッシュカードはあっても暗証番号がわからないからおろせなくて、そこで閃いたのが親のクレカを使ってのネットショッピングでして、それでたいていの食料品は手に入るからもう心配いりません。ところが一難去ってまた一難、会社から電話がかかってきたんですよ、親父の勤務先から。無断欠勤が続いているがどうしたのかって。もちろんすっとぼけましたよ。身内に急な不幸があって田舎に行っています、本家の長男なのでいろいろ整理しなければならないことがあって時間がかかっています。その場はいちおうそれで収まりました。けど、この先定年が来るまで忌引きを続けさせるわけにはいきません。休みの理由をほかに考えないと。病気？　交通事故？　そしたら入院先を教えろと言われるに決まってます。一身上の都合で退職させる？　退職届を郵送なんて通用しないに決まってます。このままだとそのうち様子を見に来られてしまう、警察にも通報される、これは困ったどうしよう、逃亡しようにも資金がない、ああどうしよう、警察に捕まったらどうなるのだろう、取り調べはおっかないのだろうか、刑務所では強面の先輩服役囚に何かされるのだろうか。どうしようどうしようを繰り返すばかりで妙案が浮かばない、考えれば考えるほど何も考えられなくなる、考えるのがめんどくさくなって、もういいや死んじゃえってなったのだけど、どうやって死ねばいいのかわからなくてネットをあたってたら、あのサイトに行き当たって仁木さんの書き込みを見つけ、こうしてご一緒させてもらうことにしたんです。集合場所が隣の県でよかったです。なけなしの現金で足りたから。沖縄に集合とかだったら参加できませんでした」

中西は茶色い歯をこぼし、膝の包みをぴしゃぴしゃ叩く。

「互いのことには関知しないということでしょう」

五十嵐はたしなめるように言い、車を待避スペースに入れた。

「違いますよ。僕は、みなさんに事情を聞かせろなんて言ってませんから。全然言ってない。僕が自分のことを勝手に語っているだけです。誰かに話したかったんですよ。だってこんな劇的なこと、めったにあるもんじゃないじゃないですか。けど、内容が内容だけに、そのへんの人をつかまえて語って聞かせるわけにはいかないじゃないですか。それが結構ストレスだったんですよ。やっと吐き出せてすっきりしました。もっともあらすじだけですけどね。死体の処分の時にもいろいろあって、本当はそれも話したくてたまらないんですけど、かなりグロいし、女性もいらっしゃることですし、いちおう自粛しました。でもご希望とあらば——ん？　着きました？」

中西はようやく言葉を止め、窓の外に目をやった。道路の反対側は、目路のかぎり深い木立である。

「まだです」

五十嵐はエンジンを切ると、仁木の手を握るようにして脇に押しやり、彼女の膝の上の地図を、あえて取りあげず、そこに置いたまま自分の方に向け、覗き込んだ。

「樹海の入口までは、あと十五分ほどですかね」

「じゃあ行ってくださいよ。ああ、トイレ休憩」

「早すぎるんですよ」

「何が？」

「まだこんなに明るい。このまま樹海に向かい、決行に適当な場所を探すのに時間を使ったとしても、暗くなりきってはいないでしょう。人に見られる危険性が高いうちは決行できません。夜が更けるまで現場で待機するというのもうまくない。自殺防止のために見回っている地元の人がいるという話を聞いたことがあります。車を長く駐めていたら不審に思われます。ですから、樹海から離れたこのあたりで十分時間を潰し、暗くなってから向かうのが——」

「風呂！」

中西が裏返った声をあげた。吉田の頭がぴくりと動いた。

「風呂に入る時間ができたじゃないですか」

「でも、どこで入れるか——」

「地図があるじゃないですか。温泉マークを探せばいい」

「温泉は探せますが、ガイドブックではないので、日帰りで入れる施設があるかどうかは……」

仁木がとまどい気味に地図上に指を這わす。するとまた、

「ドライブイン！」

と奇声のようなものがあがった。

「さっき、ドライブインがあったじゃないですか。風呂に入れないのなら、せめて冷たいビールを。そう、これは末期の水です。そしてガツンと食べましょう。焼肉、トンカツ、海鮮丼、ラーメン。ラーメンだったらお供に餃子もつけて」

「ふざけるな」

ついに吉田が我慢しきれなくなった。シートベルトをはずし、上体を中西の方に傾け、

「旅行じゃねえっつーの。メシ食いたきゃ、帰って食え。今すぐ帰れ」

リアウインドウに指を突きつける。

「その論理はおかしい。旅行だから食事するわけじゃないでしょう」

サングラス越しに睨みつけられても中西はひるまない。

「論理的でないのはおまえのほうだ。死ぬ前に食ってどうすんだよ。死んだら、食ったものはどうなる。ダダ漏れだぞ」

「温泉で身を清められず、最後の晩餐もなく、こんなみじめな最期がありますか」

「これでも舐めとけ」

吉田はパーカのポケットに手を突っ込み、のど飴のパッケージを中西に突きつける。

「最後がこんなんじゃ、ナポリタンが食べたかったよぉ、カレーがぁ、唐揚げぇ、って成仏できないかも」

「時間はあるのだから、寄っても問題ないでしょう」

五十嵐は割って入った。

「食う気分じゃねえ。あんたは腹に入るのか?」

「食べたい人は食べる、食べたくなかったら食べない。自由裁量でいいでしょう」

4

ドライブインは車で五分戻ったところにあった。中西一人が、和洋中何でもありの食堂に入っていった。

吉田はシートを倒して横になった。仁木は帽子をかぶり、車を出て建物の裏の方に歩いていった。五分ほどしてから、五十嵐も車を出た。

裏手は川だった。眼下数メートルの清流は、両岸の新緑を映して涼しげである。渓流を見おろすように、平らで細長い岩が、誰かが置いたのか自然とそこにあるのか、ベンチのように存在しており、仁木はそこに坐って携帯電話をいじっていた。

「電波、入ります？」

五十嵐が声をかけると、彼女はさっと顔をあげて振り返り、少し間を置いてから、

「ええ、なんとか」

と答え、そしてまた少し間を置いてから、

「かけることもかかってくることもないのだから、圏外でも問題ないんですけど、つい留守電や受信メールを確かめてしまって。だいたい、もう必要ないものだから、持ってくる必要もなかったのに。バカですね」

と長い溜め息をついて携帯電話を閉じ、顔を川の方に戻した。

五十嵐は彼女のそばまで歩んでいった。ベンチのような岩の横には十分な空間があったが、少し離れた地べたに腰をおろした。

「静かですね」

そう話を振ると、

「静かですね」

鸚鵡返しに答があっただけで会話は成立しなかった。

実際には静かだったわけではない。人工的な音がないという意味では静かだったが、昨日までの雨のせいか川の水が豊かで、轟々と恐ろしげな音を立てていた。岩壁による反響で音が増幅されているのかもしれない。

「涼しいですね」

ふたたび五十嵐が話を振っても、

「涼しいですね」

と返ってくるだけだった。

こちらは実際に涼しかった。標高が上がり、時刻が下がったからだろう、甲府駅前で集合した時の蒸し暑さは、もうない。

しかし仁木は汗ばんでいる。後れ毛がうなじに張りついている。その横に黒子が一つある。

五十嵐はギアを一つ上げた。

「五十五です」

水の音に負けまいと、少し大きめの声で言った。仁木が怪訝な表情を向けるのを感じた。

「歳です。この間まで学ランで丼飯をかっこんでいたはずなのに、いつの間にこんな歳になってしまったのでしょう。一昔前なら今年定年退職、老後のはじまりです」

五十嵐は灰色の頭に手を当てる。金策の日々の中、みるみる白髪が増えた。最初は染めていたのだが、会社を畳んでからはほったらかしにしてある。

「人一倍働きました。仕事は楽しかったし、人間関係も大切にして、先輩後輩関係なくよく飲んだし、異業種の交流会にも積極的に参加しました。人一倍遊びもしました。五大陸を旅し、テニスとスキーとダイビングで真っ黒になり、競馬やパチンコで散財し、社交ダンスや俳句を習い、機械式腕時計やブルーノートのレコードを集めました。中でも一番の趣味は車で、二年ごとに買い換え、セダンにカブリオレに四駆と、同時に三台所有していた時期もありました。二輪も入れたら四台です。

けれどこの歳になると、そういうものは、たいした価値はないんです。仕事も、人脈も、遊びも。この歳になって一番大切なのは家族なんです。なのに私は、その家族に捨てられてしまいました。一番大切なものを失ってしまったのです。この歳になって独りぼっちになってしまった。この孤独は、仕事や趣味では埋められません。自分は何のために生きているのか？　張り合いも希望もなくなりました。日々寝起きしているだけで苦痛です。だから仁木さんの呼びかけに応じたのです。ところが――」

五十嵐は息を継いだ際、横目で仁木を窺った。彼女はこちらを向いていなかったが、話には耳を傾けているように見えた。ギアをもう一段上げる。

「今日、自分に一つの変化が起きました。先ほど甲府駅でみなさんと合流しました。みなさんとはメールでは何度もやりとりしましたが、実際に会うのははじめてのことでした。ドキリとしました。体が熱くなりました。あなたを見て」

五十嵐は出し抜けに立ちあがると、隣を見おろした。仁木は肩をびくりとさせ、そのあと凍りついたようになった。

「私は小学生の時から、いや、幼稚園の時にはすでにそうでした、誰かを想っていないことはありませんでした。特定の誰かと交際していない時期でも、あの子が好きだ、この人とつきあえたらどんなにしあわせだろうかと胸を焦がしていました。一つの恋が終わったら、一週間後には次の恋を求めはじめている。惚れっぽいというか、もっと身も蓋もない言い方をすれば女好きです。いったい誰に似たんでしょうね。けれど家族を失ってこの方、全然そういう気にならなくなった。次のパートナーを探したいとも思わず、道行く美女を振り返ることもなくなった。そんな私がドキリとするようなことが、ついさっき起きたのです。とうに終わってしまっていたはずの男をハッとさせる女性が現われたのです」

五十嵐は言葉を止め、かたわらの女性をじっと見おろす。

「意味が――」

仁木がうつむいて唇を動かす。続いて言ったであろう「わかりません」は川の流れにかき消された。五十嵐はギアをトップに入れ、アクセルを踏み込む。

「わかるでしょう。仁木さん、私はあなたが好きだ。智子さん」

不意討ちするように仁木の横に腰をおろす。体全体を斜めにし、彼女の方を向く。膝と膝がふれあう。

「わかりません。おかしいです。ほんの一時間前に会ったばかりなのに……」

仁木はいやいやをするように首を振る。ほのかに甘い香りが漂う。

「おかしいものですか。みんな最初は初対面だったのですよ。光源氏と紫の上も、ボニーとクライドも、ジョンとヨーコも」

「好意が生まれるのは、お互いをよく知ってからでしょう」

「ええたしかに、つきあいを重ねることでわかってくることもあるでしょう。しかしそれは相手を理解するうえでの補助線にすぎません。ほとんどは第一印象で決まるのです。恋愛にかぎらず何事も。半世紀生きてきた経験から断言できます。一番大切なのは直感です。『ビビッときた』と言った芸能人は誰でしたっけ」

「どうかしてます。間違ってます……」

「気の迷いじゃない。積み重ねてきた経験からはっきりわかります。この胸の高鳴りは恋です。私はあなたにビビッときてしまったのです」

「そんなのおかしいです。ほとんど話してもいないのに……」

「仕事を通じて嫌というほどわかっていますが、二十年話してもわかり合えない人間もいる。つきあいの長短は関係ありません」

「おかしいです。おかしい……」

仁木は首を振り続ける。

五十嵐自身も理性では解釈できていない。彼女の何に惹かれたのだろうか。醜女ではないが、美女と言っては持ちあげすぎだろう。十人並みの容姿であっても若ければ、潑剌とした笑顔と張り詰めた肢体は人を虜にする。しかし仁木は五十嵐より若いとはいっても四十には達している。目尻の皺や顎のラインのたるみは隠しようがない。しかも雰囲気は暗い。やや低く、ゆっくりめの喋りに母性を感じたのだろうか。はかなげな横顔に父性をくすぐられたのだろうか。

じっくり考えればこの心のありようは説明づけられるのだろうが、今は時間も余裕もない。しかし本能でははっきり認識している。ハンドルを握っている間見えていたものは、標識でも対向車でもなく、彼女の姿だったのだ。助手席に手を伸ばして彼女の手を握りたい、しかし後ろの二人の手前、その行動は許されないだろうと、うぶな学生のように葛藤していたのだ。

「あなたが好きです。智子さん、あなたを好きになってしまったんです」

五十嵐は繰り返す。

「意味がわかりません。わたしたちは何時間か後にはもう死んでるんですよ。好きと言われても……」

「死にません」

「えっ？」

「恋愛感情が湧くということは、まだこの世に存在していたい気持ちがあるからにほかなりません。それに……、いや、とにかく私の中で、生きる希望が芽吹いたのです。あなたと出会ったことにより」

　五十嵐が言葉を濁したのは、この川縁(かわぶち)で彼女の横に坐ってから自身の肉体に生じた変調についてだ。下腹部に血がめぐっていくのをはっきり感じたのである。

　妻に捨てられてからというもの彼は、そういう気にはまったくならなくなった。朝目覚めた時の勃起もなくなっていた。それが突如としてよみがえった。

　性と生は相即不離である。性的な欲求があるということは、生を希求しているからにほかならない。五十嵐は天啓を受けた心持ちだった。

「そちらの事情は関係ありません。わたしは死ぬのですから」

　仁木は耳を塞(ふさ)ぐように髪のサイドに手を当てる。甘い香りが五十嵐をまた刺戟(しげき)する。

「いいえ、あなたも死にません」

「死にますよ。そのために来たんです」

「私が死なせません」

「お節介はやめてください」

「いいえ、ほっときません。なぜなら、あなたはまだこの世に未練がある」

「ありません。あるものですか」

「ではなぜここでケータイをいじっていたのです？」

　仁木は虚を衝(つ)かれたようにいやいやを止めた。動揺につけ込むように五十嵐は続ける。

「メールを読み返していたのでしょう？　よかったころの思い出を」

「違います」

仁木は表情を取り戻し、手を振りたてる。

「死んだあと人に見られたら恥ずかしいから、全部消していたんです」

「だったらこんな土壇場ではなく、家で消してくればよかった。だいたい、もう死ぬのだから、ケータイを持ってくる必要はなかった。それはさっきご自身がおっしゃってたじゃないですか。私は家に置いてきましたよ。なのにあなたが持ってきたのは、ケータイに執着があったからでしょう？ 現代人にとってケータイは身体の一部です。そこには過去の思い出から現在の交友関係、未来の予定までが詰まっている。それに執着するということは、この世に未練を残しているからにほかなりません。智子さん、あなたの本心は、この世から切り離されることを決して望んではいないのですよ」

「違います。それは、そのう、そうです、みなさんとの待ち合わせがあったから、遅れたり会えなかったりした場合に備えて……」

トーンは徐々にさがり、それにしたがって顔も伏せられていく。

「智子さん、自分をごまかすのはもうよしましょう。生きていきましょうよ、私と一緒に」

五十嵐は仁木の手を取る。

「わけがわかりません。やめてください」

仁木は怯えたように腕を引く。しかし五十嵐は放さない。そのまま引き寄せ、抱きしめそうになるのを、どうにかこらえる。

「人生をやり直すんですよ」

「やり直せるわけないでしょう。わたしはもう死ぬしかないんです。何も知らないくせに」

「ええ、事情は知りません。けれどおぼろげにはわかります。現在とてつもなく大きな問題を抱えていて、万策つき、死という選択肢しか残されていないところまで追い詰められている」

「そうですよ。もうそこしか逃げ場がないんです」

「だったら逃げましょう」

五十嵐は仁木の手を取ったまま、岩のベンチから立ちあがる。彼女の正面に立ち、強く手を引く。

「だから逃げるんですって。この世界から」

仁木は踏ん張り、立ちあがることを拒む。

「生から逃げる必要はありません。生きて、逃げるんです」

「できるわけないじゃないですか」

「できます」

「できません」

「あなたが抱えている問題は、死ねば解決されるんですよね？」

「そうですって。ほかに道はないんです」

「だったら、実際には死ななくても、社会的に自分を消してしまえば、それで事足りるんじゃないですか？　いま住んでいるところから遠くに逃げるのです。海外でもいい。

そして過去を捨てて生きる。いま抱えているトラブルも、行きつけの店も、故郷も、親兄弟も、名前も、戸籍も、何もかも捨てて、人生を一から始める」

「そんな映画のようなこと、できるわけないじゃないですか」

「映画で描かれているようなことは、たいてい実現可能です。というか、現実に起きたことを多かれ少なかれ反映して作られるのがフィクションなのですよ」

「遠くに行くだけなら行けるでしょう。けれど名前や戸籍を捨てて、どうやって生きていくというんです。お金は？　あなたは大富豪なのですか？　仕事に就けないじゃないですか。公共サービスや医療も受けられない」

「それはこれから一緒に考えましょう。いや、私にまかせてください」

具体的な方策があるわけではなかった。しかし何とかできると、何とかなるに違いないと、五十嵐には妙な自信のようなものがあった。生きる原動力を見つけ、一種の狂躁状態にあった。

「仮にそういうことができるとしても、もう手遅れです」

仁木は首を左右に振る。しかし気持ちは揺らいでいると五十嵐は確信した。

「どこが手遅れです。間に合ったじゃないですか。練炭に火を点けたあとなら、もうどうしようもありませんが」

「準備が整ってしまっています」

「ですから、火はまだ点けていないのですよ。中止すればいいだけのことです」

「お二人はどうするんです」

「二人？」

「吉田さんと中西さんですよ。『わたしたちは死ぬのをやめました。あとはお二人で』と別れるのですか？」

「そうなりますね」

「そんなのできません。今回のことは、そもそもわたしが持ちかけたんですよ。なのに一脱けただなんて……」

「あなたは持ちかけましたが、強要はしていません。彼らは自らの意志で参加を表明したのです。今日ここで死ぬことを望んでいるのです。誰が脱けようと、その意志は変わらないでしょう」

五十嵐は薄情に言い放つ。身内でも友人でもない野郎二人より、自殺回避に気持ちが傾いてきている惚れた女の方が大切だった。

「でも……」

「彼ら二人を説得するのも、四人で逃げるのも無理です」

食への執着心が残っている中西をこちらの世界に引き戻すことはできそうだが、親殺しのケアまではとてもしてやれない。

「でも……」

仁木は首を垂れて繰り返す。両手は五十嵐に握られたままである。

「ではこうしましょう。練炭に火を点ける前に薬を服んでしたよね？」

「はい、そのほうが楽だと思って。いつも服んでいるものを用意してきました」

と、斜めがけした小さなショルダーバッグを叩く。

「私たち二人はそれを服むふりをするだけにしましょう。そして彼らが眠ったところで車を出る。それで万事うまくおさまります」

「それは……」

「彼らは予定どおり思いを遂げる、私たちは新しい人生を踏み出す。誰も悪いようにはなりません」

「でも……、レンタカーを借りたのは五十嵐さんなんですよ。その車の中で二人死んでいて、けれど二人とも借りた当人とは違うとなったら、五十嵐さんは警察に追われることに……」

「平気ですよ。逃げた先で別人として生きるのですから」

「でも……」

「心配いりません。きっとうまくいきます」

五十嵐は両手を強く引いた。今度は仁木の腰が浮いた。五十嵐は両手の力を緩めず、そのまま仁木の体を正面から受け止め、ふんわりと包み込むように抱きしめた。甘やかな香りが彼の鼻腔を満たした。

5

彼は呼びかけられた気がした。

彼は手足をさわられている気もした。

また呼びかけられる。繰り返し、繰り返し。

体をさわられる。揺すられる。絶え間なく。

彼は光を感じた。パラフィン紙を通したような淡い光。その中に輪郭のぼやけたシルエットがある。シルエットは動いている。

「パパ……」

シルエットがそう言っているように彼には聞こえた。

「パパ……」

繰り返されるうちに彼は、この声には聞き憶えがあると感じた。

誰だっただろうかと思ううちに、彼の視神経が正常な働きを取り戻してきた。ぼやけたシルエットだったものが焦点を結ぶと、人の顔がそこにあった。彼のことを見おろしている。女だ。かなり若い。髪は短めで金色。やや垂れかげんの目と小さな顎には見憶えがあった。

「愛奈（まな）？」

その名が彼の口をついて出た。

「よかった……」

彼女の頬を涙が伝っていた。その手がこちらに伸び、自分の手を握っていることに彼は気づいた。

「愛奈、マスカラとアイラインが剝（は）げてるぞ」

彼は、今度は意識して愛娘の名を口にした。

「もー、パパったら、こんな時に……」

愛奈は目元を手首でこすると、彼の体に覆い被さってきた。頬と頬がふれあう。やわらかな肌に無精髭が刺さって迷惑だろうなと思いながら、彼は眠りに落ちていった。


次に目覚めた時、彼は自分が置かれている状況を把握した。

ベッドに寝ていた。マットは硬く、転落防止のサイドレールに囲まれている。横の床にはコートハンガーのようなスタンドがあり、透明や黄色の輸液が詰まったバッグやボトルがいくつも下がっている。

「病院なのか」

天井を見ながら彼がつぶやくと、輸液スタンドとは反対のサイドから、にゅっと顔が現われた。

「具合はどう?」

愛奈だ。化粧を直していた。

「具合……」

頭、手足、胸、とくに痛みは感じない。熱もあるようではない。目と耳も普通に機能している。言葉も出てくる。しかし力が入らず、上体を起こせない。

「お医者さんを呼んでくるね」

愛奈が腰を伸ばす。

「待ってくれ。ここはどこだ？」

「病院」

「それはわかる。どこの？」

「甲府」

その地名が、彼の眠っていた脳を刺戟した。自分は五十嵐を名乗り、集団自殺に参加した——。

「どうしてお父さんはここに？」

記憶がよみがえり、五十嵐に別の混乱が生じた。

「二人で運んだ。もう少しで手遅れになるところだったんだよ。本当によかった」

愛奈は人さし指の先で瞼の下をぬぐう。

「二人？」

「フクちゃんとあたし。メチャ重かったんだから。ダイエットしたほうがいいよ。うん、いいチャンスじゃん、入院とか」

「フクちゃん？」

「カレシ。資格試験があるから東京に戻った。そうだよ、試験勉強をほっぽって手伝ってくれたんだよ。退院したら、しっかりお礼を言ってよね」

五十嵐の混乱に拍車がかかる。

「どこから運んできてくれたんだ？」

「青木ヶ原樹海の車から」

「それは黒いワンボックスカーか？」

「そうだよ」

「お父さんはその車の中に倒れていた？」

「憶えてないの？」

「一人で？」

「違うよ。車内にはほかに、男の人二人と女の人が一人いた」

「彼らもこの病院に？」

「うん。でも女の人は助からなかったって」

6

医師の診察のあと五十嵐は、上半身を三十度傾斜させたベッドの上で警察の聴取を受けた。

「仁木智子さんとはどういう関係で？」

「五月の連休明けに自殺サイトで知り合いました」

「それ以前は面識がなかったのですか？」

「はい。甲府に来て、はじめて会いました」

「それは何日のこと？」

「二十日です。今日は何日ですか？」

「二十三日」

そんなに意識がない状態が続いていたのかと五十嵐は驚いた。

「二十日に甲府に来て、それからすぐ富士の樹海に？」

「精進ブルーラインの途中で休憩して、樹海に入ったのは暗くなってからです」

「そして車内で練炭に火を点けた」

「はい」

「火を点けたのは何時のこと？」

「何時……、正確にはわかりませんが、樹海に乗り入れたのは八時ごろだったかな、人が来たら止められてしまうから、しばらく車内に待機して様子を見ていて、車はめったに通らずだいじょうぶだろうということになって火を点けましたから、九時は過ぎていたと思います」

「練炭を使う前に睡眠薬を服みましたね？」

「はい。あ？」

と答えたあと、五十嵐は口を開けたまま固まってしまった。

車の中で睡眠導入剤を配る、自分と仁木は服んだふりをする、吉田と中西が眠ったところで練炭に火を点けて車を出る——そういう段取りだった。

睡眠薬を服んだふりをしたことは憶えている。ヒートから出すと足下に捨て、空の手を口に持っていって水で嚥下するふりをした。そして——。

そのあと何をした？　どうなった？　車から出た記憶は——ない。すると自分も車内

で眠ってしまったのか？　しかし睡眠薬は服んでいない。服んだふりをしただけだ。そのあといったい何が起きたのだ⁉

「どうしました？」

五十嵐が思考停止状態に陥っていると、刑事が顔を覗き込んできた。

「肝腎な部分が思い出せなくて……」

五十嵐は額に手を当てる。記憶の縦糸と横糸がからみ合い、どれをたぐり寄せていいかわからない。それでも何とかほどこうとすると、確かだと思っていたことも不確かに思えてくる。さらに追求しようとすると、意識がすっと薄くなり、どこか遠くに連れていかれそうな恐怖をおぼえる。

「車内でのトラブルも憶えていませんか？」

「トラブル？」

「仁木さんとの間で」

「え？」

「男性陣が彼女を陵辱した」

「何ですって？」

驚き、五十嵐は上体をマットから浮かせた。

「三人がかりでなく、実際に手を出したのは一人かもしれませんが」

「そんなことありません。ありえません」

「あるいは、彼女が土壇場で自殺を思いとどまり、車を出ていこうとしたため、三人が力ずくで押さえつけた」

「それもありません。どうしてそんな根も葉もないことを」

「証拠にもとづいてのことです。仁木智子さんの体に暴行の痕が認められました」

刑事は手帳に挟んであった写真を五十嵐の眼前に掲げた。死体の顔のアップだと察知したのと同時に、五十嵐は顔をそむけた。

「頸部に圧迫痕があります。手首にも同様に、強く押さえつけられた痕が残っていました」

別の写真が差し出された気配がしたが、五十嵐はそちらに顔を向けずに、

「首を絞められて殺されたんですか？」

と混乱して尋ねた。

「いいえ。死にいたらしめるほど強く絞められてはいません。死因は一酸化炭素中毒です」

「私たちと会う前についたものじゃないんですか。ＤＶとかで」

彼女が何かから逃げようとしていたことを五十嵐は思い出した。しかしあっさり却下された。

「医学的に見て、亡くなる直前についたことは間違いありません」

「ほかの二人は何と言ってるんですか？」

「木村さんは記憶にないと」

「木村？　太っている人ですか？」

「痩せているほうです」

吉田は偽名だったようだ。

「太っているほうの人は何と？」

「あちらは嘔吐と痺れがひどくて、まだ話せる状態ではありません。あなたが思い出すのに苦労しているのも、一酸化炭素中毒の後遺症かもしれません」

さらりと恐ろしいことを言われ五十嵐は、己の生年月日や血液型を自分に問うてみた。元妻の名前も九九も忘れていなかったが、仁木に対する暴力の記憶は断片も引き出せなかった。

記憶はまるでなかったが、ある可能性に思いいたった。

仁木は集団自殺からこっそり抜けようとしていた。それを吉田か中西のいずれかがとがめ、争いとなったのではないか。

彼女が逃げようとしていたことを、彼らはどうやって知ったのか。その計画を五十嵐と彼女は屋外で話していた。川の音に負けないよう、通常より大きな声で喋っていた。それを聞かれてしまったのではないか。

しかし一つ腑に落ちない。そうであるなら、駆け落ちのパートナーにも制裁が加えられてしかるべきである。ところが五十嵐の体にそのような痕は残っていない。実は問い詰められたのだが、その記憶が抜け落ちているだけなのだろうか。

脳の奥深くに入っていこうとすると、暗黒物質のようなものに吞み込まれて自我を失ってしまいそうなので、五十嵐はひとまず思考を停止させた。

「また伺いますので、車内でのことを思い返しておいてください」

刑事も五十嵐の体調に配慮してか、とりあえず聴取を打ち切った。

「深酔いして記憶をなくすことがありますが、それと同じ状態なら、いくら考えても思い出せないと思いますが」

五十嵐は力なく笑い、枕に頭を載せたまま刑事の方に顔を向け、形式的に頭をさげた。

その時、刑事の手にある写真が真っ正面から目に入った。頸部の圧迫痕を写したものだ。

「すみません、それ」

五十嵐は写真に手を伸ばした。刑事が首をかしげる。

「もう一度よく見せてください」

五十嵐は半身を斜めにして浮かす。刑事は怪訝な表情で写真をあらためて提示する。見たくなかったが、五十嵐は息を止め、写真を凝視した。

頸部を中心に写した写真である。顔は、半分開かれた目から下が写っている。

五十嵐は深く息を吸い、目を閉じた。ゆっくり息を吐き、目を開け、写真をもう一度見た。そして言った。

「この女性、私が知っている仁木智子さんとは違うんですけど」

7

「俺、いや自分、いや僕、愛奈さんのことを真剣に想っています。交際することを許してください」

　運転席の男が言う。発表会の小学生のような調子だ。さっきまでは片手ハンドルだったのだが、今は両手が十時十分の位置である。

「なーに、かしこまってるんだよ。命の恩人というのもアドバンテージなんだし、フクちゃんのほうが上から目線でいいのに」

　助手席の愛奈が運転手の二の腕をつねる。

　彼は愛奈の交際相手だ。福田和友という。脱色した髪をツンツンに立てているが、見た目よりずっと礼儀正しい。

「親の承諾は必要ないよ。二人とも成人しているのだし。つきあうのも別れるのも、どうぞご自由に」

　五十嵐はスポーツカーの後部座席で笑う。背中には汗をかいている。天井が低くて窮屈だからではない。冷や汗だ。自身が彼らと同年代だった時のことを思い出すと、どっと噴き出した。

　交際相手の親に挨拶するなど考えたこともなかった。いやそれ以前に、相手の女性のことを本当に好きかどうかもわからず、ただ欲望を満たすためにつきあっていただけのような気がする。同棲していながら、ほかの子にちょっかいを出したこともある。そういういいかげんな男の娘が成人し、もしかしたら結婚しようかという彼氏を連れてきたことに、五十嵐は愕然（がくぜん）とする。

　しかもこの、まだ子供然とした二人が、大人何十人分もの行動力を発揮し、三つの命を救ったのである。

　五月二十日の朝、愛奈が五十嵐のアパートにやってきた。父親に会いにきたのではない。中学生の時にお気に入りだったアクセサリーが見あたらず、かつて住んでいた部屋に置き忘れたのかと取りにきた。部屋には鍵がかかっていたが、母親と一緒に出ていった際、キーを返さず持っていたので、勝手に中に入った。

　目あてのアクセサリーは見つからず、代わりに、もっと気になるものを見つけてしまった。食卓代わりの炬燵の上やその周囲にアルコール類の空き瓶や空き缶が散乱していたため、惨状を見かねた彼女は片づけをはじめたのだが、すると瓶や缶の下からメモ用紙が何枚も現われた。どの紙にも稚拙な筆致で、〈死にたい〉の四文字が、表裏にびっしり書き綴られていた。

　嫌な予感がし、愛奈は部屋にあったパソコンを起動した。ウェブブラウザの履歴からリンク先に飛ぶと、そこは自殺サイトだった。メールソフトを見てみると、集団自殺についてのやりとりが行なわれていた。二十日の午後四時に甲府駅に集まり、富士山麓の青木ヶ原樹海で練炭自殺をするという計画だった。

　愛奈は父親の携帯電話にかけた。部屋の中で着信音が鳴った。携帯電話を置いて出かけていた。

　愛奈は近所の交番に駆け込んだ。話は真剣に聞いてくれ、本署に連絡してくれたが、どこかのんびりしており、組織を挙げて捜索してくれそうには感じられなかった。

愛奈は恋人に相談した。彼は一も二もなく車を出してくれ、二人は富士山麓まで高速を飛ばした。

河口湖、西湖と過ぎ、青木ヶ原と呼ばれるあたりに到着したのは二十日の夕方。富士の樹海は広大だ。しかし車の中での練炭自殺なら、車で乗り入れられる浅い場所に限定できる。二人は樹海の縁に沿って通っている国道一三九号線を走り、林道や木立の切れ目があるたびに、最近車が進入したかを確認した。林の中までスポーツカーで突っ込んでいく必要はなかった。前日まで雨だったため、未舗装の路面にタイヤ痕を探した。本栖湖を過ぎ、静岡県に入ってしまうと、道を引き返しながら捜索を継続し、西湖まで戻ってくると、二往復目に入った。

捜索すること五時間、精進湖に近い樹海に新しい進入の痕跡を発見した。轍を追っていくと、道なき道を無理やり五十メートルほど入ったところにワンボックスカーが一台あり、明かりの消えた車内に幾人か横たわっていた。

ドアはロックされていなかった。深く倒した運転席で仰向けになっているのが父親であることを確認すると愛奈は、彼氏と二人で引きずり出し、彼の車に乗せ、山道をタイヤを鳴らして疾走し、甲府市郊外の病院に運び込んだ。彼氏の車はスポーツカーで定員が少ないため、倒れていたほかの三人は、一一九番通報してまかせた。

まったく驚くべき決断力と行動力である。中学生のころから二言目には「ダルい」で、皿洗いも手伝おうとしなかったこの子が、一日足らずでこれだけやり遂げたとは、何度聞かされても五十嵐には信じられない。しかし次に、もっと信じられないことが控えていたため、愛奈たちの献身的で奇蹟的な行動が霞んでしまった。

ワンボックスカーから運び出されたものの助からなかった仁木智子という女性は、五十嵐が知っている仁木智子ではなかった。

警察に見せられた写真の写りのせいではない。死んだことで顔の印象が変わったのでもない。髪の長さや顔の形、着衣が明らかに違っていた。

写真の仁木智子は、埼玉県鶴ヶ島市在住の二十九歳ということだった。着衣やバッグの中に身元を示す所持品はなかったのだが、身体的な特徴から、捜索願が出されていた女性の家族に連絡がいき、遺体の確認が行なわれ、身元が判明した。

しかし五十嵐が知っている仁木智子は、二十九歳ということは絶対にない。では五十嵐の前にいた仁木智子とは誰なのだ？　死亡が確認された埼玉の仁木智子に姉はいない。四十歳前後の親戚も。

そして、いつ、五十嵐の知る仁木智子が別の仁木智子に替わったのか。樹海の車の中で睡眠薬を分け合った際は二十九歳ではなかった。

死亡が確認された仁木智子の両親によると、彼女は半年前から十数回にわたり、家の貯金を黙って持ち出していた。総額数千万円にもおよび、使途を両親が質したところ、結婚を考えている男性の事業を助けるためだと答えた。両親は厳しくとがめた。どれだけ親しい相手であってもそれほどの大金を貸すものではない、借用証も取っていないとは何事か、結婚を考えているのならその男を挨拶に来させなさい――それから間もなく智子は家を出、そして遺体で見つかった。叱責されたことを苦に死へ走ったのだ、一人では死にきれないと集団自殺に参加したのだと、智子の両親は自分たちを責めた。五十嵐、中西、吉田も死んでいたなら、その解釈で捜査の幕は引かれていただろう。

「しっかし、じゃまになった婚約者を殺すとか、どういうことだよ」

運転席の福田和友がステアリングを叩く。

「婚約者じゃないよ。財産を巻きあげるために結婚をちらつかせて近づいただけだし。赤詐欺」

と、助手席の愛奈。後部坐席で五十嵐は、この子は「赤詐欺」などという古い言葉を知っていたのかと驚き、感心し、嬉しくもなった。

「だからって、向こうの親がかかわってきてめんどうなことになりそうだからと殺すとか！　それも自殺に見せかけて。しかもただ殺すだけだと手間と金がかかって足が出るからと、集団自殺の中に紛れ込ませ、ほかの参加者の財産をむしり取ろうとか。どうせ死んでいくのだから、騙し取っても恨まれないって⁉」

それに気づいたのは、吉田こと木村だった。彼の財布とキーホルダーがなくなっていた。練炭自殺を図ったレンタカー、救急車、ＩＣＵ、病室をくまなく調べてもらったが見つからない。中西と五十嵐にも、それぞれの荷物に紛れ込んでいないか確認してほしいと要請があった。すると、紛れ込んでいるどころか、彼ら自身の財布や鍵もなくなっていた。

　警察は愛奈をともない、五十嵐のアパートを調べた。二十日の朝に彼女が訪ねた時とは雰囲気が異なっていた。詳しく調べると、どうせ死ぬのだから必要ないと五十嵐が置いてきたクレジットカード数枚が消えていた。吉田の自宅も荒らされており、通帳や印章、貴金属などがなくなっていた。

　クレジット会社に照会したところ、五十嵐、吉田、中西（の父親名義）のクレジットカードが、五月二十一日に、利用限度額に達するまで複数回使用されていた。購入されていたのは、宝石、高級ブランド品、百貨店の商品券やクレジット会社のギフトカードである。二十一日というのは集団自殺を図った翌日で、三人とも病院で生死の境をさまよっていたのだから、カードを使用したのは本人ではない。

「だらだら使ってたら不正使用がバレちゃいそうだから、一気に使い切って捨てちゃったんだろうね。悪智慧が働く連中だ」

　愛奈が片目をぎゅっとつぶる。

「悪智慧とか、そんな生やさしいものじゃないだろ。悪辣（あくらつ）、無慈悲、強欲、鬼畜――そう、鬼畜！」

　福田はますます声を荒らげ、ステアリングに両手を打ちおろす。

「はいはい、ちゃんと運転する。ほら、カーブ。アクセルもそんなに踏まない」

　愛奈は恋人を馬のように御する。

一連の犯行は次のように行なわれたと考えられている。

まず、仁木智子を結婚詐欺にかけた男Xが、用済みになった彼女を家から連れ出す。彼女のほうはまだ男を信用しているので、旅行気分でついてくる。ちょっと心配させれば親の気持ちを引き寄せることができるのでしばらく連絡を絶つようにとささやけば、言いなりに行動する。そして黙って姿を消したという事実は、彼女が死んでしまえば、親に叱責され、思い詰めたすえの自殺、というストーリーとして機能する。

一方、Xと組んでいる女Yは、仁木智子の名前で集団自殺を持ちかける。賛同者が現われたら、その者たちに車を用意させ、富士の樹海に向かう。自分で用意しないのは証拠を残さないためだ。ドライブインの裏で携帯電話をいじっていたのは、Xとのやりとりのためだろう。

車内で男三人が眠りに落ちたところでYはXに連絡、近くに待機していたXは、彼のほうで眠らせておいた仁木智子を樹海に運び、三人の男が眠る車に乗せる。そしてXとYは三人から金になりそうなものを奪い、練炭に火を点け、樹海を立ち去る。

誤算が三つ生じた。一つは、五十嵐がYに駆け落ちを持ちかけ、睡眠薬を服まないと言い出したこと。これは、水のほうに薬を混ぜておくことで回避した。

二つ目は、仁木智子がXの行動に不審を抱き、抵抗したこと。それを力で押さえつけたため、首や手首に痕ができてしまった。

XとYはその後、盗んだ鍵で三人の自宅を荒らし、クレジットカードで換金性の高いものを購入した。買物の際、店員はサインをいちいち照合するものではないし、サインレスで決済可能な店舗も珍しくない。

換金率だけを考えれば商品券が一番である。しかし換金目的でのクレジット購入は規約上禁止されているため、商品券を大量に購入しようとすると、怪しまれて拒否されるばかりか、即時カードが使用停止になってしまう。そこで犯人は、換金率では劣るブランド品や宝飾品も購入してリスクを減らしたのかもしれない。たんなる思いつきではできないことである。

また、五十嵐、吉田、中西のカードが、ほぼ同時刻に相当離れた場所で使われていることから、XとYのほかに少なくとももう二人男がかかわっており（女であるYが男性名のカードを使うのは危険すぎる）、その慣れた手口から、金銭的利益をあげることを目的に、犯罪行為を会社のように組織だって行なっている集団とも考えられた。現時点では明らかになっていないが、五十嵐たちから奪った身分証明書も、何らかの悪事に利用したことだろう。

しかし彼らの命運も近いうちにつきようとしている。二つの誤算はうまく切り抜けられたが、三つ目は命取りになった。五十嵐の娘が現われ、カモにしようとした男たちが命を取り留め、仁木智子の入れ替わりが発覚してしまった。

「ありがとう」

五十嵐がぽつりと漏らすと、何か言ったかと、愛奈がヘッドレストの間から振り向いた。五十嵐は視線をはずし、しかし今度ははっきりとした言葉で言った。

「助けてくれてありがとう。今ここにいるのは、こうして生きているのは、おまえのおかげだ。おまえたち二人の」

車は一路東に向かっている。二度とドアを開けることはないはずだった、うらぶれたアパートの部屋を目指している。

「逆じゃないの?」

「逆?」

「『よけいなことをしやがって』。自殺をじゃまされたわけだし」

「そんなことはない。途中から、死ぬ気はなくなっていた」

「じゃあどうして脱けなかったのよ」

「それはまあ、いろいろあって……」

どうしてあの女に心を寄せてしまったのだろうと、五十嵐は今さらながら思う。手を取り、抱きしめ、唇を奪ったというのに、顔もよく思い出せない。一酸化炭素中毒の後遺症というわけではあるまい。死出の旅から引き返すための口実がほしかっただけなのか。

「今度死のうとしたら、その前にあたしが殺すからね」

愛奈が物騒なことを口にし、おいおいと彼氏がたしなめる。

「ママとあたしは違うのよ」

「は?」

「ママはもうパパとは何の関係もない。そもそも赤の他人なんだし、離婚したら、また元の他人どうしに戻るだけ。けどあたしは違う。パパは、あたしが生まれた時からそこにいた。戸籍が別々になっても、戻るところなんてない。他人じゃないところから出発してるんだから。パパはパパでしかないんだよ、いつまでも。生きてても、死んでも」

愛奈は早口で怒ったように言い、顔を前に戻す。小さく震える肩に、横から手が添えられる。

「片手ハンドルはやめてくれ。入院はもうごめんだからな」

むすっとしながらそう言って、五十嵐は瞼を閉じ、指先で目頭を押さえつける。自分が生きていく意味はここにあるのだなと思う。

遠い初恋

1

東京からすごい子が来た！

噂は午前中のうちに小樽第二小学校を駆けめぐった。

昼休み、弓木（ゆみき）はドッジボールを取りやめ、級友数人と、噂の転校生を見にいった。

四組の前の廊下には人だかりができていた。上級生や下級生の姿もあった。

ある者はかわいいと声をあげ、またある者は大人びた美人だと賞賛し、弓木は、人形のようだと思った。

かわいいと感じるのは、ぱっちり開いた目や丸みを帯びた顎に注目してのことだろう。美人というのは、長く上向きの睫（まつげ）や筋の通った鼻、細面（ほそおもて）から受ける印象なのだろう。

人形のようだと弓木が思ったのは、それら顔のパーツが左右対称で、めったに表情を変えないからだった。笑う時も目と口元を微妙に動かすだけで、決して歯をこぼさない。背中まで垂らした髪が漆（うるし）のようにつやつや輝き、寝癖も風による乱れもないところも人形を思わせた。

それが昨年のこと。

五年生になった今、弓木は有坂弥生と同じ教室にいる。四月のクラス替えで一緒になったのだ。しかも、いきなり席が隣になった。

有坂さんの反対側の隣に坐る弥富武晴は、「弥生の『弥』の字は弥富の『弥』」などと軽口を叩いて彼女の気を惹いていたが、弓木はただ隣に坐っているだけで、そちらに顔を向けることさえはばかられた。

弓木は、女子に対して臆病なほうではない。消しゴムを忘れた時は、有坂さんとは逆の隣に坐る中川幸太ではなく、振り返って高橋明美に借りる。菅原圭子からは給食のパンをかっさらう。伊藤志織には、いつも宿題を写させてもらっている。

なのに有坂さんにだけ構えてしまう。好きだからまともに見られないということではない。これまで身近にいなかったタイプなので、どう接していいかわからない。外国人に対して尻込みしてしまうのと同じことだ。

有坂さんの服はいつも白いブラウスで、しかしいつも違った意匠のもので、いつも襟の先までアイロンがかかっており、セーターには毛玉一つなく、体育がない日は革靴で、靴下はフリルやリボンで飾られていた。

容姿と服装だけではない。すでに分数の掛け算割り算まで理解しており、ピアノもリコーダーも先生よりうまく、アクセントやイントネーションはテレビに出てくるアナウンサーや女優そのままで、これが東京の子なのかと、弓木はカルチャーショックを受けてばかりだった。

新しい学年がはじまって間もない四月下旬、有坂さんの誕生会の話が耳に入ってきた。

自宅でパーティーを催すのでぜひ来てほしいと、前年度も同じクラスだった伊藤さんや佐々木さんに声をかけていた。するとそれを耳にした弥富、藤岡、寺元のお調子者トリオが、オレたちもオレたちもと図々しく招待を取りつけ、ミッキーもお呼ばれしろよと、どういうわけか弓木も一派に組み入れられそうになった。教室で隣に坐っているだけで居心地が悪いのに、誕生会など、どんな顔をして何時間も過ごせばいいのだ。想像するだけで手先が冷たくなる。

弓木が尻込みして断わった誕生会の様子は、翌日の教室で大いに話題となった。高い天井の洋室にはモールやリースが飾りつけられ、それはさながらクリスマスの都通りのようで、三段重ねのケーキは札幌グランドホテルから取り寄せたもの、十一本の蠟燭（ろうそく）の火が吹き消されるとノンアルコールのシャンパンが開けられ、とろとろの肉や色とりどりの果物が純白の大皿に並び、有坂さんとお姉さんがピアノの連弾を披露、パパはその様子を右から左からカメラに収め、カードゲームのあとは芝生（しばふ）の庭でバドミントン、大きなふかふかの犬もまじえての記念撮影でお開きとなり、食べきれなかったケーキやお菓子がおみやげとして渡され、帰って開けてみたらデパートの紙包みが入っていて、その中身は外国ブランドのハンカチで、持っていったプレゼントが都通りで買ったノートや消しゴムだったのでまったく立場がなかったと、お調子者トリオは頭を掻いた。

2

梅雨のないこの地でも、季節の変わり目は天候が不安定になる。

六月の下旬、弓木のクラスで風邪がはやり、有坂さんも三日続けて学校を休んだ。その三日目の放課後、弓木が彼女の家に学校からのお知らせを届けることになった。

そもそも先生から命を受けたのは、有坂さんの家から三分のところに住む大岩光輝だった。しかし少年野球のレギュラー選抜があるからとか言って、弓木にプリントを押しつけてきたのだ。先週はアイスを、今週はガムとチョコをおごってもらっていた手前、拒否するという選択は弓木には許されなかった。

有坂さんの家は、小樽駅の裏に屏風のように広がる丘の中腹にあった。富岡と呼ばれるそのあたりは、北の商都として栄えた往時、物流で財をなした人々が屋敷を構えたことに端を発する高級住宅地である。急峻な坂を上っていき、振り返ると、駅舎の向こうに市街地が広がり、さらにその向こうに運河と倉庫が、そして灰色の海が空との境まで続いている。

古い邸宅が建ち並ぶ中にあり、異彩を放っているのが有坂さんの家である。煉瓦の塀に囲まれた白い建物で、洋風であるけれど、いわゆる西洋館ではなく、もっと現代的でさっぱりした、映画に出てくるアメリカの中流階級の住宅のような感じである。しかし日本の地方都市にあっては豪邸の部類に入る。

なんとなく弓木の耳に入ってきた話をつなぎ合わせると、有坂さんのお父さんは都市銀行に勤めているらしかった。富裕層である。けれどそれにしても、これほどの邸宅に住むとなると、相当な地位があるに違いない。

弓木がここに来るのは、実は二度目のことである。誕生会の話をさんざん聞かされたあと、いったいどんな屋敷なのだと興味を抑えきれなくなり、一人でこっそり探しにきていたのだった。だからこの日は迷わず来ることができ、その偉容にも前回十分見とれたので、用事をさっさとすませて帰るつもりでいた。郵便配達のようにプリントをポストに入れ、それで任務完了である。

ところが不測の事態が待ちかまえていた。煉瓦塀のどこにもポストが設けられていなかったのである。門柱にも門扉にもなかった。以前偵察にきた際には、そこまで観察していなかった。

蔓草のようなデザインの門扉の間から目を凝らすと、玄関先の柱に銀色の箱が見えた。やはりアメリカの映画でよく見る、蒲鉾形のポストだ。紙飛行機を折って飛ばすわけには、まさかいくまい。この距離では玄関先への軟着陸すら怪しい。

弓木の取る道は一つしかなかった。音を立てないよう慎重に閂をずらし、細い体が通過できるだけ門扉を押し開けると、アプローチに足を踏み出した。厄介なことに砂利が敷いてあったが、はやる気持ちを抑え、一足一足スローモーションのように足をおろして音を殺した。

ところがあと一メートルというところで、またも不測の事態に見舞われた。突如として、おおんという雄叫びのようなものがあがり、大きな影が弓木に向かって突進してきたのだ。

犬だった。弓木よりもはるかに大きな犬だ。鎖でつながれていたため、飛びかかられることはなかった。しかし鎖がぴんと張りつめていても、なお吠えながら弓木の方に寄ってこようとし、鎖をつないでいる杭が頼りなげにきしむ。黒くつぶらな瞳には人なつっこさが宿っていたが、そこに注目する余裕は弓木にはとてもなかった。

「ジョン！」

玄関が開き、女の人が現われた。土間から芝生に降り、腰をかがめて犬の頭を抱え込む。首の後ろと尻を叩いて小屋の方に追い立てる。そして腰をあげ、弓木に向き直った。何も言わず、ほほえんで見つめてくる。

「あっと、えっと、そのう、五の一です。五年一組の弓木です。有坂さんの隣の席です。これ、持ってきました。先生から」

弓木はたどたどしい日本語を操り、よれよれのプリントを差し出した。恐怖と緊張から強く握りしめてしまっていた。

「ご苦労さま。ありがとうね」

有坂さんのママが笑顔でプリントを受け取る。弓木はぎこちなくうなずく。初対面なのにどうして母親だとわかったのかというと、誕生会の時の写真を見ていたからだ。

娘が学校で異彩を放っているように、その母親も弓木の周囲にはいないタイプだった。自宅にいるのに入念に化粧をしていて、髪も、いま美容室から出てきたように整っており、服もよそ行きのようにきらびやかだ。つっかけてきたサンダルも、ベルトが金色に輝いている。そして何より若々しい。お母さんというよりお姉さんのようである。

「学校からそのまま来たの？」

弓木は無言でうなずく。

「おなかすいたでしょう。おあがりなさい」

ママは玄関のドアを大きく開ける。弓木は直立不動のままだ。

「甘いものは苦手？」

弓木はゆらゆらした足取りで、白堊（はくあ）の建物の中に入っていった。

通されたのは、高い天井の洋室だった。庭に面した側は天井から床までのガラス張りで、温室のように明るい。応接セットの前には大きなテレビが置いてあり、タレントの笑い声を響かせている。弓木はそちらに興味を惹かれたのだが、坐るよう言われたのはダイニングテーブルだった。

床に届かない足はぶらぶらさせず、両膝に握り拳を置いてかしこまっていると、銀のトレーが運ばれてきた。弓木の前にロールケーキと紅茶が置かれる。向かいの席にも並べられる。その隣にも。

三人分？　と弓木がぼんやり不思議に思った時、ママがテレビの方に向かって声をかけた。

「弥生ちゃんも食べるでしょう？」

するとソファーの背の向こうから、黒いものがむくむく頭をもたげた。そしてぴょこんと立ちあがり、こちらを向いたのは有坂さんだった。ソファーに寝そべってテレビを見ていたのだ。有坂さんは指先まで隠れてしまうような長いカーディガンを羽織り、足首まであるゆったりしたスカートを穿（は）いていた。

「弓木君、プリントを持ってきてくれたのよ」

ママが言うと、

「ありがとう」

有坂さんはそっけなく頭をさげてダイニングテーブルに着いた。

お茶の間、弓木はママから何か質問され、何か答えた気もするが、よく憶えていない。早く帰りたい、どのタイミングでどうやって暇(いとま)を告げればいいのかと、ケーキの味もまったくわからなかった。

紅茶がなくなり、今こそそのタイミングのはずだったのに、おかわりの勧めにうなずいてしまった弓木が己を呪っていると、離れたところで電話が鳴り、ママが席を立った。有坂さんと二人きりになってしまった弓木は、ますます居心地が悪く、視線の置きどころがわからない。喉は十分潤(うるお)っているはずなのに口渇をおぼえる。

「ミッキー」

不意に有坂さんが口を開いた。

「弓木だからミッキーなの？」

「え？　うん」

弓木は三年生の時からそういう綽名(あだな)で呼ばれている。

「かわいいよね、ミッキー。わたしも大好き」

弓木は息が詰まった。目の前も頭の中も真っ白になった。

「目がくりくりしてて、動きもかわいい」

ミッキーマウスのことを言っているのかと理解したものの、高まった鼓動は収まらない。

有坂さんが席を立った。弓木がなおぼんやり坐り続けていると、彼女がドアの前で手招きした。

「見せてあげる」

連れていかれたのは有坂さんの部屋だった。ロッキングチェアにミッキーマウスのぬいぐるみが坐っていた。壁の額縁にはバンビが、貯金箱はプルート、クッションはドナルドダックとデイジー、出窓に飾られた帽子の小人人形は七体あり、これは白雪姫のもの。カーテン、タペストリー、モビール、ベッドカバー、カレンダー、箪笥（たんす）に貼られたステッカー――目につくもの目につくものがディズニーのキャラクターだった。

それらにも圧倒されたが、弓木はむしろ、それだけのグッズを収容する部屋の広さに衝撃を受けた。勉強机があり、本棚があり、ベッドがあり、クローゼットにチェストがあり、それでもなお、相撲を取れそうなスペースが残っている。

ここは彼女一人のために与えられた部屋なのか？　ベッドが一つしかないのでそうなのだろう。これより狭い部屋で親子三人が卓袱（ちゃぶ）台を囲んでいる現実に、弓木はひどくみじめな気分になった。チェストの上に並ぶ写真立ての家族仲睦まじそうな笑顔も、うらやましく、いたたまれなかった。

しかしそれよりも弓木は、有坂さんの弾けぶりに驚かされた。このピノキオは伯父さんがアメリカから買ってきてくれたもの、こっちのダンボは宣伝用の非売品なのと、有坂さんは目を輝かせて説明する。彼女の学校での姿、人形のようなイメージとは全然違う。

有坂さんの説明は耳に入っておらず、というか興味のないことなのでちんぷんかんぷんで、弓木が彼女の表情だけを追っていると、弥生ちゃんちょっといらっしゃいジュンコおばちゃんがお話ししたいってと、ママの呼ぶ声が届いた。

有坂さんが部屋を出ていくと、弓木の緊張が自然と解けた。それまで詰めていた息を挽回するように、深く息を吸い込んだ。

甘い香りが鼻腔に広がった。綿菓子のようなべったりとした甘さではなく、朝露に濡れた花の蜜のようなほのかな甘さで、涼としてさわやかでもあった。弓木の日常にはない匂いで、これが東京の香りなのかもしれないと彼は思った。

しばし室内を見渡したあと、弓木は勉強机の椅子に坐ってみた。ミッキーマウスのクッションは硬からず柔らかからずで、後ろにもたれると背中をしっかり支えてくれ、体を少々動かしてもきしむことなく、こんな環境で勉強できれば成績が違って当然だと思った。

机の上に筆箱があった。有坂さんが学校に持ってきているものだ。臙脂(えんじ)色のシンプルなデザインで、ディズニーのキャラクターはどこにもない。

開けてみると、鉛筆が整然と並んでいた。シャープペンシルではなく、木の鉛筆だ。先端は鋭く尖り、ボディは濃いめのチョコレート色、六角形の一辺には筆記体のアルファベットが金で箔(はく)押しされていた。ただの鉛筆なのに、見るのに息を詰めないといけないような威厳のようなものが備わっている。その一方で消しゴムは、いかにも女子が好きそうなピンクと黄色のツートンで、南国の果実の香りを漂わせていた。

　筆箱は二段になっていて、下の段には、ボールペンに赤青鉛筆、直線定規、コンパスなどが入っていた。それらの一つ一つを自分の持ち物と比較するように手に取っていた弓木は、文房具らしからぬものが入っていることに気づいた。

　ビロードの小さな巾着だ。口を緩めて覗いてみると、銀色の輝きがあった。指先を差し入れて引き出してみると、細い鎖のネックレスだった。親指の爪ほどの小さなヘッドには、古い西洋の書物に出てくるような飾り文字で〈Y〉と彫り込まれていた。裏返すとこちら側にも一文字刻まれていて、〈A〉と読めた。

　有坂さんのイニシャルだ！　そう気づいた時、自然と弓木の指先に力が入り、ヘッドが真っ二つに割れた。一瞬、壊してしまったのかと蒼ざめたが、蝶番によりコンパクトのように開く構造になっていたのだった。

　開いた中には緑色の小片が入っていた。クローバーの葉だ。ネックレスのヘッドの大きさが親指の爪なら、その葉っぱは小指の爪で、目を凝らさないと、葉が四つあることがわからない。

　こんなに小さなクローバーがあるのか、もしかして作り物なのだろうかと弓木が観察していると、みしりと音がした。気配を感じたのとほぼ同時にドアが開いた。有坂さんが戻ってきた。

「風邪はだいじょうぶなの？」

恥ずべき行為を塗り隠すように、弓木はいきなり話しかけた。椅子からは間一髪立ちあがった。筆箱の蓋も閉まっている。

「うん。あしたは行く。ホントはね、きのうの午後には熱はさがってたんだ。用心のために休んだだけ。先生には内緒だよ、五の一のみんなにも」

有坂さんは唇に人さし指を立てる。

居間に戻り、おかわりの紅茶をいただき、弓木は有坂さんの家を辞去した。

その日の夕飯、弓木は箸が進まなかった。ケーキとクッキーが腹にもたれていた。しかしそれは親には言えず、はやりの風邪をもらってしまったかもと箸を置いた。クッキーはおみやげにもらったもので、それを親に説明するのが嫌だったので、帰り道で全部食べてしまった。

食欲が湧かなかった理由はもう一つある。格差を実感してしまったからだ。破れた襖（ふすま）、ささくれ立った畳表、焼けたカーテン、罅（ひび）が入った壁、海風にがたつくガラス窓、欠けた茶碗――それが彼が置かれた環境であり、有坂家とは何もかもが違いすぎた。

家の中に漂っている空気も、酸っぱいような苦いような、かぐわしさとはかけ離れたものだった。なのにその中にしばらくいると臭いがまったく気にならなくなってしまう、そんな自分にも弓木は嫌悪を感じた。

卓袱台には昨晩の残り物が並び、父親は、濁った色の野菜の煮付けを塗りの剝げた箸でつつきながら、酒臭い息を吐いている。かたわらの酒瓶を取りあげると、一日二杯の決まりでしょうと母親がヒステリーを起こし、そこから罵り合いがはじまる。毎日毎晩の光景だ。

こんな憂鬱な気分を背負わされるくらいなら有坂さんの家に行くんじゃなかったと、弓木は溜め息を繰り返し、飼い猫にあたり、プリントを押しつけてきた大岩君を恨んだ。けれど有坂さんのあの一言を思い出すと、自然と頰が緩んだ。貧しくぎすぎすしたわが家のことをはじめ、いっさいの不愉快が消し飛んだ。

「先生には内緒だよ、五の一のみんなにも」

これはつまり、有坂さんと秘密を共有したということではないのか。二人だけの秘密を。

その晩弓木はなかなか寝つかれず、それは遠足や運動会の前日でもこれほどではないというほどであった。

3

翌日、有坂さんが四日ぶりに登校してきた。そして事件が発生した。

午前中の中休み、十五分しかないのに校庭でドッジボールをして弓木が教室に戻ってくると、有坂さんの周りに女子が三人集まっていた。すぐに授業開始のチャイムが鳴って彼女たちは散開したが、次の休み時間、また有坂さんのところに寄ってきた。佐々木さん、伊藤さん、菅原さんは、先日の誕生会にも招待された面々なので、休み時間のたびに有坂さんとおしゃべりしてもおかしくはない。けれど三人とも重苦しい表情をしており、その真ん中にいる有坂さんはというと、机に突っ伏さんばかりにうなだれている。

「お嬢さま方、何か困りごとでも？」

弓木が思ったことを実際に声に出して尋ねたのは弥富君である。この反応速度の違いが、お調子者かそうでないかの違いなのだろう。

「ネックレスがなくなったの」

佐々木さんが答えた。

「ネックレス？」

「弥生ちゃんの」

「ネックレス、ねえ、くれッス」

「茶化さないで。なくなって困ってるんだから」

キッと睨みつけられ、へーいと頭を掻く弥富君。

「ちょっと男子、誰が隠してるの？」

「ネックレス、誰が隠したの？　答えなさい。男子」

伊藤さんが教室内を見渡した。散漫だった空気が一点に集中した。

佐々木さんもきつい調子で問うた。

「ネックレスって何だよ」

三浦君が立ちあがった。

「弥生ちゃんのネックレスよ」

「有坂さんの？　それが？」

「あんたたちの誰かが隠したことはわかってるの。返しなさい」

「知らねえよ。それより、学校にネックレスとかしてきていいの？」

「してきてたんじゃない」

「は？　してきてないのに、どうして隠されるんだよ」

「筆箱の中に入れてたの。それがなくなったの。誰？　返しなさいよ」

応対をするのは佐々木さんで、当の有坂さんは無言でうなだれたままだ。

「アクセサリーを持ってくること自体が問題でしょう。マンガも禁止なんだし」

学級委員長の渡辺一心がお出ましになった。

「マンガは遊びのものでしょう。おもちゃ」

「装飾品も娯楽品」

「だから、身につけてなかったんだって。見せびらかしていたわけでもないの」

「マンガは、持ってくるだけでもだめなんだよ。貸し借りで持ってきて、先生に取りあげられたということがあったじゃない」

はいはいそれはオレと、船木君が手を挙げる。

「有坂さんのネックレスはアクセサリーじゃないから」

伊藤さんが言った。学級委員長が眉を寄せる。弥富君がぽんと手を叩く。

「文房具だよ。ネックレスをノートの上に置いてさ、鎖の一点を指で押さえてさ、そこから三センチのところに鉛筆を立ててぐるっと回したら、半径三センチの円が描ける」

「そういうのを詭弁と言う」

渡辺君が眉間の皺を増やす。

「コンパスでもないから。寺元君、ランドセルにぶらさげてるのは何？」

突然伊藤さんに名指しされ、寺元君はきょとんとする。

「君のランドセルの横にぶらさがっているもの」

「これ？　住吉神社のお守り」

寺元君は机の横にかけてあるランドセルを覗き込み、錦の小袋を指先でつつく。

「勉強道具ではないよね。でも学校に持ってきていいんだ？」

伊藤さんは学級委員長の方に顔を戻し、挑発するように顎を突き出す。

「いいに決まってるだろう。お守りだぞ」

渡辺君はあきれたように言う。

「学業成就を祈願しているから、勉強に関係あるし」

藤岡君が言う。

「これは家内安全」

寺元君が言い、そこここで失笑が漏れた。

「縁結びでも商売繁盛でも問題ない。お守りは娯楽品ではない」

渡辺君は少しむっとしている。

「だとしたら、有坂さんのネックレスも許されるじゃないの」

「はあ？」

「中に四つ葉のクローバーが入ってる。幸運のお守り」

「それはだめだろう」

「どうしてよ」

「自分で勝手にお守りに仕立てただけじゃないか。寺元君のとは質が違う」

「差別」

「何が差別なの？　とっくにチャイムが鳴ってるわよ」

輿水（こしみず）先生が教室に入ってきて、話はそれまでとなった。

社会の授業中、小さな紙が回ってきた。

〈昼休み、話し合いの続きをします。男子はドッジボールにいかないように〉

四時間目が終わり、生徒と一緒に給食を食べていた輿水先生が教室を出ていくと、佐々木さんが教卓の横に立ち、みんなの方に向かって口を開――こうとしたのを押しのけるようにして、お下げの女子が教壇にあがった。

「有坂さんが学校で禁止されているものを持ってきたことと、それを紛失したこと、二つは分けて考える必要があるんじゃないの。そうしないと話が噛み合わず、いつまで経っても先に進まないと思う」

「まーたハナクソがしゃしゃってるよ」

誰かがぼそりと吐き捨てた。

「何か？」

副委員長の樺島美由起（かばしまみゆき）は聞き逃さず、男子がかたまっている方を睨みつける。彼女の小鼻にある黒子は、口汚い男子の恰好の攻撃材料だ。

「とにかく、こういういたずらはたちが悪いよ。冗談ではすまされない」

樺島さんが教壇をおりると、佐々木さんがあらためて話をはじめたのだが、またしても待ったがかかった。

「ごめんなさい」

か細い声で言って立ちあがったのは有坂さんだ。

「よけいなものを持ってきたわたしが悪かったの」

泣かないでーと男子が茶々を入れ、誰なのと佐々木さんが眉を吊りあげる。

「ネックレスの中の四つ葉のクローバーは、前の学校を離れる時に、元気でしあわせにねって、友達からもらったものなの。本当は肌身離さずつけていたかったんだけど、アクセサリーは禁止なので、筆箱の奥に入れて学校に持ってきていました。そういう、友達からもらった大切なものなので、なくなるととても困ります。学校に持ってきてはいけないものだけど……」

風船から空気が抜けるように、有坂さんは腰をおろした。

「その友達というのは彼氏だったりして」

弥富君がぼそりと漏らし、涙をぬぐうように指先で下瞼（したまぶた）をこする。ふざけないでと佐々木さん、そして腰の両側に手を当てて一同を見渡す。

「だから男子、今すぐ返しなさい」

「どうして男が犯人扱いされるんだよ。盗んだのは女かもしれないだろう」

大岩君が異議を唱えた。

「女子はそんな悪いことはしません」

「おまえ、それこそ差別だろ。だいたい、野郎がネックレスを盗んでどうすんだよ。そんなの欲しがるのは女だろうが」

そうだそうだと声があがる。

「好きな子の持ち物なら欲しくなるんじゃないの？　それか、気を惹くための意地悪」

「じゃあ、有坂さんのことを好きなやつが犯人なのか？」

「なんだ、オレが犯人か」

弥富君が頭を掻く。どっと笑いが起こる。

「印象だけで言い合ってたら、一学期が終わってもネックレスは見つからないよ。状況を客観的に見て判断しないと。いつなくなったのか、そのとき筆箱はどこにあったのか」

樺島さんの声だ。

「今日なくなったのよ」

と佐々木さん。

「今日っても、長うございますが」

と藤岡君。

「中休みに気づいたのよ。ね？」

佐々木さんが言葉を向けると、有坂さんは力なくうなずいて、

「三時間目が算数だから定規を出しておこうとしたの。その時、空っぽだと気づいた」

と小声で説明し、筆箱の下の段からビロードの巾着をつまみ出した。中身がないので
ぺっちゃんこだ。

「ネックレスがあることを最後に確認したのはいつなの？」

渡辺君が尋ねた。

「今朝」

「授業が始まる前？」

「ううん、うちで。忘れ物がないかチェックした時に」

「へー、学校に行く前にそんなことしてるんだ。僕、学校から帰ってきて、ランドセル
開けることなんて、めったにないよ」

大江原君が目を丸くする。

「だから忘れ物王なのか」

弥富君の一言に、またどっと沸く。

「脱線してると昼休みが終わるよ」

この不機嫌そうな声は樺島さん。

「すると盗まれたのは、登校して朝の会がはじまるまでの間か、一時間目と二時間目の
間の休み時間ということになるな」

渡辺君が話を絞る。

「授業中でも、隣か斜め後ろの席からなら盗めるような」

中川君が言った。

「僕は盗ってない」

右隣の弓木は気色ばみ、中川君を睨みつける。斜め後ろに坐る二人、高橋さんと阿部さんも、自分たちも違うと否定する。

「てことは、やっぱりオレが犯人なのか。詰んだ」

有坂さんの左隣に坐る弥富君ががくりと首を折る。すぐに顔をあげる。

「んなわけないだろ。オレは弥生ちゃんのことが好きだけど、それは恋愛感情じゃないぜ。きょうだい愛だ。弥富の『弥』の字は弥生の『弥』。一字を分けたきょうだいなんだから、困らせるようなことをするわけがない」

「黙りなさいよ」

また不愉快そうな声がして、今度は樺島さん本人もずいと前に出てきた。

「だいたい何よ。弥富は名字で弥生は名前。それで一字を分けたきょうだいって、はあ？ アメリカ人のハリー・ライムさんと日本人の針井太郎さんは親戚なんだ。弥富と弥生できょうだいなら、弥富君のお父さんやお母さんも有坂さんときょうだいということになるけど、へー、そうなんだ」

「つまんねー。ハナクソはジョークも理解できないのか」

「今は冗談を言っている場合なのかってこと」

「こういう場合だからジョークの一つも必要なんだよ。弥生ちゃんが押し潰されてしまうだろう。ま、カバだから人の心はわからないか。バカなカバはそこで教科書を開いて勉強でもしとけ」

さんざんなことを言う弥富君に樺島さんは、いーっと歯を剝き、教室の一番後ろまでさがっていった。名字と、肌が浅黒いことで、幼稚園の時から同じ綽名で呼ばれ続けている女子なのだが、カバとかバカ、さらにはハナクソ呼ばわりされてもまったくひるまずそれ以上やり返してくるので、弓木も彼女のことをたいしてかわいそうには思っていない。

「ええと、あのさあ、あたしも意見を言っていいんだよね？」

変になってしまった空気を察したかのように、樺島さんがさがっていく途中で本間さんが手を挙げた。もちろんよと、佐々木さんも空気を変えようと笑顔で応じる。

「これ、盗難と決めつけていいのかなあ」

「いたずらで隠したにしても、盗んだことには変わりないよ」

「ううん、そういう言葉の解釈じゃなくって、有坂さんがうっかり落としたということはないのかなって。たとえば、通学の途中、犬に吠えられて転んだ拍子にランドセルの蓋が開いて筆箱が飛び出し、中身があたりに散らばり、ネックレスを拾い忘れてしまった、とか」

「昇降口で靴を履き替える際にランドセルの蓋が開けば、中身がこぼれ落ちてしまうよね」

弓木も言う。

「そんなこと、なかった」

有坂さんがかぶりを振った。

「二時間目は音楽で、教室を移動したじゃない。その往復で落としたとは考えられないかな」

弓木はもう一つ思いついたので言ってみる。

「筆箱を落としたりしていない」

「筆箱は裸で持っていたんだよね。蓋がよく閉まっていなかったらどうなる？　腕を振って歩いたら、中身が勝手に飛び出すんじゃない？　一度にたくさん落ちなかったら気がつかないんじゃない？」

有坂さんは首をかしげ、記憶を探るように目を閉じた。

「それはない」

と言ったのは渡辺君だ。

「ネックレスは巾着の中にしまわれており、巾着は筆箱の下の段にあったのだよね。移動中に不可抗力で筆箱の蓋が開いてしまうことはあっても、ネックレスだけが下に落ちるということがあるだろうか。まずは上の段の鉛筆がばらばら落ち、その時点で、蓋が開いてしまったことに気づくのが普通だろう。そして、たとえ筆箱本体を床に落としたとしても、それだけ強い衝撃が加わったとしても、巾着の中からネックレス本体が飛び出してしまうということがあるだろうか。鉛筆は一本も飛び出さずに」

なるほど、たしかに、と声があがる。弓木は自説を取りさげるしかなかった。

ほかにどういう可能性が考えられるかとなったが、透明人間、コロポックル、念動力、四次元の扉と、ふざけた説しか出てこない。樺島さんはそれを、後ろの黒板にもたれて、ぶすっとした表情で聞き流している。

「じゃあやっぱり」

佐々木さんが大きく息をついた。

「だから男と決めつけるなって」

大岩君が眉を寄せる。

「今は、男子とは言ってません」

「そう思ってるくせに」

「誰なの？　正直に言って」

伊藤さんが教壇に登り、一同を見渡した。名乗り出る者はいない。

「持ち物検査だね」

佐々木さんが腕組みをする。

「おまえ、何の権利があって言ってるんだ」

大岩君が睨みつける。

「パンツの中も調べるの？」

藤岡君は明らかに茶化していたが、そのあと女子の間からも抗議の声があがった。

「先生に相談する？」

菅原さんが言った。

「だめだよ。学校の決まりを破ったことがばれちゃうじゃないの」

佐々木さんが首を横に振る。

「まあさ、そういうものを学校に持ってきちゃったことがあれなんだから、出てこなくても仕方ないよね。落としたのだとしても盗られたのだとしても。あきらめましょう、あきらめましょう♪」

藤岡君がお手上げのポーズで言った。軽い調子だったが、教室の空気が凍りついた。

「おまえ、それは鬼だわ」

中川君が笑ってツッコんでも息苦しい沈黙は解消されない。有坂さんは涙こそ見せていなかったが、口元に両手を当て、いろいろなことをこらえるように肩をすぼめている。

「ちょっとそのへんを捜してみようぜ」

弥富君が立ちあがった。

「ネックレスを？　そのへん？　机の中とか？」

大江原君が尋ね、やだぁ、人権蹂躙(じゅうりん)と声があがる。

「いや、机やランドセルといった個人的なところは、なしということで。床の継ぎ目やカーテンの陰、ドアレールの間、窓の桟(さん)なんか。あと、廊下に音楽室。校門から昇降口までも調べたほうがいいな」

「落としたとは考えられないと言っただろう」

と渡辺君。

「そうだけど、可能性がゼロというわけじゃないよな。いろんな偶然が重なれば、連鎖反応で、普通はありえないことが起きるんじゃないの？　そういうのを何て言うんだっけ？　わらしべ長者？」

「風が吹けば桶屋が儲かる」

「そう、それ」

「ねえ、捜してみようよ」

本間さんが立ちあがった。

「みんな頭に血が昇ってるから、それを冷ますことにもなると思う」

菅原さんも言う。

昼休みの残りの時間、次の休み時間、放課後と、五年一組全員が分担して校内を捜索した。

徒労に終わり、薄暗い教室に十数人が集まった。残りの面々は、遅くなるからと、捜索もそこそこに下校していた。

「誰かが拾って自分のものにしちゃったのかもしれないね」

菅原さんが溜め息まじりにつぶやき、

「それか、ゴミとして捨てちゃったか」

寺元君が首をすくめる。

「拾った子が、落とし物として職員室に届けたのかもしれないよ」

本間さんが言い、

「だとしても、違法なものだから、届けがありませんでしたかと先生に尋ねるわけにはいかないよなあ」

三浦君が嘆く。

「違法って何だよ」

中川君がすかさずツッコむが、乾いた笑いはすぐに消えてしまい、薄暗い教室が陰気に沈む。

「ごめんなさい。こんな大騒ぎになっちゃって」

有坂さんが小声で頭をさげ、それがまた陰気さを増幅させる。いいってことよと弥富君がおどけても効果はなかった。

「誰なのよ、まったく」

佐々木さんがみんなを睨みつけるように顔をしかめる。

「どうしたらいいと思う？」

伊藤さんが渡辺君の方を向いて尋ねた。

「どうって……」

「何かあるでしょう、学級委員長なんだから」

「責任を押しつけるなよ。みんなで考えるのが民主主義だろう」

「じゃあみんなの一人として意見を言って」

「一つ言えるのは、持ち物検査は今さらしても無駄。帰ってしまった生徒が半数以上いるわけだから、その中に犯人——なんて言い方はしたくないけど——がいた場合、残った生徒を調べたところで無意味」

佐々木さんが不承不承といった感じでうなずく。

「それと、名乗り出ろと連呼しても無駄でしょう。それで問題が解決する世の中なら、もっと住みやすい」

「じゃあどうするのよ」

「だからそれをみんなで考えるのが民主主義だって」

渡辺君と佐々木さんがやりあう後ろで、あのうと控えめな声がした。有坂さんだった。しかしそれきり何も言わない。

「遠慮なんて水くさいぜ」

弥富君が例の調子でうながした。それでも有坂さんは唇を引き結んでいたが、いつまで経っても注目が解けないとわかると、覚悟するように小さくうなずいてから口を開いた。

「ごめんなさい。よけいなものを持ってきてしまったばかりに五の一が大変なことになってしまって」

「それはもういいってことよ」

「わたしがいけないの。けれどとても大切なものなの。それでね、もしも、もしもだよ、もしもこの中に取った人がいるのなら、名乗り出なくていいから、返してください。こっそり机の中に入れておいてください。四つ葉のクローバーだけでもいいから。みんなを疑っているわけじゃなくて、もしもの話だよ」

有坂さんは胸の前で手を組み合わせ、祈るように訴える。

4

翌日の昼休み、給食を五分で掻き込みドッジボールに出ていこうとした弓木の目に、輿水先生が有坂さんに話しかけている姿がちらと映った。あとで職員室にと言っているようにも聞こえた。

五時間目、教壇に立った輿水先生は、教科書は開かず、黒板にも向かわず、静かに口を開いた。

「きのうの午前中、有坂弥生さんのネックレスがなくなりました」

教室が少しざわついた。

「アクセサリーを学校に持ってくるのは禁止です。そのことについては先ほど有坂さんに注意したので、ここではあらためて言いません」

弓木は横目で左を見た。有坂さんは首を垂れ、膝の上で手を握りしめている。

「この中に、有坂さんのネックレスについて心あたりがある人はいませんか？」

先生は、首を左から右にゆっくり動かす。

「誰だよ、盗んだのは？」

最前列に坐る大江原君が振り返った。ふたたび、今度は大きく教室がざわめいた。静かにと先生が手を叩く。

「大江原君、先生は、そうは言ってませんよ。心あたりがないかと尋ねています」

「心あたりというのは、具体的にはどういうこと？」

「どこそこで見たような気がするとか」

「階段に落ちていたとか？」

「そうです」

「きのう、みんなで結構捜したけど見つかりませんでした」

高橋さんが言った。

「捜す前に、どこかで見かけていたかもしれないでしょう」

「心あたりがあるのなら、きのうのうちに言っていると思います」

「はっきりとした心あたりならそうでしょう。けれど、ちらっと見ただけなら、すぐに忘れてしまうものです。そういう記憶は時間が経ってからよみがえることがあるので、あらためて思い出してみてください」

考える時間を与えるよう、先生は口を閉ざした。

「じゃあさ先生、有坂さんの筆箱を誰かさんがいじっているところを見たとかいう情報でもいいの？」

大江原君は黙らない。

「大江原君、先生に対して話す時は、『いいの？』ではなく、『いいのですか？』でしょう」

「あと、自分が盗みましたという告白とかも？」

「有坂さんのネックレスが紛失したことに関して心あたりがある人はいませんか――先

生はそう尋ねているのです。わかりますね？」

先生は大江原君にきちんと答を示さず、全員に向かって話しかけた。大人はこうやってごまかすのかと、弓木は変なところに感心した。

二十秒、三十秒と沈黙が続く。先生が口を開く。

「全員、目を閉じなさい」

「どうして？」

と大江原君。

「目を閉じることで集中できるからです。さあ、目を閉じて。大江原君、閉じなさい。大岩君、寺元君、藤岡君も」

弓木も目を閉じた。

「有坂さんのネックレスに心あたりがある人は静かに手を挙げなさい」

「先生」

樺島さんの声だ。

「黙って挙げなさいと言ったでしょう」

「こういうのって、よくないと思います」

「何がです？」

「自白の強要ですよね？」

「いつそんなことを言いました？　樺島さん、目を閉じなさい。大江原君も渡辺君も佐々木さんも。もう一度尋ねます。有坂さんのネックレスに心あたりがある人は黙って手を挙げなさい」

　輿水先生はまた大人のやり方で話をはぐらかす。

　どうして先生はネックレスがなくなったことを知っているのだろう。クラスの誰かが告げ口したのだな。誰だろう。一番やりそうなのは樺島さんだけど、今のやりとりからして、どうも違うみたいだ。とすると、大岩君、菅原さんあたりか。誰かが手を挙げたら、先生はどうするつもりなのだろうか。黙って手を挙げさせるのだから、この場では何もないだろう。あとで職員室に呼び出して叱るのか。窃盗となると、当然親にも連絡が行くだろうな。

　などと弓木が考えをめぐらせていると、手が二回叩かれた。

「授業をはじめます」

　輿水先生は教卓の上で教科書を開く。

「誰か手を挙げた？」

　大江原君が首を伸ばして尋ねる。

「挙げたかもしれません」

「誰？」

「誰も挙げなかったかもしれません」

「えーっ？」

「先生の胸にしまっておきます。みなさんはそんなことより、国語に興味を持たなければなりません。四十八ページからでしたね。高橋さん、読んで」

何事もなかったように授業に移り、チャイムが鳴ってもネックレスの件には一言もふれず、輿水先生は一人で職員室に引き揚げていった。

有坂さんのネックレスが見つかったのは翌日のことである。

5

朝、登校してきて、昇降口で靴を替えようとしたところ、上履きの中にくしゃくしゃの紙包みがあり、中にネックレスが入っていたという。

ネックレスは無事戻ってきた。破損はなく、四つ葉のクローバーもそのまま入っていた。

しかし五年一組の雰囲気は元には戻らなかった。犯人が不明なままだったからだ。ネックレスを包んであった紙はノートを破ったものだったが、署名やメッセージは記されていなかった。

輿水先生に質問が飛んだ。先生の呼びかけに名乗り出た者がおり、先生の指示により黙って返すことにしたのではないか。しかし入れ替わり立ち替わり手を替え品を替え尋ねても、先生は、神様だけが知っていますの一点張りで、さあ勉強勉強と追い立てる。

それにおとなしく従う十歳、十一歳であろうはずがなく、誰のしわざだったのだろう、あなたは誰だと思う、また誰かの持ち物を盗むのではないかという声が、休み時間のたびにそこここで聞かれた。おまえが犯人だ、そっちこそ早いとこゲロして楽になれと、明らかな冗談とわかるものはいいとして、額をつきあわせてのひそひそ話はクラスを息苦しく陰気にさせた。

　ちょうど週末だったので、日曜日がクッションになるだろうという期待があったが、週があらたまってもぎくしゃくしたままで、火曜日には、変な目で見た見ていないという小競り合いまで発生してしまった。

　外はさわやかな青空で、そろそろ半袖でもという、北国では一番うきうきした季節だというのに、教室は毎日真冬のような曇り空だった。この状態が学年の終わりまで続くのだろうか。いや、六年ではクラス替えがないから、卒業までこの顔ぶれなのだ。

　ひと月先、一年先を想像し、弓木が憂鬱に沈んでいた水曜日の午後のことである。終礼での輿水先生の話が終わり、委員長の渡辺君に号令をかけるよううながした時だった。一人が起立の声より先に席を立ち、よく通る声で言った。

「有坂さんのネックレスを盗みました」

　教室がしんとなった。驚いたというより、先生もふくめて、みなきょとんとしていた。しばらく真空のような状態が続いたのち、いま何て言ったのかといった感じでざわつきはじめた。

「どういうことです」

　輿水先生の声はうわずっていた。

「ですから、わたしが有坂さんのネックレスを盗みました」

「ですから、どういうことなんです」

先生は非常に混乱した様子だ。告白したのが自分だったら、先生もこれほど取り乱さなかったはずだと弓木は思った。

「どうもこうも、これ以上簡潔な説明はありませんが」

副委員長の樺島さんは少し笑っている。

「どうしてそんなことをしたのです」

「嫉妬です。それで十分ですよね？　具体的な説明が必要ですか？　先生も鬼ですね。東京からやってきて、目鼻立ちが整っていて、北国で生まれたわたしより色白で、言葉がきれいで、高そうなお洋服を着ていて、それも一度着たら捨ててしまうのではと思われるほど毎日違っていて、ランドセルも文房具も札幌のデパートでしか売っていないようなもので、たぶん欲しいものは何でも買ってもらえて、家では宿題しかしないとか言いながら成績は余裕で上位で、みんなからちやほやされ、ほかの学級ほかの学年からも見にきたりされ、先生方も猫なで声で話しかけ――」

「もう結構です」

樺島さんの異常な饒舌を先生が止めた。有坂さんは目を閉じ、両耳を塞いでいる。

「自己弁護を加えさせてもらえるなら、ちょっと困らせてやろうとしただけです」

樺島さんはそこでいったん口を閉ざし、先生が何も言わなかったので続けた。

「そうやって不愉快に思っていたところ、彼女が決まりを破って学校にネックレスを持ってきていることを知りました。最初は副委員長として注意しようとしたのですが、いえ、吊るしあげようとしたと言ったほうがいいかな、それよりいいことを思いつきました。ネックレスを隠し、あわてさせてやろう。彼女が蒼ざめ、勉強も給食も手につかなくなるさまを見て、ざまあみろとほくそ笑み、溜飲を下げようとしたのです。ところが誤算がありまして。

学校に持ってきてはいけないものだから、なくなったとしても彼女は誰にも相談できず、独り蒼ざめるしかないとわたしは考えていました。ところが彼女はすぐに人に言っちゃったんです。しかも話はすぐに拡散し、ネックレスを返すに返せなくなってしまいました。みんなの目があって。翌日には先生にまで話が伝わって、さらに焦りました」

「だからプリプリしてたのか」

弥富君が言った。そういうことと樺島さんはうなずいて、

「朝早く登校し、なんとかネックレスを返すことができました。けれどそれで一件落着とはなりませんでした。犯人がわからないままでは、みんな落ち着かないんです。クラスの雰囲気がどんどん悪くなる。わたしは有坂さんには嫉妬したけど、五年一組がぎくしゃくすることはまったく望んでいませんでした。だからこうして名乗り出ることにしたのです」

そう言葉を結んだのち、机の横に出た。机と机の間を前に向かい、先生に一礼してから、教卓の横に黒板を背にして立った。

「有坂さん」

呼びかけられ、有坂さんはゆるゆる顔をあげる。

「わたしがネックレスを盗みました。醜くも愚かな行為でした。赦(ゆる)してとは言いません。

でも、今の本当の気持ちだけは聞いてください。聞くだけでいいから。有坂さん、本当にごめんなさい」

　樺島さんは両手を膝の下まで滑らせ、深々と頭をさげる。しばらくそのまま静止したのち体を戻すと、

「みんなもごめんなさい。騒ぎに巻き込んでしまい、そして何より嫌な思いをさせてしまって」

と、ふたたび低頭する。そして頭をあげると、今度は教卓に向かって最敬礼する。

「先生、申し訳ありませんでした。心あたりはないかと問われた際、卑怯にも手を挙げなかったことも謝ります」

　樺島さんはこのあと副委員長を辞任した。

6

　短い夏がやってきた。

　木槿（むくげ）の生け垣が白や紫の花を咲かせ、運河沿いの煉瓦倉庫には蔦（つた）が青々と茂り、緑鳩（あおばと）が潮を求めて天狗山から降りてきた。

　そして夏休みがはじまった。

　弓木はラジオ体操の前から鎮守の森で捕虫網を振るい、朝を食べたら小樽公園のひょうたん池でザリガニを釣り、午後は商大のキャンパスに入り込んで鬼ごっこ、帰りは弥

富君のローラースケートで地獄坂を下った。

忙しくしていると、嫌なことを忘れることができた。元に戻ったとは言いがたい五年一組のこと、樺島さんを遠ざけ、有坂さんとの距離も縮められない自分のこと。遊び疲れて帰宅すると、夕食もそこそこに気を失うように床に就き、両親のいさかいも聞かずにすんだ。

夏休み最初の登校日、弓木の左隣の席が空いていた。朝の挨拶に続き、輿水先生が言った。

「有坂弥生さんは札幌の学校に移りました」

教室が騒然となった。

「お父さんの仕事の都合で札幌に越すことになったのです。急なことで、みなさんにお別れができず、とても残念だと言っていました。終業式の時にはまだなかった話で、先生も大変驚いています」

有坂さんの転校については、佐々木さんなど数人の女子は滑り込みで情報を得ていて、小樽駅で見送りをし、お別れのプレゼントを渡していた。

嘘だと弓木は直感し、確信した。親の都合などではない。ネックレス事件で小樽第二小学校が嫌になり、親と相談して転校することにしたのだ。

7

虫獲りも魚釣りも、弓木は一人ではやらない。かならず友達を誘う。だから弓木は日曜日が嫌いだ。

日曜日は水産加工工場に勤める父親が一日中家にいる。父のことは嫌いではない。酒癖は悪いが、キャッチボールをしてくれるし、テストが五十点でも、次のテストで百五十点取ってやれと励ましてくれる。

けれど父が一日家にいると、日がな一日母と罵り合い怒鳴り合う。時には物も飛び交う。弓木はそれがたまらなく嫌だった。安普請の借家をふるわせるほどの怒声は恐ろしく、自分が叱られているわけではないのに胸が締めつけられる。たとえ食卓が貧しく、はやりのおもちゃを買ってもらえないにしても、家庭に笑顔が満ちていたら、これほど不幸を感じることはなかっただろう。

両親が喧嘩をはじめ、長引きそうだと察すると、弓木はそっと家を出る。しかし近所の友達を誘って遊ぶわけにはいかない。日曜日、彼らはみな、自分の家族と行動をともにするからだ。

訪ねて留守だと、家族仲良く買物やスキーに出かけているのだなと、己の境遇を恨めしく思わされ、運よく在宅していてゲームをはじめても、隣の部屋から友人の家族の笑い声が届いてきて、やはり不幸にさいなまれてしまう。だから弓木は独りぽつりと過ごすことになる。日曜日は嫌いだ。

　その日曜日も弓木は、友達と遊べないので、そろそろ黄信号が灯りはじめた宿題と自宅で格闘していたのだが、昼下がりに両親の雲行きが怪しくなったため、サンダルをつっかけて外に出た。

　あてもなく道を行き、往来する列車を富岡橋の上からぼんやり眺め、稲穂の繁華街に行きかけて、どうせプラモデルは買えないのだからと、来た道を引き返した。

　正面から人が歩いてきた。近づくにつれ、見憶えがあるように感じられ、やがて間違いないとわかったが、ここで回れ右をしたり路地に入ったりするとかえって気まずくなるので、弓木は額の汗をぬぐいながらまっすぐ歩いていき、すぐそこまで接近すると、西陽がまぶしくて君の存在に気づかなかったよというふうに目を細くし、おうと軽く手を挙げてすれ違った。樺島さんも、ああといった感じでそっけなく目礼して過ぎ去った。

　数歩で弓木は立ち止まった。自分の中の何かが足を止めさせた。振り返ると、樺島さんは同じ調子で歩いていた。お下げの髪が少しずつ遠ざかる。

　弓木は小走りに彼女を追い、待ってと呼びかけた。樺島さんが足を止め、振り向く。

「ちょっと、いい？」

　弓木は寺の横の路地を指さした。

「買物頼まれてるんだけど」

　樺島さんはぺらぺらの手提げ袋を顔の横で投げ縄のように振り回す。

「買う前だからいいだろう」

弓木は路地を入る。嫌そうな顔で樺島さんがついてくる。

弓木は袋小路の手前で足を止めた。首を回し、人気(ひとけ)を確認する。

「何？　早く言ってちょうだい」

「どうして嘘をついたんだ」

弓木は声を落として尋ねた。

「嘘？」

「有坂さんのネックレスを盗んだって」

「そうよ、わたしが盗んだ。だから泥棒だけど、嘘つきじゃない」

樺島さんはふっと笑う。

「嘘だ」

「何が嘘なのよ。言ってることがさっぱりわからないんだけど」

「自分が盗んでいないことは、自分が一番よくわかってるだろう」

「何言ってるの。わたしが盗んだって――」

「自分が盗んだことは、自分が一番よくわかってる」

弓木は樺島さんを睨みつけるように見つめた。彼女は眉をひそめ、それからハッと目を見開いた。

「僕が悪いんだよ」

プリントを渡しに有坂さんの家を訪ねた日だ。彼女が席をはずした際、弓木は筆箱の中身を覗いていた。そこに彼女が戻ってきたので、あわてて筆箱を閉めたのだが、このときネックレスを戻さず、ズボンのポケットに入れてしまった。意識して盗んだのではない。とっさに隠しただけで、子供部屋を出た時にはその事実を忘れていた。帰宅後も気づかず、翌日同じズボンで登校し、ネックレスがなくなったと有坂さんが言い出し、弓木がズボンのポケットに手を突っ込んだところ、鎖の手触りに蒼ざめることになる。

朝は筆箱の中にあったと有坂さんは言ったが、これは早合点だろう。筆箱の中に巾着があるのを見ただけで、中身までは確かめていなかったはずだ。

「どうして黙ってたのよ」

弓木の告白を聞き、樺島さんが顔をゆがめた。

「あっという間に騒ぎが大きくなって、とても言い出せる雰囲気ではなくなってしまった」

「有坂さん本人にだけそっと打ち明け、返せばよかった」

「言えないよぉ。無断で持ち物チェックをしていたんだよ。ほかにどこを調べて何を見たのかと疑われるし、軽蔑されるじゃないか」

だから息をひそめて事の成り行きを見守り、時には、自分に疑いがかからぬよう、みなの注目をそらそうともした。

「卑怯」

「そうだよ、卑怯者だよ。そっちこそ、どうして自分が盗んだなんて嘘をついたんだよ」

弓木は開き直り気味に自分の非を認めながらも、卑怯にもそれを塗り隠すように矛先を変える。

「犯人として名乗り出れば、クラス中に広がった疑心暗鬼が解消されると思った」

「そんなことしたら、自分が後ろ指を指されて居づらくなっちゃうじゃないかよ」

事実、あの告白以降、樺島さんはみんなに避けられている。

「わたし一人が犠牲になることで五の一が元に戻るなら、安いもの」

「なに正義の味方ぶってるんだよ」

「だよね。本当は、偽者が名乗り出ることで真犯人の良心に訴えられないかと考えたの。実は自分がと名乗り出てくれないかと。でも計画倒れ」

樺島さんは首をすくめる。弓木はごめんとつぶやくしかない。

「わたしに謝ってどうするの。もちろん謝ってほしいけど、この場じゃなくて、五の一のみんなの前でじゃないの？　ううん、それより、一番に謝らなければならない人がいるでしょう」

弓木はうなずき、そのままうなだれた。

「有坂さんを居づらくさせてしまった。出ていかなければならないのは僕のほうだったのに」

足下に向かってつぶやく。大人用のサンダルからはみ出した指先が土埃で汚れている。

「彼女が転校したのはお父さんの都合でだよ」

「表向きはね」

「違うよ。お父さんが関係している宅地開発のため、どうしても札幌に行かなければならなくなったんだよ。有坂さんも直前に知らされて、驚き、悲しんでた」

「どうしてそんなことを知ってるんだよ」

「聞いたから」

「輿水先生から？」

「有坂さん本人から」

「えっ？」

「弓木君、あした、暇？」

「は？」

「夕飯の買物を頼まれてるの。早く帰らないと心配される」

樺島さんは買物袋をくるくる回す。

「あしたもあさっても、べつに何もないけど」

「じゃあ続きはあしたね。一度うちに帰らないと教えられないこともあるし」

「何？」

「だから、あした。二時ごろはどう？」

「いいよ」

「ここでもいいけど、何か変なところだよね。隣、お墓だし。小樽公園にしようか。図書館の前で二時」

ということで弓木は翌日の午後、市立図書館に足を運んだ。樺島さんはすでに来ていて、坐れるところでと、公園内のベンチに移動した。一つのベンチの隣どうしではなく、向かい合わせのベンチにそれぞれが腰かけるという、風情のない坐り方である。

「有坂さんのお父さんが開発に携わっている石山の住宅地に、自ら開拓住民として乗り込むことになったんだって」

樺島さんは風情なく用件から入った。

「石山って、札幌のどのへん？」

「真駒内の南」

「真駒内って、札幌のどのへん？」

「南の方」

「あれっ？　有坂さんのお父さんって銀行員なんだよね？」

「そう」

「銀行は家を作る会社じゃないじゃん」

「開発資金を出しているのよ。お金がないと何もはじまらない。銀行がかかわっていない事業なんてない」

ふーんと応じるものの、弓木は理解がいったわけではない。

「どうしてわたしがその話を知っているのかというと、うちの母が人づきあいが多い人で、夏休みに入ってすぐ、丘の上の有坂さんが小樽を出ていくという話をどこからか聞き込んできたのね。それを聞いてわたしは、ネックレスの件が原因だとピンときた。弓木君が思ったのと一緒。だったら、このまま別れてしまったら後味が悪いじゃない。だから有坂さんのところに話をしにいったの。高台のおうちにおしかけた。

有坂さん、びっくりしてた。でもおうちにあげてくれた。荷造り中で足の踏み場がなかったよ。お父さんの仕事の関係で越すんだって言われた。そのあといろいろ話して、引越しの理由に嘘はないとわかった。変な話、あの日一対一で話して、心が通じ合ったと思う。わたしの嫉妬も、彼女は赦してくれた。そう感じた時、本当のことが喉のここまで出かかった。真実を明らかにするために嘘をついたって。でも言えなかった。いま思えば、言わなくてよかった。それを言うのは、わたしじゃない」

と、樺島さんはベンチから腰をあげて弓木の方に歩み寄り、折り畳んだ紙片を差し出してきた。弓木が受け取り、開いてみると、札幌の住所と電話番号が記されていた。

「有坂さんの引越し先」

樺島さんはそれだけ言って図書館の方に去っていった。

8

月遅れのお盆が明けた月曜日、弓木は朝食をすませると、水筒を斜めがけして自転車にまたがった。

樺島さんにもらったメモに対しての選択肢はいくつかあった。手紙を書く、電話をする、破って捨てる――。

お盆の間、弓木は小指球が真っ黒になるほど文字を書き続けたが、自分の気持ちがうまく文章になってくれなかった。そして、直接話したほうがうまくいく気がした。面と向かってなら、表情や仕草でも気持ちを伝えられる。

地図を見たところ、札幌の石山までは五十キロ弱あった。往復百キロを自転車で日帰りできるだろうか。夕方六時までには帰ってこなければならないとして、朝八時に出発すれば十時間使える。有坂さんとは三十分も話さないだろうし、途中の休憩を加えても、純粋に九時間は走れる。時速十一キロ程度でいいのか。信号のない田舎道なら二十キロはかたいぞ。

弓木はそう計算し、問題なく往復できると、有坂さんに会いにいくことにした。事前の連絡はなしだ。面会を断わられたら、そこで終わってしまう。母親には、大岩君のおじいちゃんに祝津の水族館に連れていってもらう、ほかにも寺元君が一緒に行くと嘘をついた。

太陽に向かって漕ぎ出すと、すいすい前に進んだ。昨日空気を入れ、油を注しておいた。小樽の市街地を抜けると信号も少なくなり、ノルマの時速十一キロは余裕でクリアできていた。自然と口笛や鼻歌が出る。札樽(さっそん)国道はアップダウンを繰り返すが、弓木は過去に何度かこの道を走った経験があり、それが息があがるほどの勾配ではないことを知っている。

しかし計算どおりにいったのは出発後三十分までだった。朝里川を越えると、だらだらした上り坂がいつまでも続いた。下り坂がいっこうにやってこない。しかもだんだん勾配がきつくなっているように感じられる。

弓木が過去に走ったのは朝里川までで、その先は未体験だった。しかし地図を見ると、小樽市街から朝里川までも、その先の札樽国道も、同じように海沿いを走っているので、自分が知っている道がいつまでも続くと決めつけてしまっていた。

左手には石狩湾が広がっている。漁船が白い航跡で線を描き、水平線には貨物船が置物のように据わっている。弓木にその風景を楽しむ余裕はなかった。鼻歌もとうにやんでいる。

風光には目もくれず、ひたすらペダルを踏む。全力で踏んでも、勾配に負けて左右にぶれる。すると後ろから突然、怒ったようなクラクションが浴びせられる。心臓に悪く、ハンドル操作を誤りそうだったので、弓木は逆走を承知で右車線を走ることにした。前から迫ってくる車もおっかないが、見えているぶん、まだ心構えがきく。

北海道であっても八月は暑い。しかも風のない日である。道路の彼方には水溜まりのような輝きがある。あそこまで行けば涼を取れるとペダルを踏むが、自転車が十メートル進むと水溜まりは十メートル逃げ、いつになってもオアシスには到達せず、疲労だけが蓄積する。弓木は立ち漕ぎになり、ついに自転車を降りて押さざるをえなくなった。

ようやく坂の頂点、張碓峠に到達した時には九時半になっていた。予定では出発後一時間で通過のはずだったのに。

けれど苦あれば楽あり、ここからはひたすら下りのはずである。挽回すべく、弓木は休憩もそこそこにサドルにまたがった。

期待どおり下り坂が続いた。時速三十キロは出ていただろう。

ところが、下り坂の途中、突然車体がぐらついた。ハンドルを抑えても制御できない。

自転車を停めてみると、後輪のタイヤがぺちゃんこになっていた。バルブは緩んでいない。とするとパンクだ。しかし弓木は修理キットを持っていない。人家はまばらで、自転車屋があるとはとうてい思えない。

弓木は途方にくれながらもサドルにまたがった。乗り心地は悪いが、進まないわけではない。がんばって漕げば、時速十一キロは出そうである。

これが間違いだった。いくらも進まないうちに、乗り心地が悪かった自転車が、まったく動かなくなった。降りて見てみると、スポークが数本折れ、リムがいびつにゆがんでいた。タイヤに空気がないとこういう事態を招いてしまうのだなと弓木は納得がいったが、この理解が役に立つのは、後に同じトラブルに見舞われた時であり、今現在のトラブルを解消する手段とはならない。

この坂を下りきったら銭函（ぜにばこ）の街だ。きっと自転車屋がある。それを希望に、弓木は歯を食いしばって自転車を押した。

しかし弓木は大変な事実に気づく。ポケットにはパン代の小銭があるだけだ。パンクだけでなく、スポークを張り替え、リムも直してもらわなければならない。とても足りるとは思えない。後払いで修理してくれるだろうか。仮に貸してもらっても返すあてがない。小づかいは微々たるものだし、貯金はない。お年玉をもらうまで待ってくれるだろうか。だめだったら乗り逃げするしかない。どうやっておじさんの注意をそらそうか。

考えを進めるにしたがって絶望感が広がる。夏の太陽が容赦なく照りつける。胸が早鐘を打ち、口の中が渇き、全身から力が抜けていく。

弓木の足が止まった。自転車を倒し、自分も路肩にへたり込んだ。一度坐るともう立てなかった。腿とふくらはぎが張っている。何より気力がつきてしまった。

両膝を抱え、その間に顎を置き、左右に風のように走り過ぎる自動車をぼんやり眺めていると、真上からの陽射しで首筋が焦げるようだったが、やがて暑さを通り越して眠気を催してくる。

どれほどそうしていただろうか、声をかけられた気がして弓木は顔をあげた。大人の背中が見えた。大人の男だ。倒れた自転車の横にしゃがみ込み、タイヤをさわっている。

「坊主、パンクか？」

弓木はうなずいた。急に涙が湧いてきた。

「どこまで行くんだ？」

「札幌の石山です」

声を震わせて答える。

「聞こえないぞ。飯食ってないのか？」

「石山です」

鼻声を精一杯張りあげた。

「乗ってけ」

男は自転車を抱えて立ちあがると、路肩に駐めてあったトラックの荷台に放り込むように載せた。荷台にはセメントの袋や荒縄が積まれている。

「自転車だけ運べばいいのか？　自分は歩いていくのか？」

弓木はあわてて立ちあがり、尻をはたいてトラックの助手席に乗り込んだ。運転席の男はタオルを首にかけ、頭にも巻いている。歳は弓木の父親と同じくらいだ。

「食え」

男が大きな握り飯を差し出してきた。弓木は胸の前で小さく手を振った。

「子供は遠慮するもんじゃねえ」

弓木は握り飯を押しつけられ、そして肩の水筒を奪われた。男は太い喉仏を上下させて水を流し込み、真っ黒な二の腕で口元をぬぐうと、

「これでおあいこだろ」

と親指を立て、よし出発とエンジンをかけた。弓木はまた涙が湧いてきた。

9

石山町だぞという声に、弓木はハッと顔をあげた。いつの間にか眠ってしまっていた。

「このへんでいいか？　おじさんはもうちょっと先まで行かなければならない」

「ありがとうございました。あとはだいじょうぶです」

弓木はぺこりと頭をさげ、トラックを降りた。男は荷台から自転車を降ろすと、クラクションをひとつ鳴らして走り去った。弓木はトラックが坂の向こうに見えなくなるま

で手を振り続けた。人の親切がこれほど身にしみたことはかつてなかった。

しかし、終わったしあわせにひたっている場合ではなかった。帰りの五十キロはどうするのだ。別の親切なおじさんを探すのか、修理代を踏み倒すのか。有坂さんに頼んでみようか。謝りにきて借金を申し込むとは、締まりがないことこのうえないが。

とにかく所期の目的を達成することが先決だ。弓木は首をぐるりと回した。小樽でも有坂さんの家は異彩を放っていたので、今度の家もきっと普通ではないはずだ。

あたりには家が建ち並んでいるが、見える範囲には、すごい家はない。そのへんの一軒で尋ねてみようと弓木が自転車を押しはじめたところ、向こうから日傘を差した女の人が歩いてきた。弓木は彼女に近づき、樺島さんのメモにあった番地を告げ、有坂という家なのだがと尋ねた。知らないと、おばさんは立ち去った。このへんに住んでいる人ではないのかもしれない。

弓木は右手の家の呼び鈴を押した。出てきたおばさんは首をかしげた。少し先まで歩いて別の家を訪ねた。心あたりがないとドアを閉められた。

そうやって空振りを繰り返すうちに、弓木の中にもやもやした気分が湧き起こってきた。

最初に妙だと思ったのは、有坂さんは新興住宅地に引越したということだったが、それにしては、いま弓木の目の前に建ち並んでいる家は、どれも築年数がかなりあるように見えたことだ。

「ここは石山というところですよね？」

何軒目かの聞き込みで弓木は確認してみた。石山に違いなかった。石山の中にも昔からの街とこれからの街があるのかとはたと思い、新しく家を建てている地区を教えてもらい、そちらの方に向かいながら聞き込みを続けた。その最中、別のもやもやに襲われた。

低く厚みのある単音が遠くで鳴っている。空全体を震わせるような力強い音色で、煙突の煙が尾を曳くように、いつまでも切れることなく響いている。先ほどから何度か耳にしていたが、普段からよく聞く音なので、弓木はとくに何を思うこともなく、生活音として聞き流していた。しかしよく考えてみると、今この時に聞こえるはずのない音なのだ。

この朗々とした音色、弓木には船の汽笛に聞こえた。港に出入りする船が、挨拶をするように轟(とどろ)かせる。

しかしそれは小樽での話である。札幌に海があったっけ？　石狩湾から風に乗り、内陸にまで届くのだろうか。それとも汽笛に似た別の音なのだろうか。

そう不思議に思いながら歩いていた弓木の目に、家並みの間できらりと光るものが映った。水面が輝いているように見えた。その真ん中にある黒い塊は船に見えた。

「札幌から海が見えるんですか？」

弓木は驚き、通りかかった中学生くらいのおねえさんに話しかけた。彼女も驚き、気味悪がるように体を斜めにして通り過ぎた。有坂という人の家を知らないかという質問にも答えてくれなかった。

弓木はもう一度家並みの間に顔を向けた。青黒い中に無数の白いきらめき——やはり海に見える。

それとも湖？　大河？　そこに浮かぶ観光船？

それとも——蜃気楼？

そうか、逃げ水だ。張碓峠に向かう札樽国道で見たじゃないか。あれは朝だったから水溜まり程度だったが、今は気温が上がったため、海のように巨大化して見えるのだ。

太陽は天の頂にあり、光の束が脳天を殴りつける。濡れたシャツは背中に張りつき、肌が赤く焼ける。

弓木は自転車を捨てて歩いた。

石山のこの番地はどっちの方ですか？　有坂さんのお宅を探しています。ごく最近引越してきました。小学五年生の女の子がいます。

尋ねても答はない。

弓木はとうとう、自分も故障したように動けなくなった。水筒を逆さにしても、滴ひとつ落ちてこない。トラックの運転手に半分も飲まれたことが恨めしい。

いや、これは彼女のせいだ。これだけ地元の人に訊いて情報が一つも得られないというのは、どう考えてもおかしい。引越し先の住所を聞き違ったか、メモに写し間違ったに違いない。いや、うっかりミスなんかじゃない。ネックレスについてだんまりを決め込み、クラスに混乱と疑心暗鬼を招き、人に罪をかぶせ、副委員長を辞めざるをえなくさせた真犯人への報復として嘘の住所を教えたのだ。あのハナクソめ！　カバ！　バカ！

そうして樺島さんのことを罵っていたまさにその時、

「弓木君？」

怨敵の声がして、弓木は肝を潰した。

樺島さんも驚いたように、地べたに坐り込んだ同級生を見おろしている。たしかに小樽第二小学校五年一組の樺島美由起だった。どうして彼女がこんなところに？　これもまた逃げ水と同じ原理による幻なのか？

「有坂さんのところに遊びにきたの？」

恨みをぶつけるのも忘れ、弓木はきょとんとしながら尋ねた。

「は？　従姉妹だよ」

樺島さんもきょとんとして答える。

「従姉妹？　樺島さんと有坂さんは従姉妹どうしなの？」

「何言ってるの。石山町の従姉妹の家に来たの」

「札幌に親戚がいるんだ」

「札幌にもいるけど」

「有坂さんの新しい家の近くなんだ」

「全然違うよ、月寒（つきさむ）だから。有坂さんは石山。弓木君、暑くておかしくなった？」

樺島さんが顔を曇らせる。

「おかしいのはそっちだろう。嘘を教えやがって」

弓木は樺島さんを睨みつけながら立ちあがった。そしてまくしたてる。

「有坂さんの家はどこだよ。石山？　どこにもないじゃないか。誰も知らないし。人のことを卑怯者呼ばわりして、こんなひどい仕返しをする自分は卑怯じゃないのかよ」

「ちょっと弓木君、だいじょうぶ？　ずいぶん汚れてるけど、怪我してるの？」

「汚れてるに決まってるだろ。このくそ暑い中、自転車を漕いできたんだぞ。パンクして、途中からはずっと押して歩いたんだから」

卑怯にも、トラックに乗せてもらったことは端折（はしょ）って語る。

「弓木君、従姉妹のところに行こう。少し休んでいきなよ。すぐそこだから」

「従姉妹なんてどうでもいい。有坂さんだよ。有坂さんの家はどこだよ。連れてけよ」

弓木は摑みかからんばかりに詰め寄る。

「無理言わないで」

「何が無理だよ。謝れって言ったのはそっちじゃないか」

弓木は樺島さんの顔に指を突きつける。

「だって、札幌だよ」

樺島さんが顔をゆがめる。

「だからはるばる札幌まできたんじゃないか」

弓木は一歩前に出る。樺島さんは一歩退き、電柱に詰まった。それ以上近づかないでとでも言うように、胸の前に両手を掲げ、泣きそうな顔で言う。

「弓木君、本当にだいじょうぶ？」

「だいじょうぶのはずないだろ！　見てのとおりボロボロだ。自転車もめちゃめちゃで、どうやって小樽まで帰ればいいんだよ」

「弓木君……」

樺島さんはますます泣きそうな顔になる。そして、および腰の上目づかいで、ささやきかけるように言う。

「ここ、小樽だよ」

10

自転車で札樽国道を走っていた弓木は、後ろから迫り、あおってくる自動車が恐ろしく、道の右側を走ることにした。パンクしたのも逆走中のことで、自転車を降りて押したのも、札幌に向かって右側の車線だった。したがって、路肩で坐り込んでいる弓木を見つけて停まったのは、彼と同じ車線を順方向に走行していた、すなわち札幌方面から走ってきたトラックである。

どこに行くのかという質問に、弓木は半泣きで答えた。国道の往来も激しく、トラックの運転手はよく聞き取れなかった。しかし、少年は小樽方面の車線の路肩におり、自転車に書いてあった住所も小樽市だったので、この子が口にした「石山」は小樽市石山町だと判断し、そこまで乗せていって降ろした。

小樽に石山町というところがあることは、弓木も知識としては持っていた。しかし校区外で、親戚が住んでいるわけでも買物の用があるわけでもないため、過去に一度も行ったことのない地域だった。トラックの助手席で眠ってしまわなければ、車窓からの眺めで、小樽に戻っていると気づいたのだろうが。

夏休みはまだ少し残っていたが、弓木は二度と札幌に向かうことはなかった。自転車は壊れたままだし、公共交通機関で行こうにも交通費を捻出できないし、車で連れていってくれそうな大人のあてもないし、何より再挑戦する気力が湧かなかった。

自分の卑怯さ臆病さにより迷惑をかけ嫌な思いをさせてしまったと、便箋に書いては消し書いては破りを繰り返しながら弓木は、有坂弥生という女の子はどだい自分とは縁遠い存在だったのだなと、夢を回想するようにぼんやり思った。

そして夢というものが、目覚めるとあれよあれよという間に色褪(いろあ)せ形をなくしていくように、二学期がはじまり、運動会が行なわれ、雪が舞うようになると、かつて同級生だった子の姿も、弓木の中から消えてしまっていた。

別れの刃

1

茜色に染まった校舎の壁。影絵のように浮かんだ二つのシルエット。鈴鈴子さんの目をまっすぐ見つめ、僕は言う。

「つきあってください」

パーカーを気取ったサックスが遠くから聞こえる。指がついていかず、三小節目ですでにメロメロになり、風船が破れるような音を最後にふつりと消えた。

「つきあってるじゃないの。今、こうして」

名前そのままの鈴を転がしたような声だ。台詞の文字面は気がきいていたが、調子はどこかうわずっていた。こういう場合は直球勝負にかぎる。

「そういうことではなくて、交際してくださいということです。サークルの勧誘で声をかけられた時から鈴鈴子先輩のことが好きでした」

芝居がかった台詞であっても、僕は鈴鈴子さんから目をそらさない。すると彼女が目をそらす。そのタイミングで攻め込む。

「早稲田のあの人とつきあってるから、僕とはつきあえないんですか?」

「あたりまえじゃない」

鈴鈴子さんは怒ったような口調で応じ、顔をそむける。その視線を追うように、僕は立ち位置をずらす。

「それでいいんですか?」

「えっ?」

「僕とつきあったほうが十倍楽しいかもしれないのに。だとしたら、現状に甘んじることは、人生を十倍損することになりますよ」

ここまでは居丈高(いたけだか)に畳みかけ、

「逆に、僕とつきあったほうが十倍つまらないかもしれないわけですけどね」

一転、自嘲的に笑い、それから、よしと手を叩く。

「ここはひとつ試してみましょうよ。一日だけ僕につきあってください。それで、あの人より十倍楽しいか十倍つまらないかわかりますよね。それで決めてください。ああもちろん、十倍楽しかったけれど、十倍つまらないあの人に義理立てして還る、という選択もありです。僕が言いたいのは、体験してみないことにはわからないでしょうということです。決めつけだけで可能性の芽を摘み取ってしまうのはもったいなさすぎる。実際に感じたうえで、選ぶか捨てるか判断すべきなんですよ、何事も」

「たいした自信家ね」

「冗談じゃない。自信があれば、今この場で鈴鈴子先輩の手を引いてあの人のところに行き、俺たちつきあうことにしましたんでと宣言しますよ。自信がないから、お試ししてくださいと、おそるおそる提案しているんです。明日はどうです？　厄介なことはさっさと片づけちゃったほうがいいでしょう」

追い込むような口調で鈴鈴子さんを見据える。目をそらされても見つめ続ける。

鈴鈴子さんの表情が緩む。おもむろに口を開く。

「君には負け――」


「そこ！　おまえだよ、おまえ！」

脳内で再生されていた鈴を転がしたような声が、野太い怒声にかき消された。

板橋継世は現実に引き戻される。

「ぼけっとすんな」

何かがこちらに飛んでくる。と察した時にはもう、右頬に痛みが走っていた。

「稽古を見るのも稽古だ」

「あ？　あ、はい、すみません」

継世はスリッパを拾いあげ、両手でしずしずと差し出しながら、副部長であり演出の天河瀬渡のもとまで歩んでいく。

フロアーの中央から、壁際から、あきれるような軽蔑するような視線が飛んでくる。

鈴乃音鈴鈴子は笑っていたが、それはほほえみでも愉快そうなものでもなく、明らかに憐れみや嘲りの表出だった。

「じゃあ、ハッセルバーグ将軍に平子婆の霊が憑依するところから」

天河瀬渡が両手のスリッパをカチンコのように叩き合わせ、稽古が再開される。しかし集中は継世は壁際で膝を抱え、先輩たちの一挙一動一言一句に神経を傾ける。しかし集中は三分も続かず、ああ一服したい、晩飯はコロッケが食べたい、そろそろ長期のバイトを探さないと、鈴鈴子先輩との距離がまた遠のいてしまったトホホ、とよけいな考えが次々押し寄せてくる始末だった。

そもそも板橋継世は演劇というものにまるで興味がないのだ。小学校の学芸会ではモブキャラクター専門で、中学校での演劇鑑賞教室では爆睡、高校時代はたまに劇場に足を運んだが、それはすべて映画館だった。なのに大学の演劇サークルに入ったのは、色香に惑わされてしまったからだ。

新入生オリエンテーションの日、キャンパスには各サークルのブースが軒を連ね、仮装をしたりプラカードを掲げたり太鼓を叩いたりと趣向を凝らし、新入生の勧誘を行なっていた。そんな学園祭のような混雑の中、継世は声をかけられ、足を止めたら手首を摑まれた。

しなやかな指、湿りを帯びた掌、甘い香り、上向きにカールした睫、黒い瞳、澄んでよく響く声――継世は息を呑み、どぎまぎし、はいはいと返事をし、気がついたら〈無限軌道〉という演劇サークルに入っていた。この、継世の手を取って勧誘してきたのが、二年生の鈴乃音鈴鈴子である。

しかし入部二日目にして、早くも恋が破れた。一目惚れした鈴鈴子先輩はすでに人のものだったのである。お相手は早稲田大学の学生で、高校の同級生だという。冷静に考えれば彼氏がいて当然の見目なのだが、手を握られただけで頭が沸騰していた継世の落胆はというと、まず崖から突き落とされたような衝撃があり、その後延々太平洋を漂流しているような絶望感があった。

やましい気持ちがあったとしても、その上位に別の目的があれば問題はなかった。しかし継世はそもそも芝居にはまるで興味がなかったのである。

「あめんぼあかいなあいうえお。かきのきくりのきかきくけこ」

来る日も来る日も幼稚園児の斉唱のようなことをやらされるのか。キャンパスの、人が集まる池のほとりでだ。ばかばかしく、恥ずかしく、ぼそぼそ唇を動かしていると、声が小さいと先輩にどやされる。やけくそで声を張りあげると、喉でなくここから出せと腹を叩かれる。稽古場に入っても、スクワットにジョギング、腹筋、背筋、股割りと、まるで運動部である。

稽古を見るのも稽古だというが、いくら見ても継世の心に訴えてくるものはなかった。日常の会話とも映画やテレビドラマとも違う大仰な台詞回しは生理的に気持ち悪く、シュールなシナリオはあまりに現実からかけ離れていて理解不能だった。

それでも継世がやめなかったのは、一縷の望みを捨てきれなかったからだ。鈴鈴子先輩には彼氏がいる。しかし彼とは学校が違う。学校が違えば毎日は会えない。その点自分は彼女と同じ大学の同じサークルだ。毎日接していれば距離が縮まるかもしれない。手が届くほど近づくかもしれないではないか。

気の抜けた稽古を続けながら継世は、しかし頭はいつもフル回転で、鈴乃音鈴鈴子略奪の妄想にふけるのだった。といって実行に踏み切る勇気はないわけで、シナリオがむなしく分厚くなるばかりだった。

2

「言葉や動作の前にイメージと言うが、作者と演者が別人である以上、完全一致のイメージを持つことは——」

ネモトツヨシが語りモードに入る。

「イメージの齟齬があるからこそ、そこから新たなイメージが創出されるのではないか。これはヘーゲルの——」

ＴＥＴＳＵが、片手にグラス、片手に割り箸で力説する。

「心に浮かぶイメージには個人差がある。しかしそれを肉体に吸収し、細胞レベルにまで浸透させれば、言葉は自然と出てくるわけで、その言葉こそが——」

蝙蝠二郎が火のついたタバコを指揮棒のように振る。灰が落ちるのはおかまいなしだ。

稽古のあと、三回に一回は飲み会になる。酒が進むと決まって、自然発生的に演劇論に突入する。

継世は酒が好きだ。飲んで、ああでもないこうでもないと言い合うことも嫌いではない。しかし演劇には興味がないので、それを語られても中に入っていけない。一度、話を振られ、思ったままのことを口にしたら、おまえは素人かと袋叩きに遭った。おっしくれるようなのだが、それを慮ってやるとおりずぶの素人だし、それは入部の段階で伝えてあるのだが、それを慮ってくれるような集団ではない。だから、一年生ということで飲み代が優遇されてもパスしたい気分なのだが、鈴乃音鈴鈴子目当てに参加し続けている。

その金曜日も継世は、居酒屋の座敷の隅で膝を抱え、あこがれの先輩の笑顔や嬌声を胸に焼きつけながら、新たな妄想のシナリオを描いていた。そのさなかに肩を叩かれたので、酒がこぼれるほどびくりと反応してしまった。

「酒の一滴、血の一滴」

声の主は隣に坐り、

「部長はポン酒かい。頼もしいねえ。とりあえず乾杯」

とビールのグラスを挙げる。継世は、テーブルの向こうの端でモツ煮込みの小鉢を抱え込んでいる肝腎に目をやった。彼が無限軌道の部長である。

肝腎、鈴乃音鈴鈴子、天河瀬渡、ネモトツヨシ、TETSU、蝙蝠二郎——これらは芸名である。入部すると、先輩たちから与えられるならわしになっている。

「おまえさんだよ、未来の部長殿」

隣の闖入者に肩でつつかれ、継世は眉を寄せる。

「一年生は板橋だけなんだろう?」

「あ?」

当初新入部員は六人いたのだが、気がつけば継世一人になっていた。無限軌道は、豊多摩大学にいくつかある演劇サークルのうち、最も歴史があり最も硬派で、新宿が文化の中心だったころ圧倒的な人気をほこり、全共闘運動と歩調を合わせて凋落、現在では最も人気のないところだと入部後に知った。マイナーなくせにいっぱしぶって芸名を持ち、それで呼び合っているのは滑稽だ。

「同期がいないのなら、二年後は自動的に部長の椅子だろうが。今のうちからゴマをすっておくか、ほい」

銚子が差し出される。継世は顔をあおぐように手を振りたてる。

「冗談はよしてください」

「冗談というのは、こういうのを言うんだ。継世に注ぐよ、なんてな。いいから飲め」

猪口を差し出し、なみなみ注がれたぬる燗を舌ですくい取る。

「そこはぐっと空けるもんだよ、部長」

「部長なんてできっこないじゃないですか。僕、初心者なんですよ」

「オードリー・ヘプバーンは生まれた時から大女優だったの？」

なんなのその極端な例は、バカじゃないのと、継世が言いたいことをこらえていると、

「同期がいないから、一人寂しくやってるわけ？」

また銚子が差し出される。

「そういうわけじゃないんですけど。先輩方の話が難しくて」

「じゃあ、この先輩は、わかりやすい話をしてやろう。点で通用するのは、強烈な光を発する一等星だけだぞ」

「点？」

「一等星とは、すなわちスター。部屋の隅で黙っていても、勝手にみんなが寄ってくる。しかしそういうキャラクターは千人に一人だ。千人に九百九十九人は、自分から寄っていかなければ道は開けない。点である自分は、別の点を見つけ、接触をはかることにより、はじめてつながりができる。点と点がつながり、線ができた状態だな。自分をA、相手をBとしよう。ABが線で結ばれた段階で顔を横に向けると、別の点Cが見えたので、その点にも近づき、接触をはかる。すると、AB、ACという二本の線ができることになるよな。この時、BとCが知り合いだったとすると、ABCの三角形が形作られることになる。AとBのつながりだけだったら、AとBの知り合いしか話題にのぼらない。ACのつながりでもしかり。それがABCの三角形になることで、Aは、BC間の知り合いをも自分の中に取り込むことができるのだよ。線でなく、面でのつながりだ。そうやって、D、E、Fと接点を増やすことにより、面が複数でき、面と面が合わされば立体となり、世界は奥行きを獲得する。そしてその中の全員と、Aはつながっているのだ。人脈が大切だとは昔から言われていることだが、それは言葉足らずだ。脈は線だから、いくら複数作っても、伸ばしても、広がりは生まれない。点と点をつないで線を作り、面、立体へと昇格させることが大切なのだ。これは社会に出ても通じるノウハウだから、帰ってメモしておけよ」

「あのう、OBの方ですか?」

継世はおずおず尋ねた。ちっともわかりよくない話の最中、この顔は誰だっただろうかと考えていたのだが、どうしても思い出せなかった。

「おまえなぁ」

「あ、女の人だからOGですね」

「バカ、現役だ」

継世は頭をはたかれた。すみませんと背中を丸めながら、上目づかいに相手の顔を窺う。一留している四年生の渚砂子より歳上に見える。

「失礼しました。先輩、稽古にいらしてました？　まあ僕も皆勤というわけではないですけど。あ？　体調が悪くてずっと休んでいたとか？」

「籍は置いてるけど、顔を出すのは控えてるんだよ。お局が睨みを利かせてたら、何かとやりにくいだろうからな。活動はよそでやってる。それで、これ」

よれよれのチケットとちらしが差し出された。〈演劇集団アレスの涙　第十一回公演　果托の人〉とある。

「学外の劇団ですか？」

「〈花暦〉ってとこが主戦場なんだけど、今回は客演を頼まれてててね。で、来てくれるよな？」

ちらしには出演者の顔写真が並んでおり、その中に、目の前の彼女と同じ顔があった。下には〈魔蠱〉と書かれていた。

「来週ですか。たぶんだいじょうぶです」

継世はチケットを胸ポケットに収めた。その手をぴしゃりと叩かれた。

「人がありがたい話をしてやっている時、寝てたのか？」

「は？」

「人と人とはつながりなんだよ」

魔蟲は手をくるりと返した。上を向いた掌が、何かを乞うように静止を続ける。

「お金、取るんですか？」

「あたりまえだ。これから先、おまえも公演のたびにチケットをさばくことになる。広くつながっておかないと、毎度自腹で首が回らなくなるぞ」

先ほどのもっともらしい理論は香具師（やし）の口上だったのかと継世はあきれた。

「よしっ、ノルマ達成まであと二枚」

魔蟲は掌のコインを数えて自分の財布に収める。そして毎度ありーと立ちあがり、次の獲物を探すように首を回したのだが、すぐにすとんと腰をおろし、継世の方に顔を向けた。

「鈴乃音鈴鈴子には手が届かないぞ」

闇討ちに、継世はむせかえってしまった。

「彼女には男がいる。それも、高校の時からべったりの」

「へー、そうなんですか」

「おまえ、本当に素人なんだな」

「はい？」

「かりにも劇団員だったら、もう少しましな演技をしろ。鈴鈴子に気があるのは見え見え。私が来る前、彼女を肴（さかな）に飲んでただろうが」

「…………」

「まあ、人の女を好きになるのは自由だし、それで夢破れるのも自由だ。しかしおまえさんには玉砕も無理だ。悶々とするだけで、アタックする勇気はないようだからな。踏み込めるやつは、こんな隅っこで存在感を消していやしない。酔いにまかせて告白しろとは言わない。しかし少なくとも、あこがれの君のそばで話の輪に加わるだろう、落とす気が本当にあるのなら。遠くから眺めていてどうするわけ？　指をくわえているだけで満足？　テレビの中のアイドルを見る気分？　で、焼きつけたイメージでマスをかくって？　即物的だな。それとも彼女が彼氏と別れるのを待ってるって？　ずいぶん忍耐強いこと。板橋、おまえは十八歳？　さぞ一日が長いだろうな。なかなか日曜日が来ないよな。けれどそれは錯覚だ。若いから時間が無限に感じられるだけなんだよ。実際には時間というものは猛烈なスピードで駆け抜けている。それは、現在が過去になってみないとわからないことでもある。そしてその事実に気づいた時、人は、無駄に費やした時間を後悔する。それが歳を取るということだ。おまえもな。妄想の中で鈴乃音鈴子をものにする努力をして、それが何になる。得られる実体は何もないんだぞ。それを無駄と思わず、楽しいと感じられるのは、十八十九の小僧だからだ。若者よ、君がそう呼ばれるのは今だけだ。うとうとしていると、春はあっという間に暮れていく。目覚めよ、君。夢の中ではなく、現（うつつ）で恋をせよ。そんな女、いない？　いるじゃないか、ここに」

3

『果托の人』は下北沢の劇場で上演された。劇場とは名ばかり、板張りの床に座布団を並べ、非常口もないという、明らかに消防法違反の小屋で、三回の上演はすべて、足を崩せないほどの入りだったが、数字にすると各回百人にも満たなかっただろう。

舞台がはねると、小屋の外のそこここで、出演者と客の談笑が見られた。客といっても、手売りのチケットを買ってくれた、いわば身内であるから、井戸端会議のような感じでだらだら続いている。

魔蟲の周りにも人が集まっていた。その中には無限軌道の部員もいたが、継世は輪の中に入っていかず、少し離れた電柱の陰でタバコに火をつけた。二本灰にしたところで、近づいてくる人影があった。

「すごくよかったです」

三本目を箱に戻し、継世は言った。

「ありがとう、小学生なみの感想」

魔蟲ははんと鼻を鳴らし、継世からタバコを一本取りあげた。

「よすぎて、ほかに言葉が思い浮かばなくて……」

「ものは言いようだな」

『果托の人』は、同性のパートナーを喪ったことが原因で箱の中に引きこもってしまった女と、巨大彗星の地球衝突に右往左往する人々の姿を描いた九割方コメディーなのだが、最終盤だけはシリアスで、しんみりと幕を引く。よくあるパターンの脚本だった。

しかし継世は魔蠱の演技に打ちのめされた。

魔蠱の役は箱に引きこもった女だった。箱の中に入っているため、その姿は見えない。周囲の呼びかけにも応じないので台詞もない。彼女が実際に舞台に立つのは終盤の十五分だけである。箱が開けられ、引きずり出されて登場するのだが、まずその姿に継世は驚かされた。しばらくは人形だと思っていた。それほど無表情で、自発的な動きをしなかった。小突かれると、棒のように横倒しになる。受け身を取るために手を出すようなことはなく、顔から落ちても瞬きひとつしなかった。

箱から出た女はその後動きを取り戻していく。その演技がまた驚きだった。冷凍食品が自然解凍するように、少しずつ少しずつ動きがやわらかくなっていく。そして最後、一言だけ発するのだが、その声色と表情に、継世は鳥肌が立った。プライベートとはまるで別人で、何かが憑依しているようであった。

「そんなによかったのなら、また観にきてくれよ。次はキャパが大きくて七回公演だから、チケットのノルマがきつい」

そう笑う魔蠱は、あけすけで粗野な普段の彼女だった。舞台衣装のままでメイクも落としていなかったが、舞台の上で発していたオーラのようなものはまったく感じられない。サンダル履きでカーディガンを肩に引っかけ、タバコをくわえて暗がりに立つ姿は、街角の娼婦のようである。

「もちろん観にいきます」

継世は財布を取り出す。

「まーだチケットできてないよ。脚本を手直しするって、稽古も止まってる。間に合うのかね。しかし次は主役だから期待してくれていいぞ」

「今日も主役だったじゃないですか」

「ストーリー上はな。けど出番はほとんどなかった。『ワーグナーはお嫌い』では真の主役だ。出ずっぱり」

「ワーグナーって、作曲家の？　男ですよね？　男役なんですか？」

「『ブラームスはお好き』のパロディだよ」

「子守歌？」

「サガンだよ」

「佐賀？」

「フランソワーズ・サガン。芝居をやってるなら、もう少し本を読みなさい」

処置なしとばかりに髪をくしゃっと摑まれ、継世は話題を変える。

「晩飯まだですよね？　待ってますよ」

「今日はまっすぐ帰る。明日もあるから」

「じゃああした終わったあと、お疲れさまということで飲みにいきましょう」

「明日は片づけがあるし、そのあと関係者で打ちあげ――ん？」

魔蠱の名前を呼ぶ者がおり、彼女はそちらの方に顔を向けた。少し離れたところで、日本人形のような髪をした女性が小さく手招きしていた。

「落ち着いたらな」

魔蟲は継世に背中を向ける。断わられるとは思っていなかったので、継世はがくりと両肩を落とした。しかし去り際の一瞬、彼女の腕がすっと後ろに伸びてきて、腿のあたりをなでられると、たったそれだけのふれあいで彼は元気を取り戻した。

心が満たされたからか、空腹感もなくなったので、まっすぐ駅に向かい、小田急線に乗り込んだ。

あいにく席は空いておらず、ドアの近くに立っていると、肩を寄せてくる者がいた。無限軌道の二年生部員、蝙蝠二郎だった。お疲れさまですと継世が挨拶しようとすると、向こうが先に口を開いた。

「魔蟲さんとはどういう関係？」

継世は口を開きかけて固まった。

「先週の飲み会のあと、二人で消えたよね」

「僕は二次会には行きませんでしたけど、魔蟲さんのことは知りません」

と平静を装ってとぼける継世だが、自然とあの晩のことが思い出され、体が熱くなる。

「つきあってるの？」

「まさか」

「狙ってるの？」

蝙蝠はぼそりとした口調で急所を突いてくる。継世は半笑いであらがう。

「せんぱぁい、からかわないでくださいよ」

「君が誰とつきあおうと自由だよ」

「だからつきあってませんって」

「けれど魔蟲さんはよしといたほうがいい」

「どうしてです？　あ、いや、べつに僕とは関係ない人ですけど、どうしてそんなことを言うのかなあって。歳上だからですか？」

「君が一回りもの年齢差に抵抗がないのなら、それはそれでいい。個人の嗜好だから」

「一回りぃ⁉」

思わず、継世の声のトーンが上がった。四年生より上だとはわかっていたが、そこまで歳上だとは思っていなかった。飲み会の会場も、二人でこっそり消えたバーも、そのあとしけ込んだホテルも明かりが薄く、酒も相当入っていたので、観察するようには見ていない。

「あの方、OGではなく、在校生なんですよね？」

継世は確認する。

「十二年生」

「十二年？　院生？」

「学部生」

「ほかの大学を卒業してるんですか？　それとも社会人入学？」

「違うよ。うちの大学に十二年いる」

「嘘だぁ。二留が決まった時点で退学だと、オリエンテーションで注意されました」

「それは二つの点で正確ではないね。一つは、退学ではなく、除籍。もう一つは、同じ学年は一度しか留年が許されないが、学年が変われば二度目の留年ができる。一年生を三回はできないけど、一年を二回、二年を二回は可」

「へー。でも、それでも最長八年間しか在籍できないじゃないですか」

「プラス、正当な理由があれば、各学年で一度休学が受けつけられる」

「正当な理由？」

「病気とか海外留学とか。留年と休学をフルに使えば十二年間、現役で入学したら三十まで居続けられる。話がずれてきてるね。さっき言ったように、歳のことは関係ない。『魔蠱は普通じゃないから深くかかわるな』という言い伝えがあるから、忠告しているんだよ」

「言い伝え？」

「部の先輩から代々申し送りされている」

「何ですか、それ」

「魔蠱さんの本名は麻子(あさこ)で、入部当初は砧生成(きぬたきなり)の名で活動していたのだけれど、彼女の周りに不吉なことばかり起きるものだから魔子とささやかれるようになり、本人も開き直ってか、魔蠱と改名した」

「不吉なことって？」

「それは言いたくないいな」

「えーっ」

「何代にもわたる伝聞で、おもしろおかしくデフォルメされているようだから」

「だったら、魔蠱さんが不幸を招くということ自体、作り話なんじゃないですか」

「じゃあそう思ってれば。とにかく僕は部の先輩として忠告したからね。それを無視するのは君の自由だけど、その結果どうなっても僕は知らない」

蝙蝠二郎は窓の方に顔を向けたまま、独り言のような調子で言う。継世の隣に立ってから、ちらとも横を見ない。おまえのほうがよっぽど気味が悪いと継世は思った。そして察した。

この先輩は魔蠱に気があるのだ。だから、彼女とよろしくやっている一年坊に嫉妬し、あることないこと吹き込んで蹴落とそうとしている。

十二年生というのが眉唾にしても、たしかに魔蠱は大学生にしては老けている。しかしそれを補ってあまりある妖艶さがある。鈴乃音鈴鈴子の美しさとはまた違った大人の色気だ。蝙蝠二郎はそのフェロモンにやられたのだ。継世がそうだったように。

4

「本名は麻子っていうんですか?」

事後のまどろむような時間の中で継世が尋ねると、その胸の中でうなずきが返ってきた。魔蠱の背中は熱く、湿っている。

「以前は砧生成を名乗ってたとか」

「懐かしいな」

「魔蟲さん、院生？」

「そんな頭はない」

「学部の何年生？」

「四年」

「十二年間在籍してるって噂を聞いたんですけど」

「とうとうリーチがかかっちゃったよ。来春までの命」

「本当に十二年も？」

「そうだよ。あ？」

魔蟲は継世の胸から離れ、横に寝たまま顔を少しあげた。

「そこまで歳だとは思ってなかったって？」

「いや、そういうことじゃ……」

「言っとくけど、まだ二十代だからな、早生まれだから。まあ、その歳から見れば、二十九も三十も一緒か。あまりにババアだったもので愕然としている？　いいよ、だったらさよならで」

魔蟲はくるりと背中を向けた。

「違いますって」

とは言うものの、これほど歳上となると、抵抗がないと言えば嘘になる。だから蝙蝠二郎に吹き込まれたことを確かめてみたのだ。

「休学もしたわけですよね？　どこか具合が悪いんですか？」

継世は半分起きあがり、彼女を覗き込むようにして尋ねた。

「頭」

「もー。ちゃんとした理由がないと休学できないんですよね？」

「理由は、学費を作るために働かなければならないから」

「ああ」

「というのは口実」

「え？」

「親から仕送りあるし」

「じゃあ何で――」

「私は芝居をするために大学に入ったんだよ」

魔蟲は掛け布団を胸に抱いて上半身を起こした。

「といっても、無限軌道に入りたかったわけじゃない。どこの劇団でもよかった。学外でも。でも、高校を出たあと進学せず市井の劇団で活動するというのはだめ。働かなきゃならないから。学生という身分であれば、堂々と親の臑を齧っていられる。その身分ほしさに入学したわけ。仮面大学生さ。五年目以降は、考古学上の大発見を途中で投げ出すわけにはいかないと親を騙してる。

けれど何事にも終わりはある。十二年後なんて永遠の未来に見えていたのにね。けれど終わるのは大学生の私だけだから。芝居人生はまだまだ終わらないよ。ようやく何か摑みかけてきたところなのに、終わってたまるか。

特権がなくなったら親は頼れない。仕方ない、今後は自活して芝居を続ける。普通に就職したのでは時間をコントロールできないから、非正規雇用だね。結婚という永久就職で生活基盤を確保という手はあるけど、家事そっちのけで芝居に入れ込んでも許してくれる神様をつかまえるのは、ま、無理だろう」

魔蠱は腕を伸ばしてタバコと灰皿を枕元に引き寄せた。

「プロになればいいじゃないですか。そういう劇団や事務所に属して」

継世は言った。バカかと紫煙を吹きかけられる。

「それで食っていけるのなら、大学なんてとうにやめてる」

「この間の公演、すごかったじゃないですか。無限軌道の芝居とは次元が違った」

「素人に言われてもな」

「素人の評価が大事なんじゃないですか。だって、観る側のほとんどは素人なんですから。舞台でも映画でもテレビでも。僕がいいと思うのなら、世間一般で十分通用するということですよ」

「偉そうに。現実は、そう簡単にはいかないんだよ。それに、プロになったら、報酬の対価として、自分の意に反したこともしなければならなくなるから、だったらアマチュアのままで好きなことをしていたほうがいい。負け惜しみじゃないからな。

私は自分の欲求に素直でありたいだけ。好きなことをするために生きる。いったいいくつまでそんな生活を続けられるのだろうね。四十までは問題ないだろうけど、五十だと自信が揺らぐ。その時、家族も定職もなく、私はどうなっちゃうんだろう。ま、それは立ち行かなくなった時に考えればいいか。還暦を迎えても舞台に立っていられたら、ものすごくしあわせだと思う」

魔蟲はいくらも喫っていないタバコを灰皿に押しつけた。

三十にもなろうとしているのに社会をなめているのか。まるで大きな子供だ。しかし継世はそうあきれる一方で、夢想するだけでなく実行してしまうところが大人だよなあと、妙な感心をしもした。

5

魔蟲との関係が深まるにつれて鈴乃音鈴鈴子への興味が薄らいでいき、それは継世が無限軌道にいる理由がなくなったことを意味した。しかし定期公演が近づいており、すでに裏方の仕事を割り当てられていたため、ここで抜けたら迷惑がかかるだろうと、継世はとりあえず態度を保留しておいた。

六月のある日、継世がサークル棟の裏で箱馬作りに精を出していると、部の先輩が三人連れでやってきて、お疲れと後輩をねぎらってコーラを差し出し、自分たちはタバコに火をつけた。

先輩たちは一服すると稽古場に戻っていき、継世も作業を再開しようとしたのだが、ぬっと現われた影が曲尺（かねじゃく）の目盛りをさえぎった。

「魔蟲さんとつきあってるんだよね」

蝙蝠二郎が残っていた。

「またですか」

継世は溜め息をつき、影ができない位置を探して体を動かす。

「つきあっていないのなら関係ないことだけど、いちおう報告しておくよ」

「報告？」

「昨晩池袋で魔蟲さんを見かけたよ」

それがどうしたと継世は、ラワン板の一尺七寸の位置に印を打つ。

「十一時ごろ、西口の五叉路の近くで。男連れだった。グループではなくカップル」

「えっ？」

「腕を組み、魔蟲さんが男にしなだれかかっていた」

「人違いじゃないんですか」

「やっぱり魔蟲さんとつきあってる、もしくは狙ってるんだね。彼女に関心がないのなら、僕が見た女性が魔蟲さん本人であろうがなかろうがどうでもいいから、人違いうんぬんの反応はしないはずだよね」

「決めつけによるこじつけはよしてください」

「いちおう伝えておこうと思っただけだから」

蝙蝠二郎は稽古場に戻っていく。

継世は動揺していた。

魔蟲が昨晩池袋にいてもおかしくはない。彼女は立教大学近くのウッドストックという喫茶店でアルバイトをしている。芝居のスケジュール優先で不定期勤務だったが、昨晩はシフトに入っていた。一昨日に継世が遊びの誘いをかけたところ、アルバイトだと断わられた。

しかし男連れというのはどういうことか。バイト先の同僚？　しかし腕を組むとはどういうことか。

人違いだろう。深夜のこと、都会の繁華街がいくら明るいとはいえ、人相のディテールは潰れてしまう。いや、まったくの作り話なのかもしれないぞ。そうだ、やはり蝙蝠二郎は魔蟲に気があり、じゃまな後輩に揺さぶりをかけているのだ。

そう自分に言い聞かせ、継世は落ち着きを取り戻した。

ところがそれから幾日もしないうちに、ふたたび気持ちが大きく揺らぐことになる。

その日継世は飲み会だった。無限軌道のではなく、学科コンパである。二次会まで参加し、ちょうどよい具合にできあがった継世は、彼女に会いたくなった。会って、抱きたくなった。

魔蟲は東長崎に住んでいた。継世が自転車の酔っぱらい運転で到着すると、二階の角部屋の明かりは消えていた。魔蟲はバイトだった。継世はそれは承知しており、九時にあがることも知っていた。継世はアパートの外階段に腰をおろし、途中で買ってきた酒を飲みながら彼女の帰宅を待った。

三十分もしないうちに魔蟲が帰ってきた。驚き、とまどっていたようだったが、酔漢を追い返すことはなかった。

魔蟲の部屋は、たとえるなら無国籍な雑貨屋だ。壁はタペストリーやモールで飾られ、天井からは洋服が下がり、箪笥の引き出しには絵はがきやコースターがピン留めされ、卓袱台はサイケな水玉模様、窓の桟には指先ほどの大きさの人形が並べられている。物であふれかえっていたが一定の秩序が感じられ、焼けた畳や柱の傷も、むしろ部屋の雰囲気作りに一役買っていた。

喉が渇いたと、魔蟲は冷蔵庫を開けようとしたが、継世はそれさえ待ちきれず、彼女を後ろから抱きしめた。しばらくその体勢でいて、キスをしようとこちらを向かせた時、継世はそれに気づいた。魔蟲の首筋の一部が赤黒くなっていた。

「どうしたの？」

継世は、痣のようなその部分に指先でふれた。

「ああ、これ」

魔蟲は継世の指を押しやり、痣を隠すように自分の手を置いた。

「どうしたんだよ？」

答になっていない答に、継世は詰問調になる。

「店でちょっともめて」

「トラブル？」

「しつこく文句を言ってくるのがいて、話しても通じず、手を出された。つねられたん嘘だと継世は思った。しかしそう口にするのはすんでのところでとどまった。

「警察は呼んだ？」

「警察？　呼んでないよ」

「どうして。傷害事件じゃん」

「傷害って、大げさな」

「大げさじゃないよ。事実。今からでもいいから被害届を出しなよ」

「いいよ」

「よくないよ。首だよ。一歩間違えば大変なことになったかも。それに痕が残ったらどうするの。男ならまだいいけど。警察の敷居が高いのなら、つきそうよ。うん、一緒に行こう」

継世は魔蟲の肩を軽く抱くが、彼女はそれを振りほどいて、

「いいって。そのあと話し合って解決したから」

冷蔵庫を開け、麦茶のポットを取り出し、コップに注いで一気に飲み干した。

すべて嘘だと継世は確信した。いちいちが言い訳じみている。この痣の色、形、大きさ、位置――キスマーク以外の何だというのだ。

6

キスマークだと確信したものの、継世はそれを口にすることはできなかった。質問し、否定されたら、はいそうですかと引きさがれるのか。肯定されたら、罵るのか、わめくのか、手を挙げるのか、泣くのか。

うやむやで終わらせ、楽しい時間を過ごすことを継世は選択した。

しかし、どれだけ消しゴムをかけても字の跡が紙に残ってしまうように、一度見てしまったものの記憶は決して消せない。湧き起こった疑惑に蓋をしても、折にふれて持ちあがってきてしまう。

継世が池袋まで足を運ぶのに、そう時間はかからなかった。魔蟲に男の影がつきまとうのは、決まって彼女のアルバイトの日だ。影の正体を見極めたいのなら、その日を狙えばいい。

西口の雑踏を抜け、そろそろ民家も現われはじめたあたりにウッドストックはあった。通りから窓越しに店内を覗くと、エプロン姿の魔蟲を確認できた。この日は閉店の午後九時まで働くはずだった。継世はいったんその場を離れ、近くの別の喫茶店で時間を潰し、八時五十分になってウッドストックに出直した。

薄暗い明かりの下、魔蟲が働いていた。ダスターをかけ、砂糖壺や灰皿を集めている。客の姿は見えない。このぶんだと定刻に閉まりそうだ。

読みどおり、九時五分に裏口から魔蟲が出てきた。ゴミ袋らしきものを大型のポリバケツに押し込んで蓋を閉めると、店内には戻らず、通りの端にたたずんだ。いっこうに歩き出さないが、顔だけは落ち着きなく左右に動かす。男とはここで待ち合わせかと継世は察し、魔蟲に見つからないよう、電柱の陰深くに身を潜めた。

ドアが開く音がした。店の裏口から男が一人出てきた。ドアに鍵をかけ、ノブを何度も回して施錠を確認すると、駅の方に歩きはじめた。その後ろを魔蟲がついていく。

街の灯は暗く、五メートルも離れていると表情までは判別できなかったが、顎のあたりの特徴は確認できた。もみあげから続く豊かな鬚（ひげ）――カウンターの中に立っていた男だ。マスターとできていたのか。

怒りに目がくらみながらも継世は、早合点かもしれないと心に水をかける。たんに帰る方向が一緒なだけかもしれない。現に、二人の距離は近いが、手をつないだり腕を組んだりはしていない。

と、二人の姿が一軒の飲み屋に消えた。チェーン店の居酒屋でも煙と胴間声が渦巻く立ち飲みの焼き鳥屋でもなく、ぱりっと糊（のり）がきいた藍染めの暖簾（のれん）の下がった小料理屋である。継世が未体験の大人の店だ。仕事の帰りにこういう店に上司と二人で寄ることは、社会では普通にあるのだろうか。ただの上司と。

継世は、胸が高ぶったような、それでいてどん底まで落ちたような、なんとも説明のつかない気分で小料理屋の前に立ちつくした。

二人が店から出てきたら、何をしてしまうかわからなかった。今すぐおとなしく帰ったほうがいい。しかし二人が何をしたというのだ。仕事帰りに飲食店に入っただけだ。キスはしていないし手もつないでいない。ここで帰ったら何も確認していないのと同じで、いらだちがつのるばかりだ。

逡巡するうちに時が過ぎ、魔蟲とマスターが店から出てきた。二人は池袋駅の方に歩いていく。しかし西口五叉路を、駅がある東ではなく、北に渡った。そして路地に入った。この先は、怪しげなホテルが建ち並ぶ一角である。いつの間にかマスターが魔蟲の腰に手を回していた。

もはや逃れられない。彼女は拒むそぶりを見せない。継世は絶望感に抱きすくめられた。悪酔いしたように風景が波を打ち、紫やピンクの電飾が滲んで見える。

わっと叫びながら二人に駆け寄り、どういうことだと詰め寄りたい衝動にかられる。それは自分がみじめになるだけだやめておけと、まだ少し残っている理性が待ったをかける。ではこの現実を黙って受け容れろというのか。

目に映る映像も、頭の中も、渦を巻く。二人の背中が遠くなっていく。

7

眩暈がおさまった時、魔蟲とマスターの姿はどこにも見あたらなかった。継世は酔っぱらいのような足取りでその場を離れた。どうやって自宅に戻ってきたか憶えていない。

次に気づいたら東長崎にいた。何のためにやってきたのか思い出せない。

魔蟲の部屋の明かりは消えている。継世はアパートの階段で膝を抱えている。数日前、ここに同じように腰かけ、同じ人を待っていた時の、あの浮き立った気分はどこに行ってしまったのか。楽しかった時間はそこを境に暗転し、継世は今、奈落の底にいる。

密集した住宅の灯もまばらになってきた。階段の下には、踏みにじられた吸殻が、汀(みぎわ)の漂着物のように折り重なっている。薬物の力を借りないことには、こうしていることに耐えられない。湧きあがってくる黒い感情を抑えつけられない。タバコが切れたら吸殻の山を彼女の部屋の前に並べて帰ろうと、継世は最後から二本目に火をつけた。

そこに魔蟲が帰ってきた。一人だった。

「お楽しみでしたね」

驚いた顔をしている彼女に継世は、小一時間考えたすえの皮肉をぶつけた。彼女がそれにきょとんとすると、

「遅いから泊まりかと思った。池袋のあのへんのホテル、休憩の相場はいくら？」

と、精一杯の下卑た笑いを浴びせた。

魔蟲の表情がふたたび驚きに転じ、凍りついた。そして継世が笑いをおさめて見据えていると、とまどうような、恥じ入るような、ふてくされるような表情へとめまぐるしく変化し、ふうと溜め息をついたり頬に手を当てたりする。所作の一つ一つが芝居じみて感じられ、継世は不愉快な気分がつのった。

部屋で話そうと、魔蟲は階段をあがり、自室の鍵を開けた。バッグを中に置き、ちりとりを手に戻ってくると、踏み段にしゃがみ込み、吸殻を一本一本拾い集める。言い訳を考える時間を与えてなるかと、継世は五本の指を箒(ほうき)のように使い、吸殻をまとめてちりとりに掻き入れた。

流しで手を洗いながら魔蟲は、奥で待っているよう言ってきたが、継世は台所の壁にもたれかかったまま動かなかった。あの部屋のあの布団で別の男とも寝たかと思うと胸糞が悪い。

「サガンを読んでみた？」

流しに向かったまま、魔蟲が唐突に言った。何のことかわからず、継世が何も返さないでいると、

「読んでないんだね」

と首をすくめる。わけがわからないばかりか、ひどく見下されているような気分で、継世に火がついた。どんと一つ床を踏み鳴らし、低い声で詰問する。

「あいつとはいつから？」

「ウッドストックの？」

「決まってんだろ」

「三月ごろかな」

「僕より前から？」

「そうだね、少し前」

「なんだよ、もうつきあってたのに、どうして声をかけてきたんだよ。最初からもてあそぶつもりだったんだ」

「そう取られても仕方ないけど、もてあそんだんじゃないよ」

「何言ってんだよ」

「交際という行為に関しての見解の相違」

「ごまかすな！」

継世はひと声吠え、一歩前に出た。

「怒っていいよ。全部受け止める。けど、大声を出したり暴れたりするのはやめて。夜遅いから、隣近所に迷惑がかかる」

その冷静な対応が、継世をかえっていらだたせる。

「この期におよんで嘘はつくな」

「嘘はついてないよ。前から、一度も」

「よくもそんな大嘘を。ほかに男がいたくせに」

「いたよ。でも嘘はついてない。言わなかっただけで」

「あぁん？」

「尋ねられたら、正直に答えるつもりだった」

「ふざけるな！」

継世はふたたび爆発する。魔蟲が唇に人さし指を立てる。

「交際を誘ってきた相手に、ほかに関係を持っている男はいるかと確認するわけないだろ、フツー」

「そう？　でも嘘はついてない」

「いいや、ついた。キスマークのことで」

「キスマーク？」

「この間、首にキスマークがあっただろう。なにが客につねられただ」

「ああ、あれ。本当だよ。話が通じず、手を出された」

　魔蟲は首筋を押さえる。

「どこまでなめるの？　歳下だから？」

　継世は顎を突き出して魔蟲との距離を詰める。

「聞いて」

　魔蟲は継世を押しとどめるように片手を前方に突き出し、もう一方の手で折り畳み式のスツールを開き、坐るよう勧める。継世が拒否すると、彼女が椅子に腰をおろした。

「サガンの『ブラームスはお好き』は読んでないんだよね？」

「だからそれが何だよ」

「同年配の男性と交際している中年の女性が、歳下の青年と出会い、二股をかける話。今度の芝居、『ワーグナーはお嫌い』は、サガンの『ブラームスはお好き』のパロディだって言ったよね。題名がもじりなだけでなく、登場人物の設定も似せてある。主人公の女性を演じるにあたり私は、同年配と歳下、二人の男性と同時につきあってみることにした」

「はあ？」

「つきあってみて、その時の心情を芝居に活かそうと考えた」

「何言ってんの」

「以前、雪山で遭難して死んだ幽霊を演じた時には、実際に冬の北アルプスに登り、その厳しさを身をもって知った。失明した空中ブランコ乗りの時には、家ではもちろん、外出する時も目隠しをして生活し、小さなサーカス団に頼み込んで、目隠ししたまま空中ブランコからネットにダイブさせてもらった。バッドトリップで引き起こされた恐怖を描いたサイケな芝居では、さる筋から入手したLSDを試してみた。今のは他言無用だぞ」

「雪山と男女の交際は違う」

「体験目的という意味においては同じ。取材。役を作るにはこういうアプローチもあるのではと閃き、試してみている。何事も日々研鑽だよ」

「体験って言うけど、男女の交際だぞ。おかしいだろ。だって……」

継世はつと目を伏せる。

「一緒に飲み食いするだけでなく、セックスもするなんて？」

ちょっとした躊躇を歳上の女は見逃さない。坊やが平静な顔を作りながら言葉を探している間に、彼女のペースで話が進む。

「この間の芝居は憶えているよね」

「『果托の人』？」

「私は同性愛者の役だった。けれどこれまでそういった経験は皆無だった。肉体関係をともなわない、手紙のやりとりのようなものも。だから役柄がぴんとこない。そこで、女性と関係を持ってみることにした」

「えっ？」

「同性とつきあうことが自分に与える影響を知りたかっただけ。もちろんそれで目覚めれば、実人生でもそっちの道に行ったかもしれないけど、自分は違うと感じ、だから取材としてはこれで十分と判断した段階で相手に別れを告げた。けれどそれがうまくいかなかったんだな。向こうは関係の解消に納得せず、私に追いすがってきた。『果托の人』を観にきて、そのあと未練がましいことを言う。それをきっぱり突き放したつもりだったんだけど、それも伝わらず、電話でぐちぐち言う。電話に出るのをやめると、取るまで呼び出し続ける。そしてこの間、バイト先に押しかけてきて、口論になり、手を出された」

と首筋をさする。

「それ、アドリブ？　それとも前々から用意してあったの？」

「作り話に聞こえるんだ」

「あたりまえじゃん。普通じゃない」

「昔からよく言われる」

「おかしいよ、おかしい。じゃあ、アメリカ大統領の役だったらどうするんだよ。宇宙人と恋に落ちる地球人だったら」

「体験不可能なことは、もちろんあるよ」

「体験可能なことなら何でもするんだ。じゃあ、自殺者の役が回ってきた時には、そこの西武線に飛び込むの？」

「それは体験しても役に立たないぞ。死んだら舞台に立てない。自殺未遂を繰り返す女の時、睡眠薬を酒で流し込んだり、リストカットしてみたりはしたけどね」

「嘘つけ」

継世は魔蟲に近づき、手首を取った。

「ほら、そんな痕なんてない」

「剃刀で表皮をカットしただけなら、傷痕はすぐに消えるよ。そういうことも、実際にやってみてわかった」

「じゃあ、殺人鬼の役だったら、人を殺してみるわけ？　都会で見ず知らずの人間を殺すのなら、そう簡単には捕まらないだろうから、舞台に立てる」

「魅力的な脚本なら、考えるかも」

「じゃあ――」

次の反論を探すが、口でかなわないのはとうにわかっていた。こうして食ってかかっているのは、世界の崩壊を受け容れられないからだ。

「じゃあ、歳下の男なら誰でもよかったんだ」

継世は覚悟を決め、一番知りたく、そして一番答を聞きたくない質問をぶつけた。

「好みは反映させて選んだよ」

なぐさめにもならない。

「じゃあ、体験取材が終わったら別れるの？　『果托の人』の時の女の人のように」

「舞台に合わせてけじめをつけようと考えていたんだけど、目的を知られてしまった今、これ以上続けられないよね」

魔蟲は小さく首を振る。世界の崩壊は決定的だった。それでも継世は、

「本当に？　本当に役作りのために僕に近づいたの？」

と尋ねずにはいられなかった。

「そうだよ」

幕がおりた。

ずいぶん経ってから、継世はぼそりとつぶやいた。

「ひどい女だ」

言って何になるのだ。しかし一言言わないと気がすまなかった。彼女が詫びたり涙を
流したりすることを、せめてもの慰めとして期待したのかもしれない。

しかし魔蟲は継世の手に負える相手ではなかった。

「君はどうなの？　私との交際に何を望んでた？」

そう問いを投げかけ、一拍置いて、ふっと口元をほころばせた。

「性欲の解消でしょう？」

継世の爪先から脳天に熱風のようなものが噴きあげた。

「童貞を捨てられて有頂天だった。食事をしたり映画を観たりするのは、セックスにい
たる前戯でしかなかった。つきあいを重ねるにしたがって、ろくに会話もなく抱いてく
るようになったもんね。相手の心情に深く分け入ろうなんて微塵も思っていなかった。

ま、やりたい盛りだからね。でないと、こんなおばさんとはつきあわない。三年、五年
先のことを考えたことある？　結婚してくれるわけ？　ありえないでしょう。もっと若

い体を知れば、そっちに夢中になるに決まってる。ううん、責めてるんじゃないよ。私が言いたいのは、男女の関係を神聖視するのは欺瞞だということ。それはあとづけの幻想」

継世は絶句し、そのあとどうにか出せたのも、

「そう思ってれば。思っとけよ」

という、負け惜しみにしか聞こえない繰り返しだった。

魔蟲はそれ以上何も言わない。皮肉な笑みもおさめている。それがかえって継世に圧力として作用する。

反論の言葉を探していると、流しの横の水切り籠が目に入った。

「ああいいよ、もう終わりってことね。諒解諒解。やらせてくれてありがとう。何か返さないと悪いね。そうだ、芝居の鬼であるあなたへの特別な贈り物をしよう」

継世は水切りに立てかけてあった果物ナイフを取りあげた。

「ほら、持って」

逆手に持ち替え、柄尻のほうから魔蟲に差し出す。

「何よ」

彼女は両腕を背後に回し、身を硬くする。

「刺すんだよ」

「はい？」

「人殺しの役に備えて、実習。臓器に刺した時の感触を知っていれば、演技に凄みが出

るよ。刺されてあげるから、ほら」

　継世はナイフをぐいぐい差し出す。

「バカ言わないで」

「そりゃないだろう。必要とあらば人殺しをも辞さないって言ったのは誰だよ」

「切り裂きジャックのオファーはありません」

「四十になっても五十になっても芝居を続けるんだよね？　だったらそのうちきっと、人殺しの役が回ってくるって。火星人役よりははるかに可能性がある。その時のために経験を積ませてあげる」

「もっと気のきいた冗談を考えようね」

「僕は芝居の道具としてあなたに拾われた。道具としての務めを終えたら捨てられることに最初からなっていた。それって、人と人の関係ではなく、人と物の関係だよね。だったらここで刺しても何の問題もないじゃん。人形を刺すことに、どうして躊躇するの」

「君、普通じゃないよ。落ち着いて。とにかくそれを置いて」

「僕はいたって普通ですよ、少なくともあなたよりは」

　継世はナイフを彼女の膝の上に置いた。切っ先がスカートに引っかかり、生地がわずかに破れた。

「ほら、ひと思いに、ズブッと」

　継世は両手を横に広げ、腹部を突き出した。

魔蟲はナイフを手にしようとしない。どけるために取りあげたら、その刃先に飛び込んでくると警戒しているのだろうか。そうやって怯えている様子が、継世は実に痛快だった。

「あなたの芝居に対する覚悟はその程度なんだ。よくわかりました。せいぜい長生きして老人ホームでも舞台に立てることを願っています」

継世はそう捨て台詞で部屋を出た。

8

継世は歩いた。駅に向かうでも自宅を目指すでもまだ開いている飲み屋を探すでもなく、闇に沈んだ街をさまよい歩いた。

刺し殺されはしなかったが、精神的には息の根を止められた。それでもなお継世の頭を占拠するのは魔蟲の面影だった。

たしかに彼は彼女の肉体に溺れていた。はじめて知った女性の体は、やわらかく、熱く、吸いつくようで、石鹼ともシャンプーとも違う甘い匂いを発していて、頰へのキスさえしたことのなかった坊やを骨抜きにした。彼はその日その時の快楽を追い求め、将来のことなど何一つ考えていなかった。

それは事実だ。しかし魔蟲とのつきあいを通じて得ていたものは、肉体の満足だけではなかったはずだ。彼女に指摘された時は、突然のことで頭に血が昇ってしまい、言い返せなかっただけで。

　ところがどうしたことか、夜気で頭を冷やして振り返っても、肉体を貪った思い出しか浮かんでこないのだ。継世は愕然とし、己の卑しさに胸が悪くなった。しかし彷徨を続けるうちに開き直った。

　ああそうだ、自分は彼女を性の対象としてしか見ていなかった。しかしそれが何？　恋愛を目的ではなく手段として用いるという魔蠱の行為が許されるのなら、肉体だけの割り切った男女関係だってありではないのか。だったら今後もこれまでどおりつきあっていけばいい。何か問題でも？

　もし彼女が関係の継続をためらうのなら仕方ない。犯罪者のように追い回すことはしたくない。ただ、最後の思い出として、今晩は朝までつきあってもらおう。向こうの勝手で関係を築かれ、壊されたのだ。こっちもそのくらい要求する権利はある。

　継世は夜道を戻った。恥も外聞もなかった。性欲を満たしたい一心だった。彼は若く、欲望がたぎっていた。

　魔蠱の部屋には明かりが灯っていた。ノックには応答がなかったが、ノブを回すと鍵はかかっていなかったので、継世は勝手に開けて中に入った。

　何か声をあげたような記憶が継世にはある。

　魔蠱が台所の床に倒れていた。右を下にくの字になり、投げ出された左手が朱に染まっていた。

　手首を切ったのか？　自分が渡した果物ナイフで。

「演技だよね。リストカット程度では死なないって言ってた」

肝を潰し、土足で近づきながらも継世は、平静を装って声をかけた。若さをもてあましている坊やが戻ってくることを見越して、脅かしてやろうと、あるいは当てつけに、手首を軽く切ったのだ。

魔蟲は返事をしない。しかしTシャツの胸が微妙に上下している。かすかなうめき声のようなものも発している。

「お疲れさま。撤収撤収」

手を叩き、魔蟲の左手を取った継世は眉をひそめた。彼女の手は、指先から二の腕にかけて血で汚れていた。しかし手首の部分は存外きれいで、目を凝らしても傷らしきものが見あたらなかった。

切ったのは反対側なのかと、彼女の体の下になっている右手を確認しようとし、継世は新たな異状に気づいた。

彼女の右脇あたりが血で染まっていた。Tシャツが黒だったので、ぱっと見には気づかなかったのだ。シャツのその部分と接している床にも血だまりができていた。手首ではなく脇腹を刺したのか。本当に自殺を図ったのか。

「だいじょうぶ？　返事をして」

魔蟲が応える代わりに、奥の部屋から別人の声がした。

「痛いよぉ。けど死ねないよぉ。どうしたらいい？　ねえ、麻子」

奥の部屋から、女がよろりと姿を現わした。

人がいたことに継世はまず驚かされたが、次に目に映ったものはそれ以上の衝撃をもたらした。

女は両腕をだらりと垂らし、右手には果物ナイフを握っていた。左手は真っ赤で、今も血が滴り落ちている。手首には幾筋もの傷がついていた。

「あんた、麻子の？」

女はうつろな目を継世に向けた。痩せぎすで、長い黒髪は乱れ、出血のせいか顔も腕も青白く、まるで応挙か芳年の軸から抜け出してきた幽霊のようだった。

この女が魔蠱を？　誰？　強盗？　いや、見たことがある顔？　『果托の人』を観にいった時にいた？　もしかして、この人が例の？　魔蠱が疑似同性愛体験のためにつきあっていたという？　別れ話に納得できず、押しかけてきた？　そして刺した⁉　そのあと自分も？　無理心中を図ったのか！

継世が考えをめぐらし、そんなことより救急車を呼ばなければとハッとした刹那、

「麻子にさわらないで！　けがらわしい！」

との声がして、同時に突き飛ばされた。

すぐそこまで幽霊女が寄ってきていた。右手にはナイフを握ったままで、それで突き飛ばされたので、継世の顎が傷つくことになった。出血の程度はわずかだったが、痺れるような痛みがある。

「あんたが麻子をそそのかしたのね！」

女はナイフを両手で握り、振りかぶった。目が別の世界に行っている。

継世は体をのけぞらせた。ナイフを握った手が自分の鼻先を通過するのがコマ送りで見えた。

しかし継世は、自分が尻餅をついた体勢であったことを忘れていた。

顔面、頸部、肩口、胸部、腹部と通過していった鋼の切っ先は、突如として腿に突き刺さった。

いまだかつて感じたことのない激痛に、継世は腹の底から悲鳴をあげた。発声練習でも出したことのない音圧だった。

しかしそれは継世が感覚としてとらえていただけで、実際にどの程度の声が出ていたのかはさだかではない。あまりの痛みに聴覚まで神経が行きわたらず、鼓膜でのフィードバックができていなかった。

だから継世は、痛い痛いとのたうち回った次に、助けて助けてと声を嗄らして叫んだのだが、それも本当に音声として表出されていたかは不確かで、彼の記憶はそこで切れている。

ドレスと留袖

1

エレベーターの扉が開ききらないうちに籠から一歩踏み出したところ、正面に立っていた人物と鉢合わせしそうになった。なのに「結構なものをありがとうございました」とにこやかに声をかけられたものだから、永嶌（ながしま）は大いに面食らった。

「奥様によろしくお伝えください」

何のことだかさっぱりわからないが、永嶌はとりあえず愛想笑いで応えた。扉が閉まり、隣室の奥さんを乗せたエレベーターが降りていく。

吹きさらしの廊下を右に行き、ドアを二つ過ぎると永嶌の部屋だ。

磨りガラスの小窓が白く輝いている。その上のフードに覆われた排気口からは温かい空気が流れ出ていて、廊下の角を曲がり、エレベーターホールにまで、甘辛く香ばしい匂いを漂わせている。

今日は金平（きんぴら）かと思いながら永嶌は、ただいまと玄関ドアを開ける。靴を脱ぎきらないうちにエプロン姿の佐和子（さわこ）が現われ、おかえりなさいと、新婚でもないのに永嶌の首に両腕を回した。

「金平牛蒡ということは、メインは焼き魚だな。鯖塩？」

永嶌の声は密着した相手に伝導し、それがまた体伝いに戻ってきて、エコーがかかったように聞こえる。

「残念でした。金平は金平でも、牛蒡ではなく、蓮根。そしてメインは、おでん」

「おでん？　まだこんな陽気なのに？」

「街のおでん屋さんは八月でも営業していますが」

「まあそうだけど」

「突然食べたくなったの」

「そう」

「ご不満？」

「好きだけど、ごはんのおかずにはなあ」

「おでんは晩酌用。ごはんのお供は胡桃味噌」

「長野から？」

「今朝届いた。一キロって、多すぎだよね。しかも、もうじき今年の仕込みだからって、去年のぶんを送ってきたんだよ。在庫処分。ふざけてない？　腐るものじゃないけどさ。洗濯物を取り込んでたらお隣さんと顔が合ったから、お裾分けしといた」

だから礼を言われたのかと永嶌は納得する。

「先にお風呂入って。大根にもうひと息味をしみこませたいから。もう沸いてる」

佐和子は両腕を解き、永嶌の頬に軽くキスをして体を離す。

「そうそう、これ。おでんのヒントだったんだな」

永嶌は左手のレジ袋を差し出す。帰りにスーパーに寄ってチューブの練り辛子を買ってくるよう頼まれていた。

「焼売を期待してた？　残念でした」

佐和子はレジ袋を奪い、奥に消える。

脱衣籠には部屋着が用意されていた。淡いピンクのスエットで、かわいらしい犬のキャラクターがプリントされている。佐和子が見立てたものだ。四十男が着るにはあまりに恥ずかしかったが、これでコンビニに行くわけではないのだからと永嶌は割り切っている。多少の不満は口にも顔にも出さず、相手の好きにさせてやることが、良好な関係を維持する秘訣だと、この歳になってようやくわかってきた。

一日の垢を落とし、永嶌は食卓に着いた。カセットコンロの上の土鍋からは昆布の香りの混じった湯気が漂い出ている。缶ビールを開け、小ぶりのカットグラスに注ぎ、お疲れさまと佐和子とグラスを合わせる。

「ホント、疲れたわぁ」

佐和子は一口で飲み干してしまい、二杯目を手酌する。

「煮込むのに時間がかかっただけだろう」

永嶌は大根から手をつける。箸を入れただけでさくっと割れた。

「そうですよ。わたしは大根と蒟蒻を切っただけですよ。がんもも巾着も出来合いですよ」

佐和子は三杯目を注ぐ。

「蓮金(はすきん)は手間がかかるよな。蓮根は泥を落とすのが大変だ。切ったあと、酢水にさらすんだっけ？」

永嶌はあわてて失言を取り繕う。

「スライスしてパックしてあるのを買ってきました」

「ちょうどいい味だな。辛すぎず、甘すぎず。焦げの香りが微妙にあるところも食欲をそそる」

蓮根を一枚齧ったのち、永嶌は新しい缶を開け、佐和子に酌をする。

「酢水は使ったよ。蓮根の処理じゃないけど」

「は？」

「お風呂入ったのに、気づかなかったんだ」

「何を？」

「そう。じゃあ、いい」

佐和子は五杯目を手酌する。

「風呂？　何？　シャンプーが変わってた？　石鹸？」

永嶌はうろたえ、皿の上で箸を迷わせる。

「鏡よ」

「鏡？」

「ピカピカになってたでしょう。お酢で磨いたのよ」

「ああ。いつもよりきれいだと感じたのは気のせいじゃなかったのか」

「嘘つき」

「鏡、見なかったから……。今日は剃らなかったから……」

永嶌は目を伏せ、無精髭の浮いた顎をさする。

「でも、カーテンは見たわよね。というか、今まさに見えてるよね。真っ正面なんだし」

「はい？」

「どう？　きれいになったでしょう？」

「洗ったのか。ご苦労さまです。お疲れさまです」

永嶌は立ちあがって酌をする。

「また適当なこと言っちゃって。臙脂だから、よく見ないとわからないでしょう。けどね、洗ったら、水が真っ茶色。染料が落ちたんじゃないよ。ヤニよ、ヤニ。タバコ、控えようね」

灰皿にはすでに一本吸殻が入っている。ああと永嶌は曖昧に応じ、胡桃味噌の小鉢に箸を伸ばした。

「旨い」

「わたしが仕込んだんじゃないですけどね」

「素質は受け継いでるだろう」

「義姉とは血はつながっていませんが」

「お母さんが作ったんじゃないの？」

「家事はすっかり嫁にまかせきり。趣味三昧のいいご身分だわ。そうだ、もう一つもらいもの」

佐和子は席を立ち、冷蔵庫を開ける。

「ママのおみやげ」

辛子明太子の箱がテーブルに置かれた。

「九州に行ったのか」

「だって。開ける？」

「一口だけなら」

「何よ、それ」

「最近聞いたんだけど、明太子はコレステロールが多いんだって。塩分も濃いし」

「それより、気をつかうのはこっちでしょう。今どき、はやらないよ」

タバコの箱に持っていった永嶌の手がぴしゃりと叩かれた。

おもしろくもおかしくもない話だ。驚きも感動もない。

けれど今この時に、永嶌はささやかなしあわせを感じる。この安らぎがあるから、明日も一日がんばろうと、疲れた体にネクタイを締めることができる。取引先で罵倒されても、笑顔で頭をさげることができる。

2

「終了」

憮然とつぶやき、梁川が携帯電話を閉じた。

「負けたの？」

服部が隣に顔を向ける。

「三振ゲッツーで終了。バカすぎる」

「三連敗か」

「四連敗」

「ここに来ての負けはなあ」

「試合終了、シーズンも終了。チーン」

加藤がグラスの縁をマドラーで叩く。

「ベンチがバカだからしょうがない。山本に頼ってどうすんのって」

水野が首をすくめる。

「誰が指揮したところで、打てない守れないじゃ、同じだろう。キャッチボールから教えるわけ？　ピッチャーは、主軸三人がローテーションを組むように登録抹消だし」

「それって、全部ダメってことじゃん」

リナがけらけら笑い、空いたグラスを手元に引き寄せる。

「そのとおり。今季の成績は理の当然だったのだ。オフに大鉈を振るわないと、来季の結果も見えている。背番号だけのエースや昔の名前だけの四番はもういらない」

加藤は気焔をあげ、できたばかりの水割りをかっさらう。

「作りましょうか？」

横に坐る子に声をかけられ、お願いするよと永嶌はうなずく。

「副支社長さんはドラファンじゃないんですか？」

グラスに氷を入れながらレミが言う。

「どうして？」

「話に加わらないから」

「応援してるよ。勝ってくれると名古屋が活気づく」

「なんかそれ、すごく醒めてないですか？」

「そりゃ仕方ないよ。副支社長は名古屋人じゃないんだから。レミちゃん、入ったばっかりで知らなかったか」

服部が言う。

「地元、どこなんです？」

「東京の人はジャイアンツでしょう、フッー」

水野が言うと、レミはうわっと大げさに肩をすぼめる。

「おいおい、何だよ、その反応は」

永嶌は眉を八の字にする。

「巨人ファンとか最悪じゃないですか」

「東京の人だけど、巨人ファンじゃないぞ」

永嶌はレミに笑いかけ、水野を睨みつける。

「じゃあどこファンなんですか？　ヤクルト？」

「いや」

「パリーグ？　西武とか？」

「まあいいじゃないか」

「副支社長のケチぃ」

向こうの席でリナが科を作り、

「いいじゃないですか。教えてくださいよ」

隣ではレミが袖を引く。

「場が盛りさがるぞ」

永嶌はタバコをくわえる。

「あー、やっぱりジャイアンツなんですね。ですよねー、ナガシマさんだし」

レミがすかさずライターの火を差し出してくる。

「違う違う。どこのファンでもないんだ」

「えーっ？」

「野球は卒業した」

「ああ、サッカーに転向したんですか。グランパス」

「サッカーはピンとこないんだよなあ。見るには見るのだが、何がすごいのかどこがおもしろいのか、どうもよくわからない。私が子供の時分は、サッカーなんて、相撲よりバレーボールよりラグビーよりマイナーな存在だったから、戦術や技術の知識が刷り込まれておらず、見どころがわからないのだろうな」

「野球はわかるんですよね？　三回空振りしたらアウトですよ」

「おいおい。ノーアウトランナー一塁では振り逃げが成立しないことも知ってるぞ。バリバリの野球少年だったし、見るほうでは熱烈な巨人ファンだった」

「やっぱり！」

「昔は、球団のない地方の人間はほとんど巨人ファンだったんだよ。衛星放送で全球団の試合が見られる時代ではなかった。スポーツニュースもほとんどなく、得られる情報は巨人一辺倒で、そういう環境で育ったら、自然と巨人ファンになってしまう」

「じゃあどうして今は違うんですか？」

「偉そうだから、嫌になった」

「ですよねー、巨人の選手って！」

「巨人というか……」

「はい？」

「いや、それで、嫌になりはじめたのに重なって、外国に長期滞在することになってね、日本のプロ野球の情報なんて全然入らないものだから、それで一気に心が野球から離れた。帰国したら、知らない選手だらけ、球団名まで変わってたりして、なじめないまま現在にいたる」

「その話、初耳です。寧波勤務がそんなところにまで影響していたとは」

梁川が感嘆したように言う。まあそういうことにしておくかと、永嶌はうなずいてみせる。

永嶌はかつて巨人ファンだった。それは事実だ。あるころから心が離れ、その理由が、鼻持ちならないからというのも事実だ。

しかし彼が嫌悪を感じるようになったのは読売巨人軍だけではない。野球そのものが嫌いになった。プロ野球だけでなく、高校野球も草野球も子供の三角ベースもバッティングセンターでバットを振り回す酔っぱらいも球場で歓声をあげるファンもナイター中継もスポーツ新聞の一面も、野球に関するすべてが我慢ならなくなった。

野球は日本で最もメジャーなスポーツであり、その人気は娯楽全体の中でも突出しており、だから選手は脚光を浴び報道では優遇されて当然であり、市民は野球を見て語り贔屓のチームや選手に一喜一憂するのが当然であり、春夏には甲子園に郷土を重ね、親子のキャッチボールで家族の絆を強くする――野球という世界を包み込んでいる社会一般の特権的な空気が耐えられなくなった。

なぜそういう気持ちになってしまったのかは、永嶌にはよくわかっている。

今でいうところのFラン大学の学生だった永嶌は、学園祭で訪れた女子大で、親戚が集まる法事の場で、就職面接の席で、どれだけ肩身の狭い思いをしたことか。

――何大学って言った？

――最近できた学校？

――どこにあるの？

――有名人、出てる？

東京六大学に進んでいれば、こんな質問はされずにすんだのに。どうして自分は関関同立に行けなかったのか。永嶌は自分を恥じ、早稲田や三田界隈を闊歩（かっぽ）する己を想像しては溜め息をついた。

しかしその時期は短く、あこがれやうらやみは妬みに転じ、その対象は大学だけでなく、王道をゆくものすべてに向けられた。大企業、公務員、野球、流行歌――陽の当たる道を歩いているやつに何がわかる、おまえらみんな滅びてしまえ！

屈折したコンプレックスだ。そして突き詰めてみれば、彼が嫌っているのはメジャーなものではなく、マイナーな存在である自分自身なのだった。すなわち、表舞台に立つ実力のない己にいらだち、憤り、嫌悪していたのだ。

青年期の熱病のようなものである。現在の永嶌にとっては、苦くも懐かしい思い出だ。しかし今この酒の席で真顔で語りに入り、せっかくの愉快なひとときをしらけさせることはない。社会に出て二十年、永嶌も抑制することはおぼえた。

「ま、いいじゃないか。野球にはそう興味はないけれど、ドラゴンズのことは心から応援している。ドラゴンズが強ければ名古屋は元気になり、消費が拡大する。今シーズンは仕方ないとして、来年はがんばってもらおうじゃないか」

「じゃあ、来季の優勝を祈って」

加藤がグラスを挙げる。

「そしてプロジェクトJの成功を期して」

梁川がつけ加え、テーブルを囲んだ六人がグラスを合わせる。

総合アパレルメーカーであるグロウシスで、永嶌は名古屋支社副支社長の職にある。名古屋支社は大阪支社に次ぐ規模の地域拠点なので、そこの副支社長ということは、四十代なかばにしては悪くない地位である。

永嶌にはもう一つ、プロジェクトJ推進本部長という肩書きがある。

海外有名ブランドの日本総代理店から低価格路線の自社ブランド戦略に転じて急成長を遂げたグロウシスだったが、近年業績は頭打ちで、その打開策の一つとして、新高級路線が推進されることになった。日本の有望な若手にデザインをまかせ、高級素材をふんだんに使い日本国内で生産したものを、まずは欧米の市場に投入し、セレブにも無償提供するなどして評判を高めたのち、日本に逆上陸させようというものである。これがすなわちプロジェクトJで、コンセプトは〈純国産〉と〈セレブの普段着〉。その新事業の生産拠点の一つとして選ばれたのが愛知の一宮で、プロトタイプの製作や生産ラインの整備など、実現に向けての最終調整を、永嶌以下スタッフが現在行なっている。

「ちょうど締めになったみたいだし、そろそろ」

永嶌は左右の人さし指を交差させた。リナがドレスの腿のあたりを少し持ちあげて立ちあがる。

「あら、お帰り？　締めにきしめんをお出ししようと思ってたんだけど」

カウンターで一人客を相手にしていたマダムが顔を向けた。

「いただきます！」

水野が元気よく手を挙げる。

「じゃあレミちゃん、竹内さんのお相手をお願い」

マダムが奥に引っ込み、レミがカウンターの中に入る。グロウシスのソファーでは、最後にもう一杯ずつと、リナが水割りを作る。

錦三（きんさん）の雑居ビルにあるスナックである。そう言うと、うちは会員制クラブですよとむくれられるが、内装もホステスの衣装もそれほど高級感はなく、会計もそこそこである。永嶌が名古屋にやってくる前から支社の御用達になっていて、この日も居酒屋での小宴のあと、飲み足りない者たちが流れてきた。

「しかしですね、事情を聞かせていただいたうえであえて言わせてもらいますけど、もう一度野球の世界に戻られてはいかがですか」

加藤が永嶌に体を寄せて話しかけてくる。

「いちおうニュースはチェックしているのだが、どこが勝とうが誰がホームランを何本打とうが心が躍らなくてね。これは野球にかぎったことではない。十代二十代の時分は、オリンピック期間中は毎日早起き夜更かしで、勉強も仕事も手につかなかったものなのだが。これが歳を取るということなのかな。営業職であることを活かし、外に出ては、喫茶店のテレビで生中継にかじりついていたんだけどな。おっと、これは内緒」

永嶌は唇に人さし指を立てる。

「しかしですね副支社長殿、日本人にとって野球の話題は挨拶のようなもので、仕事のうえでも潤滑剤になります。野球を触媒として難しい取引が成立することも大いに期待できます」

加藤はかなりできあがっている。

「心づかい、ありがとう。しかし、仕事と無関係のもので相手の機嫌を取ろうというのは、菓子折を渡すのと同じじゃないのか？　私はそういうものに頼らず、実力で勝負する主義だ」

「カッケー！」

「こういう青臭いことを信条としているのだから、私もまだまだ若いな」

と永嶌は額を掻くが、リーゼントのツッパリでもないのに、生え際が剃り込みのように後退している。頭頂部もそろそろ危なくなってきた。

ソファーの向こうの席では梁川と服部が携帯電話の画面を覗き込んでいる。

「阪神も勝ちそう」

「勝たれたら本格的に終了だぞ」

「三点差で、これから九回」

「リロードして」

「したら、アウトが一つ増えた……」

「山本とか先発させるからだよ。クソ采配」

二人ともまだあきらめきれない様子だ。

その向かいでは、水野がリナにちょっかいを出している。

「あした同伴しようよ」

「はい？」

「同伴出勤だよ」

「残念でした。あしたはお休み」

「じゃあ、あさって」

「あさってもお休み」

「そこまで言ったら、嘘がバレバレ」

「ホントだよ」

「生理？」

「こういうのって、セクハラですよね？」

リナは助けを求めるように永嶌に顔を向ける。

「失言は取り消します」

水野が靴を脱ぎ、ソファーに正坐し、手を合わせる。

「最近、週三日しか出てないの。花嫁修業をしなくちゃならないから」

「マジ⁉」

「どうかなあ」

「じゃあさ、あしたかあさって、俺も休みを取るから、どっか遊びにいこう。スペイン村？　スパーランド？」

「だーめ。洗濯物がたまってる」

「じゃあ午後から近場で。スカイタワーに登る？」

「午後はお買物」

「それにつきあうよ。俺の車、キャビンがチョー広いから、ソファーも運べる」

「空気読めないともてませんよ。ね？」

リナが逃げるように永嶌の横に移ってくるが、坐る間もなく、手伝ってちょうだいとマダムに呼ばれて調理場に消えていった。

「ジュニアが戻ってくるという噂を小耳に挟んだんですがね」

二次会の後半はほとんど船を漕いでいた丹羽が、おしぼりで顔をふきながら永嶌に話しかけてきた。

「さすが丹羽さん、耳が早い。ええ、新年度から復職するようです」

丹羽の地位は永嶌よりずっと下だが、名古屋支社で最年長クラスの社員である。

「本当だったのか。禊（みそぎ）は五年？　六年？　軽いなあ」

ジュニアというのは現社長の息子で、縁故採用でグロウシスに入社し、社内で女性関係の問題を起こした。不祥事は会社が揉み消し、本人は留学と称してアメリカに逃げた。

「それを評価する立場に私はありません。ともかく、暮れに挙式のために帰国し、年が明けたら各方面に挨拶して回るようです」

「結婚式？　ジュニア本人の？」

「ええ。グッチかクロエのドレスを買いたいと、うちのが言い出して、どうしたものか」

永嶌は苦笑する。

「これで過去は完全に帳消し――え？　永嶌さんも出席するんですか？」

丹羽が驚いたように眼鏡をあげる。

「招待を受けています」

「奥さんも？」

「ええ」

「それはすごい」

「は？」

「次期社長の結婚式に呼ばれてるんですよ」

「私が社員代表として招かれたわけじゃないですよ」

「けど、過去のあれを考えると、うちからの出席者はそう多くないでしょう」

「かつての上司ということで呼ばれたのでしょうね」

「だとしても、奥さんも一緒に招待というのは、特別なことだと思いますよ」

「特別？」

「特別に選ばれた社員だということですよ。出世ですよ、出世。出世街道まっしぐら」

と丹羽は、上下関係などおかまいなしに永嶌の肩をバシバシ叩く。おかげでほかの社員の注目を集めてしまったが、いいタイミングできしめんが運ばれてきたので、よけいな質問からは逃れられた。

「ここだけの話にしておいてくださいよ。会社関係とはいえ、プライベートなイベントなので」

永嶌は箸を休めて隣にささやく。アルコールで気が緩んでしまったのだろうが、不用意に口走ってしまったことを悔やむ。

「ドレス、買っちゃいましょうよ。京友禅の留袖をあつらえても元は取れますよ」

丹羽は麺をすすりながら肘打ちをしてくる。

3

その週末、永嶌は愛車を駆って北に向かった。ドレスを見たいと佐和子が言うので、軽井沢のアウトレットモールに連れていったのだ。

片道四時間の遠出をしなくても、名古屋市内にはいくらでもデパートやブランドショップがあるのだが、陽気もいいことだし、ルーフを畳んでドライブがてら行ってみることにした。永嶌は車の運転そのものが好きで、十時間ハンドルを握っていても苦にならない。ストレス発散にもなる。

制限速度以上にアクセルを踏み込み続け、昼前には軽井沢に着いた。

道はさほど混んでいなかったが、モールの中は元旦の熱田神宮のような芋洗い状態だった。とりあえず人波に乗り、目的のショップのところで流れをはずれる。しかしショップの中もすれ違えないほどの人また人で、痴漢扱いされないよう神経は使うし、ただ立っているだけでも背中を汗が伝う。

世の旦那連中とは違い、永嶌は女の買物につきあうことを少しも苦にしていない。アパレルメーカー勤務であることが大きいのだろうが、服飾品にかぎらず、雑貨でも食料品でも、女性の興味の対象を知ることから多くを得られる。そういう仕事の面を除外しても、似合ってるか、派手すぎないかと相手にコメントを求められ、それに応じてコミュニケーションをはかるのは、ささやかながらしあわせなひとときである。

とはいえ、こうも暑くて息苦しくてはたまらない。永嶌は途中から、佐和子を店に残して外に出、空いたベンチを探すようになった。

デッキから下を見おろすと、人々の頭が一つの塊を形成し、巨大生物のように蠢いていた。ここで一人が転んだらどうなるのだろうと、想像するだけでぞっとする。

モールをざっと一周したところでランチタイムとなった。昼時はとっくに過ぎているというのに飲食店はどこも長蛇の列で、セルフサービスのフードコートで妥協しても、向かい合わせで席を確保するのがひと苦労だった。

佐和子に席を取っておかせ、永嶌が食料の調達に出た。

トレーを左右に持って戻ってくると、佐和子は体を斜めにして頬杖を突いていた。

彼女が顔を向けている先には家族連れがいた。幼稚園くらいの弟が隣の皿にフォークを伸ばし、小学校低学年くらいの姉が、自分のを食べなさいと皿を持ちあげ、弟がそっちを食べたいと金切り声をあげる。

「お待たせー」

学生のような軽さで永嶌が声をかけると、佐和子は掌の上で緩慢に首を回した。

「疲れた？」

「え？　ううん」

佐和子は頬杖を解き、体も正面に戻した。

「そりゃ疲れるよな。こんなに混んでたら、ただいるだけでも疲れる」

「元気だよ。ただ、おなかがぺこぺこなだけ。いただきまーす」

佐和子はトレーを近くに寄せ、箸を取る。その笑顔が貼りつけたものであることを、永嶌はよくわかっている。

「気に入った服、あった？」

しかし何も気づいていないふうを装って対応する。

「いくつか。食べたらもう一度見較べてみる。同じ店に行くけど、いい？」

「いいよ。俺も何か買おうかなあ」

「その体でドレス着られるかなあ」

「あのなあ。ジーパンとかジャージとか」

「うん、せっかくだから買ってこう。そのズボンもくたびれてきたし」

「あげる」

突然、かわいらしい声が割り込んできた。佐和子の斜め後ろに男の子が立っていた。背が低く、頭部だけがテーブルの上に浮かんで見える。

「あげる」

男の子は佐和子に腕を伸ばす。逆手でフォークを握っており、その先にはポテトフライが二本刺さっている。

「あげる」

「ありがとう。でも、おばちゃんは自分のがあるから。それはボクのでしょう？　ボクが食べなさい」

佐和子は体を男の子に向け、上体をかがめてにこやかに言う。

「あげる」

怒ったような顔で繰り返すこの子は、先ほど佐和子が眺め入っていた子ではないのか。そう気づき、永嶌がその家族の方を見ると、両親は苦笑してこちらを見ており、永嶌と目が合うと、すみませんというように軽く頭をさげた。

「ボク、おなかいっぱいなの？」

「あげる」

もしかしてこの子は、先ほど佐和子の視線を感じていて、あのおばちゃんは自分が食べているものを欲しがっていると思ったのかもしれない。

永嶌がそう察した時、上下に動くフォークの先から、ポテトフライの一つが宙に飛んだ。ポテトフライは佐和子の腕で一度跳ね、床に落ちていった。

「タクちゃん！」

ママが血相を変えて飛んできた。だめでしょうと男の子の手首を摑んでフォークをもぎ取り、動きを封じるように後ろから両腕ごと抱きかかえ、奥様申し訳ありませんと佐和子に頭をさげる。

「だいじょうぶですよ」

佐和子は笑って首を振り、紙ナプキンをカーディガンの袖に当てる。

「ああ、大変」

ポテトフライにはケチャップがついていたため、ベージュのニットが赤く汚れてしまっている。

ママは泣き出した男の子を吊り上げるようにして席に運んでいき、マザーズバッグからウエットティッシュを出して戻ってきた。しかしそれでふいても、汚れははっきりとした染みとして残っていた。

「すみません」

パパもやってきて頭をさげた。

「洗えば落ちますよ」

佐和子は手を振る。

「奥さん、これでクリーニングを」

パパは財布を開け、千円札を二枚取り出す。困りますと佐和子が両手を立て、受け取っていただかないとこっちが困りますとパパが押しつけ、しばし押し問答が展開されたが、結局佐和子は頑として拒み、パパとママは悄然と戻っていった。

「叱らないでくださいね、よくあることですから」

佐和子はそう声をかけ、まだ泣いているタクちゃんをあやすように手を振ったが、ママは息子の首根っこを摑んで立たせ、パパは娘の手を引いて、逃げるように席を離れていった。

「子供がいると大変だね」

佐和子は坐り直し、永嵩に笑いかけた。そうだねと永嵩は笑い返す。会話はそれで終わり、二人は黙々と箸を動かす。

しかし微妙な空気が長く続くわけではない。永嵩が味つけに文句を言い、佐和子が許容範囲だと擁護し、次に永嵩が当フードコートの動線を批判し、佐和子が映画の話をはじめ、自然といつもどおりの二人に戻る。

席を探している人々が目に入っては食後のコーヒーというわけにもいかず、腹がこなれないまま席を譲り、午後の部に突入した。

ますます増えた人出の中、広大な敷地を何周もしたが、結局買ったのはカーディガンだけで、ランチで辟易していた二人は、夜はよそで食べようと、日が翳る前にモールをあとにし、当初はサービスエリアに立ち寄るつもりだったのだが、飲めないのは寂しいねと家で食べることにし、名古屋まで戻ってきて高級スーパーで買い込んだ総菜をテーブルに並べ、ワインで乾杯し、ベッドに入り、愛し合い、そうしてありきたりな休日が終わった。

4

定例のテレビ会議終了後、永嵩がトイレで用を足していると、隣の朝顔の前に人が立

ち、

「奥さんも招待されてるんだって」

と言った。支社長の杉山の声だ。永嶌は前を向いたまま首をかしげる。

「宗尊（むねたか）氏の結婚式」

動揺し、ズボンを汚しそうになったが、永嶌は平静を装って、

「ええ、いちおう」

と答えた。宗尊というのが社長の息子である。

「招待されているかいないか、事実は白と黒しかないのだから、『いちおう』というのは、君、おかしいだろう」

「おっしゃるとおりです」

「ミレニアムタワーって、何とかって俳優の結婚披露宴をやったところだろう？　テレビ中継してた」

「そうです」

「そんなホテルで挙式とは、さすがだな」

「そうですね」

「相当包まなきゃならんのだろうね」

「そうですねえ」

「夫婦二人で招待されているのだしな」

杉山はいやみたっぷりに言い、永嶌の腰を軽く叩いて去っていった。自分を差し置い

て招待されやがってと忌々しく思っているのだ。

その日の午後、一宮の提携工場での打ち合わせの帰り、ハンドルを握る丹羽に向かって永嶌は言った。

「結婚式のことは黙っておいてほしかったですね」

「結婚式？」

「宗尊さんの。私が招待されていると話したでしょう」

「誰に？」

「誰にということではなく、社内の誰かに」

「話したかなあ。話してないと思いますよ」

丹羽は片手をハンドルから放し、頭をコツコツ叩く。

「そうですか。思い込みで言ってしまい、失礼しました」

と謝ったのは関係を悪くしたくなかったからであり、丹羽に対する疑惑は解いていない。もっとも、つい愚痴が漏れたにすぎず、これ以上彼を追及しようという気も永嶌にはない。

「私は話してませんよ。けれど私が黙っていても、この種の話は誰からともなく広まるものでしょう。会社に関係しているのだから」

丹羽は言い訳がましいが、そうだなと永嶌は応じる。

「嫉妬は栄光への架け橋ですよ」

「は？」

よ」

「嫉妬されるということは、それだけ出世が有望なわけでしょう。むしろ喜ぶべきです

「何を言い出すかと思えば」

「やっかみをいちいち気にしていたのでは天下は取れませんよ。むしろプレッシャーを

エネルギーにするくらいじゃないと」

「何ですか、天下って」

「永嶌さんは四十いくつですか？　それで今のポジションにあるんですよ。定年まで何

年あるんです。あと二年しかない私とは違うんですよ。行けるところまで行かなくてど

うします。社長の眼鏡にもかなっている。御曹司がいるにしても、あの人はお飾りにし

かなりませんから、摂政として実権を握ることは可能なんですよ」

永嶌は地位を望んでいるわけではない。与えられたポジションで仕事をしたところ、

それなりの評価を受け、上のポジションに移された。歳月のぶんだけ、それが繰り返さ

れただけだ。この仕事に適性があったのだろう。ただそれだけのことだ。プロ野球選手

を目指してきたら、こうはいかなかったに決まっている。建築家や医師を目指しても、

挫折して、今ごろは泥水をすすっているに違いない。

しかしそれを今の立場で口にしたところでいやみにしかならないので、仕事関係者に

は心を見せない。丹羽にも笑っておくことにする。

だが、鷹揚にかまえてもいられなくなった。

名古屋支社のすぐ裏にカスケイドという喫茶店がある。コーヒーがおいしいわけでも

内装がしゃれてるわけでもBGMにこだわりがあるわけでもない、席が六十もある、おおざっぱな喫茶店だ。ただ、ランチのメニューが多彩でばかに安くて盛りも尋常でないということで、昼時は、グロウシスの社員をはじめ、近隣のサラリーマンで大変にぎわっている。

その日、永嶌がランチタイムから少し遅れてカスケイドに入り、注文をしてからトイレに立ち、戻ってくると、取っておいた席に人が坐っていた。

「私はまだ食べ終えていないのだが」

永嶌が言うと、総務の佐伯が怪訝な顔をする。

「携帯電話が置いてあっただろう」

「え？　ありませんでしたが」

「椅子の上に置いておいた。茶色のシートに茶色のケータイで気づかなかったか？」

「すみません」

佐伯は立ちあがり、椅子の坐面に目を落とす。携帯電話はない。隣に坐っていた同僚の柴田も立ちあがるが、そちらの尻にも敷かれていなかった。佐伯は自分に張りついていないか確かめるようにスカートの尻をそれとなくさわるが、そこにもない。足下にも見あたらない。

「おかしい」

永嶌はしゃがみ込み、椅子やテーブルの下に目を凝らした。佐伯も隣のテーブルに声をかけ、足下を見せてもらったりする。

「これですか？」

柴田が茶色の二つ折り端末を差し出してきた。

「おお。どこに？」

「そこです」

と示した先は観葉植物の鉢皿の中だった。

「どうして……」

永嶌は端末を受け取り、汚れを掌でぬぐう。

「お尻で跳ね飛ばしちゃったんじゃないの？」

柴田が指をさして笑い、佐伯がやだあと頬に手を当て、申し訳ありませんでしたと永嶌に頭をさげる。

体がふれて落ちる可能性はある。しかし五メートルも跳ね飛ばすには相当な強さで当たらなければならない。当然、当たった体の箇所にはそれなりの感覚が発生する。しかし佐伯は何も感じていない。

何者かが故意に携帯電話を移動させたのだ。席取りに腹を立てた者が携帯電話を捨てたに違いない。捨てて、その席に坐ったのでは、自分が犯人だと言っているようなものなので、席は別に探した。

このとき永嶌はそう解釈し、腹を立てながらも、相手によっては携帯電話を叩き壊されていたなと、なかばのんきに胸をなでおろしていた。

考えをあらためたのは数日ののちである。

永嶌が一宮から戻ってくると、机の様子がおかしかった。両脇に積んであった書類が崩れ、一枚は椅子の上に落ちていた。書類を山のように積めば、ちょっとした震動で崩れることもあるだろうが、永嶌の場合はほんの一センチである。さらに、引き出しの中も乱れているように感じられた。

明らかに誰かにいじられていた。朝一番なら、机の上のものが動かされていることはある。今はそういう時代ではないと言ってあるが、早く出てきた折に上司の机をふいてまわる女性社員がいる。けれど午後でそれはなく、ましてや引き出しの中まで雑巾がけはしない。

いったい誰が？　副支社長は大部屋住まいである。机がパーティションで囲われているものの、パーティションに鍵付きのドアがあるわけではないので、社員の誰もが近づける。個室にある支社長の机とは違うのだ。

そう格差を感じていた永嶌の脳裏に、隈（くま）に縁取られた杉山の双眸（そうぼう）が浮かんだ。歳が一回り以上離れたナンバーツーに嫉妬するあまり、陰湿な嫌がらせに出たのか？

誰かがさわったのだろうかと気持ち悪がらせる。何か盗まれたのではと不安にさせる。気もそぞろにさせ、仕事上での失敗を誘おうとしている。もう一歩進んで、永嶌の持ち物を調べ、ネガティブな情報をほじくり出し、上層部に密告しようとしている。杉山自身が手をくだすのは目立ちすぎるから、息のかかった部下にやらせた。カスケイドで携帯電話を捨てたのも。

しかし、と永嶌は思う。かりにもトップに立つ人間が、そんな子供じみたことをするだろうか。

しかし永嶌はこうも思う。先日杉山に便所でいやみを言われたあとから、身辺に災いのようなことが続いているではないか。

一度湧き起こった疑惑は簡単には晴れない。ただしその疑惑は印象によって形作られているにすぎない。軽率な行動は禁物である。

上司に無理難題を押しつけられたり部下に無視されたり取引先に門前払いされたり辞令という紙切れ一枚で海の向こうに飛ばされたりと、およそ仕事というものはこころよくないことのほうが多いものだが、今回の気持ちの悪さは、永嶌がこれまで感じたことのない種類のものだった。

5

昼間どんなに嫌な思いをしたとしても、待っている人のもとに帰り着けば、安らぐことができる。今日も嫌なことが待っているとわかっていても、安らぎにふれたあとなら、勇んでネクタイを締めることができる。

ところが、ある日永嶌が帰宅したところ、そこに安らぎはなかった。

ただいまとドアを開けると、いつものように佐和子がエプロン姿で迎えに出てきた。

しかしおかえりの抱擁がなく、彼女は出し抜けに言った。

「変な人いなかった?」

「変な人？」

「マンションの入口あたりに」

「変って、どんなふうに？」

「男。服は黒っぽい」

「普通の恰好じゃないか」

「変なの。ずっとあとをついてくるの」

佐和子はぶるっと首を振る。

「どういうこと？」

永嶌はブリーフケースを床に置く。

「夕方スーパーに行ったの。Sに行って、そういや今日はスタンプ五倍じゃないとIにも行った。そしたら、さっきSで見かけたような人がIにもいた。まあそういうことはたまにある。わたしだってはしごしたんだから。けど、Iを出ようとしたところ、サッカー台に傘を置き忘れたことに気づいて、お店の中に引き返そうと回れ右をしたのね、そしたらすぐ後ろに人がいて、ぶつかりそうになっちゃったの。急に方向転換をしたわたしが悪いのだから、ごめんなさいと謝った。ところがその人は、どういたしましてとも気をつけろとも言わず、ぷいと顔をそむけて通り過ぎていった。それがSでも見かけた男。

その時は、感じ悪ぅと思っただけなんだけど、そのあと横断歩道で信号が変わるのを待ってたら、後ろでガシャンと音がしたものだから振り返ったのね。自転車のおばさんがひっくり返ってた。傘を差して乗ってて、うまく止まれなかったみたい。そしたらその後ろにさっきの男がいて、あらまたと思う間もなく、傘をさっとおろしたの。私より先に出たのに、どうして後ろに？　そしてどうしてわたしが振り返ったら顔を隠したの？

それで終わりじゃない。薄気味悪く思いながらマンションに到着して、レジ袋二つに傘もあったから、鍵をすぐに取り出せず、オートロックの機械の前でもたもたしてたら、外の人影に気づいた。アーチの陰に誰かが立っている。それがまた例の男なのよ。あとをつけてきたのよ。ねえ、今いなかった？」

佐和子は話の途中から、両手で永嶌の腕を取り、最後は上下に揺すって訴えた。

「誰もいなかったと思うが。男、黒っぽい服、ほかに特徴は？」

永嶌は空いた方の手で彼女の背中をさする。

「最初から注意して見ていたわけじゃないし、わたしが見たら顔を隠すし」

「背は？」

「普通」

「横は？」

「普通」

「歳は？」

「普通」

「歳が普通って……」

「学生みたいな若造じゃない。おじいさんの域には達していない」

「俺が帰ってきた時には、そんな男、いなかったぞ」

「いたのよ。あとをついてきたのよ」

佐和子の両手に力がこもる。

「見てくる」

脱ぎかけた靴を履き直し、永嶌は部屋を出た。八時を過ぎ、外は真っ暗だ。街灯と窓の明かりを頼りに建物の玄関前を二往復してみたが、男女を問わず人の姿はない。

部屋に戻り、そう報告すると、いたのよいたのよと、佐和子は不安げに繰り返す。

「エントランスの外に人影を見たというのは何時ごろ？」

リビングルームに落ち着き、永嶌は尋ねた。キッチンを覗くと、俎（まないた）の周りに食材が散らかっており、夕飯にありつけるのは当分先のようだった。

「六時何分か」

「薄暗いな。エントランスの電灯はついていたんじゃないか？」

「憶えてない」

「中が明るく外が暗ければ、中から外の様子はよく見えないぞ。逆はよく見えるが」

「見えました。アーチの陰に立っていました」

佐和子はむくれる。

「人がいるのは見えても、服や背恰好までわかるだろうか」

「例の男とは別人だと言うのね？」

「その可能性は否定できない」

「シルエットでわかります。同じ人でした」

「では同一人物だとして――」

「あいつなんだってば」

佐和子は椅子を盛大に鳴らして立ちあがる。缶ビールを取って戻ってくるが、グラスに注がず、自分だけ口をつける。夕飯がますます遠のいた。

「どうしてスーパーからついてきたのだろう」

永嶌は間を持たせるようにつぶやく。

「ぶつかりそうになったことに腹を立てたとか。わたしは謝ったよ。けど聞こえなくて、あの女、ふざけやがってと、あとを追ってきた」

「ああ」

「適当なところで捕まえて文句を言うつもりだったのだけど、ずっと周りに人がいたものでタイミングが得られず、そうこうするうちに女はオートロックのマンションに入っていってしまった。とりあえず自宅は突き止めた、後日出直して捕まえるとしよう」

「それだな」

小売店に出向していたとき永嶌は、思い込みが激しい客への対応にほとほと苦労させられた。そしてそういう人種が世の中に相当な割合で存在すると知った。

「と思ったんだけど、それはない」

佐和子は小さく首を振り、缶ビールを口に運ぶ。

「そいつ、ぶつかりそうになる前から、わたしを追いかけていたのよ。一軒目のSから」

「そうか」

「そう、一軒目からずっとなのよ。ええいいわ、下のエントランスで見た人影は気のせいということでも。だとしても、SとIの店内で見かけ、Iの入口でぶつかりそうになり、信号待ちの時すぐ後ろにいた男は同一人物。これは絶対。それだけでも異常」

「たんに買物の経路が一致していただけとか」

「わたしより先にIを出たのに、どうして信号待ちでは後ろにいたの？」

「Iを出たあと別の店に寄った」

「そいつ、傘しか持ってなかったんだけど。三軒も回って何も買ってないわけ？」

「そうなんだ」

「そうなのよ」

「目当てのものがなかったとか」

「楽観的ね」

「そうだな。自分のことでないものだから、否定のための否定になっている」

　すまないと永嶌は目を伏せる。

「ううん、わたしも今あなたが言ったように、いちいち言い訳を立てて否定していった。何でもいいから理由をつけて安心したいもん。でも、この間からのことを考えると、今日の出来事を偶然では片づけられない」

「この間からのこと？」

「これは言ってなかったよね。だって、ただの感じでしかなかったから。自分でも気のせいと片づけて、それであとを引くことはなかった」

「何言ってるんだ」

「誰かにつけられているような気がしたの」

「今日のことではなく？」

「そう」

「いつ？」

「三、四日前かな。別の日には、地下鉄の中で、じっと見られてる気がした」

「今日の男に？」

「わからない。そんな気がしただけだから」

「背恰好や服の特徴は？」

「だからぁ、レストランでフォークを落としてしまったら、人の目が集まる気がするじゃない。そういうふうに視線を感じただけ」

「しかし、少し前にそういうことがあり、今日の出来事なわけだから」

「そうなの。関係しているんじゃないかと思っちゃうのよ」

佐和子はぶるっと震え、自分の肩を抱く。

「心あたりは？」

「だからぁ、男の顔ははっきり見てないんだって。そむけるし、傘で隠すし」

「いや、あとをつけられるような心あたりはないかと尋ねているんだ」

「誰につけられるのよ」

「それはほら、執拗にあとをつけて回るということはあれだよ、ストーカー行為なわけだから……」

永嶌は言いよどみ、タバコのパッケージに手を伸ばす。

「昔おつきあいしていた人？」

佐和子が眉を寄せた。永嶌は無言で小さくうなずき、タバコに火を点ける。

「きれいに別れています」

「思い過ごしか。悪かった」

と応じるが、険悪な雰囲気になることを嫌っただけで、永嶌は少しも納得していない。

本人はきれいに別れたと思っていても、相手はどうだろうか。表面的には納得しているように見えても、実は不承不承身を引いたのかもしれない。すると未練が残ることになり、くすぶり続けることで、火種はやがて炎になる。ストーカーとはそういうものではないのか。

佐和子の男性遍歴を永嶌はほとんど知らない。彼女が積極的に語らないし、自分から問い質すこともなかった。彼女の過去が気にならないと言えば嘘になる。しかし永嶌は我欲が深い。誰それと篠島で海水浴したと聞けば、たとえそれが高校時代のグループ交際であっても嫉妬してしまう。

佐和子の男性遍歴を永嶌はほとんど知らないが、一人ということはないだろう。箱入りで育ったわけではないようだし、それだけの容姿を持っている。過去の男が複数いれば、中には妙な男がいるかもしれない。交際の申し込みを断わられたり、片想いしていただけの者もふくめれば、佐和子に気があった男は十人二十人ではきかないはずだ。同棲するような仲だったとしても、別れた痛手で極端に痩せたりドカ食いで太ったりすれば別人に変貌する。ましてや一方的に好意を寄せてきていた同級生程度なら、その人物の姿を現在判別できるとはとても思えない。

佐和子は男好きのする顔立ちをしている。永嶌も最初、そこに惹かれた。料理がうまく、裁縫も編み物もでき、掃除をいとわず、親兄弟親戚とバランスよくつきあい、伴侶とするには申し分のない女性だとわかったのは、あとになってのことだ。

佐和子は三十五になった今でも、女としての魅力を失っていない。子供を産んでいないこともあるかもしれない。過去の男が今の佐和子を見れば、その若々しさに昔日(せきじつ)の思いが熱くよみがえることだろう。

また、そういう女性だから、今日はじめて彼女とすれ違っただけで、思わず振り向いてしまう男もいるはずだ。世の中には、挨拶をされただけで、この女は俺のことが好きなのだと思い込んでしまう男がいる。テレビの中のアイドルに心を寄せ、独占したく思い、しかし相手にされずに身体的な危害を加えようとしてしまう輩(やから)も。

――最近、誰かに誘惑されたんじゃないか?

喉まで出かかった質問を、永嶌は呑み込んだ。うん映画に誘われたとの答が返ってきたら、その誘いを断わっていたとしても嫉妬にかられ、取り返しのつかないことを口走ってしまいそうだった。

「外を歩く時は気をつけて」

当たりさわりのないことしか言えない自分が永嶌は嫌になる。

「そうする」

「またつけられるようなことがあったらケータイにかけて。商談中じゃないかとか気をつかわなくていいから」

「うん」

「スーパーにも歯医者にもピラティスにも毎日一緒に行ければいいんだけど、そうはいかないからな」

「ありがとう」

佐和子はようやく笑顔を見せた。そして永嶌の心中を見透かすように、

「大切なのは一人だけよ」

と彼の指からタバコを奪い取り、灰皿に押しつけた。

6

ファイルに目を通していた永嶌の耳に、カナブンの羽音のような唸りが飛び込んできた。デスクの上の携帯電話が、岸に打ちあげられた魚のように震動している。

〈あいつがいる〉

佐和子からのメールだった。デスクはパーティションに囲まれているが、音は筒抜けだ。永嶌はデスクを離れ、階段の踊り場で彼女の携帯電話にかけた。

「今、どこ？」

つながるや、永嶌は尋ねた。

「春日井」

「春日井？　何でそんなところに」

「ハルナのところに遊びにきたの。向こうは小さい子がいるから名古屋まで出てこられなくて」

「じゃあ、ハルナさんと一緒なんだな？」

「ううん。彼女の家でお昼をごちそうになって、今は一人。ショッピングセンター。帰るには早いからぶらぶらしてたら、後ろにあいつが」

「この間と同じ男なんだな？」

「顔は見てない。この間もそうだし、今日だって怖くて……」

「見なくていい。目は合わせるな」

「顔は見てないけど、ずっと気配がある。立ち読みしてても、靴屋を冷やかしていた時も、おもちゃコーナーに行っても、地下に降りても、ついてくるのよ。こんなことするの、二人もいる？」

「声をかけられたとか、この間のようにぶつかりそうになったとかは？」

「そんなことされたら、キャーッて倒れちゃうよ」

「そうだ、いざとなったら思いきり叫べ。今も後ろにいるんだな？　話しててだいじょうぶか？」

「今は安全。女子トイレだから。けど、いつまでもここに身を隠してるわけにもいかないし」

「車じゃないのか？」

「車だよ。でも、向こうも車で、追いかけられるんじゃないかと思うと……」

「迎えにいく」

「仕事、平気なの？」

「心配するな。俺が着くまでそこに籠城していろ。それが無理なら、店内のなるべく混雑しているところをぶらついていろ。人がいれば、やつも手出しできない」

通話を終え永嶌は、家内が倒れて救急搬送されたので様子を見に帰ると、在職中おそらく一度しか使えない切り札を切った。

タクシーで高速を飛ばし、三十分で春日井に着いた。佐和子とは携帯電話で連絡を取り、地下の食品売り場で合流した。

「いるか？」

永嶌が尋ねると、

「わからない」

佐和子は振り向こうとする。

「見るな」

永嶌は彼女の手を取って駐車場に急いだ。

車に乗り込み、永嶌がハンドルを握る。佐和子は助手席に浅く坐らせ、後ろから姿が見えないようにする。高速には乗らず、車が詰まっている一九号をあえて選び、無用な車線変更や右折を繰り返し、あとをついてくる車がないかを確認する。

小一時間の走行ののち、追ってくる車はないようだと判断し、ファミリーレストランに入った。適当に運転していたので、いったん名古屋市に戻ったあと、豊山町に出ていた。

コーヒーを飲みながら永嶌は、新しく摑んだ男の特徴はないか、髪型、服装、靴、声、と尋ねたが、佐和子は首を横に振るだけで、怖い怖いと繰り返した。

ファミレスを出ると、今度は素直に車を走らせた。もちろんルームミラーでの後方確認は怠らない。ずっとついてくる車はないと思われた。

マンションが近づき、何か買っていこうとコンビニに立ち寄った。佐和子は店でトイレを借り、その間に永嶌は、アルコールのほかに軽い食べ物を見つくろった。レジを打ってもらっていると、佐和子がスイーツと女性誌を追加した。

車に戻り、シートベルトを引き出した永嶌の手首を佐和子が摑んだ。

「バイク、見える？」

「どこに？」

と首を振ろうとすると、

「顔は動かさないで。わたしの方の向こう」

と手に力を加える。

「スクーター？」

「さっきのファミレスの駐車場でも見た」

「本当か？」

「たぶん。似てる」

「人気の車種なら、そこここで走っているだろう」

「形も似てるし、ナンバープレートの下に白い三角のマークがついてるところも一緒」

「小型？」

原付二種のスクーターは多くはない。永嶌は興奮を抑えつけて尋ねる。

「ナンバーは見たか？」

「ううん」

スクーターはやや斜めに駐められており、ナンバープレートも半分見えるような感じなのだが、目だけしか動かさないとなると、番号は確認できない。

「そばに人はいない？」

「もうちょっと向こうに一人いる。便所坐りしてタバコを喫ってる」

「やつか？」

「わからない。今も下向いてるし」

「今いるやつ、ファミレスの駐車場にもいたのか？」

「わからない。あの時は怪しいと思ってなかったから、注意して見てなかった。バイクの三角のマークが印象に残っただけで」

「よし。試してみよう」

永嶌はエンジンをかけ、ゆっくり車を出した。歩道の手前で一時停止した際ルームミラーを覗くと、しゃがんでいた人物が立ちあがり、ヘルメットをかぶるのが見えた。

車はマンションには向けず、下街道を走らせた。ちょうど夕方の混雑時で、いちおう車は流れているが三十キロそこそこしか出せないため、ルームミラーの確認がしやすい。見えるとは思えないのだが、佐和子も助手席でコンパクトを開いて後ろを窺っている。

ミラーの右端に単眼のライトが見え隠れする。ライダーの姿勢が前傾していないので、ロードバイクではなさそうだ。

「バイクのライトが見えるか？」

永嶌はルームミラーの角度を変えた。

「うん」

「そのライトに注目しておいて」

赤塚の交叉点の信号が黄色から赤に変わった。右向きの矢印が青く点る。永嶌は強引に右車線に割り込んだ。後ろで盛大にクラクションが鳴らされる。永嶌はアクセルを踏み込み、ハンドルを大きく切り、タイヤを鳴らして右折した。

「ついてきたよ」

佐和子が言う。

「決まりだな。さっきは自動車しか頭になかったから見逃した」

「どうするの？　警察？」

「そこの東署に駆け込めば、やつは逃げてくれるだろうが、どこの誰かわからないようでは警察もまともに取り合ってくれないだろう。われわれがＶＩＰなら話は別だが」

「一部上場企業の副支社長だよ」

「からかってる場合か。とにかく、まずは正体を摑まないと」

永嶌は車を脇道に入れた。一台置いてスクーターがいるように見える。小さな交叉点を、一つ、二つと曲がる。後ろの車がなくなっても単眼のライトはなくならない。

いつしか市街地が終わり、道が寂しくなる。永嶌はダッシュボードのカーナビを確認しながらハンドルを操作する。住宅街の暗い路地から路地を抜ける。角を左、今度は右と曲がるので、追っ手のライトは見えない。

車一台がやっとの路地から、すれ違い可能な細道に出たところで車を停めた。ライトを消す。エンジンは切らない。

曲がってすぐのこんなところに停まっているとは追っ手も思っていないだろうから、いったんは通り過ぎてしまうのではないか。その際ナンバープレートを読み取ろうというのが永嶌の考えだった。もし、停まっていることに気づき、スクーターを降りて危険な行動に出てくるようなら、アクセルを踏んで逃げればよい。

後方でエンジンの音が聞こえた。明かりが見えた。エンジン音が大きくなる。明かりがルームミラーに反射する。車の横の道路にも広がる。

と、キイッと金属音が響いたかと思うと、エンジン音が轟き、悲鳴のような音があがり、その後静寂が訪れた。ルームミラーも真っ暗になった。スクーターがスピンターンして引き返していったのだ。この行動を永嶌は想定していなかった。しかしナビゲーターは優秀だった。

「Uターンした時にナンバー読めたよ」

「本当か？」

「名古屋市」

「それだけでは……」

「な、ご、や、し。7、5、8、4」

7

「バイクのナンバーから持ち主を割り出すにはどうしたらいい？」

紫煙を吐きながら永嶌は尋ねた。

「国交省の運輸支局で訊けばいいんじゃないですか？　俗に言う陸運局」

紫煙を吐きながら服部が答える。

「排気量によって管轄が違うよ。何ccのバイクですか？」

梁川が紫煙を吐きながら永嶌の方を向く。

「小型」

「ではナンバーを交付するのは市町村ですね」

「市の何課で尋ねればいいんだ？」

「無理ですね。陸運局管轄の番号標なら、しかるべき手続きを踏めば登録者を調べ出せますが、市町村が交付するナンバーに関する情報は、法律により開示が認められていません。裁判所に令状を発行してもらえるのなら別ですが」

「無理なのか……」

永嶌は紫煙の混じった溜め息をつく。

支社内の喫煙所である。アクリル板で閉ざされた二畳のスペースに三人が立ち、霧のような空気にまみれている。

「どうしてナンバーを調べたいんですか？」

服部が怪訝な表情をする。

「あ？　ああ。引っかけておいて、そのまま走り去りやがったもので、どうしても一言言ってやらないと気がすまない」

永嶌は眉を寄せてみせる。

「当て逃げだったら警察にまかせておけばいいじゃないですか」

「ちょっと接触しただけなんだよ。だから警察は呼んでいない」

「それ、まずくないですか？」

「かすり傷もないんだぞ。実害がなくて、警察が相手にしてくれるか？」

「副支社長」

梁川に呼ばれ、永嶌はそちらを向く。

「奥様、バイクに当て逃げされたのですか？　それで入院を？」

「え？　いや、家内のあれは違う。病気だ。バイクと接触したのは私だ。病院に駆けつける途中で急いでいたから、こちらの不注意もないわけではないのだが」

永嶌はしどろもどろに言葉をつなぐ。

「そうですか。奥様の具合はいかがですか？」

「落ち着いている。ありがとう」

ぼろが出ないうちにと、永嶌はタバコを消してデスクに戻る。

8

丘の上ハイツは、天白区北部の、その名のとおり丘の上に建っていた。二階建てのアパートの外壁はソメイヨシノの花びらのようなごく淡いピンク色で、新婚の夫婦が入るような印象を抱かせる。比留間英治（ひるまえいじ）はここの一階二号室に住んでいる。７５８４のスクーターの登録者である。

永嶌が突き止めたのではない。興信所に依頼した。三十万円も取られたが、それに見合った速い仕事で、依頼した翌々日にはもう結果がもたらされた。そして永嶌はその日のうちに比留間のところに足を運んだ。

アパートには午後八時半に着いたが、比留間は不在だった。永嶌は路上に駐めた車の中で待機した。十時でも十一時でも日付が変わっても、彼の帰りを待つつもりだった。

比留間は十時過ぎに帰宅した。７５８４のスクーターを降り、二号室の鍵を開けて中に入る。部屋のカーテンが淡く染まる。永嶌は車を出た。

永嶌に武道のたしなみはない。学生時代体育会系だったわけでもない。体格はそれなりに立派だが、それは肥満気味と言い換えることもできる。腕っ節にはまるで自信がない。のしかかって相手を窒息させられるほど太ってもいない。しかし永嶌は行かなければならなかった。

二号室のチャイムを押す。シロフォンのような硬い音が消えたあと、しんと静まりかえったが、もう一度押すと、中でがさごそ物音がし、玄関ドアの方に近づいてくるのがわかった。

永嶌は背広の内ポケットの膨らみを上から強く押さえた。

車に戻った永嶌はしばらく動けなかった。タバコに手が伸びないほどぐったりしていた。

ようやく頭の血が回るようになり、腕時計を見ると、十一時を過ぎていた。永嶌は車の中から佐和子の携帯電話にかけた。

佐和子はすぐに出たが、周りがうるさくて声がよく聞き取れなかった。それを言うと、かけ直すと切られた。

タバコをいくらも喫わないうちにコールバックがあった。

「ストーカーの件は解決した」

永嶌は言った。声がうわずり気味なのが自分でもわかった。

「どういうこと？」

「二度と追いかけてこない」

「つきまとうなと言ってくれたの？」

「ああ」

「素直に従うの？　だいじょうぶ？」

「心配ない」

「だったらいいけど……」

「信じろ」

「わかった。信じる。それで、何者だったの？」

「何者というか、名前を言ってもわからないだろう」

「わたしと面識がある人ではないの？」

「ああ」

「じゃあどうしてわたしを？」

「一度知り合いに連れられて店に行ったことがあって、そのとき君は別の席にいて言葉は交わしていないのだが、強く惹かれてしまい、お近づきになれないかと、つけ回していたそうだ」

「気持ち悪い……」

「もう心配はいらない。口は封じた。もうだいじょうぶだ。だいじょうぶ」

永嶌は自分に言い聞かせるように繰り返す。

9

牧師の祝禱が終わり、新郎新婦が聖壇に背を向ける。腕を組み、しあわせを嚙みしめるような足取りでバージンロードを退場する。長い長いドレスの裾が、ゆるやかに波打つ。

新郎新婦が退場すると挙式の終了が告げられ、参列者もミレニアムタワー内のチャペルをあとにする。

チャペルの外では新郎新婦を取り囲んでの記念撮影が行なわれているが、彼らと親しいわけではない永嶌夫妻は、おめでとうございますと儀礼的な祝福の言葉をかけただけで控室に移動した。披露宴まで一時間ある。

ソファーに坐ると、飲み物がワゴンで運ばれてきた。喉がからからと、一葉(かずよ)はオレンジジュースを取りあげ、あっという間に飲み干して、すぐまた冷たいお茶をもらう。

「トイレが近くなるぞ。和服だと大変だろう」

永嶌が注意すると、

「ドレスにするんだった」

と一葉は、二重太鼓に締めた錦の袋帯を相撲取りのように叩く。

「そっちのほうが気に入ってたじゃないか」

「キリスト教式だとわかってたら、迷わずドレスに決めたわよ。式場で浮いてたこと浮いてたこと」

「新婦のお母さんも着物だったじゃないか」

「あちらは主役なのだから、何を着てもいいのよ。まったく、あなたのせいよ」

「はあ？」

「どうしてキリスト教式だと教えてくれなかったのよ、まったく」

「招待状に書いてなかった」

「そんなわけない。あなたが見逃しただけよ」

「本当だって」

声を落とせと、永嶌は一葉の着物の袖を引く。そもそも吊るしのドレスを望んでいたのに、留袖のほうが高価だからと、それだけの理由で路線変更をしたのは誰なのだ、いったいいくらかかったと思っているのだと忌々しく思う。

「ま、ドレスは次のお楽しみということで」

一葉は佐賀錦のバッグを開け、コンパクトの鏡で口元を確かめる。

「結婚式に招待されるのはこれが最後だったりしてな」

このくらい言ってやらないと永嶌も気がおさまらない。

「関係ないわよ」

「は？」

「あなた、東京に戻ってくるんでしょう？」

「まだ決まったわけじゃない」

「でも、名古屋はもうそう長くないんでしょう？」

「プロジェクトの目処が立てばな」

「単身赴任でなくなれば、よけいな生活費がかからなくなる。家計が楽になれば、ドレスも買える」

「結婚式の予定もないのに？　無駄づかいじゃないか」

「ずっと節約節約でがんばってきたのよ。私だってご褒美がほしいわ。でもあなたは残念よね」

「車を買い換えられなくなるからか？」

「独りで気楽にやっていたのにね」

「気楽にも程度がある。中国も単身赴任だったし、もう十分だ」

「東京に戻ってきたら、自由に遊べないじゃない」

「今だって自由に遊べていない」

「どうだか」

「何が言いたいんだ」

「べつに」

「何を想像しているか知らないが、これだけは言っておく。会社への貢献が認められたからこそ、今日この場に招かれたんだぞ。プライベートな時間を犠牲にして、それだけ働いたということだ」

一葉は永嶌の方に体を向け、タバコを持った夫の手の甲に手を重ねる。
「わかってるわよ」

妻子を東京に置いて名古屋支社に赴任した永嶌は、錦のクラブで佐和子と出会い、懇ろになった。彼女はリナという源氏名で働くホステスで、仲が深まると、永嶌の部屋に遊びにくるだけでなく、店に出る前、あるいは休みの日に、洗濯や掃除、食事の用意もしてくれるようになった。日曜日には二人でスーパーに行き、並んでカートを押し、よく夫婦に間違われた。

単身赴任した当初、永嶌は週末ごとに東京の自宅に帰っていた。それが、佐和子と知り合ってから、二週間、一か月と間が空くようになった。

妻の一葉はそれを怪しんだ。寝食を削ってプロジェクトJの起ちあげにかかわってい る、一泊二日で帰京するくらいなら部屋で一日寝ていたい、という永嶌の言い訳はいつまでも通じなかった。一葉は夫の浮気を疑い、興信所に調査を依頼した。比留間という男が、その興信所の名古屋支部の調査員である。

比留間が永嶌と佐和子の関係を摑むのに、そう時間はかからなかった。カスケイドで永嶌の携帯電話を盗み見、支社の社員を買収して永嶌のデスクをあさらせた。

しかし比留間は万全を期し、逐一報告はせず、期限いっぱいまで証拠を集めようとしていた。この慎重さが永嶌に味方した。

7584のスクーターについての調査を興信所に依頼した際永嶌は、その所有者の住所氏名だけでなく、職業や体格、近所での評判も簡単に調べてもらえるよう頼んだ。予備知識もなくストーカー行為をやめるよう話をつけにいき、相手が反社会的勢力だったりしようものなら大変なことになってしまう。費用が三十万円もかかったのは、ナンバー解析だけではなかったからである。そして金を惜しまなくて命拾いをした。スクーターの男は、リナに岡惚れしたクラブの客だと永嶌は考えていた。ところがストーカーではなく探偵だったのである。

永嶌は比留間に取引を持ちかけた。浮気の事実はないという嘘の報告をすれば倍の報酬を出そうと、札束で頰をはたいた。はたして比留間は同意した。永嶌はＦＸで貯めていたへそくりをすべて注ぎ込み、比留間の口を封じた。

「絶品ね」

一葉はフォアグラの載った牛フィレ肉を口に運び、目尻をさげる。

「でもあれだけ包んだのだから、このくらいの料理は当然よね」

永嶌は眉をひそめたものの、口をきくのもうっとうしく思い、黙々とナイフを動かす。新郎新婦がお色直しに消えたメインテーブルの横では、著名な交響楽団から招かれたバイオリニストらが、クラシックからＪ－ＰＯＰまでをメドレーで奏で続けている。

「あなた、東京に戻ってきたら、かなり偉くなるんでしょう？」

一葉はパンをちぎり、黒トリュフのソースをすくい取る。永嶌は聞こえなかったふりをして、ナプキンで口元をぬぐう。

「留袖を買っておいて正解だったかも。だって、偉くなったら、仲人を頼まれることもあるかもしれないじゃない。仲人はやっぱり着物じゃないとね」

シャンパンにはじまり、赤、白のワインを重ね、一葉は実にご機嫌だ。興信所の調査結果に疑いは持っていないようだ。

永嶌はほんの遊びのつもりで佐和子と関係を持った。肉体だけが目的だった。しかし気づいたら、精神的にも彼女に依存している自分がいた。そして彼女も折にふれて、家庭に対するあこがれのようなものを覗かせている。

一葉は撫子(なでしこ)のような人だった。浜辺でも岩場でも力強く花を咲かせるようなその姿に永嶌は惹かれ、一緒になった。

芯は強かったが、下卑たところはなかった。それがいったいいつから無神経な女になってしまったのだろう。端正だった造作の面影がなくなってしまったのも、たんに年齢のせいだけではなく、内面を映しているように思われてならない。永嶌が佐和子を求めてしまったのも、そういう背景があるからだ。

しかし近い将来、永嶌が東京に呼び戻されるのは間違いない。そのとき自分のそばには誰が寄り添っているのだろうかと彼はときどき思い、そのたびに鼓動が速くなったり生唾が出てきたりする。夢の中で思った時には、目覚めると気持ち悪い汗にまみれている。

一葉はワインをまたおかわりし、隣の専務夫人とグラスを合わせる。

弦楽四重奏団がオールウェイズ・ラヴ・ユーを奏でる。

マドンナと王子のキューピッド

『オッチーさん、こんばんワン』、はいこんばんニャン、『先週の放送で、帝釈峡で流れ星を見たと言われてましたよね』、見た見た、感激したなあ、『そんでもって、バッチリ願いをかけたのですよね』、かけたかけた、現われて消えるまでせいぜい一秒だぜ、何という反応の速さ、俺もまだまだ若いねぇ、『髪の毛がほしい、という願いでしたっけ』、やかまし！　四百キロのマグロを釣りあげたいじゃ、『でもその願い、叶うわけがないと、最後にぽつりと漏らしていらっしゃいました』、まあさ、ギャラが二倍になりますようにと初詣でで手を合わせても、一・二倍にもならないわけよ、トホホ、『はたしてそうでしょうか。僕は叶いましたけど』、ん？　『オッチーさんが流れ星を見たのはたしか、五月三十一日の午前二時ごろでしたよね』、そう、酔いが醒めたあと寝つけなくて、宿の外に出たんだ、『だったらその流れ星は、僕が見たのと一緒ですね』、おっ？　キミも帝釈峡にいたの？　『僕が見たのは帝釈峡でではなく、江田島でですけど』、ああ、空は世界中つながっているか、『テスト勉強の眠気覚ましに窓から顔を出してたら、東の空に、ひときわ明るい星が現われ、流れ落ちました』、とか言って、実はタバコを喫ってたんじゃないの？　いや、ゴメン、がんばれ受験生、『僕もマッハの速度でその流れ星に願いをかけました。そしたら、ななんと、その願いがバッチリ叶ったんですよ』、ほう！　『だからオッチーさんの願いもきっと叶います。髪の毛、ふさふさになりますよ』、だから、やかまし！　『ちなみに僕がかけた願いはですね、このはがきがオッチーさんに読まれますように――ね、まさに今、その願いが叶っているでしょう？』」、え？　うーん、なんだか詐欺に遭ったみたいだけど、まあいいか。じゃあこの詐欺師、じゃなくって、広島市の〈ＤＪマイケル〉さんからのリクエストで、『星に願いを』。

☆

「おめでとうだぜ！　ちくしょうこの野郎！」

背後から両肩を強く叩かれ、いててとＤＪが振り返ると、モジーの岩おこしのような顔がそこにあった。

「何が？」

「何がぁ？　〈午前零時のキックオフ〉に決まってるだろ」

「ああ」

「ああって、それだけ？　まいったぜ。読まれてあたりまえってか。すげー」

「あ、いや、眠くてぼーっとしてた。うん、嬉しかったよ」

ＤＪはしどろもどろにごまかし、腰をかがめて靴紐の結び目をほどく。

「俺なんか、リクエストで、その他大勢の一人として名前を読まれたことしかないのに、さすがＤＪマイケル様だぜ」

モジーはいやみたらしく言うと、上履きの踵（かかと）を踏んで教室に向かう。たしかに驕（おご）っていたなとＤＪは反省する。

「聴いたよー」

上履きに履き替えたところで、また肩を叩かれた。マルちゃんだった。

「ありがとう。無理かなと思ってたから、自分でも驚いたよ」

ＤＪは今度は謙虚に応じた。

「流れ星見たんだ。すごいなあ。僕も死ぬまでに一度は見てみたい」

「僕も」

「え？」

「実は見てなかったりして」

「ええっ？」

「一つのテクニックかな、採用されそうな話を創作するのは。江田島にいたというのも嘘だし。あの晩は自宅にいた」

「へー、作り話なんだ。よく作れるね」

マルちゃんは目をぱちくりさせる。

「事実を書くより簡単だよ」

ＤＪはクールに言って教室に向かう。マルちゃんが後ろからベルトを摑む。

「ねえねえ、ところで今度は何がもらえんの？　ステッカー？　ピンバッジ？」

「きのうのは何のコーナーでもないから、何ももらえないよ」

「そうなんだ」

「そうなんだよ」

「ラジオ局もケチだね」

「意外とね」

「社員の給料は結構高そうなのにね」

「だよね」

「ケチだなあ」

マルちゃんは未練がましく繰り返す。

「べつにいいよ。たいしたものはもらえないし」

「えー？」

「だって、本当にたいしたことないんだもん。ゴミ」

ステッカーは色ずれし、ピンバッジはバリだらけだ。

「さすが、言うことが違うなあ、ＤＪマイケルは」

「あ、いや、そういうつもりじゃ……」

またわれ知らず高慢な物言いになっていたと気づき、ＤＪはあわてて手を振った。

「その、ゴミほどのものを、僕は一度ももらったことがないんだよね」

マルちゃんはふてくされ気味に繰り返す。

「ごめん。言葉の綾で」

ＤＪは振り返り、手を合わせる。

「捨てちゃったりするわけ？　ゴミだから」

「捨てるわけないよ。ただ、毎回同じものだから……」

「あのさあ」

マルちゃんは上目づかいから、さっと目を伏せた。何だいとＤＪはうながす。

「同じものなら、一つくらい減っても、どうってことないってことはない？」

「だから、捨てないって。全部大事に取ってある」

「一つ、くれない？」

「え？　ああ、そういうこと。いいよ」

「ホント？」

マルちゃんは顔をあげる。

「本当さ。何が欲しい？」

「ケロ子の缶バッジ」

「うん、いいよ」

「オッチー印の大福帳」

「諒解」

「あと、何がダブってる？」

「じゃあ、その二つのほかにも適当に見つくろって、セットを作ってくるよ」

「ホント？」

「でも、内緒だよ。みんなに配るほどは持ってないから」

「うん、内緒内緒」

マルちゃんは唇に人さし指を立て、友達友達と、DJの腕を叩いてくる。

教室に入り、鞄の教科書やノートを机の中に移していると、聴いたぞマイケル、今月早くも二度目だなDJと、ヨッシーやとねっちやゴンに囲まれた。

☆

DJはひとりぼっちだった。

広島には一年前にやってきた。高校一年の六月だ。

そのひと月前、母親が再婚した。青天の霹靂（へきれき）だった。DJは、母が仕事の関係者と交際していることも知らず、彼を紹介された次には、その男性が広島に転勤することになったので結婚してついていくことにしたと、決定事項として伝えられた。

DJは高校に入ったばかりだった。おまえの成績では合格の可能性は二割もないぞと翻意をうながされたが、想いを寄せる先輩に近づきたい一心で奇蹟を起こした。その喜びも冷めやらぬうちのことだった。電車で四時間かけて通学することはできない。選択の余地はなく、恋ははかなく散った。

DJにとって広島は未知の土地だった。友達も親戚もいない寂しさに加え、なじみのない言葉は、遠い異国に飛ばされてきてしまったような不安を与えた。

小学生の時の転校と高校の時のそれを同列で語ることはできない。転校生は興味の対象ではなく異物だった。DJはいじめられることこそなかったが、輪の中に入れてもらえなかった。無視というのとは違う。話しかけられることはあったが、体がぶつかって謝られる程度で、いつになってもお客様扱いだった。広島カープやお好み焼き屋の話題についていけず、自分から溶け込むこともできなかった。

家に帰ったら帰ったで、身の置きどころがなかった。新しく父となったエンジニアは悪い人ではなかったが、お互い距離を感じてよそよそしい会話しか成立せず、並んでテレビの前に坐っていると息が詰まるようだった。

DJはひとりぼっちだった。

その孤独を慰めるため、ケータイやネットではなく、ラジオに頼るようになった。掌に収まる小箱は無限の宇宙だった。笑いがありエスプリに富み音楽があり智慧を授けてくれ世界の今と昔と未来を教えてくれ、そこにはDJの日常に足りないものすべてが詰まっていた。

宿題をしながらラジオを聴いた。トイレに持ち込み、浴室の外で鳴らした。布団の中でもイヤホンをはめ、恋人どうしのように添い寝した。

そのうち、聴くだけでなく、自分も投稿してみようという気になった。名前すら読まれないままふた月が過ぎ、それでもあきらめずに投稿を続けていると、忘れもしない十一月十三日、ついにその時がやってきた。わずか九文字の駄洒落だったが、たしかにそれは、パーソナリティーの声で読みあげられた。DJの心臓は大きく一つ跳ね、目の前が真っ白に弾けた。それから徐々に嬉しさがこみあげてきて、十秒間の出来事が脳内で再生され、それがまた気分を高揚させ、ついに朝まで寝つけなかった。

おかしなもので、一度採用されると、二度目、三度目は、すぐにやってきた。そして気がつくと、〈DJマイケル〉は常連投稿者の末席に名を連ねていた。

それが学校で知られることとなった。DJの英語のノートを見て、どうしてこれを持っているのだと、クラスの一人が騒ぎ出した。表紙の裏に貼ってあった、深夜番組のロゴをあしらったステッカーのことだった。

局からもらったとDJが答えると、どうしておまえがもらえるのだコネでもあるのか親戚が局員なのかと怒ったように問い詰められ、投稿が採用されたから、嘘つけ、本当に、いつだよ、いつも、嘘つけ、DJマイケルという名前を聞いたことない？　ある、それが僕だけど、‼

それまで何か月も教室で空気だった男は、この日を境に、DJとかマイケルとか呼ばれるようになった。DJも、下島や利根（とね）や関口や吉井を、みんながそうしているように、モジー、とねっち、ゴン、ヨッシーと、綽名で呼ぶようになった。

ラジオは十七歳の孤独を慰めてくれ、そして多くの友を連れてきた。

☆

昼休みを告げるチャイムが鳴り、マルちゃんやジンサクと競うように購買に向かっていると、シャツの襟を後ろから引っ張られた。

「話がある」

金剛力士のような偉丈夫がDJを見おろしていた。顔は擦り傷と青タンだらけである。

DJは身を硬くした。相手の容姿に恐れをなしたからではない。ほとんど口をきいたことのない同級生に、どういう顔を作っていいのかわからなかった。彼はラグビー部で、練習でくたくたなのだろう、休み時間は机に突っ伏しており、DJの周囲でかわされているラジオの話に入ってこない。ちなみに授業中も半分以上寝ている。

「何の話？　岩垂(いわたれ)君」

その名字から、彼はハナタレと綽名されていたが、DJはそう呼びかけられるほどの距離にはいない。

「話は向こうで」

「向こう？」

「プールの裏」

「プールの裏？」

「いいから」

ハナタレはDJの肩をハンドオフするように押す。

「ええと、パンを買ってからでいい？」

「あとにしろ」

二人は渡り廊下の切れ目から上履きのまま裏庭に出た。三日続きの雨のせいで、コンクリートや石の上を選んで歩いても、あっという間に泥だらけになった。

DJは考える。自分は彼の機嫌をそこねるようなことをしたか？　体育館の裏や校舎の屋上に呼び出されると、よからぬことが待っていると相場が決まっている。いや、自分は何もしていない。機嫌をそこねるもなにも、それ以前の薄い関係ではないか。けれどそう言い聞かせても、体格差を考えると、ドキドキが止まらない。ＤＪは、ポケットのお守りを、上からぎゅっと握りしめる。

　プールの裏は壁が数メートルえぐれていて、半地下になった部分には古い机やベニヤ板が積み重ねられ、倉庫のように使われている。そもそも陽当たりが悪いところにこの長雨で、黴（かび）の臭いが鼻をつく。

　ハナタレはタバコを取り出し、慣れた手つきで火をつけた。勧められたのでＤＪは一本もらい、喫っているふりをした。どうやら危害を加えられることはなさそうだと警戒をゆるめ、もう焼きそばパンは売り切れただろうなと恨めしく思う余裕も出てきた。

「ＤＪマイケル」

　不意にそう呼びかけられた。

「ＤＪマイケル――なんだよな、おまえ？」

「え？　う、うん、まあ」

　ＤＪはとまどう。これまで彼から綽名で呼ばれたことは一度もないのに、いったいどういうことなのだ。ハナタレのほうも、どこか気まずそうに、視線をあさっての方に向けている。

「おまえをＤＪマイケルと見込んで一つ頼みがある」

「え？」

「俺、国語が全然だめなんだよ。英語も数学もだけどな。だから代わりに書いてくれ」

「書く？」

「おまえ、コツがわかってんだろう」

「コツ？」

「ラジオに決まってんだろ、ラジオに」

ハナタレはいらついたようにタバコを足下に吹き捨て、上履きの踵で踏みにじりながら、

「ノウハウだよ。おまえ、そういうのを持ってるんだろう？　だからしょっちゅう投稿が採用されている。だからその力を俺に貸してくれって。俺みたいな素人がはじめて出したところで、箸にも棒にもかからないだろう」

早口で言葉を連ねた。

「まあ、文字の大きさや色を工夫したりしてるけど。ええと、僕が君の代筆をするということ？　投稿の」

DJはようやく察してきた。

「さっきからそう言ってるだろ。力を貸してくれんのか？」

ハナタレは怒ったように言う。

「それはまあいいけど」

「おお」

「だけど岩垂君、僕が代筆したとして、それが採用される保証はないよ。保証がないど

ころか、ボツの可能性のほうがはるかに高い。五十のうち一つ当たればいいかなあ」

「五十に一つ？」

「うん。広大（ひろだい）の倍率より高いと思う」

「千倍の難関だとしても、突破しろ」

「がんばってみるよ」

「努力するだけじゃだめだ。結果を出せ。絶対にだ、絶対」

ハナタレは不意に腕を突き出し、巌（いわお）のような拳をDJの胸に押しつけた。目が血走り、小鼻がひくついている。相当な入れ込みようだ。彼もマルちゃんと一緒なのかとDJは察した。

「番組のノベルティグッズなら、わざわざ投稿しなくても手に入るよ。うちにあるから、明日にでも持ってくるよ」

見当違いだった。

「いらねえよ、そんなもの。書いたものが採りあげられないと意味がない」

ハナタレはDJの胸をえぐるように拳を左右に動かす。

ということは、彼の望みはもっと単純、一度はラジオで自分の名前を呼ばれたい、ただそれだけなのか、それをクラスやクラブの人間に自慢したい――。

「じゃあ、たくさん送るよ。数で勝負ということで。ただし、そのぶんネタを考えなければならないから、それなりに時間をちょうだいね」

「だめだ」

「え?」

「時間はそれなりに使っていい。けれど一発で決めろ」

重機のショベルのような手が、DJの肩を鷲摑みにする。

「一つ出して、それが採用されるようにということ?」

「そうだ。一発必中」

「それは難しいよ」

「それでも、やれ。いや、やってくれ」

「さっきも言ったように、五十出して――」

「おまえならできる。できると見込んで、頼むことにしたんだ。DJマイケル、おまえなら」

DJは前後に揺すられた。振動が収まったかと思うと、柏手が打たれた。

「頼む。このとおり」

DJは不思議な気分だった。一時間前までは同じクラスにいながら他校の生徒のように遠い存在だったのに、今は小学校からの友達のような距離で話をしている。

「一発勝負となると、綿密な作戦を立てないとね。どうしよう。戦略としては、採用されやすい番組やコーナーを狙い撃つのがいいけど。朝六時台の番組はかなりいけるよ」

頼られて嬉しくもあり、DJの口は滑らかになる。

「そんな番組でアピールしてどうする」

ハナタレは合わせていた手を袈裟懸けのように振りおろす。

「だよね。みんな聴かないだろうし、番組自体、年寄り臭い。やっぱり夜だよね。どこが狙い目かなあ。君の名前でリクエストが読まれる程度ではだめだよね？」

「『君』とかやめろ、気持ち悪い」

「ごめん」

といって、急にハナタレと呼ぶのはためらわれる。

「番組は決まってる。そこに出すものを代筆してくれ」

「狙ってるところがあるんだ。もしかして〈ミッドナイトＢＡＮＧＢＡＮＧ〉？」

平日の深夜に放送されている全国ネットの生番組で、カリスマ的人気を誇る歌手や芸人、文化人が、テレビでは見せない友達感覚のトークをするということで、十代二十代の絶大な支持を集めている。

「いいや」

という返事に、ＤＪはホッとした。超人気番組とはすなわち、リスナーの競争率が異常に高いということである。ＤＪも二度しか採用されたことがない。

「じゃあ、〈バイバイ・サンデー〉？」

これは中国ローカルだが、週末のプログラムでは一番人気である。

「違う」

では何の番組だろうかとＤＪが頭の中に候補を並べていると、ハナタレは新しいタバコをくわえ、短い間隔で喫っては吐きを繰り返したのち、ひとつ深く喫い込み、吐き出す紫煙に乗せて、今までになく小さな声で言った。

☆

約束より二分早く着いたというのに、遅いぞバカ野郎と金剛力士に睨みつけられた。

八時二十分——いつもならまだ布団の中にいる。その二十分後に飛び起き二十秒で着替え、一分でパンを牛乳で流し込み、髪も整えずに自転車にまたがって、十分後に教室に滑り込む。それがDJの日常なのだ。

古江(ふるえ)駅のホームには十数人が列を作っていた。石畳は濡れていたが、屋根がないところでも傘の花は開いていない。予報を信じるなら、このどんよりとした空から、午後には薄陽が射すはずだ。

踏切の警報音が鳴り、ツートンカラーの電車が向こうから近づいてきた。車体を左右に揺らしながらガタゴトやってきて、ガラスを引っ掻くような嫌な音を立てて停車した。十人に続き、ハナタレとDJも宮島線の電車に乗り込んだ。

乗り込んだが、席は空いていなかった。それどころか吊革がまったく足りていない。そんな鮨詰(すしづ)めに近い状態であるにもかかわらず、ハナタレは奥へ奥へと進んでいく。次の乗客のために奥に詰めるというのではなく、人と人をこじ開けて、車輛を後方に移動する。はなはだしく迷惑な行動だったが、いかつい姿が物を言ってか、苦情の言葉はない。DJはコバンザメのように金剛力士にくっついていった。

ハナタレの足が止まった。そのまま動こうとしない。ＤＪは顔をあげた。ハナタレは無念そうに溜め息をつき、小さく首を振った。あとはむすっと窓の外に顔を向ける。

二輌きりの電車はやがて道路上の軌道に入り、渋滞の自家用車やトラックを嘲笑うようによどみなく進んでいく。広島の市内には路面電車網が複雑に張りめぐらされており、ＤＪはようやくこのごろ乗り間違いしなくなった。

ハナタレとＤＪは二十分間無言で立ち続け、十日市町の電停で降りた。二人が通う中央高校の最寄り駅である。

線路を踏み越え、歩道に達したところで、ＤＪは先を行く背中に確認した。

「乗ってなかったの？」

「ああ」

ハナタレは靴底を引きずるようにして学校に向かう。

誰が乗っていなかったのかというと、ハナタレのマドンナである。

ＨＢＯラジオ平日夜十時からの帯番組〈なにしょんナイト〉の一コーナーに、〈マドンナと王子のキューピッド〉というのがある。通勤通学の途中で見初めた、名も知らぬ彼や彼女との仲を番組が取り持とうという企画だ。

気になる彼（彼女）との出会いのシチュエーションを説明し、それとは別に、相手へのラブレターを綴って番組に投稿する。採用されると、番組スタッフが対象人物を探してコンタクトを取り、引っ込み思案なリスナーに代わって思いを伝え、ラブレターを読みあげる。リポーターの話術や朗読が巧みなこともあってか、七割を超える率でカップルが成立している。

ハナタレはこのコーナーに応募したいと言ってる。つまり彼には片想いの人がいて、ラブレターの代筆をDJに頼んできたのだ。ハナタレは広島電鉄の宮島線で通学している。その車内で見かける星泉女子高校の生徒に心を奪われた。通称星女（せいじょ）、市内有数のお嬢さま学校である。

癖のない黒髪、時々ポニーテール、上向きの睫、二重の瞼、焦げ茶色の瞳、少しめくれたような上唇、白い八重歯、小さく突き出した顎、小麦色の肌、背は中程度、細身だが胸は豊か、手足が長く、どことなくエキゾチック、いつもラケットを持っているからおそらくテニス部、襟のバッジから判断して一年生、いつも最後部の坐席の横のポールにつかまって立っている——そういう女の子である。

しかしDJは、並べられた言葉をつないでも、彼女の実像を思い浮かべられなかった。写真を一枚見せられたが、遠くからの隠し撮りだったため、これもほとんど役に立たない。対象のイメージが摑めないことにはラブレターは書けない。そうぶつくさ言うと、ハナタレは一言、

「じゃあ実物を見ろ」

DJがハナタレと一緒に古江から電車に乗ったのは、そういう理由からだった。ここがハナタレの自宅の最寄り駅である。DJの自宅からは、学校とは正反対の方角である。だからいつもより一時間近くも早起きすることになった。そうして眠い目をこすりながらわざわざ足を運んだというのに、マドンナは乗っていなかった。

「会える会えないは時の運だと言っただろう。こっちは毎日同じ電車を使ってるわけじゃない。一度、十九分の電車で一緒になったから、翌日からも同じ電車に乗るようにしたんだが、彼女は乗っていなかった。次の日も、その次の日も。彼女だって、朝練があったり寝坊したりで、乗る電車は日によって違うだろう。いつ会えるかわからないから胸がえぐられるようで、会えなかった時の落胆がハンパないんだよ。言わせるな」

ハナタレは怒ったように弁明し、明朝再チャレンジだとDJに命じた。

翌日もDJは八時前に起きて古江駅まで広電電車で行き、そこでハナタレと落ち合って、逆方向の電車で登校した。

「おまえが遅刻したからだ。待っている間に一本行った。彼女はそれに乗ってたんだ。きのうもそうだ。おまえが早く来てれば問題なかった」

またも空振りに終わり、ハナタレに小突かれた。小突くといっても、彼がやると、突き押しのような威力がある。

彼女は決まった電車に乗るわけではないのだから、一本前の電車に間に合ったところで意味はないし、だいたい自分は約束の時間に遅れてはいない——抗議の言葉は胸にしまい、DJは授業を聞き流しながら考えた。彼女を確実に捕まえる方法はないものか。

銀山町(かなやまちょう)の電停で待ちかまえるというのはどうだ。星泉女子高校の最寄りの停留所だ。しかし、そんなところに他校の男子生徒二人が乗り込んだら、騒がれやしないか。とくにハナタレは容姿が目立ちすぎる。

それではこういう手はどうか。かなり早めに古江から電車に乗る。その車内に彼女がいなかったら一つ先の高須で降り、後発の電車に乗る。それにも乗っていなかったら次の東高須で降り、次の電車に乗り、そこにも乗っていなかったら——と繰り返せば、彼女が乗る可能性がありそうな電車はすべてチェックできるのではないか。しかし満員電車でそれをやるのは相当めんどくさく、迷惑もかかる。

妙案が思い浮かばず、DJは次の日も古江から電車に乗った。

空振りを繰り返し、週が明けた。

梅雨の中休みも終わり、鼠色の空は朝からぐずついていた。傘を差して一歩踏み出しただけで気が滅入るこんな日に、どうして早起きし、遠回りも遠回りして登校しなければならないのだ。

DJはむしょうに腹が立った。電車賃を無駄に払い続けていることで小づかいが逼迫(ひっぱく)してきたことも、不快な気分に輪をかけている。

しかし、ぶつけようのない怒りも憂鬱も焦燥も、八時十九分の電車の中で霧消した。ついに彼女と同じ電車に乗り合わせることができたのだ。

その日を境に、ハナタレのマドンナは、DJのマドンナにもなった。

☆

「ちょいとそこのマイケルさんよ、お好み食べていこうじゃないか」

鞄を提げて廊下に出ると、モジーとヨッシーとジンサクが後ろから寄ってきた。

「今日はパス」

ＤＪは軽く手を振り、階段に向かう。

「このごろつきあいが悪くないか？」

モジーに行く手を阻(はば)まれた。

「そんなことないよ。でも、今日は都合が悪いんだ」

「そんなことあるぜ。この間もラーメン断わったじゃねえか」

「金欠ということもあるし」

「やつと遊びにいくのか？」

ヨッシーが言った。

「やつ？」

「ハナタレ」

「岩垂君はこれから部活だよ」

「このところ、やけにやつと仲がいいよな」

「そんなことないよ」

「あるある。休み時間、こそこそ話してる」

「べつにこそこそしてないよ」

「じゃあ何を話してるんだよ」

「それはまあ、いろいろ」

「たとえば？」

「それはまあ、勉強のこととか」

「勉強？」

「うん、勉強。そう、古文を教えてくれって」

「なんだよ、それ。おかしいだろ」

「僕、国語はわりと成績いいから」

「ついこの間までは運動部の連中とは目も合わせていなかったのに、どうしておまえが指名されるんだよ」

「そんなこと言われても……」

DJは口ごもり、下を向く。

「金欠だと言ったよな？」

ジンサクが割って入ってきた。

「え？　うん」

「ハナタレにカツアゲされてんのか？」

「まさか」

「金じゃなくて物をせびられてる？　パンとかジュースとかおごらされてる」

モジーも迫ってくる。

「岩垂君、見た目はあれだけど、そんな人じゃないよ」

「本当にだいじょうぶなんだな？」

「本当だって」

「友達に隠し事はなしだぜ」

ジンサクに背中を叩かれ、

「困ったことがあったら、相談に乗るから」

ヨッシーに腕を引っ張られ、ＤＪはぐっときたが、今はそれより大切なことがある。

「ありがとう。でも岩垂君には勉強を教えてるだけだから。それから、今日は本当に帰らないと。家で用事があるんだ。お好みは、次の小づかいをもらったらつきあうよ」

ＤＪは三人に背中を向け、階段を降りながら、嘘をついてごめんと心の中で詫びた。

帰宅し、戸棚にあった菓子をつまみ、私服に着替えてから、図書館に行ってくると家を出た。

星女に着いたのは五時十五分だった。雨でコートが使えず、屋内での基礎練習であっても、終わるにはまだ早いだろう。そう判断し、ＤＪは時間潰しに学校の外を一回りした。

ＤＪの中央高校も市街地にあるが、星女はさらに街中にあり、オフィスや商店の間に埋もれるように存在していた。敷地は煉瓦塀で囲まれており、その向こうにある校舎も煉瓦造りである。

ゆっくりゆっくり一周し、腕時計を見ると、五時半だった。正門の前を通り過ぎる時、中から半袖ブラウスの二人がこちらに向かってくるのが横目で見えた。頃合をはかって振り返ったが、どちらも例の彼女ではなかった。

敷地の角まで達するとＤＪは、今度は周回せず、回れ右をして道を戻った。正門の前を通り過ぎ、反対の角まで達すると、そこでまた回れ右をして向こうの角までゆっくり歩く。こうして女子校の近くをうろついていても悪天候が味方して怪しまれることはないだろうという希望的観測に基づいた行動だった。傘で顔が隠れるし、正門の守衛も濡れるのを嫌ってか、交番のような小屋の中に引っ込んでいる。

三往復目、ラケットバッグを持った四人連れが出てきた。その中に彼女の姿はなかったが、いよいよその時が近づいたと、DJの緊張が高まった。

そして四往復目、DJの心臓が大きく弾んだ。三人で出てきたテニス部員のうち、右側の子のシルエットに感じるものがあった。DJは十分距離を置いて三人のあとを追った。

三人は道を塞ぐように並んで、相生(あいおい)通りの方に歩いていく。一歩踏み出すごとにDJの鼓動が速くなる。

三人は横断歩道を渡り、銀山町の電停に立った。DJは横断歩道の手前で止まり、電柱の陰に立った。

一人の子が差した傘をくるくる回し、飛沫を浴びた二人がきゃあと声をあげる。一人の子が足を滑らせ、道路に落ちそうになるが、弥次郎兵衛(やじろべえ)のようにバランスを取って体を戻し、セーフセーフと三人は笑い合う。

そうこうするうちに宮島方面行きの電車がやってきた。三人は傘を畳んで乗車態勢に入り、そのとき横顔があらわになった。右側の子も。

彼女だった。

鉄路を軋ませ、小さな電車が走り出し、暮れかけた街の奥に消えていく。

雨をおしてここまでやってきたのは、代筆ラブレターのイメージ作りのため――というのが自分を偽るための言い訳であることはＤＪも承知していた。

あの朝、車内で彼女を目にした刹那、ＤＪは心を持っていかれた。

エキゾチック――ハナタレの説明にそうあったが、その形容は、短くも、このうえなく適切だった。はっきりとした目鼻立ちは日本人離れしていて、小麦色の肌との組み合わせは、南欧の太陽の下に咲くヒマワリを思わせた。ブラウスの胸は窮屈そうに張り詰め、しかしそれは太っているということではなく、スカートのウエスト部分はコーラの瓶のようにくびれ、高一ということだったが、すでに一人の女として完成されていた。ところが顔に目を転じると、十六歳のあどけなさが残っている。

「アンバランスなところがたまらないだろう？　だが惚れたらだめだぜ。俺のオンナなんだからな」

下車し、軽口を叩くハナタレに、ＤＪは笑って応じたが、頰が強張っているのを自分でも感じた。

英文法の授業中、焦げ茶色の瞳と長い睫が、頭の中にふと浮かんで消えた。

二時間目の日本史の時には、恋人に寄りそうようにポールに腕をからめて立っている姿で現われて、授業が終わるまで居坐った。

夜、布団に入ると、はち切れそうなテニスウエアで黒髪を揺らして走り回り、花びらのようにめくれた唇の間から、さわやかな笑い声を響かせた。

昼も夜も少しも空腹を感じず、無理やり口に運んでも味がわからず、茶碗半分で喉を通らなくなり、病気なのかと、DJは母親から心配された。

たしかにこれは病気だ。中学の時にも患ったことがあるので、DJは自分で見立てられた。そして治癒が難しいことも、よくわかっていた。

☆

「まだか?」

体育館への移動中、ハナタレが並びかけてきてささやいた。

「何が?」

DJはとりあえずとぼけた。

「例の件に決まってるだろう」

「例の件?」

「おい」

肩口を摑まれ、DJは観念した。

「どうにも難しくて。何通も出していいなら、パターンを変えて攻略するんだけど」

「バカか。そういうズルをしたら、全部ボツになるだろうが」

「だから自分の中でパターンをいくつか出して、こっちがいいか、いややっぱりあっちのほうがよさそうとやっている段階。もう少し悩ませて」

「たしかに、一発勝負だからな。けど、時間をかけるにしても限度はあるぞ」

「うん」

「夏休みに入る前にどうにかしろよ」

DJは悩んでいる。毎晩机に向かっているが、筆がぴくりとも動かない。下書きのメモさえ書き出せない。一発勝負に慎重になりすぎているのではない。原因はそれ以前のところにある。

級友の想いを番組に投稿し、それが採用され、彼女から交際オーケイの返事をもらう――この目的達成のためにDJは声をかけられ、手助けをすると約束した。ところが、級友の想い人を自分も好きになってしまった。

自分が任務を完璧にこなし、級友の恋が成就したその時、自分の想いは散る。自分の恋を終わらせるためにラブレターを書かなければならないのだ。

なんという理不尽。これ以上の絶望があるだろうか。といって、自分も好きになってしまったのでこの仕事から降りるとは、とても言えない。

煩悶(はんもん)するDJの頭をよぎったことがある。代筆の手を抜いてはどうか。わざとボツになるようにするのだ。

ありがちなラブレターを書く。番組では採用されない。すると当然ハナタレの怒りを買う。しかし半死半生の目に遭うことはないだろう。ハナタレと話すようになってわかったことだが、彼は見た目ほど恐ろしい人間ではない。せいぜい頭をはたかれる程度ですむだろう。その後口をきいてくれなくなるかもしれないが、もともと親しかったわけではないので、二人の関係が元に戻ると考えれば、たいした問題ではない。そうしてライバルの恋の芽を摘んでしまったのち、今度は自分が彼女にアタックすればいいのではないか。

けれど威勢のいい考えはそこで行き止まってしまう。いったいどうやって彼女にアタックするのだ。

今度は影武者としてではなく、自分自身の熱い想いを筆に込めて、〈マドンナと王子のキューピッド〉に投稿する？

だめだ。ハナタレの目（耳？）を盗めない。採用され、ラジオで流れたら、描かれているシチュエーションから、このマドンナは例の星女の一年生だと、ハナタレはピンとくる。適当な変名で出したとしても、自分がボツになったタイミングで採用されたとなると、ＤＪに抜け駆けの疑いがかかる。そうしたらさすがに、頭をはたかれるくらいではすまないだろう。

では直接アタックする？　彼女にラブレターを手渡す。朝はハナタレとバッティングしてしまうが、放課後星女の近くで渡せば、彼の目を避けられる。

できるわけがない。できたとして、一面識もない男子の告白を受け容れるとはとうてい思えない。こちらが眉目秀麗なら話は違ってくるだろうが。

だから〈マドンナと王子のキューピッド〉なのだ。見ず知らずの人間の話でも、ラジオの仲立ちがあれば耳を傾けてくれる。メディアは信用という魔法をかけてくれる。弁舌巧みなリポーターの力も借りられる。

しかしハナタレの手前、ラジオを頼みにすることはできない——。

「どうしたんだよ」

ミニゲームの一本目が終わるや、ジンサクがＤＪに詰め寄ってきた。

「バレーはてんで話にならないけど、バスケはそこそこいけるだろうが」

「ごめん」

ＤＪは背中を丸めた。心ここにあらずで、パスを取りそこね、ドリブルをスチールされてばかりだった。

「あれが関係してるのか？」

「あれ？」

「体育がはじまる前、ハナタレに何か言われてただろう」

「べつに」

「肩も摑まれてた」

「挨拶されただけだよ」

「やっぱり脅されてるんじゃないのか？」

「何言ってるんだよ。ないない。何でもないって。寝不足でぼーっとしてただけ。体が温まったから、次のゲームはバッチリ」

ＤＪはそうごまかし、軽くジャンプしながらコートに戻った。日増しに嘘の回数が増えている。そして放課後も、友達の誘いを嘘の理由で振り切り、家族にも図書館に行くと嘘をつくのである。

彼女の姿を見たい。もう一度見たい。瞼の裏に焼きつけたい。焼きつけた映像が薄れないよう、また見ておかなければ。

ＤＪは星女に日参している。想いはエスカレートする一方だった。彼女を見た回数がハナタレを上回れば自分のほうが優位に立てる、などという意味不明の対抗心も燃やしている。

毎日服装を変え、傘や帽子も使い分けているが、こんなことを続けていたら、そのうち学校か警察に通報されてしまう。その危険を感じていながらも、どうしても足が向いてしまう。

そしてこの日はバッグの中にカメラが入っていた。もちろん彼女の写真を撮るためである。ハナタレが持っているような、顔もスタイルもわからないようなものではなく、バストアップの鮮明なものが撮れれば、ライバルを一歩も二歩もリードできる。しかし一メートルまで近づいてシャッターを切るわけにはいかないので、継父の一眼レフを望遠レンズと一緒に拝借してきた。

相生通りに交叉する細い道の一本に、入口が封鎖された小さなビルがある。封鎖といっても鎖が一本渡されているだけで、入ろうと思えば簡単に入ることができた。階段を昇り、踊り場の小窓を開けると、銀山町の電停を斜め眼下にとらえることができた。何度も通ううちに見つけた場所だ。天気が悪かったため、ようやく雨があがった今日、実行の運びとなった。

ＤＪは三脚を立て、カメラを据えた。ファインダーを覗くと、電停の駅名表示がはっきり読み取れた。

しかし写真は撮れなかった。彼女が現われなかったのだ。

彼女はいつも三人連れで下校していた。その、連れの二人は電停に現われたのだが、彼女の姿だけがなかった。

翌日も天気に恵まれ、ＤＪは廃ビルに侵入してカメラを構えたが、やはり彼女は現われなかった。連れの二人が電車に乗って去ったあとも電停にレンズを向けていたが、日が完全に暮れるまで待っても無駄に終わった。

こちらの動きを察知し、気味悪がって避けている？

そんな考えがＤＪの頭をよぎり、警察官の姿もちらついて、前日までとは違った意味で食事が喉を通らなくなったが、寝つけないまま朝を迎えるうちに、自分を避けるとしたら三人揃ってでないとおかしい、彼女は具合が悪くて学校を休んでいたのだと思い直し、懲りずにまた星女に出向くのである。

この日も雲間から薄陽が漏れていた。ＤＪはビルで待機する前に学校の周囲を歩いた。部活は屋外で行なわれるだろう。それを覗き、彼女が出てきているかチェックしたほうがいいと考えた。

しかし覗けなかった。煉瓦塀は高く、敷地の中に目が届かない。建物の配置や喚声から、グラウンドの位置は目星がついたが、煉瓦塀には一分の隙間もなかった。さすが私立のお嬢さま学校である。公立の中央高校など、フェンス越しに教室が丸見えどころか、相撲取りも入れるような破れ目がそのままにされている。

空全体にオブラートのようにかかっていた雲はいつの間にか取り払われ、強烈な西陽が校舎の窓をオレンジに染めている。天気の潮目が変わったようにＤＪには感じられた。梅雨明けは近い。すなわち夏休みも近い。それまでにハナタレに回答を示さなければならないというのに、何も手をつけておらず、己の欲求を満たすことしか考えていない。目が血走った男子高校生に見えないよう変装してはいるが、同じ場所にとどまって、校舎や塀をためつすがめつするのはよくないと思い、ＤＪは盗撮拠点のビルまで移動することにした。母親のヘアピースをつけ、鍔の広い帽子をかぶり、トンボのようなサングラスをかけ、花柄のブラウスを着て、踵の高いサンダルを履きと、ほとんど犯罪者の風体である。

正門前から電停のある相生通りに向かおうとした時だった。見憶えのある三人組が視界の隅をよぎった。通学鞄とラケットバッグを持って学校から出てくる。ＤＪは、視界の反対の隅に映ったジュースの自動販売機まで歩み寄り、その前で財布を覗き込んで、小銭を探すふりをした。

背後を二つの影が行き過ぎた。

二人？

影が行った方に顔を向けると、女子高生二人の背中があった。背恰好と髪型に見憶えがある。いつもの三人組の二人だ。そしていずれもマドンナではない。

ＤＪは顔を反対に向けた。彼女はいない。正門から出てこようとしている人影がいくつかあったが、その中にも彼女と思われるものはなかった。

ついさっきまでいたではないか。三人と見えたのは錯覚だったのか？　ＤＪは道を戻り、左右に目を配った。

煉瓦塀に沿った道に彼女の背中があった。正門を出て、まっすぐ行けば電停なのだが、彼女は右に折れていた。連れはいない。ＤＪの足は自然と彼女の方に向いた。

近くのどこかに寄っていくのだろう。繁華街も近いので、買物か。ＤＪは電柱二本ほどの距離を置いてあとをつけた。

彼女の足は速かった。運動部で健脚だということを差し引いても尋常な速さではなく、まるで競歩でもしているように、腕を大きく振り、大きなストライドで、ズンズンという擬音が聞こえるような勢いで進んでいく。追う側は女物のサンダルなので、二重の苦労があった。

彼女は、電車通りとほぼ並行している裏道を歩いていた。ところが、ゆうに電停二つぶん歩いても、その足は止まらなかった。それだけの距離を歩くのなら、どうして電車に乗らないのか。電車通学の彼女は定期を持っているに決まっているから、電車賃の節約とは考えられない。空は茜色に染まっている。雨の心配で急いでいるわけでもないだろう。何が彼女の背中を押しているのか。

恋人の元に向かっている？

その存在については、ＤＪもとうに織り込んでいる。これだけのハイスペックだ、彼氏がいても何の不思議もない。もし特定の男性がいるのなら、肩を落として溜め息を繰り返したのち、彼女のことは忘れようとDJは思っている。略奪してやろうという気はさらさらない。

けれどそういうあきらめ気分に支配されている一方で、彼氏がいない可能性も多分にあるという希望も持っている。美しい花は、時に、自分には手が届くわけがないと遠巻きに眺められ、誰にも摘まれずに咲き続けるものである。

彼女は歩き続ける。三つ目、四つ目の電停も通り過ぎた。原爆ドームを過ぎ、平和記念公園を突っ切っても、速度はまったく落ちない。買物はしないし、友人宅や塾にも寄らない。DJは懸命に追った。尾行というより追跡だった。サンダル履きでの速歩きなので、かなり音が立っていたはずだ。しかし彼女は不審がって振り返ることなく、川を渡り、裏道を抜け、ひたすら夕陽に向かって歩き続けた。

サンダル履きでの長距離歩行は、足に豆を作り、潰した。それをかばいながら歩くものだから、DJは股関節や腰もおかしくし、頭もぼーっとしてきて、いったいどのくらい歩いたのか、どのあたりを歩いているのか、わからなくなってしまった。

ようやく彼女が足を止めたのは、一軒の二階建て住宅の前だった。彼女は飛び石を伝って玄関まで達すると、ドアを開け、「ただいま」と中に消えた。

石積みの門柱にはめ込まれた表札には〈岡田〉とあり、隣の郵便受けには家族の名前が並んでいた。男女男女男という並び順から、彼女の名前が〈愛理(えり)〉であるとDJは推察した。

☆

夏休みまで一週間を切ったその日の昼休み、ＤＪはハナタレをプールの裏に呼び出した。

「なるほど」

草稿を読み終え、ハナタレは口元をさすった。

「キャラクターをもっと飾ることはできるよ。でもそうすると、いざつきあいはじめた時、ラブレターの中の人物と実物との違いが彼女をとまどわせ、よくない結果になると思う。岩垂君はスポーツマンだから、その良さを前面に押し出し、直球で勝負すべきだよ。向こうもスポーツをやっているから、男らしくいったほうが好感を持たれると思う。ポイントは、『強さの中の弱さ』」

満足していないと感じられたので、ＤＪは言葉を足した。そうだなと、ハナタレは鼻の頭を絆創膏の上から掻いて、

「しかし、自分のことをこうやって描かれると、変な感じだな」

と、あらためてレポート用紙に目を落とす。

俺はラガーマン。左のロックで、花園と桜のジャージを目指している。怖いものは何もない。十五人がかりのタックルを振り切ってトライする自信もある。

なのに君を前にすると足がすくんでしまうんだぜ。笑ってくれよ。

朝の広電電車はいつも満員だ。背広や学生服の厚い壁の向こうに君は埋もれている。けれど俺にはいつも君が見える。運転席の後ろからでも見える。君のところだけが輝いているから。こんがり焼けた肌がまぶしすぎるぜ。

宮島線の君、俺は君が好きだ！

たったそれだけが、どうして言えないんだよ、チクショウ。

宮島線の君、君はオールブラックスより強敵だぜ。


「あのさ、それ、僕が出しておこうか」

DJは言った。

「いや、俺が書く。念を込めてな」

ハナタレはレポート用紙を畳み、ズボンのポケットにしまう。DJは心の中で舌打ちをくれる。出すと見せかけて握り潰すことができれば、それが一番だったのだが。

「あのさ、もし、そのう、もしもだよ」

DJは歯切れ悪く言って顔を伏せる。何だよはっきり言えよとハナタレ。

「もしボツになったら、ごめん」

DJはさらに頭をさげる。

「バカ野郎」

胸倉を摑まれた。そのままハナタレの方に引き寄せられ、身長差から、首吊りのようになった。

「ごめん、精一杯やったけど、これが、僕の、実力なんだ。力不足で、ごめん」

あえぎながら言い訳をする。

「それがバカだって言うんだよ」

突然手を放され、ＤＪは尻餅をついた。その場でうずくまって咳を繰り返す。

「闘う前に負けを考えるやつがあるか」

「でも君には、絶対に採用されるものを書けと頼まれたわけだけど、これがそこまでのものか……」

「『君』はやめろって、気色悪い。一発必中の気合いでやってくれということだよ。気合いを入れてやったんだろう？」

「うん、それは」

「力をつくしたのなら、それでいい。結果は気にするな」

長い腕がクレーンのように降りてきて、ＤＪの襟首を摑んだ。引っ張りあげられるにまかせ、ＤＪは立ちあがる。

「ありがとう……」

「バカ野郎。それはこっちの台詞だ。ありがとな。礼はそのうち」

「いいよ、お礼なんて」

「いいってことよ。ま、お好みをおごるくらいしかできないけどな」

ハナタレはＤＪの肩を叩き、先に教室に戻っていった。ＤＪはふうと息をつき、去りゆく背中に向かって、ごめんと手を合わせた。

全力はつくした。しかしそれは級友のためではない。

☆

〈マドンナと王子のキューピッド〉への投稿は、一目惚れした彼女（彼）へのラブレターとは別に、通勤通学のどういう状況で出会ったのかを説明する文章も添えることになっている。

〈広電宮島線、古江駅朝八時二十分前後乗車の電車で一緒になる星泉女子高校の一年生。テニスのラケットを持って一番後ろに立っている〉

DJがハナタレのために用意した説明文である。彼はこれを疑うことなく、そのまま書き写した。

間違ってはいない。しかし不誠実な語り落としがある。

過日岡田愛理を尾行したあと、DJは彼女の行動に疑問を感じた。どうして延々一時間も歩いて帰宅したのだろう。

思い返せば、ほかにも小さな違和感がある。その前日、前々日は銀山町の電停に姿を現わさなかったこと。朝の電車でなかなか会えなかったこと。

そしてDJは、これらの疑問は一つの事実を物語っていると気づいた。

彼女は歩いて通学しているのだ。ただし雨の日は電車を使っている。

ではなぜ途方もない距離を歩いているのかというと、足腰の鍛錬になるからだ。彼女はテニス部である。

そう推理した翌朝、ＤＪは早起きして自宅を出た。曇っていたが、予報では日中いっぱいはもつということだった。前日彼女が帰宅に使った裏道の一角で張り込んでいるとはたして、彼女が競歩のような足取りで現われた。

その翌日は雨だった。ＤＪは前日と同じ場所で張り込んだが、彼女は現われなかった。登校したあとハナタレに訊くと、電車で会ったと相好（そうごう）を崩して答えた。

ＤＪの推論が裏づけられた。そしてハナタレはその事実を知らない。

ＤＪは心を決めた。級友を裏切ることにした。自分も〈マドンナと王子のキューピッド〉の力を借りて愛理にアタックしよう。

以前も裏切りが頭をよぎったことがあったが、その時には、ハナタレと同じ視点からしか書くことができないので、偽名で投稿しても自分が書いたとばれてしまうと思いとどまった。しかしＤＪは今、ハナタレの知らない視点を獲得した。徒歩通学をしている女子高生ということで投稿すれば、ハナタレはそれを、自分のマドンナとは別人と聞き流す。

ボツになっても気にするなと級友は笑った。そんな彼を裏切るのは忍びないが、ＤＪは自分の欲求には逆らえなかった。

☆

八月になった。

盆灯籠を供えて先祖を迎え、灯籠流しで送った。

何事もなく夏休みが明けた。

体育祭と文化祭の準備が始まり、修学旅行の説明会があり、十七歳の秋は変化に富んでいたが、肝腎のことは、いつまで待っても起きなかった。

毎晩十時が来るとHBOラジオにダイヤルを合わせ、息をひそめてラジオに聴き入ったが、DJのラブレターが読まれることはなかった。三日三晩を費やし、言葉を練りあげカリグラフィーにも凝った自信作だっただけに、落胆は大きかった。唯一の救いは、落とすためにやっつけで作ったハナタレのラブレターが、まさかまさかの大どんでん返しで採用されずにすんだことだ。

十月になった。

これ以上待っても望みはないと、ハナタレが現実を受け容れた。DJはさんざんいやみを言われたが、肉体的制裁は、首相撲から腹に一発膝蹴りを入れられただけですんだ。それも、ポーズでしてきたにすぎない。

それどころか、ハナタレは約束どおりお好み焼きをおごってくれ、ラグビー部の面々も合流して、残念会と称し、飲み、歌い、踊り、叫び、DJはエネルギーの最後の一滴まで絞りつくした。

ラジオはＤＪに新しい友達を連れてきてくれた。


十一月の連休、ＤＪは家族で、県北の景勝地、三段峡に行った。学校の行事が詰まっているから家でゆっくり休んでいたかったし、だいたいこの歳で家族と旅行をしても少しも楽しくない。しかし、新しく父となった人が気をつかって計画したものだったので、ＤＪも家族の一員であることに努めることにした。

土産物屋が並ぶ峡谷の正面口で車を降り、そこからは歩いて川沿いに上った。絶壁の迫った隘路だが、登山靴が必要なほど険しい道ではない。山の空気はひんやりしていたが、風はなく、小一時間もしないうちに背中がうっすら汗ばんだ。

楓や楢の葉は赤や黄に色づき、それがエメラルドのような水面に映ったさまは、映画で見た中国の秘境のようだった。けれど親がいちいち、きれいだねえとか、ほらあっちをごらんとか話しかけてくるのはうっとうしく、予想どおり楽しい旅にはならなかった。

紅葉は今が盛りということで、狭い山道は朝の相生通りのように混雑していた。中には、手をつないで石段を昇る若い男女もいた。やっぱり家族とではなく恋人とだよなと、カップルを見かけるたびにＤＪは溜め息をついた。

そして思い出すのは岡田愛理のことであった。今日ここに彼女と二人で来ていたら、この紅葉も、岩に砕ける清流の音も、まったく違って感じられただろうに。そのせんない思いがまたＤＪに溜め息をつかせた。

その彼女が目の前に現われたのだから、DJがどれほど驚いたことか。二時間歩き、水梨口に出た時だった。DJたちは下の駐車場に車を置き、峡谷を歩いて登ってきたのだが、水梨口までは車で入ってこられる。当地の代名詞である三段滝だけを見たいのなら、そうするのが楽だ。歩くのは三十分ですむ。

その水梨口の駐車場に彼女がいたのだ。ストレートの黒髪、小麦色の肌、エキゾチックな目鼻立ち、目のやり場に困る胸——岡田愛理に間違いなかった。山の中だというのに膝上のスカートを穿き、引き締まった太腿の内側の妙な白さがDJをどぎまぎさせた。

彼女の横には若い男がいた。若いといってもDJよりは上で、大学の後半くらいの歳に見えた。背は彼女より頭一つ高く、髪は肩まで伸ばし、ぴったりしたパンツを穿き、ブーツを履いていた。

彼は彼女の腰に腕を回し、彼女は彼の腕に指をからめ、二人はしばらく人目もはばからず寄り添っていたあと、横の車に乗り込み、駐車場を出ていった。

自宅の郵便受けのネームから判断して、愛理には兄がいると思われる。しかし今の親密さは、きょうだい愛からきているのではないだろう。

マドンナには恋人がいたのだ。もしあのラブレターが〈マドンナと王子のキューピッド〉で採りあげられたとしても、交際はかなわなかった。どのみち叶わぬ恋だったのだ。

悲しみは湧かなかった。悔しさも未練も。真っ赤なクーペがタイヤを鳴らして走り去ったあとDJの胸に去来したのは、彼女には車を持っているような大人の男のほうがふさわしいという、どこか納得したような気持ちだった。

★

期末試験が終わり、冬休みが秒読みに入ったその日、HBOラジオからDJに一本の電話があった。年末の特番の収録に参加してほしいという。観覧だけでなく、パーソナリティーと簡単なやりとりもお願いしたい——。

あらかじめDJが局に申し込んでいたのではない。常連投稿者ということで、局のほうからDJを指名して声をかけてきたのだ。誇らしい気分になり、DJは二つ返事で諒解した。

収録は、冬休みに入ってすぐ、鯉城（りじょう）に近いHBO局内にあるスタジオで行なわれた。局アナやローカルタレント総動員の四時間番組で、長丁場であるため、休憩が挟まれることになっていた。

前半、DJにマイクは回ってこず、ADの合図に従って拍手や笑い声を送るうちに休憩時間となった。収録に参加した二十名からのリスナーは、スタッフの案内で、トイレやロビーに移動した。

その時、DJは彼を見た。忘れもしない、三段峡で岡田愛理と一緒にいた大学生ふうの男だ。

リスナー代表として収録に参加していたのではない。リスナーは丸い入構バッジを胸につけていたが、彼は〈本木光一〉と身分証が入ったネームホルダーを首から提げていた。リスナーを案内するスタッフが彼だったのだ。

DJは瞬時にすべてを察した。

後半の収録は上の空で、マイクを差し出された時、何を喋ったかまったく記憶にない。

本木光一はHBOでラジオ番組の制作にかかわっている。その番組とは、この日の年末特番だけではないはずだ。〈マドンナと王子のキューピッド〉にもかかわっているのではないか。

年齢や風貌から判断して、本木は学生アルバイトか制作会社のスタッフ、局員だとしても駆け出しだ。〈マドンナと王子のキューピッド〉の予備選考は、そういう下っ端が行なっているのではないか。投稿すべてに目を通し、箸にも棒にもかからないものはふるい落とし、残したものについては、番組で採りあげるにふさわしいか、実際にマドンナ（王子）を見てみる。そうして候補を数通に絞り、上司に報告する。

この予備選考の過程で、本木は愛理に心を奪われてしまった。そして想いがつのったはてに、略奪という行為に走った。リスナーの小さな願いを握り潰し、自分が彼女にアタックした。ドライブに誘ったり食事をごちそうしたりと、大人であることを活かして落としたのだろう。

DJは呆然とし、次に手当たりしだい物を投げつけ蹴りを入れたくなる衝動にかられ、怒りの潮が退いてくると、溜め息と苦笑いが漏れた。キューピッドを頼むつもりが、自分がキューピッドになってしまったのか。そして一つ理解した。

この社会はヒエラルキーなのだ。上の立場にある者ほど、利益を得られる機会に恵まれている。勝ちたいのなら、自分も上を目指せ。
ＤＪは一つ大人になった。

まどろみ

右腕の鈍痛に大輔は目覚めた。

先ほどから何度目だろう。これのせいで頻繁に眠りを破られる。

痛みの原因と対処法はわかっていた。にもかかわらず放置していたのは、自分から腕を差し出した手前、途中で引っこめるのは恰好が悪いという、妙なプライドによるところが一番大きい。けれどもう限界だった。

大輔は友里の首の下からそろそろと右腕を抜いた。肘が固まってしまっていて、左手の力を借りることで、やっと抜くことができた。

棒のようになった腕は、血が通っていくにしたがって、水にひたした棒寒天のようにやわらかさを取り戻していくが、同時に痺れという厄介者を連れてくる。こいつは森で出くわした熊のようなもので、じっとしていれば何もせずに通り過ぎる。しかしこちらが下手に動こうものなら、その時は容赦なく攻撃してくる。大輔は右腕を体の横にぴたりとつけ、息を詰めて時が過ぎるのを待った。

備えは万全だった。なのに連れがへまをしてくれた。

「何時？」

友里が寝返りを打ち、その体が大輔の右腕を直撃した。世界が終わってしまうような痛みが心臓から脳天まで突き抜け、彼の喉から声にならぬ声がほとばしった。

「えっ？　何？　変なところに当たった？」

友里が頭を浮かせて覗き込んでくる。大輔は歯を食いしばり、左手で右腕を押さえて、痛みと痺れが退くのを待ってから、

「痺れが切れちゃって」

と腹の底から息をついた。

「ごめーん」

友里が大輔の腕をなでる。

「だいじょうぶ」

「腕枕しなくていいのに」

「今日はポジションが悪かっただけ」

「あたしも腕枕だと寝づらいから」

「六時二十分か」

目覚まし時計を横目にそっけなく応じながら大輔は、せっかく一つの布団に入っているのに互いに背中を向けて眠るなんて寂しいだろうと不満に思う。

「まだそんな早いんだ。眠いぃー」

友里は無防備なあくびをし、それが大輔にもうつる。

「もうちょい寝よう」

「何時開園だっけ？」

「九時？　十時？」

「うーん、二度寝したら遅れそう」

「べつに開園から行かなくてもいい」

「せっかく行くのなら、めいっぱいいないと損じゃん」

「だとしても、いま起きたのでは早すぎるだろ」

「だよねぇ。眠いよねぇ。ゆうべ遅かったもんねぇ。それに寒いし」

ブルブルと擬音を口にして、友里は大輔に身を寄せてくる。

「じゃあ、そこそこ時間が潰れて、眠気が覚めることでもしますか」

「何?」

と咲きかけの蕾のように開いた唇を、大輔は自分の唇で塞ぐ。

血のめぐりをよくすれば目が覚めるのは生理上の道理である。たしかに若い二人は、熱く情を交わすことで眠気が吹き飛んだ。しかし体を激しく動かせば、その後疲労が襲ってくるのもまた生理上の道理なのだ。

いま何時かとあくびまじりに脇腹をつつかれ、しばし意識を喪失していたことに大輔は気づく。あわてて目覚ましを見ると、九時までもう十分もなかった。

「こら大輔、時間潰れすぎだ」

「自分だって寝ちゃったくせに」

「さあ、速攻で用意用意」

「腹減った」

「我慢。食べてたら昼になっちゃう」

「ならないよ、トーストとコーヒーくらいで。だいたい、友里のほうが用意に時間がかかって俺が待たされるんだから、その間に食べれば時間のロスはゼロ」

「自分だけ？　ずるい！　ひどい！」

友里が布団の中で大輔に足を飛ばす。

「あ」

「え？」

「失敗」

「何が？」

「パンがないや。コーヒーもきのうの朝で最後だったんだ」

「ガーン」

「米はたぶんあるけど、炊いてたら、それこそ昼になっちゃう。おかずもないし」

「君は、お客さんが来るとわかっていて、どうして用意しておかなかったのかね」

「何か食べたい？」

「それは、まあ」

「しょうがない、ついに幻の一皿を作る時が来ましたか」

「何かあるの？　スパゲティ？　お蕎麦？」

「フレンチトースト」

「え？　パンないって言ったじゃん。あ？　食パンがないということ？　フランスパンはある」

「フレンチトーストだからフランス生まれというのは短絡的な発想で、その名の由来は諸説あるものの、有力な一つに、アメリカ人のジョーゼフ・フレンチさんが考案したというのがある。だとしたら、フランスパンを使うのが正式なやり方と考えるのは、誤解の上に妄想を築いたようなものだ」

「べつに正式と思ったわけじゃ」

「けどまあフランスパンを使うと、食パンとはまた違った味わいが出て、決して悪いものではない。いいでしょう、今日はフランスパンでやってみましょう。ところでフランスパンというと一般的日本人は、棒状のバゲットやバタールを連想することでしょうが、実は形はさまざまで、フレンチトーストにするのなら、でっぷりしたブールやパン・ド・カンパーニュのほうが適していると思うのですが、入手しやすさを考えて、今日はバゲットを使いましょう」

「いつまで蘊蓄(うんちく)が続くのかな」

「まず、パンを筒切りにします。火の通りがいいからと薄く切るのは素人です。豪勢に四、五センチに切ります。これが秘伝その一。それから、バゲットは見栄えを考えて斜めにナイフを入れることが多いですけど、この厚さでフレンチトーストにするなら垂直に切ったほうがいいでしょう」

「レシピもいいから、早く取りかかってよ」

「やってるじゃん。はい、切れた。こんなに厚いから、二きれで十分だよね。もっと食べる？」

「ちょっと何言ってるかわからない」

「目を閉じて。ほら、見えるでしょう？　楕円形の切り口、生地は海綿のように荒く、真っ白というわけではなくて、少々茶色がかっている。これは胚芽(はいが)が入っているから。外側はこんがりキツネ色に焼きあがっている。ところどころ樹皮のようにささくれ立っていて、不用意に掴むとバリバリ剝がれ落ちてしまう。あわわ、服が汚れちゃった」

「え？　あ？　ああ、幻の一皿ってそういうこと……」

「この大きなクラスト、もったいないな。食べてみ」

「………」

「ほら、遠慮しないで。サクサクだろ？」

「う、うん」

「次に卵液を作ります」

「ええと、手伝おうか」

「じゃあそこの棚からボウルを出して」

「合点(がってん)」

「それじゃなくて、一番大きいの」

「ステンレスの？」

「そう。それに卵を割って入れて。こっちは牛乳を用意するから。一カップ、アーンド半分」

「卵オッケー」

「だめだよ、一個じゃ」

「じゃ、もひとつ、コツン、カパッ」

「あと三個」

「そんなに？　パンはいくつ焼くの？　あたしは二つだよ」

「俺も二個。でも卵は多すぎるくらいがいいんだよ。これが秘伝その二。で、卵を割り入れたボウルに牛乳を加え、砂糖を大さじ二、バニラエッセンス少々。これをよく混ぜて」

「承知」

「甘さは控えめにしておいて、焼きあがったあとに粉砂糖を振る。それでも物足りない人はメイプルシロップをかける」

「はい、混ぜました」

「ではそこにバゲットを入れてください」

「一つ、二つ、三つ、四つと。液をよく吸うように菜箸（さいばし）で押さえつけておくね」

「その必要はありません。半日置けば、自然と吸って、その重みで沈みます」

「半日？」

「半日経ったら裏返してください。秘伝その三、一昼夜漬け込む」

「ちょっ……」

「けれど二十四時間も待てないでしょうから、昨日仕込んでおいたものを使います」

「料理番組かい」

「一昼夜漬け込むと、ほら、卵液を限界まで吸って、すっかり違う姿になっちゃいました」

「プリンみたい」

「ではいよいよ焼きに入ります。フライパンを火にかけ、サラダ油を引き、バターを落とします」

「先生、どうして油とバターの両方を使うのですか？」

「バターだけだと焦げやすいからです」

「なるほどー」

「バターを溶かし、フライパン全体に回したら、バゲットを並べます。身がぐずぐずで、へたに持つと崩壊しちゃうから、注意ですよ」

「並べました」

「では蓋をしてください。だめだめ、火が強すぎる。弱火で蒸し焼きです。七、八分したらひっくり返し、裏側も同じ時間焼きます」

「そんなにかかるの？　待ちきれないよぉ」

「あなたはその間にコーヒーを淹れてください」

「カフェオレにする？」

「いいね。こっちではつけ合わせのソーセージを焼くとしよう。ソーセージはボイルするほうが手間がかからないいんだけど、俺はグリル派。焼いたほうが断然おいしいと思う。火が通りやすいように切れ込みを入れて、別のフライパンに薄く油を引き、焦がさないよう弱火で、フライパンをときどき振ってソーセージを転がしてやる」

「そんなこんなでソーセージが焼けてカフェオレもできて十五分が経ちました」

「フレンチトーストも焼きあがりました。焼く前は潰れかげんだったのが、ほら、こんなにふっくら」

「わぁ、いい匂い」

「平皿に二きれずつ並べ、粉砂糖とシナモンパウダーを振って、ソーセージを添え、粒マスタードも。これで完成」

「テーブルに運ぶね。カフェオレはもう持ってってあるよ」

「ぶ厚いから、ナイフで切りながら食べましょう」

「いっただっきまーす！」

「うーん、ふわふわのとろとろ。それでいてクラストの部分には歯ごたえが残ってる」

「これは絶品！　んなわけないでしょ！」

友里の平手が大輔の裸の胸に飛んでくる。

「なんだよー」

「妄想じゃおなかは膨れない。ああもう、想像してたらよけいにおなかがすいてきた」

「俺も」

「本当に何もないの？」

「ない」

「ラーメンも？」

「ない。何か買ってきて」

「お客さんに買いにいけとか、どういうこと？」

「外で食べようか」

「喫茶店でフレンチトースト」

「いいね」

「とにかく起きないと、何もはじまらない」

「だね」

と互いに言ったものの、二人とも布団を出ない。

「よしっ、起きる」

威勢はいいものの、友里は掛け布団の端を両手で握ったまま動かない。大輔の体も、先ほどあれだけ火照っていたというのに、今はもう鼻の頭が冷たくなっている。昨日の天気予報では、この冬一番の寒波襲来と言っていた。安普請のアパートは、窓をきっちり閉めていても、いずこからともなく外気が忍び込んでくる。

「着替えを布団の中に入れて寝ればよかった」

「速成であったためよう」

友里は顔を右に向ける。カーテンの裾をめくる。見つからないようだ。大輔は顔を左に向ける。

「十時の方向に双丘状の布を目視で確認。色はクリーム。ブラジャーの可能性あり」

「取って」

うながされ、大輔は腕をそちらに伸ばすが、すぐに布団の中に引っ込める。

「マニピュレーターの到達範囲外」

「取ってきてよ」

「無理。裸で出たら、途中で心臓が止まる」

「そんなこと言ってたら、いつまで経っても出かけられないじゃないの」

「じゃあ自分で取ってこいよ」

「大ちゃんのほうが近いでしょう」

「誰の服だよ」

「そうだよ、あたしのだよ。でもあたしがそこに置いたんじゃないから。脱がせて投げ捨てたのは誰よ」

「誰？」

「死ね」

布団の中で友里の拳が飛ぶ。大輔は小さく悲鳴をあげ、腿をさする。

「ももかんは禁止」

「桃缶？」

「太腿に膝蹴りやパンチを入れること。内出血して歩けなくなることもあるから、小学校では禁止されてた」

「そういえば、うちのクラスでも男子がやってた」

「なあ、思うんだけど、今日あえて豊島園に行くことはないんじゃないかな」

「はあ？」

「遊園地日和じゃないよ。期間限定営業ではないんだし、暖かい日に行こうよ」

「ブーッ！　先月から決めてたことじゃん」

「そうだけど、日にち指定の前売り入場券を買っていたわけでもないし、出遅れたこともあるし」

「誰かが変なことはじめるから寝坊したんでしょ」

「誰かは変なことに乗ってきたわけだから、お互いさまかと」

ここでまた腿に拳が飛んできて、

「じゃあこれからどうすんの？　映画？　サンシャイン？　パルコ？　べつにそれでもいいけどさ、でもインドアで遊ぶにしても、この布団から出ないとはじまらない。この布団を出るには服が必要。取ってよ、あっためてよ」

友里は完全に機嫌をそこねている。

「この部屋もインドアだよね」

「はい？」

「寒いけど、布団の中はぬくぬく。ここで遊ぶという手もあるかなと思ったりもして」

「この人、何言ってんの」

「意外と楽しいかも」

「なわけないでしょう。だいたい何ができるっていうの。ゲーム？　布団を出て取ってこなきゃならないじゃん。テレビを見るにしても。布団を出るのだったら、着替えて豊島園に行く」

「なぞなぞとか」

「なぞなぞぉ？」

「『ゾウは頭がいいです。ネズミは頭がよくないです。ではイルカは頭がいいでしょうか、よくないでしょうか』」

「頭がいい」

「そのとおり、イルカは頭がいい動物です。そのわけは？」

「賢そうじゃん。音波を出して会話するんだよね」

「そういうまっとうな理由を訊いてるんじゃないの。なぞなぞなんだよ。不正解ということで続けます。『ウシは頭がいいです。ウマも頭がいいです。ところが人間は頭がよくありません。ではハトは頭がいいでしょうか、悪いでしょうか』」

「いい」

「いいえ、ハトは頭がよくありません」

「めちゃくちゃいいよ。手紙を届けられるんだもん」

「だからぁ、なぞなぞなんだって。『ライオンは頭がいいです。キツネとタヌキは頭がよくありません。ではチョウは？』」

「蝶々？」

「そう。ちょっとわかりやすかったかな」

「わかんないよ。答」

「少しは考えろよ」

「いいから、答」

「チョウは頭がいいです」

「理由」

「助数詞が『頭』がいい。一頭、二頭と数える。一羽、二羽と数えるハトは『頭』がよくない」

「ほうほう」

「結構楽しいじゃん」

「全然」

「じゃあ次はしりとりね」

「あのねぇ」

「『しりとり』」

「何すんの！」

大輔は手をはたかれた。友里の尻を摑んだからだ。

「『り』だよ」

「『りんご』」

「『ごむまり』」

「ちょっと！」

大輔は手をはたかれた。友里の乳房を掌に包み込んだからだ。

「もう一度『り』だよ」

「『りゅうぐうじょう』」

「『うなじ』」

大輔は友里のその部分をなでる。

「『じゆうみんしゅとう』」

「『うでまくら』」

大輔は右腕を友里の首の下に差し入れる。

「また痺れるよ。『らくだ』」

「『だきよせる』」

と言って大輔は彼女をぐっと引き寄せる。

「動詞使っていいの？」

「じゃあその名詞形で『だきよせ』」

「えーっ、そんなのあり？」

「『せ』ね」

「『せなか』」

大輔は背中を叩かれる。

「『かみ』」

大輔は指を使って彼女の髪を梳く。

『みみ』」

大輔は耳を強く引っ張られる。

『みみたぶ』」

大輔は彼女の耳朶(じだ)を指先でつまむ。

「ブラジャー取って」

「だからぁ、手が届かないって」

「しりとりだよ。『ぶらじゃーとって』」

「文はだめだろ、単語じゃないと」

「じゃあ、『ぶら』」

『らぶ』」

大輔は彼女を抱きしめる。

『ぶらじゃー』」

「さっき使った」

「さっきのは省略形、今度はフルネーム、『ぶらじゃー』」

『やわはだ』」

大輔は彼女の腰のあたりをなでる。

『だいすけ』」

『けつ』」

と大輔が彼女の臀部(でんぶ)をぺしぺし叩くと、

「大輔の大助平！」

と頬を強くつままれた。

「『だ』じゃなくて『つ』だよ、いてて」

「そうだよ。だから、これ」

ふたたび頬をつまみあげられ、ねじられた。

「『つねる』？　動詞はだめなんだろ」

「その名詞形で『つねり』」

「そんな変化は聞いたことがない」

「あるの」

「『り』か……」

「どうせ、エッチなのをひねり出そうとしてるんでしょ」

「そんなことないよ」

「だったらそんなに悩まなくても、『りか』とか『りく』とか『りあすしきかいがん』とか、いくらでもあるじゃん」

「最後のは『ん』で終わるんだけど」

「エッチなのがお望みなら、『りんぼーだんす』がいいよ」

「何それ」

「棒を使うダンス」

「それは知ってる。どこがエッチ？　ポールダンスと勘違いしてない？」

「わかってるよ。ポールダンスは棒が垂直、リンボーダンスは水平。体をそらしてそれをくぐり抜ける。いいから、ほら」

「じゃあ、『りんぼーだんす』」

するとと友里が大輔から少し体を離し、彼の顔をまっすぐ見つめた。そして薄桃色の唇を小さく動かした。

「『すき』」

大輔は完全に不意を衝かれた。はじめて彼女と見つめ合った時のようにどぎまぎし、彼女の敷いたレールに気づくまでにかなり時間を要してしまった。

「『きす』」

大輔は友里に口づけし、しりとりはそこで終わりとなった。

次に時計を見た時、針は長短が重なり、まっすぐ天を指していた。

「あーあ、せっかくの日曜日が……」

友里が嘆きの溜め息をついた。

「腹減ったなあ」

大輔がつぶやくと、友里は頰を膨らます。

「そりゃ減るよ。運動するだけで食べないんだから」

「昼はスパゲティにするか。パンチェッタとトマトとズッキーニの。パンチェッタが手に入らなかったらブロックベーコンでもいい。それぞれ一、二センチの角切りにして、トマトは冷蔵庫で冷やしておく。フライパンにオリーブオイルを入れ、薄くスライスしたニンニクと種を取り除いた鷹の爪をごく弱い火で焦がさないよう温め、エキスが十分出たところにパンチェッタを投入――」

「妄想料理はもう結構。本物を作ってよ。大ちゃん、料理うまいんでしょう？」

「うまいよ。いちおう厨房に入ってたわけだし。でも材料が何もなければ、帝国ホテルのシェフでもどうしようもない」

「でも、一度も作ってくれたことないよね。今日だけでなく、いっつも冷蔵庫が空っぽだったの？」

「うちでは基本的に料理しないから。パンを焼くとかインスタントラーメンを作るとかくらいで。コンロが一口しかないし、流しも狭いから、無理」

「ふーん」

「本当だって。広々としてて、鍋釜は使いほうだい、床を汚してもかまわないところで働いてたら、自分ちで作れなくなる」

「本当なら、それはそれで困るんだけどね」

「どうして？」

「あたし、料理がぜんっぜんダメだから。料理上手な人のお嫁さんが務まるかな」

大輔はドキリと、いやむしろギクリとし、

「しっかし寒いよなあ。雪が降ってたりして。さすがにそれはないか、十二月に入ったばかりだから」

しどろもどろに話をそらす。しかしそれがかえって好ましくない事態を招いてしまった。

「大ちゃん、お正月どうするの？」

友里が真顔で言った。

「初詣でに行こうよ。明治神宮？　浅草寺？　川崎大師？」

「じゃなくって、実家には帰らないの？」

「帰らない」

大学一年の夏休みに帰省すると、母親がふくよかになっていた。食っちゃ寝してるからだと大輔が難ずると、大ちゃんはもうじきお兄さんになるのよと返された。

大輔は驚き、あきれ、やがて不快感が押し寄せてきた。こいつら、一人息子が家を出ていったのをいいことに、何をやっている。歳が二十も離れているきょうだいを、どういう顔で他人に紹介すればいいのだ。

次に帰省した時、揺籃（ようらん）に男の赤ちゃんが眠っていた。つぶらな瞳とマシュマロ細工のような手足は愛らしかったが、それとこれとは別問題である。両親は、諒ちゃん諒ちゃんと目尻を下げ、五日の間に長男の名は一度も口にせず、彼はこの時を最後に、盆暮れにも実家の敷居をまたいでいない。

「じゃあ、うちにおいでよ」

大輔は不意に手を取られた。

「一人じゃおせちが食べられないでしょう。狭い台所ではお雑煮も作れない」

「普通にパンでいいよ。だいたい、おせちとか好きじゃないし。冷たいものばかりで」

「好き嫌いじゃなくて、一年のはじまりがパンだと寂しいじゃん」

「全然寂しくないよ。それに、正月におじゃまするのは気がひける」

「全然気にしなくていいよ。二日は親戚一同が集まるからだめだけど、元旦はうちの家族だけだから」

取られた手をせかすように揺り動かされる。大輔はあらぬ方に目をやり、

「そうは言っても……」

と返事を濁した。視線が追いかけてくるのを感じる。

「嫌なんだ」

不快そうな声だ。そのとおりとはもちろん答えられず、

「好き嫌いではなくて、今の立場だと合わせる顔がないから」

という物言いでごまかす大輔である。

「仕事のこと？」

「うん。こういう頼りない男とつきあっているとなると、友里もご両親によく思われない」

大学の卒業を来春に控えているというのに、大輔はいまだに就職先が決まっていない。世の中の景気うんぬんは関係ない。ひとえに自分のだらしなさが招いた必然の結果だった。

田舎からきらびやかな大都会に出てきて、うるさい親からは離れられ、詰め込みの受験勉強からも解き放たれ、箍が弾け飛んだ。昼の競馬場や夜の街で遊ぶことが第一義と

なり、暴飲暴食を重ね、秋葉原を縦横にめぐって物欲を満たした。大学への足は自然と遠のき、代返やノートのコピーを頼むために顔を出す程度となった。

　遊ぶには、相応のものが必要だ。大輔は親から仕送りを受けていたが、それだけではとても足りないのでアルバイトをはじめた。ビラ配り、印刷所、パン工場などのアルバイトを歴て、新宿のホテルに入っているレストランで働くようになった。過去の例から、ふた月もてばという気持ちで皿洗いをはじめたところ、じきにホールに回され、やがて厨房に入ることになった。大輔の学科は卒業論文が必修ではなかったので、ゼミにも属さず、三年、四年になってもアルバイトに精を出した。働くだけでなく、職場の仲間と海やドライブに行くようにもなり、ますます大学と疎遠になった。

　おかげで大輔は、就職に関して無知蒙昧の徒になってしまった。企業の新卒採用の募集がかかり、応募したところ、書類選考で落とされた。次の会社は簡単な面接だけで不採用となった。それが四社、五社と続き、彼はようやく、建前上の選考がはじまるよりずっと前から就職活動をしなければならないという現実を知った。あわてて戦略を変更し、中小企業狙いに切り替えたが、卒業まで秒読み段階の現在も内定を得られていない。

「うちの親はそういうこと気にしないよ」

「そう気をつかわれることも心苦しい」

「気をつかうんじゃないよ。学歴とか家柄とか地位とかをいっさい気にしない性格。自分たちもたいしたことないから、人のことも気にしない」

「それはすばらしいご両親だ。でも、やっぱりおじゃまするわけにはいかない」

「どうしてよ」

「失礼はできない」

「失礼？」

「晴れの舞台に立つ時には、それなりの衣装を着るよね。それは自分を飾りたいということもあるのだろうけど、みすぼらしい恰好では周りに失礼だという礼儀の意味も大きいと思う。友里のご両親が、べつに失礼ではないと笑って許してくださったとしても、そこに甘えてはいけないと思うんだ。俺ももう大人なのだから、一般常識にのっとってふるまわないといけないと思う。自分はまだ人前に出るだけの服を持っていない。それが用意できたら、胸を張っておじゃまするよ」

「カッコいー」

大輔はきらきらした瞳で見つめられる。

「茶化すなよ」

「茶化してないよ。惚れ直した」

頬にキスをされる。

「日常生活の中でも大人らしくふるまうよう心がけることにより、それが面接の際の態度にも滲み出るようになるんじゃないかな。もちろんいい方向に」

「うん、いい心がけだ。がんばれ」

「がんばるよ」

「今年はまだ残ってるんだから、年内に内定をもらえるかもしれない」

「望みはあるよ。面接が決まっている会社もあるし」

「年内にけりがつけば、お正月に来られるよね」

「そうなるといいね」

と応じる大輔の内心は、絶対に行くものか、である。たとえ年内に内定が出たとしても、それはひた隠し、悄然と新年を迎えなければならない。

「じゃあ、神様にお願いしておこう。大ちゃんの就職が一日も早く決まりますように」

友里は掛け布団の襟カバーのところから手先をちょこんと出し、目を閉じて拝み合わせた。

「なんか横着だなあ」

大輔は苦笑する。

「ちゃんと神様に向かって手を合わせてるよ」

「顔を天に向けてるから？」

「違うよ。前から思ってたんだ。ほら、あそこの天井の模様、鳥居みたいじゃない。しかも三つ続いてて、一の鳥居、二の鳥居、三の鳥居」

「え？　ああ、そう見えなくはないけど」

「あれはね、この部屋の神様がいらっしゃるところなんだよ。神棚みたいなもの」

「いやいや、染みを神様の住まいと言ったら失礼だろう」

「いいから、大ちゃんもお願いするの」

「鰯(いわし)の頭も……」

「ぶつぶつ言わない。大ちゃんの就職が一日も早く決まりますように」

「決まりますように」

大輔もつきあって、天井に向かって手を合わせる。

「あたしのお給料も上がりますように」

「ちゃっかりしてんな」

「だって聞いてよ、あたしよりあとに入ってきたくせに、大学を出てるってだけで、倍近いお給料もらってんのよ」

「じゃあ俺もちょっと欲張って、Zのローンを払えるくらいの給料がもらえるところに就職できますように」

「Z?」

「スポーツカー」

「湘南や軽井沢に連れてってくれる?」

「もちろん」

「じゃあ神様、それ、お願いします。そんなことより聞いてよ、大卒のくせにコピーはろくに取れないし、字はきったないし、それで給料が倍あるのよ。どういうこと? おまけに後輩のくせして命令口調だし。やってらんないよ。いたっ!」

友里は布団の中で両足をばたつかせ、その足を棚の角にぶつけてしまったようだ。大輔は笑いながら神様にお願いする。

「広い部屋に引越せますように」

「台所も広くて、プロ級の料理を作ってもらえますように」

「豊島園に行けますように」

「神様にお願いしなくても、今からでも行けますが」

じとっとした目で見られ大輔は、天井の神様に合わせていた両手を、スミマセンと友里の方に向けた。

「ディズニーランドに行けますように」

友里がさらに願いをかける。

「じゃあさ、ラスベガスにまで足を伸ばそうぜ」

「帰りにはハワイに寄るの」

「いいね」

「結婚式はハワイの教会がいいなあ」

大輔はふたたびギクリとし、聞こえなかったふりをして、

「まあ何にしても、就職が決まらなければはじまらないよなあ。がんばるよ」

と話を締めた——つもりだったのだが、友里は逃がしてくれなかった。

「大ちゃんといつまでもいつまでも仲良く一緒にいられますように」

友里は大輔より一つ歳若い。しかし高校を卒業してすぐ社会に出たため、大輔より意識が大人で、将来設計を現実的に考えている。大輔を実家に招こうとしているのも、正月を孤独に過ごしているボーイフレンドを憐れに思ったからではあるまい。彼女が両親に何と紹介し、両親が彼女に何と質問するかを想像すると、大輔は冷や汗が出てくる。

彼が彼女の実家を訪ねるのをためらっているのは、就職が決まっておらずばつが悪いということではなく、親に紹介されてしまったら後戻りできない領域に踏み込むことになってしまうと恐れているからだった。結婚などまだ考えられない。進む道も決まっていないのだ。

正確には、結婚という行為を考えられないのではなく、この彼女との結婚を考えられない。なりゆきでつきあいはじめたものの、本当にこの子のことが好きなのか、大輔にはよくわからない。

好きなことは間違いない。数日逢わなければ恋しく思うし、一緒の時間を過ごせば楽しい。けれど街を歩けば、友里より容姿端麗な女性に、そこここで目を奪われる。そのたびに大輔は、本当にこの彼女でいいのだろうかと心が迷う。互いの人生観や家族観について話し合ったこともない。自分はまだ二十代前半である。この段階で、よりよい選択肢の芽を摘んでしまうのにはためらいをおぼえてしまう。簡単に言えば、妥協して後悔するのはごめんだった。

そう思いながらも、今日のところは雰囲気と欲望に流されて彼女を抱いてしまう大輔なのである。

何度目かの情熱をほとばしらせたあとまどろんでいると、

「何時？」

と本日何度目かの同じ質問を受け、

「六時五十分」

と大輔が目覚ましを見て答えると、

「帰んなきゃ」

友里はバネが仕込まれていたかのように掛け布団を撥ねのけ、裸の上体を起こし、そのまま立ちあがり、大輔をまたぎ越して下着を取りあげ、身につけはじめる。寒いからと半日ぐずぐずしていたのは何だったのかと大輔があっけにとられていると、電灯をつけ、化粧をはじめる。

「なんだよ、急に」

大輔は掛け布団で上半身をくるんで起きあがる。

「『サザエさん』が終わったら週末も終わり。あしたからまた仕事」

「じゃあ飯食おう。もちろん外でね」

「ごはんはいいや」

「腹ぺこなんだろう」

「うちまで我慢する」

「何でよ。食べようぜ」

「遅くならないうちに帰る」

「べつにまだ遅くないじゃん。いつもは十時十一時まで遊んでる」

「ゆうべはお泊まりしたから。親を騙すのはそんなに難しくないけど、やっぱりちょっと後ろめたい」

大輔は首筋に刃物を当てられた心地だった。友里は彼氏の反応を窺うようなことはなく、コンパクトに向かって化粧を進める。

大輔も布団を出、適当に服を出して着替えた。タバコのヤニで茶色になったカーテンをめくってみると、外はすっかり暗い。陽の光をまともに見ないまま、一日が終わってしまった。

友里は化粧を終えると髪を整え、てきぱき荷物をまとめ、上着に袖を通した。じゃあねと出ていこうとする彼女を、大輔は戸口のところで抱きしめた。

「ダメだよ。お化粧直したんだから」

「少しの間こうしてるだけ。一分」

ひと月前、生理が来ないと、大輔は友里に告げられた。

驚き、混乱し、焦り、血の気が退いた。まだ学生なのに、まだ就職も決まっていないのに、彼女の親に何と挨拶する、自分の親にどう説明する。この先、友里と、新しく生まれてくる子のために生きていくのか。この若さで、遊びもままならず、奴隷のように——。

五日後生理は来て、平穏な日常が戻った。そして大輔ははっきり意識した。

自分はこの女性を愛していない。

妊娠を喜ぶ気持ちは少しもなく、ただ動揺するばかりだった。わが身の不幸を呪い、悲嘆の涙さえ流した。何かの間違いでありますようにと祈り、実際、近くの氷川神社に足を運んだ。勘違いだと報された時には胸をなでおろし、独りグラスを傾けた。それが愛する女性に対する態度か。

けれど大輔は友里のことが好きだ。だからこうやって抱きしめたくなる。ただ、そこからもう一歩踏み込むことができない。どうしてもためらいをおぼえる。そして、この広い世界には、もっと自分好みの女がいるのではないかと思ってしまう。けれど友里を好きでないわけでは決してない。けれどそこに愛はない。

彼女との関係をどうすればいいのか、考えようとすると大輔は途方にくれる。そもそもどうしたいのかもわからないのだ。それすらわからないのに、抱きたいという気持ちが先立ち、その気持ちにまかせている。

大輔は友里の髪をなでる。髪にキスをする。頬をなでる。頬ずりをする。頬にキスを、小さく三度繰り返したあと、唇にも。友里は拒まない。一分の約束が、二分、三分と過ぎ、また欲望が勝りそうになったが、どうにか理性をきかせて、

「駅まで送ってく」

と彼女の体を離した。

十二月の宵は闇が濃く、みなまだ外出から帰ってきていないのか窓の明かりも少なく、風はないのに空気が肌に突き刺さるようだった。しかし手をつなぎ、体を寄せて歩けば、少しも寂しくなく、体温以上にぬくもりを感じた。

「シマちゃんから手紙が来てさ、雪、五十センチだって」

「シマちゃんって誰だよ」

「クロエの高校の時の同級生だよ。一日のはじまりは雪かきだって。寒さの格が全然違うよね、東京とは」

「どこの人？　新潟？」

「違うよ。クロエの同級生だよ。東京の人に決まってんじゃん」

「雪国に嫁いだの？」

「違うよ。浅虫温泉にいるんだよ」

「旅行か」

「違うよ。半年の予定で住み込みで働いてる。言ったじゃん」

「聞いてない」

「言った」

「初耳。シマちゃんって名前も」

「言いました。あたしの話なんか、全部左から右だよね」

「それを言うなら、右から左」

たわいない話をしながら、十分の道を駅に向かう。どうして三十分かからないのかと、大輔は憾(うら)みに思う。

就職、恋愛、結婚、親――考えなければならないことはたくさんある。けれど今は考えたくない。それなりに好きな人がいて、二人で楽しい時間を送れるしあわせに、今はまだひたっていたい。

このぬくぬくとした状態が永遠に続くとは思っていない。けれどもうしばらく、来週末再来週末もまたこうして過ごせればいいなと大輔は、沼袋駅の改札で内と外に別れ、彼女が跨線橋を昇りはじめてその背中が見えなくなるまで手を振り続ける。

幻の女

1

一人の男の子が駆け抜けたあとに舞いあがった砂塵が、ビルの間に落ちかけた陽を受けて、ほんの一瞬、ダイヤモンドダストのように輝いた。

馬渡は発泡酒のタブを開け、長く伸びた自分の影と乾杯するように挙げてから、あふれてきた泡を唇ですくった。労働のあとの一杯は格別だ。

先ほどの男の子は友達の中でもみくちゃになって、ゴム鞠のようなサッカーボールを奪い合っている。砂場の向こうでも数人が輪になってサッカーボールを回している。こちらは制服姿の中学生で、ボールも本物だ。

今の子が野球をしないというのは本当なのだなと馬渡は実感した。もっとも、この住宅密集地の公園で軟式球を打ち返したら大変なことになる。

ベンチの横では唐楓の木が鳴いている。みっしり茂った青葉の中から鳥の声がする。しかしその姿は見えず、かまびすしい鳴き声だけが降り注いでくる。一羽二羽ではない。まるで蟬時雨のようだ。うるさいと石を投げつけたら、どれだけの数が飛び立つだろうか。そしていっせいにこちらに向かってきたらと、ヒッチコックの映画のようなシチュエーションを想像して顔の前に手を掲げた馬渡が、苦笑してその手を下げたところ、目の前に小さな影が伸びていた。

　振り返ると、ベンチの後ろに小さな子が立っていた。ディズニーのTシャツに赤い短パンの、四、五歳くらいの女の子だ。

「こんにちは」

　馬渡は明るく声をかけるが、女の子は挨拶を返してこない。表情も変えない。馬渡の方をじっと見ている。

「これがお目当てか。かわいいから、特別にプレゼントしちゃおう。はい、どうぞ」

　馬渡は、つまみにと買ってきた駄菓子の一袋を背後に差し出す。女の子は突っ立ったままだ。しかし馬渡が駄菓子を引っ込めたりまた差し出したりすると、彼女はさっと手を伸ばして袋をひったくり、礼も笑顔も残さず、ベンチを離れていった。ちょこちょこ不安定な足取りと左右に揺れる臀部がアヒルのようだと、馬渡は目を細めて、女の子が滑り台の向こうに消えるまで追い続けた。

　馬渡にも娘がいた。休みの日にはよく光が丘公園に連れていったものだ。それが今は二児の母らしいのだから溜め息も出る。

　どこからか音楽が漂ってきた。単音のそのメロディに合わせて、遠き山に日は落ちてと馬渡は口ずさむ。時計を見ると五時だった。近くの小学校が帰宅をうながして流しているのだろう。馬渡の地元では「夕焼け小焼け」だった。小学校ではなく、公民館のスピーカーから流れていたという記憶もある。

「新世界より」のメロディが終わりに近づき、突然、調が半音上がった。原曲にそのような転調はなく、音痴のカラオケを聴かされているような気持ちの悪さだ。アナログの時代なら、録音テープが変質してしまっているとかモーターの制御がおかしくなったとかでこのような不具合が生じるだろうが、デジタルのこの時代、どうしてピッチがおかしくなるのか。誰かが意図的にピッチコントロールしているとしか考えられないが、いったい何のために。

「ちょっと来てくれるかな」

どうでもいいことに頭をめぐらせていた馬渡に声がかかった。制服の警察官、いわゆるおまわりさんが馬渡のことを見おろしていた。何ですかと、馬渡は酒を置いた。

「話がある」

「話？」

「だからちょっと来い」

「どこにです？」

「そこの交番だ」

「交番？　何で私が行かなければならないのです」

「話があると言ってるだろうが」

「話？　何の？」

「おまえ、飲んでるな？」

「車で来てませんよ」

馬渡は焼酎の一合瓶を口に運ぶ。発泡酒はとっくに空けていた。

「ほら、立て」

「話なら、ここでしてってください」

「おまえのためを思って、交番で訊いてやると言ってるんだ」

「私のためを思うのなら、ここで話してください。半日立ち仕事をして足が棒だ。だいたい、何の話なんですか？　最初にそれを言うのが礼儀でしょう」

「おまえ、酔ってるな？」

「飲んでますが、酔ってはいませんよ」

「今の状況が見えてないだろう」

警察官が一歩横に移動し、馬渡の前が開けた。遠巻きに人々が注目していた。少年たちもサッカーをやめている。馬渡は驚いたが、

「だから？　お天道様に顔向けできないようなことをしたおぼえはありません」

と平静を装って口元をぬぐった。警察官は、仕方のない野郎だというように溜め息をついて、

「今さっき、女の子を相手にしていたよな？」

「は？　ああ、女の子。ええ」

「話しただけでなく、彼女の体をさわったな？」

「はあ？」

「さわったんだな？」

警察官の声の調子が厳しくなった。

「何言ってるんですか」

つきあってられないとばかりに馬渡は顔をそむけた。

「こっちを見ろ。女の子に何をした？」

警察官は馬渡の肩に手を伸ばす。

「何もしてませんよ」

馬渡は体をよじる。

「何もしてないだと？　さっきは、相手にしたことを認めたぞ」

「声をかけて、お菓子をあげただけです」

「菓子を渡したんだな？」

「ええ」

「菓子で釣って、体をさわった」

「さわるわけないでしょう！」

「嘘をつくと、厄介なことになるぞ」

「嘘なんかついていません。変なことはしていません」

「飲んで憶えてないんだろう。しかし、たとえ憶えていなくても、罪はまぬがれないからな」

「罪って何です。勘弁してくださいよ。だいたい、記憶をなくすほど飲んでませんって。仕事帰りに一杯やっていただけで」

馬渡は両腕を水平にし、片足立ちしてみせる。

「仕事は何を？」

「何でもいいでしょう。職業選択の自由です」

「とにかく交番まで来てもらおう」

「だから何度言わせるんです。何もしてませんって。いったいどこからそんな話が——、あ⁉」

母親に違いないと馬渡はぴんときた。駄菓子を持って戻ってきた娘に、どこで手に入れたのかと問い質し、おじさんにもらったとの答に、そのおじさんの風体を見て、薄汚いし酒を飲んでいるし、きっとわが娘に変なことをしたに違いないと交番に駆け込んだ。

「お母さん、誤解です。私はお嬢さんに指一本ふれていません」

馬渡は立ちあがり、野次馬に向かって声を張りあげた。さっきの女の子の姿は確認できない。

「続きは交番でだ」

警察官は馬渡の腕を軽く取る。馬渡は振り払う。

「何もしていないのに、どうして逮捕されなければならないのです。私が何をしたって言うんです」

「事情を聞きたいと言ってるだけだ」

「任意ということですね。だったらここでいいじゃないですか。私は潔白です。逃げも隠れもしません」

「ここだと、利用者の迷惑になるんだよ」

警官は背後を手で示す。

「見世物を楽しんでいるように見えますが」

写真や動画を撮っている輩もいる。

「人払いするのは、おまえさんの人権を守るためでもある」

「人権？　無実の市民を犯罪者扱いしといて？　ケッサク。この半世紀で聞いた一番のジョークだ」

馬渡は乾いた拍手を送って、

「任意なら、失礼します」

交番と反対の方に歩き出す。

「逃げも隠れもしないのではないのか？」

警察官がついてくる。

「私が話すことはもうありませんから。千回尋ねられても、何もしていないと千回答えるしかない。時間の無駄です。それ以上私に何かを言わせたいのなら、証拠を見せてください。駄菓子の袋に私の指紋がついていた、なんてのはだめですよ。私が彼女にあげたのだから、指紋がついていて当然です。菓子をあげたこと自体は認めています。善意であげました。見返りは求めていません。そうだおまわりさん、そこにいる連中のケータイを調べて、私が悪さをしている写真や動画を探してはどうです？」

「では、名前と住所を聞かせておいてもらおう」

「任意なのだから必要ないでしょう」

「聞いておかないと、証拠を見せに行けない」

「これは一本取られたな」

馬渡は足を止め、財布から健康保険証を出して警官に渡した。そして彼が記載事項をメモしている横で、野次馬に向かって呼びかけた。

「お母さん、お嬢さんには指一本ふれてませんから。もしこれで、私が誤認逮捕され、送検、起訴なんてことになったら、逆に私がお母さんのことを訴えますからそのおつもりで」

野次馬がざわめく。警官が、よせと馬渡に向かって両手を立てて、

「電話番号」

「電話は引いていません。貧乏なもので」

「ケータイは持ってるだろう」

馬渡はしぶしぶ番号を教える。

「勤務先は？」

「この件は仕事とは関係ないでしょう。ああそうか、会社で嗅ぎ回り、私の性癖を探ろうというんだ。警察はそこまでするのか」

「連絡がつかなかった時のためだ」

「つきますよ、逃げも隠れもしないのだから」

「逃げも隠れもしないのなら、教えても問題ないだろう」

「また一本取られたよ。二本取られたら負けですかね」

「勤務先」

「水道町の中九（なかきゅう）宣広社」

馬渡は吐き捨てるように伝えたのち、メモを取る警官の耳元でがなり立てた。

「赤の他人には挨拶もしちゃいけないんですか。善意で物をあげてもいけないんですか。それでいて、つながりですか、絆ですか。私はいったいどうふるまえばいいんです。それからおまわりさん、会社に行って私のことをあれこれ尋ねるのはいいですが、それで私の立場が危うくなったら、どうしてくれます。私が潔白であったとしても、容疑者になるような人間ということで、馘（くび）になるかもしれない。いや、馘にされるに決まってる。その場合、当然警察が責任を取ってくれますよね？　次の仕事を斡旋してくれますよね？　警察署の掃除でもいいですよ」

口が過ぎたと途中で後悔したが、止められなかった。アルコールで気が大きくなっていたし、積年の鬱憤もたまっていた。

さいわい馬渡は交番に連れていかれることなく、その場で解放された。

2

東京のウォーターフロントに超高層の本社ビルを構え、流行を創出して経済活動を活性化させ、時には政局をも動かす広告代理店がある。馬渡はここに入り、経済界、芸能界、スポーツ界を股にかけ、世界を縦横に飛び回るはずだった。大志を抱くのは自由である。

新卒での採用に落ちて三十余年、馬渡は九州は熊本で働いている。中九宣広社――地域の中小企業や個人商店の広告宣伝活動を行なっているここも、業種としては広告代理店ということになるのだが、かつてあこがれた東京のあの会社を同業他社と呼ぶのは、相当な抵抗がある。

馬渡のコンプレックスを助長するのが、地方の零細な広告代理店にあって、社員でもないということだった。彼は太陽に肌を焦がされ、驟雨や北風に打たれて、広告宣伝のちらしを配っている。アルバイトである。普通に勤めていればひとかどの地位を築いている年齢なのに、一枚数円の歩合給で食いつないでいるのだ。同じ日焼けでも、ウォーターフロントの御歴々はゴルフ場でだというのに。

馬渡はこの日も昼前から街に出た。前半は交通センター前で、後半は下通アーケードの入口で、銀座通りに新規開店したネットカフェのちらしを配布した。天候に恵まれた土曜日ということで、人出は悪くなかった。しかしちらしは思うようにはけなかった。

この日にかぎったことではない。ちらしを差し出しても、道行く人はなかなか受け取ってくれない。手で払いのけたり、通行の妨げになると食ってかかる者もいる。

無視されたり邪魔者扱いされたりすると、腹が立ち、次に落ち込み、無力感に襲われる。自分の存在そのものを否定されたような気分にさえなる。自分は広告宣伝業界の最前線で奮闘しているのだと自虐的に鼓舞しても、いっこうに意気は揚がらない。

馬渡は何度も心が折れそうになった。しかし、あと一日やってみよう、辞めたらやけ酒も飲めないぞと続けていると、人間の適応力というものはすばらしく、差し出した手にぶつかって通り過ぎられようが、足下に唾を吐き捨てられようが、別段動じなくなった。

とはいえ、心が機械になれたからといって、相手の態度は変わらないのだから、ちらし配りも機械的にはかどるというわけではない。そして切実な問題として、歩合給なので、受け取ってもらえないことには実利的には何のプラスにもならない。

ちらしではなく、ポケットティッシュを配る日もある。これは楽だ。挟み込まれている広告がパチンコ屋でも消費者金融でも、老若男女にかかわらず、相当の割合で手を出してくれる。風俗店のものを、ケチケチしないでもっとちょうだいと、五個も十個ももらってくれるお婆さんもいる。

なのにちらしのほうは、コンタクトレンズが五十パーセントオフです、ラーメンの替え玉無料券ですと声を嗄らしても、見向きもされない。

時間対効果が低すぎ、とてもやってられない。なので馬渡は、しばしば奥の手を使う。しばしば使うのに奥の手もないものだが、ちらしを配らず、家に持ち帰って処分するのだ。聞くところによると、中九宣広社では過去に、不正が発覚して馘になった者が何人もいるという。しかしさらに聞いてみると、彼らはちらしの束を持って会社を出ると、そのまま帰宅したりパチンコを打ったりしていたのだそうだ。

馬渡はそのような愚は犯さない。横領でも虚偽記載でも浮気でもそうだが、八割は誠実に勤めるというのが、不正を働く際の鉄則である。

この日も馬渡は、会社に指定された場所に立ち、とりあえずはまじめにちらしを配っていた。しかし、日柄にも天気にも恵まれていたにもかかわらず、思ったようにさばけず、本日も奥の手を使わざるをえない状況になりつつあった。

どこかでラジオが鳴っており、競馬のメーンレースの本馬場入場の様子を伝えていたので、三時過ぎのことだった。九人続けて無視されたあと、十人目が手を出してくれた。その人物は、ちらしを受け取ると足を止め、日傘をくるりと回して馬渡を振り返った。

クレームだなと馬渡は身構えた。このネットカフェのちらしには、俗に言うアニメ絵が描かれているのだが、その中に、児童ポルノと取られてもおかしくないカットが何点かあった。

日傘の人物は、白い肌に染みひとつ作ってはならないと思っているのか、長袖のワンピースを着て、手袋まではめている。眼鏡のフレームは大ぶりで鼈甲(べっこう)色、レンズには淡く色が入っており、その下の目は切れ長で、ボリュームのあるつけまつげと赤いシャドウがひときわ目を惹く。バッグはヴィトンだが、モノグラムではなく、ポンヌフ。それなりに上流階級で自己主張が強い、というのが馬渡の第一印象だった。年の頃は四十から四十五、晩婚化が進んだ現代では、幼稚園生や小学生の娘がいてもおかしくない。母親であるなら、このちらしのイラストに不快感と怒りをおぼえもしよう。

自分は命令されて配っているだけですから、苦情は発注元かイラストレーターに言ってください——馬渡が返事を用意していると、

「お暑いのに大変ね」

日傘の人はそう声をかけてきた。ボーカロイドのように無機質な響きだ。目も笑っていない。いやみだなと、馬渡は聞こえなかったふりをして、反対から歩いてきたカップ

ルにちらしを差し出した。

「あと何枚かくださらない？」

馬渡は驚き、声の方に向き直った。

「これを持っていくと、ドリンクバーが無料になるのよね？」

馬渡は警戒しながらうなずいた。

「こういうのがあると、暑い時には助かるわ。もう五枚、ううん、お友達にもあげたいから、十枚ほどいただけるかしら。ちょっと図々しいかしら」

馬渡はとまどいながらも、そのとき手にしていた目見当で五十枚ほどの束をそのまま差し出した。多すぎると拒まれることはなかった。

日傘を左右に回し、しゃなりしゃなりという擬態語が思い浮かぶような身のこなしで遠ざかっていく後ろ姿を、馬渡はあっけにとられて見送った。からかわれたのだろうか。それともＰＴＡで見せるために持ち帰ったのだろうか。

真相は不明だったが、五十枚が一瞬でさばけたのは事実である。それは奇蹟であり、馬渡には日傘のあの人が女神に見えた。おかげで奥の手を使うことなくちらしを配り終えることもできた。

馬渡は気分がよかったので、仕事のあと、いつもは焼酎二合のところ、発泡酒も奮発した。気分がよかったので、見ず知らずの子供にも愛想よく接した。その結果が職務質問である。まったく、いい日なのだか悪い日なのだか。

気がおさまらず、馬渡は塒(ねぐら)に帰る途中、子飼の飲み屋の暖簾(のれん)をくぐった。節約のために公園で晩酌しているというのに、これでは今までの努力が水の泡である。思い出せば思い出すほど、濡れ衣を着せられたことが腹立たしく、こんな社会に誰がしたのだと憤慨し、店主を相手にくだを巻いた。

しかし焼酎が三杯目となり、アルコールが大脳新皮質にまで染み込むと、実は運がよかったのではという思いが芽生えた。

もし、ちらしを配りきれず、持ち帰るためにバッグに隠していたらどうなっていただろう。財布を出すために開けた際、そこにあるイラストを警察官に見とがめられ、これこそ幼い子によこしまな気持ちを抱いている証拠だと、厄介な展開になったかもしれない。ちらしを配りきっていたことで難を逃れることができたのだ。五十枚も持っていってくれた日傘の君は本当に女神だったのだと、馬渡はしみじみ思った。

3

馬渡が日傘の君に再会したのは半月後の夜だった。

その金曜日、馬渡は夕方から下通に出て、居酒屋のクーポン券を配っていた。はけ具合は相変わらずで、駕町通り、西銀座通りと場所を変え、新市街まで行って通町筋に戻ってきても、半分近く残っていた。

週末なのでまだまだ人出は見込めるが、夜が深まると酔っ払いの率が上がり、からまれてめんどうが起きやすい。あと一時間で撤収するのが無難だろう。すると二割以上配り残すことになるだろうが、それを全部廃棄処分するのは危険だから、うち半分は「配りきれませんでした」と会社に持ち帰って正直者の印象を植えつけることにしよう。

などと小細工を考えながら、道行く人にクーポン券を機械的に差し出していたところ、

「もういくつかいただけるかしら?」

と声をかけられた。

日傘の君だとは、すぐには気づかなかった。夜だからあたりまえなのだが、日傘を差していなかったからだ。服装も先日とは全然違った。裾に深いスリットが入ったスタンドカラーのワンピース——大胆にもチャイナドレス姿だったのだ。両腕には肘上まであるレースの長手袋をはめ、髪はアップにまとめていた。

「これを持っていくと、生ビールをいただけるのよね?」

その、ボーカロイドのような声と言い回しに、馬渡の記憶が呼び覚まされた。鼈甲ふうの眼鏡と、ぼってりしたつけまつげにも憶えがある。

「上の二枚が無料券で、あとはつまみの割引券です。最低でも半額になるので相当お得ですよ」

馬渡は冊子になったクーポン券を開いて説明する。香水の甘い香りがした。

「一度に全部使っていいのかしら」

「残念ながら、一度には使えません。全部違う店のクーポンですから」

「あらそうなの」

「経営母体が同じなので、一冊にまとめたみたいですね。それでも、もう何冊かいりま

すか？」

「有効期限はあるのかしら」

「十月末までです」

「じゃあ、いただいていくわ。まだ当分ビールのおいしい季節だから」

「お友達のぶんもどうぞ」

馬渡は冊子を一摑みして差し出した。日傘の君ならぬチャイナドレスの君は、それをシャネルのチェーンショルダーに収め、お世話さまと、ヒールを鳴らして去っていった。こちらこそお世話さまだと、その姿がネオンの明かりにまぎれて消えるまで、馬渡の目はチャイナ服の背中を追い続けた。

何者なのだろうと、馬渡はあらためて思った。このクーポンにはＰＴＡの逆鱗にふれそうなイラストは描かれていない。すると純粋に無料券がほしかったのだろうか。しかし、たかがビール一杯に目の色を変えるような暮らしをしているようにはとても見えない。先日がヴィトンで今日はシャネルのバッグなのだ。金持ちほどケチとは言うが、ファッションが居酒屋のイメージとかけ離れている。

チャイナドレスの君が大量に持っていってくれたおかげか、酔客にからまれる前に、馬渡は八割のノルマを達成することができた。

謎めいた女は、それだけで魅力的だ。

赤いアイシャドー、たっぷりのグロスで光った唇、うなじのラインと後れ毛、張り詰めたふくらはぎ、香水の甘い匂い——一つ一つ思い出しながら馬渡は、それを肴（さかな）にコンビニの駐車場で一杯やった。

4

三度目の邂逅は、十月に入ってすぐ訪れた。

その日馬渡は、熊電の藤崎宮前駅を起点に、北に向かってちらしをまいて歩いていた。街頭での配布ではなく、世帯への戸別配布、いわゆるポスティングである。

街頭配布と戸別配布、どちらも歩合給だが、後者の方が圧倒的に楽で確実だ。ルートに沿って郵便受けに入れていけばいいだけであり、市街地であれば住宅が建て込んでいて集合住宅も多く、時給換算で千円の効率で稼げることもある。ポスティングもあるから、馬渡はどうにかこの仕事を続けていられる。

ただしポスティングも平坦な道なわけではない。家人と出くわし、ゴミになるだけだからと、受け取りを拒否されることがある。マンションの管理人にそれをやられると、ここで百枚消化できるはずだったのにと歯軋りすることになる。

そこでひと工夫する。暗くなってから配るのだ。目につきにくいし、管理人を置くのは昼間だけというマンションも多い。ただし夜が更けすぎると、不審がられて警察を呼ばれることがあるので、時間の匙加減はデリケートだ。

その水曜日、馬渡は午後六時に配りはじめた。秋の彼岸も過ぎたこの時期この時刻、九州の空はまだ十分明るく、小さな島国と言われているわが国であるが、実は相当な広さを持っているのだと、かつて東日本で暮らしていた馬渡に実感させてくれる。

　一区画配り終えると西隣の区画に移動し、坪井川にぶつかったら北の区画にあがり、今度は東に向かって配っていき、藤崎線にぶつかったら北にあがって坪井川の方に向かい、それを坪井川緑地まで繰り返す。中央区のこのあたりは繁華街も徒歩圏の住宅密集地で、中層の集合住宅も多く、ポスティングで稼ぐにはもってこいの条件が整っていた。中九宣広社からは、事務所や商店には配るなと注意されていたが、律儀に守ってなどいられない。

　順調に一時間が過ぎ、西の街も黄昏が深まった。川向こうには小学校のシルエットが浮かびあがっている。

　馬渡は、とあるアパートの敷地にいた。一番嬉しいのはマンションだが、アパートも悪くない。集合郵便受けが設けられていないアパートでも、一戸建てを回るより、ずっと効率よく仕事ができる。

　このアパートも集合郵便受けがなく、各世帯の玄関ドアにスリット状の郵便受けが設けられていた。馬渡はまず一階の四世帯にちらしを入れ、外階段で二階に昇った。

　取っつきの部屋の郵便受けからは、ちらしやデリバリーのメニュー、電力会社からのお知らせなどがはみ出していた。それらを圧縮し、自分のちらしをこじ入れようとした時だった。

「どちら様？」

　と馬渡の背後から声がかかった。薄闇でのことだったので、馬渡は驚きのあまり体が半回転し、背中からドアにぶつかってしまった。

「何か？」

スーツ姿の男が立っていた。

「あ、いや、これを」

馬渡はうろたえながらもちらしを差し出す。

「いらない」

男は鼻先の虫を払うように手を振る。顔つきも険しい。

「街の情報がいろいろ載っています。ミニコミ誌です。今ふうに言えば、フリーペーパーですか」

馬渡は説明するが、男は背を向け、郵便受けに手を突っ込む。結構な歳で、気むずかしそうだったので、はいはいわかりましたよと心の中で悪態をついただけで、馬渡はおとなしく立ち去ることにした。ところが相手が喧嘩を売ってきた。

「ゴミを入れるな」

男は振り返りざま、くしゃくしゃになったちらしの束を突きつけてきた。

「私はこれを入れようとしていただけです」

馬渡は手にしたちらしを顔の横で振った。

「いま入れてなくても、きのう入れたんだろうが」

「きのうは配っていません」

「おまえでなくても、おまえの仲間が入れたんだろうが」

「うちの会社が作ったものではないと思います」

「思います？　だったら、作ったのかもしれないわけだよな。持って帰れ。迷惑なんだよ」

男はちらしの束をさらに押し出す。よく見ると、スーツはかなりの仕立てだった。ちらしを持つ手と反対の脇に抱えたクラッチバッグも、どこのブランドかはわからないが、やわらかそうな天然皮革で、それなりに高そうに見えた。

「お宅には今後入れないよう、会社に戻ったら報告しておきますが、よそが入れたものについては勘弁してください」

馬渡は妥協点をそこに持っていったが、男は歩み寄りを拒否する。

「つべこべ言うな。警察を呼ばれたいか？」

「えっ？」

「おまえ、法律を知らないのか？　まあ知らないか、おまえみたいな手合いは。あした図書館に行って、刑法第一三〇条を読んでこい。人の土地に勝手に入って、出ていけという要求にも従わなかったら、三年以下の懲役または十万円以下の罰金だぞ。アパートの敷地でもだ。刑務所に入りたくなかったら、持って帰れ」

男はちらしを摑んだ手で馬渡の胸を突く。そっちこそ刑法二〇八条の暴行罪ですよと馬渡は口を開きかけ、しかし相手がそれにキレて本当に警察を呼んだら厄介だと言葉を呑み込む。

隣の部屋のドアが開いた。

「いつまでも暑いわねえ」

独り言のように言いながら、初老の女性が出てきた。足下に空き缶を置き、サンダルの踵で潰して横の段ボール箱に入れる。

「ひと雨来ないかしら」

空を見あげ、二つ目の缶を潰す。その間、二人の男の方にちらちら目をやる。争うような声が聞こえたので、ゴミ捨てを装って様子を見に出てきたのだろう。

「おじゃましました」

馬渡は胸に押しつけられていたちらしを全部受け取ると、ふてくされた小学生のように、盛大に音を立てて階段を降りていった。

ちらしはまだ残っていたが、もう配る気分ではなかった。ひそかに処分するには量が多すぎたため、中九宣広社に持ち帰り、体調がすぐれないからと早あがりを申し出、目に留まった焼き鳥屋に入った。持ち合わせが心もとなかったので、ビール一本と串三本だけで勘定し、街の明かりを目指した。

下通の消費者金融に立ち寄って三万円ばかり借り、同じビルの居酒屋に入った。先日くすねておいたクーポン券で生中一杯はただだったが、それで終わらず、二杯三杯とおかわりをした。つまみも食べたいだけ頼んだ。

馬渡はかつかつの生活を送っている。一枚数円のビラ配りなのだから、いくら物価の安い地方都市とはいえ、雨露をしのぎ、食べていくのがやっとだ。その食事ももっぱらスーパーの見切り品で、赤提灯も我慢するしかない。風邪をひいても医者にかかれない。けれど熱や咳が出るようなら、薬は必要だ。長引けばちらしを配れなくなる。だから街金を頼らざるをえない。

　最初はそうだった。切羽詰まった時だけ金を借りていた。しかし人間というもの、一度抜け道を知ってしまうと、ついそちらに足が向くようになる。

　一日が平穏であれば、スーパーで見切り品を買って帰る。しかし今日のように嫌なことがあると、憂さを晴らすために外飲みに走りたくなる。飲んだ勢いにまかせ、中央街の怪しげな店に突撃してしまうこともある。

　経済状態は常にぎりぎりなので、当然、借金をすることになる。経済状態は常にぎりぎりなので、利子の返済もままならず、借金に借金を重ねることになる。

　それでも、飲み代だけなら、自転車操業でどうにかなる。けれど馬渡にはもう一つ悪い癖があった。酔っ払って帰ると決まって、布団にくるまって携帯電話をいじり、数日後、情報家電や健康食品が届くことになる。羽振りがよかった時代の感覚が酒の魔力で増幅され、明日から三倍働けばどうにかなるさとイケイケ状態になってしまうのだ。そして三倍働かなければ結果は見えている。

　馬渡は過去にそれで幾度も首が回らなくなり、落ち延びるようにして関門海峡を渡ったのだが、新しい土地でやり直しをと決意して新幹線を降りたというのに、結局また借金を重ねている。苦学生相手の四畳半一間のアパートに、ハミルトンの腕時計やシリアルナンバー入りのリトグラフが転がっているのだから、知らない人が見れば、盗っ人の隠れ家である。

　自制心のない己に非があると、馬渡は自覚している。依存症の域に達しているのかもしれない。しかし、一番の問題は自分に存するのだとしても、はたして自業自得だけで片づけてよいものだろうかとも思う。

こんな貧乏人が携帯電話を持て、ネットショッピングできてしまうシステムに問題はないのか。こんなものあんなものがはやっている行列ができている品切れだ乗り遅れるなと煽り立て、携帯電話もデジタルカメラも半年一年でモデルチェンジし、五年前のモデルを修理に持っていったら、おまえ石器時代の人間かよスマホもタブレットも使っていなくてこの時代に生きる価値ゼロだなと蔑むような目で見られる。日銭で食いつないでいるわれわれは、そのいじめに一生耐えろと言うのか。耐え忍んだあかつきには、どんなご褒美がいただけるのか。極楽へ行くことが保証されるのだろうか。

素面の時には深く反省しても、酒が入ると自己弁護に走り、馬渡は泥沼から抜け出せない。

二軒目の居酒屋を出るころには馬渡はすっかりできあがっており、今度借金取りに追いかけられるようになったら沖縄に渡るとするかなどと嘯き、締めにラーメンをと、先日はじめて入っておいしかった店を探して上通の細い通りを行きつ戻りつした。

目当ての看板を見つけ、そちらに向かいながら、馬渡は帽子姿の人物を追い抜いた。ラーメン屋の前まで達してから、いま追い抜いたのはチャイナドレスの君ではなかったのかとふと思った。同じ方向に歩いていたので顔は見えなかったし、チャイナ服姿でもなかったのだが、後ろ姿や足の運びが記憶の残像と重なった。

振り返るが、それらしき人物はこちらに歩いてこない。追い抜いた地点まで戻ってみたものの、その途中でも見かけなかった。

　勘違いかと、馬渡はあらためてラーメン屋に向かいかけ、足を止めた。

　ガラス張りの洒落たワインバーのような店があり、二つだけあるテラス席の一つに、釣鐘のような帽子をかぶった人物を見つけた。チャイナドレスではなく日傘も持っていなかったが、眼鏡の形は記憶に訴えかけてくるものがあった。横の椅子に置いてあるバッグもヴィトンのポンヌフである。連れはいない。タイトスカートの下の脚を組み、無精髭の店員に注文をしている。

　店員が下がるのを待ち、馬渡はチャイナドレスの君に近づいていった。酒精の加護により、躊躇はなかった。

「お一人ですか？」

　馬渡が声をかけると、チャイナドレスの君は驚いたように身を引いた。

「ご一緒していいですか？」

　返事はない。火のついていないタバコを黒いレースの手袋の指先に挟んだまま固まっている。

「誰かと待ち合わせていらっしゃるのなら失礼しますが」

　どうぞとは言われなかったが拒まれもしなかったので、馬渡は向かいの席に坐った。店員を呼び、バーボンのロックを注文する。

「すてきな帽子ですね」

　馬渡が褒めると、チャイナドレスの君は狭い鍔に指先を当てて、恥ずかしげにうつむいた。お世辞ではなく、往年の大女優がかぶっていたようなアールデコ調のクローシュで、サイドには孔雀の羽のようなコサージュもついている。デザインだけでなく、素材からも高級感が伝わってくる。アンゴラかアルパカの毛を使っているのではないか。

「服もいつもすてきですけど、どこで買われるんですか？　鶴屋？」

　チャイナドレスの君あらためクローシュの君は小さくうなずいた。口はきかないが、相手をする意思はあるようだ。

「もしかしてこの店、中は禁煙ですか？」

　馬渡は百円ライターの火を差し出した。クローシュの君は思い出したように指に目をやり、細身のタバコのフィルターを唇に挟んだ。その仕草も、どこかマレーネ・ディートリッヒを思わせる。

「酒とタバコはセットなのに、いつからこういうふうになっちゃったんでしょうね。ハンフリー・ボガートが嘆いていますよ。喫えるだけ、ここはまだましか」

　店員がやってきて、ロックグラスとスプモーニのタンブラーを置いていった。

「私が誰だかわかります？」

　馬渡は尋ねた。反応はない。

「そりゃわかりませんよね。ビラ配りの顔をいちいち記憶にとどめておくわけがない。けれど私はあなたを忘れられない。ちらしをたくさん持っていってくれて、どれだけ救われたことか。女神様に見えました、いや、からかっているのではなく。だから一度お礼を言いたかったんですよ。けれどまた会えるだろうか、まあ無理だろうなとあきらめていたところ、こんなところでばったり。いつもありがとうございます。今度またそのへんで見かけたら、ちらしをもらってやってください。十枚二十枚とは言いません、一枚でいいですから、無料券や割引券がついていなくても受け取ってください」

馬渡は両膝に手を置き、頭をさげた。

「よしてください。どうかお顔をおあげになって」

クローシュの君はか細い声で言った。

「待ち合わせではないのですね？」

馬渡はあらためて尋ねた。

「いいえ」

「じゃあもう少し一緒に飲んでもらえますか？　こんなみすぼらしいジジイとはごめんですか？」

クローシュの君は小さくうなずく。どちらの質問に対する肯定なのか不明だったが、馬渡は自分に都合のよいほうを取ってタバコに火をつけた。

「もともとこっちの人間じゃないこともあって、友達が一人もいないんですよ。バイトの同僚は何人もいるけど、みんな若くて、こんなジジイはかまってくれませんからね。社員には同年配の人間がいるけど、身分が違って、やはり相手にされない。たとえ誘われても、みじめな思いをするだけなので、断わりますけどね。だから飲む時はいつも独り。寂しいですよ。どんちゃん騒ぎをしたいわけじゃないけど、時々は誰かと話したいですよ。家に帰っても独りなんだし」

愚痴をこぼすためにここに坐ったわけではないのだが、端緒を切ると、溜め込んでいたものが次から次へとあふれ出てきた。クローシュの君はそれを、「まあ」とか「大変」とか表情豊かに相槌を打ちながら聞いてくれるもので、馬渡は図に乗り、恥の品評会まではじめる始末だった。

以前はもっと実入りのいい仕事、警備やデリバリーをやっていたのだけど、現場で嫌なことがあると酒に逃げ、深酒で翌日の仕事に支障をきたすことしばしばで、どこも長続きせず、自由出勤が許される今の仕事に流れ着いた——。

この高級ブランドで着飾った人を前に自分を貶めることでより格差を感じ、そんな二人が同席している状況にマゾヒスティックに酔っていたのかもしれない。

店員が灰皿を換えにきたことで、ようやく馬渡の饒舌が止まった。クローシュの君はこのタイミングを待っていたかのように立ちあがり、店の中に入っていった。止まり木の後ろを奥まで進んでいき、突き当たりのドアの向こうに消えた。

テーブルにはタバコの箱とライターが重ねて置いてある。ライターはカルティエだ。馬渡のことをうっとうしく思い、籠脱けしたわけではないようだった。暗がりに目を凝らすと、バッグも椅子の上に置きっぱなしだった。外ポケットから財布の頭も覗いている。この色艶はヴィトンのヴェルニか。

馬渡によこしまな気持ちが芽生えたが、犯罪者になる前にクローシュの君が戻ってきた。

「もう一杯どうです?」

馬渡はグラスを挙げて中の氷を回す。クローシュの君は胸の前で小さく手を振った。

「今日は愚痴につきあっていただき、ありがとうございました。いつもちらしをたくさん持っていってくださることといい、あなたのやさしさが身にしみます。なじみのない土地にあって、どれだけ心の支えになったことか。お礼に、せめて一杯おごらせてください。でないと気がすみません」

「じゃあ、一杯だけ」

二人とも同じものをお代わりし、馬渡はトイレに立った。

そしてテラスに戻ったところ、クローシュの君が消えていたのである。ヴィトンのバッグもカルティエのライターも消えていた。

「ここにいた彼女は？」

バーボンのロックを運んできた店員に馬渡は尋ねた。

「帰られましたよ」

「帰った？」

「スプモーニはキャンセルされました」

馬渡は通りに踏み出して左右に目をやった。クローシュの君は見あたらなかった。まあ酔っぱらいの繰り言にはつきあってられないか、若いイケメンならともかく、と馬渡は席に戻り、バーボンで唇を湿し、タバコをくわえた。

と、灰皿の下に何かが敷いてあるのに気づいた。二つに折った紙だった。灰皿をどけてそれを見た刹那（せつな）、馬渡の中で何かが沸騰した。

その紙に携帯番号が記されていたのなら、ついに人生の風向きが変わったかと小躍りしたことだろう。〈お先に失礼します〉でも、いいひとときを過ごせたと、苦笑して家路につけただろう。

しかしその紙は手帳の切れ端ではなかった。一万円札だった。

馬渡はロックのバーボンを一気に流し込むと、カウンターの中にいた店員に向かって一万円札を振った。早く早くと、手招きするように振る。

「お会計ですね。少々お待ちください」

トレーに一万円札を載せて立ち去ろうとする店員を馬渡は止める。

「釣りはいらない」

「え？　ありがとうございます」

「それより、ここにいた女はどっちに行った？」

通りの左を指さされ、馬渡は足をそちらに踏み出した。

「お知り合いですか？」

店員の声に、馬渡は足を止めた。

「彼女と？　知り合いというほどではない」

「でしたら追いかけないほうがいいかと」

「は？」

「あの人、危険な女ですよ」

「危険？」

「火遊びに火傷はつきものだけど、あの方の場合、それではすまないかも」

店員は泣き笑いのような表情で、ぶるっと震える。

やくざの情婦なのか？

馬渡は首をかしげたが、追及はせずに通りに出た。こうしている間にもクローシュの君は遠ざかってしまう。

馬渡がトイレに立ってからずいぶん時間が経っている。田舎の一本道でもない。しかし天は馬渡に味方した。ひたすら左にまっすぐ走っていると、横断歩道の手前に見慣れた背中を発見した。ピンヒールとタイトスカートにより、歩く速度が遅かったのがさいわいしたらしい。

信号待ちの間に馬渡は追いつき、背後について横断歩道を渡り、薄暗い通りに入ったところで声をかけた。クローシュの君はびくりと振り返った。

「これは何です」

馬渡は自分の財布から出しておいた一万円札を突きつけた。

「わたしのぶんです」

クローシュの君は消え入るような声で答える。

「カクテル一杯でこんなにかかるわけないでしょう。ラグジュアリーホテルのラウンジじゃないんですよ」

「大きいのしかなかったので……」

「私が戻ってくるまで待てばよかったじゃないですか」

「二、三分も待てなかったのですか。だったらあなたのぶんだけ精算して帰ればよかった」

「急いでて……」

「すみません。急いでますので」

クローシュの君は頭をさげて歩き出す。

「最後まで聞け」

馬渡は正面に回り込む。おさまりかけていた怒りが再沸騰した。

「俺のぶんをおごったのか？　ああ、それもふくまれているだろう。だが、コンビニでも売ってるブランドのバーボン二杯とスプモーニで、一万円もかかるわけがない。チャージを取られても、釣りは五千円以上あるだろう。それは取っておけというわけだ。そういうのは、おごりとは言わない。ほどこしだ」

馬渡は貧しい。五千円は大金だ。一日ちらしを配っても、それだけ手にすることは難しい。ポスティングならいけることもあるが、街頭での配布では、ティッシュでもまず無理だ。それほどの大金が一瞬にして手に入って、嬉しくないわけがない。

しかし馬渡は怒りで沸騰していた。

クローシュの君は、このみすぼらしい男を憐れみ、必要以上の金を置いていったのだ。しかし自分は、ほどこしを期待して一緒に飲んだのではない。ちらしを大量に持っていってくれた礼を言いたかっただけなのだ。厳密には、これを機に美魔女とお近づきになりたいという気持ちがなかったとは言えないが、しかし憐れんでもらいたいとは微塵も思っていなかった。落ちぶれてもプライドはある。

　結局自分は見下されていたのか。ちらしを大量に持っていったのも、全然はけなくてかわいそうというボランティア精神からだったのか。馬渡の中で脱力と憤怒が交錯した。

「楽しいひとときを過ごすことができたので……」

　気をつかった言い回しが火に油を注ぐ。

「そのお礼？　そういうのをおなさけと言うんだよ。だいたい、楽しかったのなら、どうして逃げるように出ていく」

「身内に不幸がありまして……」

「おい、今どきの小学生は、もっとましな嘘をつくぞ。こんな小汚いオヤジと飲みたくなかったんだろう？　いいよ、いちいち否定するな。嫌だったら、声をかけられた時に断わればよかったじゃねえか。そしたらおとなしく退散したのに。拒否されなかったら、なんだ悪く思われてはいないのだなと解釈するに決まってるだろ。あんたの思慮のない行動が誤解を招いてしまったんだよ。それに、たとえ気乗りしなくても、受け容れてしまったからには、最後までつきあうのが礼儀というものだろう。お先にと一言あってのことならともかく、黙って姿を消すとか、どういう料簡だ。人を虚仮にするにもほどがある」

　自分の言葉が自分を焚きつけ、馬渡は制御がきかなくなっていた。

「すみません、本当に急いでいるので……」

　クローシュの君は頭をさげ、上体をかがめ、ハイヒールの踵に手をかけた。

「おいおい、土下座なんて、今やパフォーマンスにすぎないぞ」

判断の間違いが出足を遅らせた。

クローシュの君は地べたに膝を突くことはなかった。脱いだハイヒールを手にすると、だっと駆け出したのだ。馬渡が事態を察した時にはもう、五メートル先に背中があった。

「おい！」

馬渡は追いかけるが、もともと走るのが苦手なのに加え、したたか飲んでいたことも手伝い、脚が思うように出ない。距離は縮まるどころか、みるみる開いていく。

「待て。止まれ。逃げるな。卑怯だぞ」

喋ると、息が切れ、さらに速度が落ちる。

脚を引きずるようにして意地で走ったが、何度か角を曲がったあと、馬渡はとうとうクローシュの君を見失ってしまった。そして階段を駆け昇る音に続き、ドアが激しく閉まる音が聞こえた。

馬渡は足を止め、両膝に手を置いた。荒い呼吸を繰り返しても力が回復せず、地べたに坐り込み、電柱にもたれかかった。

次に気づいたら、道路に完全に横になっていた。頬に当たるアスファルトの冷たさと砂利のざらつきが心地よい。めんどくさいから朝までこうしているかと目を閉じる。

階段を昇ったあとにドアが閉まったので、一戸建てではないな。一戸建ては屋内に階段があるから、まずドアの開閉音がして、階段の音はそのあとになる。階段を踏む音がしたということは、鉄の階段だな。コンクリートの階段だったら、裸足では音は響かない。鉄の階段ということは、マンションではなくアパートか。

半分眠りながらそんなことを思い、馬渡はハッと目を開けた。自然と上体も起きていた。四つん這いで道の真ん中に出ていき、顔をあげて暗がりに目を凝らすと、右手の民家の向こうの建物のシルエットがアパートを思わせた。馬渡はのっそり立ちあがり、そちらに向かって足を踏み出した。はたしてその建物はアパートだった。階段も外についている。

馬渡は道をもう少し先まで歩いた。次の四つ辻まで、ほかにアパートはなかった。

馬渡は道を戻り、先のアパートの前に立った。二階には四部屋あるようだ。左端の世帯を除いて明かりが灯っている。

何のために行動しているのか、馬渡本人もわかっていなかった。

そもそもは、見下されたことが腹立たしく、その怒りをぶつけるために追いかけた。追いつき、文句は十分言った今、それ以上何を望むのか。詫びてほしいのか。しかし土下座は望んでいないようだ。自分のことなのに、「ようだ」としか言えない。意地なのか。いや、たちの悪い酔っぱらいがからんでいるだけなのだろう。

二階の明かりが一つなら、馬渡は勢いでドアを叩いたかもしれない。しかし確率は三分の一である。その程度の冷静さは残っていた。しかし、引き揚げずに、タバコをくわえて二階の明かりを睨(にら)み続けているところは、やはり思慮のない酔漢である。

と、明かりの一つが消えた。

右端の部屋だ。そしてその部屋の玄関ドアが開き、人影が一つ現われた。頭部に髪の広がりがなく、何かをかぶっているように見える。この釣鐘型のシルエットは――。

馬渡はタバコを捨て、電柱の陰に身を寄せた。

階段を降りる音が響く。それが砂利を踏む音に変わる。

馬渡は電柱の陰から躍り出た。きゃっと悲鳴があがる。

真っ正面に、立ちつくす人影がある。女だ。腰を引き、口に手を当て、眼鏡の下で目を見開いている。そして頭には羽根飾りのついたクローシュが。

「飲み直し？」

馬渡はニヤニヤ声をかけた。返事はない。

「今度はもっとましな男が声をかけてくれるといいな」

彼女は半歩下がった。

「いや、コンビニか。さっき素足で走ったから、ストッキングが破れちまったよな」

馬渡は半歩前に出る。

「しかしあんた、アパート暮らしだったのかよ。いつもゴージャスだから、新屋敷のお屋敷か、熊本駅あたりのタワーマンションだと思ってた。服飾に金をかけすぎて、ほかに回らないか。まあ俺も、ここよりもっとおんぼろなアパートなのに、蒔絵の万年筆やフルサイズの一眼レフが転がってるから、気持ちはわかるが。ガレのランプやオールドノリタケのティーセットもあるぜ。一度見にくるか？　もっとも、ネットオークションで贋物を摑まされたのかもしれないが」

などと余裕をかましたのが災いした。

目の前の影がふっと消えた。

彼女は横っ飛びするようにして道に出て、そのまま駆け出していた。馬渡はまた出遅れた。あとを追うが、クローシュの頭がどんどん遠ざかっていき、やがて闇の中に吸い込まれて消えた。

先ほど少し横になっていたが、アルコールは分解されておらず、体力も戻っていなかった。そして今また走ったことで、ふたたび酔いが回り、馬渡は道端にへたり込んだ。

5

不快感で馬渡は意識を取り戻した。体が左右に揺れている。がなるような声がすぐそこでする。

いったい何なのだと馬渡は目を開け、すぐに閉じた。まぶしくて開けていられない。

「ほら、起きろ」

野太い声がする。体を揺すられる。馬渡は瞼(まぶた)を少しずつ開きながら、額に手をかざして庇を作る。

「何をしていた?」

先ほどと同じ声が問う。

「何だよ、もー」

もう一方の手で顔の前をあおぐと、まぶしさがすっと消えた。今度は真っ暗で何も見えなくなる。

「いつからここにいる？　何をしていた？　答えろ。寝てるのか？　水をかけてやろうか？」

馬渡は目を凝らす。

「え？　警察？」

「そうだ。何をしていた？」

制服の警察官だった。片手に懐中電灯を持っている。その光を直射されていたようだ。

「何って……、ああ、寝ちゃったのか」

よっこいしょと口にして、馬渡は上半身を起こした。

「ここは道路だぞ」

「ひと休みと思って坐ったんですよ。そしたらいつの間にか」

馬渡はふらつきながら立ちあがる。

「いつから寝ている？」

「今、何時です？」

「十一時五十分。昼じゃないぞ、夜の十一時五十分」

「見ればわかりますよぉ、夜ってことくらい」

「それで、何時ごろからここに？」

「何時？　ええと……」

まったく記憶にない。

「飲んでるな？」

「はーい、飲んでまーす。でも帰れまーす。ご苦労さまでしたー」

馬渡は調子よく敬礼し、どっちに行けばいいかわからなかったが、とりあえず歩き出した。

「話は終わってないぞ」

警官が回り込んできて通せんぼする。

「運転しませんよぉ。自転車にも乗りませんから、ご安心を」

馬渡は宣誓するように手を挙げる。しかし警官は道を開けず、無線機に向かって二言三言符丁のようなものをつぶやいてから、

「どこで飲んでた？」

と馬渡に尋ねた。

「下通とか上通とか」

「一人で？」

「え？　ええ」

「飲んだあと、ここに？」

「ええ」

「何のために？」

「何のためって、酔って疲れたから、ひと休みと思って坐ったんですよ。そしたらいつの間にか寝ちゃって。さっき言いませんでした？」

「このあたりに用があったんだな？」

「え？　いえ、何の用もありませんよ。飲んで帰ってる途中ってだけで。で、疲れてひと休みと坐ったら――」

「家はどこ？」

「私の？　それ、言う必要ありませんよね」

「職務質問だ。家はどこ？　名前は？」

アルコールで鈍った頭がようやく窮地を察した。

クローシュの君だ。男につきまとわれていると交番に駆け込んだのだ。

「だって、私、運転してないんですよ。飲んだだけでとやかく言われる筋合いはないでしょう。看板も壊していない、立ち小便もしていない」

馬渡は抵抗を試みる。まったくの無駄だった。

「近くで不審死があり、不審者を捜している。そして道端で寝ていたあんたは明らかに不審者なのだから、これは正当な職務質問だ」

背後から声がし、驚いて振り返ると、背広姿の男がいた。パスケースのようなものを開けて馬渡に示している。旭日章が金色に輝いている。警察手帳だ。先ほどの無線で呼ばれたのか。身分証には〈後藤亮〉と名前がある。

「不審死って何です？」

馬渡はうろたえながらも、やや緊張が解けた。ストーカー被害の捜査をしているのではないようだ。

「君、顔を照らして」

後藤は馬渡を無視して制服の警察官に指図する。懐中電灯の明かりに直撃され、馬渡は目の前に手をかざす。

「もうちょっと離れて、少し横から、そう」

光が弱くなり、馬渡は手をのけた。

「日置衛士」

後藤が唐突に言った。馬渡は小首をかしげる。

「日置衛士さんとはどういう関係？」

後藤が問う。

「誰です、それ？」

「いいから答えろ。日置衛士さんとはどういう関係だ。俺の目を見ろ」

後藤は馬渡のことを睨むように見つめる。顔色の変化を窺っているのか。

「だから誰です、その人。他人の関係と答えればいいんですか？」

そう答えてから、一言多かったかと馬渡は後悔する。

「仕事は？」

「は？」

「あんたの職業を訊いてるんだよ」

「非正規労働ですけど」

「職種は？」

「ちらし配りです」

馬渡は伏し目がちに答えた。すると後藤が奇声のようなもので応じた。

「ちらし配りか！」

目が見開かれ、口元に笑みのようなものが浮かんでいる。

馬渡は右手の拳を握りしめた。ひと眠りしたぶんアルコールが抜けていたため、かろうじて理性がきき、殴りかからずにすんだ。

「ちょっと来てもらおうか」

馬渡は肩を叩かれた。

「ちらし配りは犯罪ですか？」

「もう少し詳しく話を聞きたい」

「だったらここで訊いてください」

「あっちに行かないと無理なんだよ」

「あっち？　どこです」

「いいから」

「いいわけないでしょう！」

こらえきれず、馬渡は身をよじり、後藤の手を払い落とした。そして声を張りあげる。

「このあたりで起きたという不審死に対する嫌疑が私にかかっているんだ。それは、この男が、いい歳をして非正規労働者だからだ。一本のパンを盗むのも、人を殺すのも、底辺の人間に決まってるって？　ああそうですか。ちくしょう、こんなことなら、スマホに買い換えとけばよかった。この状況を動画で撮影し、生で配信してやったのに」

まくしたてるうちに目の奥が熱くなってきた。

「気がすんだか？」

後藤は醒めた声で言う。気がすむわけはなかったが、馬渡は涙をこらえるのに精一杯で、反論に力が回らなかった。

「疑いを晴らしたいのなら、一緒に来い」

「は？」

「すぐそこだ」

「そこって、どこです」

「来ればわかる」

「だいたい、ここ、どこなんです？」

「わかってないのか？」

「知りませんよ」

馬渡は首を左右に動かす。視力がアルコールのせいで鈍っている。

「坪井。今いるところもわからないということは、相当飲んでるな」

「泥酔してるから、人を殺したことを憶えてないって？」

強がったが、結局、制服と私服に前後を挟まれ、馬渡は歩き出した。

連れていかれたのは交番ではなかった。最初の角を曲がると、そこの道には警察の車が何台も駐まっており、夜中だというのに野次馬も相当集まっていた。その間を掻き分けて進んでいくと、二つ先の角に黄色いテープが渡されていたが、馬渡は警察官に挟まれて規制線の中に入っていった。

一戸建てに挟まれてアパートがあり、人の姿がたくさんあった。その多くが揃いのジャンパーと帽子を着用しており、警察の鑑識官のようだった。馬渡の記憶がもやもやしてきた。

制服の警官と馬渡を道に置き、後藤がアパートの敷地に入っていった。階段を昇り、二階の外廊下に姿を現わす。そこにも鑑識が多数おり、右端の部屋はブルーシートで覆われている。馬渡のもやもやはうずうずに変わった。

このアパートは、ついさっき来たところではないのか。クローシュの君を追って。そして彼女が出てきたのは二階の右端の部屋で、いま目の前にあるアパートのそこに相当する部分がブルーシートで隠されている。彼女の部屋で不審死があったのか？

馬渡が混乱かつ緊張していると、後藤が女性を一人ともなって戻ってきた。クローシュの君ではない。婦警でもない。部屋着のようなラフなワンピース、昔で言う簡単服を着た初老の女性だ。

「この中に、その人はいますか？」

後藤が女性に尋ねる。彼女は顔を左から右にゆっくり動かす。いつの間にか馬渡の両脇に男が立っていた。先ほどの制服の警官とは違う。普段着姿の、いずれも中年の男だ。

「います」

女性は後藤を見あげて答えた。

「どの人です？」

「真ん中の人です」

馬渡は左右を確認した。一人ずついるので、真ん中の人は自分ということになる。

「何のことです?」

馬渡は尋ねた。すると彼女は馬渡に指を突きつけ、声を張りあげた。

「この人です！　お隣さんと争っていたのはこの人に間違いありません！」

6

酩酊者を一時保護するという名目で、馬渡は熊本北警察署に留め置かれた。実質は逮捕である。過度の飲酒で保護されただけなら、通常、指紋は採られない。

その晩はほかに、アルコール検査を受け、名前や住所を確認され、写真を撮られただけで終わり、先客が二人いる留置室に入れられた。これも、ただの酔っぱらいなら、入れられるのは保護室のはずである。

一夜明け、事情聴取が行なわれた。これも事実上取り調べである。実際、取調室が使用された。

「日置衛士さんと争ったことは認めるのかい?」

小さな机を挟み、馬渡の前には米崎という老刑事が坐っている。「老」とはいっても、警察官の定年は六十歳なので、五十代の後半、馬渡と同年配である。

「一言二言言い合っただけです。お互い、手は出していません」

「言い争いにしても、相当な押し問答だったそうだが」

「お隣さんがそう言っているのですか？　人の記憶というものは、往々にして改竄されるものですよ。悪意がないとしても、無意識に」

感情的になったら損だぞと、馬渡は内なる己に言い聞かせる。

日置衛士というのが不審死していた人物である。そして彼は、昨晩ポスティングしていた馬渡にクレームをつけてきた男でもあった。

昨晩の十時四十分、熊本県警本部の一一〇番センターに、中央区坪井五丁目の銀杏荘で何か事件が起きたようだとの通報が入った。通報してきたのは、同アパートの二〇二号室に住む女性、日置と馬渡の小競り合いを覗きに出てきた老女である。

朝が早いので九時半に床に入っていた彼女は、激しい震動に起こされた。揺れは一度きりだったが、それきり寝つけなくなったので、トイレに行ったり冷蔵庫の整理をしたりしていた。すると、どうも隣室が騒がしい。聞き取れないが、人が言い争っているようである。

二〇一号室はいつも静かな部屋だった。独り暮らしらしく、物音は響いても話し声はしない。そこから口論のようなものが聞こえてくるというのは、話の内容によらず、異常事態といえた。しかもこの日二度目なのだから、天変地異級の異常事態だった。宵の口の悶着の続きなのではと彼女は思ったという。あの時のちらし配りの男が戻ってきた。

やがて、人の声の間に、荒々しい物音も入るようになる。恐ろしくなり、彼女が部屋の中で身を硬くしていると、ひときわ大きな音が鳴り響いた。そして急に静かになった。

人の声も消えた。一分、二分と静寂が続く。しかしそれで終わりではなかった。今度はアパートの外が騒々しくなった。人の声がする。怒鳴るような調子で何かを言っている。

　何があったのか知りたかったが、とても怖くて部屋を出ていけない。放っておくのも、今度はこの部屋に押し入ってくるかもしれないので、それもまた恐ろしい。二〇二号室の住人はそこで、警察を呼ぶことにした。

　すぐに交番から一人やってきて、二〇一号室を訪問した。チャイムを鳴らしても応答はなかったが、ドアに鍵がかかっていなかったので、開けて中を覗いた。するとダイニングキッチンに日置衛士が倒れていたのである。その時点ですでに心肺は停止しており、病院で死亡が確認された。頭を強く打ち、頸椎も損傷していたという。

　事情聴取に対し二〇二号室の女性は、数時間前、ちらし配りの男とお隣さんがもめていたと言った。男は五、六十歳に見えたということも、身体的特徴も。そしてアパート近辺を回っていた警察官が馬渡を発見したのである。

　馬渡が別の二人とともに二〇二号室の彼女の前に立たされたのは面通しだ。二人は警察官だったらしい。

「あんたは日置さんと争ったあと、酒を飲んだのだったね」

　老眼鏡で手元を見ながら米崎が言う。すでに馬渡はひととおり話を訊かれていた。

「飲みました」

「むしゃくしゃした気持ちを解消するために飲んだ。やけ酒というやつだな」

「そうです」

「アルコールは諸刃の剣だからなあ。気を鎮める働きもあれば、火に油を注ぐこともある。むしゃくしゃがかえってつのり、日置さんのところに戻らせることになったのかね。そしてまた争いになり、酒が入っていたことで自制がきかず、手を出してしまった」

「それは刑事さんの想像でしょう。ちらしを入れるなというクレームは、昨日にかぎったことではありません」

馬渡は笑ってやりすごしたが、そのあと、

「いちいち反応していたら、今までに何人殺していることか」

とつけ加えてしまい、不用意だったと大いに焦った。さいわいにも米崎は言葉尻はとらえてこなかった。

「道端で眠りこけてしまったほどだから、相当飲んでいたんだろうねえ。銀杏荘に向かったこと、日置さんに手を出したことを、馬渡さん、あんたは忘れてしまっているだけなのかもしれないよ。記憶の欠落は、酒飲みにはよくあるからなあ」

米崎は口調こそのんびりしているが、言っている内容は棘の塊だ。

「坪井はなじみのない地域です。ポスティングするのは昨日がはじめてでしたし、生活圏でもない。道のつながりも建物の位置関係もほとんど把握できていないのに、あとからもう一度訪ねることは困難です。まして夜ですよ。アパートの名称も憶えていなかったので、それを頼りに人に訊いて見つけることもできません。実際、刑事さんに連れていかれても、説明を受けるまで、そこが宵の口にごたごたのあったアパートだとは気づきませんでした。日置さんとの一件は、自分の中ではその程度の過去でしかなかったのです」

馬渡は心を込めて訴えた。しかし情に動かされる警察ではない。

「そう言い訳されたら水掛け論だわな」

「言い訳では――」

「しかし馬渡さんよ、日置さんの部屋の中から指紋が出てるんだわ」

「指紋？」

「あんたの指紋さ」

「私の指紋が？　室内から？　出るわけないでしょう」

馬渡は泡を食って腰を浮かす。

「いいや、出てるんだわ。これは一個人の想像ではなく、確固たる事実でな」

「ありえない。部屋に入ってないのに」

「部屋に入った憶えはないと言うのかい？」

「そうです」

「そうかい。記憶がないというのなら、それは正しいのだろうな」

「そうですよ。何かの間違いです」

馬渡は胸をなでおろす。

「酔って記憶をなくした状態で部屋の中に入ったわけだ」

「それは想像でしょう」

腰をおろしたのも束の間、馬渡はふたたび立ちあがる。

「いやいや、想像ではなく、解釈だよ。室内から指紋が出ているのに、当人は入った憶えがないと主張している。この矛盾を解決するには、当人の記憶が飛んでいると解釈するしかないわ」

「牽強付会だ」

と抗議するものの、馬渡の昨晩の記憶はかなりあやふやだった。道端で横になっていた間の記憶は完全に欠落している。しかも二度もだ。

「私の指紋は郵便受けの周りから出たんじゃないですか？　だったらべつに不思議じゃないですよ。ちらしを入れる際、すでにはみ出るほど突っ込んであったから、それらをぐいぐい押し込みました。その時に指紋がついてしまったのでしょう」

馬渡は必死に抗弁する。

「そこは室内とは言わんだろう」

「スリットの奥まで手を入れたから、ドアの室内側にもふれていておかしくありません」

「指紋が出たのは、外から手を伸ばしても届かない部屋の奥なんだわ」

「いったい私の指紋はどこに？」

と馬渡が尋ねた時、ノックの音が響いた。米崎は老眼鏡をはずして席を立ち、廊下に出ていく。

馬渡は大きく息を吸い込む。深呼吸を繰り返しても心は落ち着かない。

若いころは吐くまで飲んでも一部始終憶えていたのに、四十を過ぎてからは記憶を失うことしばしばで、昨晩の記憶も一部ない。ちょっと横になっていただけのつもりなのだが、実はかなりの時間が経っており、その間眠っていたと思い込んでいるだけで、実は起きて行動していたのか？　何をしたのだ？

いや、誘導されているのだと馬渡は思い直す。実は指紋など出ていないのだ。しかしそう迫ることで精神的に追い込み、自白を引き出し、早々に事件に幕を引こうという魂胆なのだ。見込み捜査は警察のお家芸ではないか。冤罪をこうむってたまるかと、心を強く持つよう、馬渡は己に言い聞かせる。

しかし警察は手段を選ばなかった。戻ってきた米崎が言った。

「馬渡さんよ、あんた、先月にも問題を起こしていたのかい」

「え？」

「黒髪の公園で女の子にいたずらをしようとして、警察沙汰になっとるね」

「あれは誤解です。私は何もしていません。事実、その場で放免されました」

馬渡はまた立ちあがった。

「女の子のお母さんが親告を取り下げたからね」

「やっぱり母親の思い込みだったのか」

「はい？」

「いえ、何でも。とにかくあれはまったくの冤罪です」

「あんた、その時も酒を飲んでいたそうじゃないかい」

「飲んでましたが、それで気が大きくなってどうこうということはありません。缶ビール一本ですよ」

「けど馬渡さんよ、飲んで騒動が起きたのは事実だ。そして昨晩もまた、飲んだあとに騒動が起きているではないかい」

「こじつけだ」

「缶ビール一本でも運転が許されないのは、判断力が鈍るからなんだよ。頭では何もしていないつもりでも、体がどう動くことやら」

これが警察の手かと馬渡は憤った。相手を挑発して手を出させ、公務執行妨害で逮捕する、いわゆる「転び公妨」と同じで、別件で逮捕したのち、ゆっくり締めあげていこうという魂胆なのだ。のらりくらりとした刑事を担当にあてたのも、イライラさせることを狙ってのことなのだろう。

米崎はさらにとんでもないことを言ってきた。

「女の子で思いを遂げられなかったから、今度は男かい」

「何のことです?」

「日置さんが素っ裸だったのは、そういうわけだったか」

「裸? 死体が?」

「怒りが性的衝動につながることは珍しくないとはいえ、趣味の範囲の広いこと」

米崎は苦笑いのようなものを漏らす。日置と争ううちにむらむらきて、抵抗されたので殺したというのか。

馬渡は驚き、あきれ、憤り、しかしそれ以上に、自分の立場が危うくなっていることを感じた。だから言った。

「日置さんを殺した犯人を知っています。見ています。見ています」

昨晩、硬く、饐えた寝具の中で眠れぬ時を送りながら馬渡は、時間を数時間巻き戻し、自分の行動を整理していた。そして起床の合図までに一つの結論に達していた。今までそれを口にしなかったのは、自分に不都合な事実がふくまれており、何らかの罪に問われるのではと恐れたからだ。だんまりを決め込み、無罪放免されれば、それに越したことはない。しかしもはや躊躇している状況ではない。

「昨晩は、途中から、女の人と一緒に飲みました」

馬渡はクローシュの君のことを語って聞かせた。バーで声をかけ、ひとときを過ごしたものの、先に帰られ、追いかけ、追いついたが逃げられた。

「見失い、あきらめていたところ、アパートの一室から出てきたのです。それで、下に降りてきた彼女をつかまえようとしたのですが、結局逃げられてしまい、それきりです。

このとき私は、そのアパートの一室は彼女の自宅だと思い込んでいたのですが、実はそうではなかった。銀杏荘の二〇一号室、日置さんの部屋だったのです。したがって、二〇二号室の人が聞いた、アパートの外での怒鳴るような声というのは、私がクローシュの彼女に向かって浴びせかけたものでしょう。酩酊状態だったから、声は相当大きかったと思います。

ではどうしてその女が日置さんの部屋にいたのかというと、彼女が日置さんを殺したからです」

馬渡は見得を切るように首を突き出した。

「女ねぇ」

投げやりな一言が返ってきた。しかし米崎のノートには細かな書き込みが追加されているので、まったく無視というわけではないらしい。

「彼女は私から逃げていました。相手はあきらめず追いかけてくる。そこでアパートの一室に駆け込んで助けを求めたのです。日置さんと知り合いだったのではありません。たまたま駆け込んだ部屋が日置さんのところだった。誰でもよかったのです。一時かくまってもらい、ストーカーをやりすごそうとした。ところがシェルターの中で何かトラブルが発生してしまった。

いま刑事さんの話を聞き、確信しました。日置さんは裸で死んでいたのですよね？いい女が裸足で息を切らせていれば、それが性的衝動を招いてしまうこともあるでしょう。日置さんは彼女に襲いかかった。しかし激しい抵抗に遭い、返り討ちにされた」

どういうトラブルだったにせよ、その引き金を引いたのは自分である。ストーカーまがいのことをしなければ、クローシュの君は日置の部屋に行かなかった。できれば明かさずにすませたかったと馬渡が思ったのは、それゆえである。

「さあて、それはどうかな」

覚悟を決めて言ったのに、米崎の反応は鈍い。

「レイプというのは、日置さんが裸だったということで、その可能性もあるなと思ったまでです。裸であった理由は風呂あがりだったからかもしれず、そこに突然入ってこられて、何だてめえは、ストーカーに追われています助けてください、とか言ってうちにあがりこんで物色するつもりなんじゃないか――ということになったのかもしれません。とにかく、見ず知らずの者どうしが突然狭い部屋で一緒になれば、互いに不愉快を感じることもあるでしょう。それが表に出ればトラブルとなります」

「日置さんの部屋が一〇一号室だったら、そういうトラブルも考えられるがなあ」

「は？」

「日置さんの部屋は二階なんだよねえ」

「それが？」

「助けを求めるなら一階の部屋でしょうが。一秒を争っておるんだよ」

「一階は留守だったり拒否されたりで、二階に行ったのでしょう」

「一階がだめだった場合、二階にはあがらず、別の建物に駆け込むんじゃなかろうか。上に行くと、そこで受け容れてもらえなかったら、雪隠詰めになってしまう。そもそも助けを求めるなら、アパートではなく一戸建てを選びそうなものだがなあ。アパートより頼りがいが感じられ、在宅率も高そうだ」

　おまえのご高説より、おまえを犯人とする説のほうが説得力があるとでも言いたげだ。

「では、彼女は一階の部屋には見向きもせず二階に向かったと考えてはどうです？　最初から日置さんの部屋に行くつもりだった」

「二人は知り合いだと？」

「そうです。といっても、私から逃げている途中、近くに知り合いがいると思い出し、そこに駆け込んだ、というのではありません。知り合いに助けを求めたのなら、そこでトラブルが起きて殺人に発展したとは考えにくい。

彼女は私に、急いでいたので黙って店を出ていった、と説明しました。私はそれを、見えすいた言い訳だと決めつけていたのですが、本当に急いでいたとしたらどうでしょう。

彼女は日置さんとは恋人のような関係で、昨晩彼の部屋を訪ねることになっていた。しかし私と飲んだことで、約束の時間を過ぎてしまった。それに気づき、あわてて店を出、私を振り切って日置さんの部屋に行った。ところが、どこをほっつき歩いていたのだ、ほかの男と遊んでいたのかと彼になじられ、手も出され、自分の身を守るために反撃し、死なせてしまった」

「いずれにしろ、そういう女が実在せんことにははじまらんわけだが」

米崎は頭の後ろで手を組み、椅子の背にもたれかかる。

「作り話だと？　罪から逃れるために、架空の人物を作り出したと？」

馬渡は色をなして身を乗り出す。

「だとしたら、罪が重くなるよ」

「断じて作り話などでは！　二階のあの部屋から彼女が出てきたんですって」

「悪意による作り話ではないとしても、幻を見たのかもしれんしな」

「見ましたよ、幻でなく、現実に。日置さんの部屋から出てくるのを見ました。見ただけでなく、呼び止めて話もしました」

「したたか酔っておったのだろう？」

「夢の中での出来事だと？　違います。飲んではいましたが、正体は失っていませんでした。彼女は日置さんの部屋から出てきたのです。死体のある部屋から」

「けどあんた、たしかさっき、警察官に銀杏荘に連れていかれても、そこが数時間前に日置さんとごたごたのあったアパートだとは気づかなかったと言っとったぞ。あんたの昨晩の頭の具合はその程度だしなあ」

馬渡は言葉に詰まった。しかし何とか持ち直して食らいつく。

「夢だ幻だと相手にしないで、実は私が正しかったらどうします？　被害者の部屋から出てきたのですよ。彼女が日置さんを殺したのではないにしても、事件に関して何か知っていることに疑いの余地はありません。それを見過ごすのは警察として大失態でしょう。ですから、とにかく彼女を捜すことが肝要かと。それにより、彼女の白黒も私の白黒もはっきりします。もしそんな女が見つからなかったら、私が夢を見ていたということになりますが、けれど絶対に見つかります。そうだ！　いま思い出しました。バーに行けば手がかりが得られます。彼女はあのバーの――」

必死の訴えを退けるようにノックが響き、米崎が席をはずす。

バーの店員はクローシュの君のことを馬渡に、「危険な女」だと忠告してきた。一見の客ではなく、何者か知っているに違いないのだ。

それにしても米崎の態度はどういうことだ。鼻であしらっているようにしか感じられない。その日暮らしの六十男とブランド品で固めた淑女の出会いなどあるわけがない、おまえの願望であり妄想だと決めてかかっている。

しかし馬渡がそう憤慨していられたのも、米崎が中座した間だけだった。

「馬渡実」

戻ってくるなり突きつけられたその名前に、馬渡は息が詰まった。

「馬渡実というのは、あんたの父親だね？」

「え、ええ。そうですけど」

「養父」

「え、ええ」

「戸籍上はそうなっておる。しかしおかしいんだよなあ。あんたには配偶者がいないということで、身元確認のため、さっき、うちの者が実さんを訪ねたのだが、養子を取ったおぼえはないと言われたというんだよ。どうなっとるんだ」

馬渡は返す言葉がなかった。米崎も何も言わない。老眼鏡のレンズに息をかけ、ハンカチでぬぐっている。馬渡はしどろもどろに言葉をつなぐ。

「借金がありまして、莫大ということではないんですけど、収入に対しては大きすぎて、完済は不可能な状態で、どこももう貸してくれなくて、そんな時にネットで、戸籍を変えて逃げれば借金取りも追いかけてこない、新しい戸籍で新たに金を借りることができる、ということを知りまして、仲介してくれる人もいたので……」

「戸籍ロンダリングかい。あんたって人は、叩くと埃だらけだな。保険金詐欺もお手のものか」

米崎が笑う。

「いえ、そんな大それたことは、決して。借金のために変えただけで、庇を貸してもらったというか、永続的にその戸籍に居坐ろうとは考えていなくて、先方の財産を乗っ取ろうなどとは微塵も……」

「そういうのを犯罪と言うんだよ。理由はどうあれ、戸籍法違反だ」

まったくそのとおりなので、馬渡は口をつぐむしかない。

「戸籍を汚すほど金に困っていたから、それ目的で持ち物を荒らしたのかい？」

「は？」

「日置さんのだよ。あんたの指紋でべたべただった」

「そんなはずありません。何かの間違いです。部屋には一歩も入っていません」

馬渡は眦（まなじり）を決するが、

「他人の戸籍に勝手に入るより、住居侵入のほうがよっぽど簡単だろう」

そこを衝（つ）かれると一言もない。

クローシュの君を追いかけ、見失い、その過程で銀杏荘の前を通りかかり、数時間前の屈辱がよみがえり、二〇一号室に押しかけ、日置に手を出し、金目のものを奪い、アパートを出たところでエネルギーが切れて眠ってしまった？　兇行におよんだのが酒の魔力によるものなら、肝腎な部分の記憶が抜け落ちているのも酒のせいなのか？　馬渡は自信がなくなってくる。

「しばらく時間をやるから頭を冷やしなさい。戸籍を汚された、本当のお父さんが泣いとるぞ」

7

粗末な仕出し弁当の昼食のあと、馬渡は留置室を出され、そのまま外に連れていかれた。無罪放免となったのではない。昨晩の足取りを確認するという。

車に乗せられ、横には刑事が坐った。米崎ではなく、昨晩現場にいた後藤だ。バーにも行くのかと馬渡が尋ねると、その店が実在するのならなとの答が返ってき、店員に女のことを訊いて彼女を捜してくれと訴えると、夢の中で出会った女でないのならなと言われ、馬渡の涙腺が緩んだ。なめられて悔しかったのではない。とりあえず要求は容れられそうで安堵したのだ。彼の心はそれほど弱っていた。

バーの名前は憶えていなかったが、お気に入りのラーメン屋に行く道筋にあったことは憶えていたので、ラーメン屋を起点に車を走らせると、〈ビジュー〉というダイニングバーが見つかった。看板の文字が色褪せ、テーブルや椅子のニスが剝げ、窓ガラスにビニールテープで花の装飾が施されと、馬渡の記憶に残る洒落たワインバーとはかなり印象が違ったのだが、この界隈でテラス席のある飲食店はビジュー一軒だけだった。

開店前だったが、準備をしている店員の姿があった。馬渡は車から降ろされ、店内に連れていかれた。逮捕はされていないので、腰縄はなしである。

「この人に見憶えはありますか？」

店員を集め、後藤が馬渡のことを尋ねた。三人のうち一人が、ああと表情を変えた。その、長めに生やした顎(あご)の無精髭には、馬渡も見憶えがあった。ロンTにジーパンと、服装はまったく違うが、昨日馬渡のテーブルに何度もやってきた店員である。

見憶えのある店員がいて、向こうもこちらを憶えている。この店で飲んだことは夢ではなかったのだと、馬渡はまたこみあげてきた。

「どこで見ました？」

後藤は無精髭の店員に尋ねる。

「ここで」

「客として？」

「ええ」

「それはいつのことです？」

「ゆうべ」

「何時ごろ？」

「九時？　九時半？　伝票を見ればわかりますが」

「伝票はあとで。その時、この人は、女の人と一緒でした？」

「女？　いいえ」

馬渡は声をあげた。言葉になっていなかった。目の前が真っ暗になり、意識が混濁する。

もう一人の刑事に引きずられるようにして、馬渡は車に戻された。さっきまでとは違う涙腺が崩壊していた。

世の中の全員が一致協力して自分を陥れているのか。あるいは孤独を酒で慰めるうちに白昼夢を見るようになってしまったのか。どちらにしても絶望的な状況だ。

車のドアが開いた。出ろと後藤が手招きしている。

「最後の確認だ」

馬渡は首を横に振る力もなかった。

「いつまでも夢の余韻にひたっていたいか?」

「え?」

「現実を見せてやる」

馬渡は手を引っ張られ、車の外に出された。

「あんたが帽子の女と飲んだという席はどこだ?」

馬渡は無言でテラス席を指さす。

「ゆうべと同じ席に坐ってみろ」

馬渡は椅子を引いて端に尻を落とす。

「あんたが言うには、このテーブルで女と飲んでいた。途中、彼女は席を立ち、店の中に入っていったことがあった。そうだな?」

馬渡はうなずく。

「彼女は店の中に入って、どうした?」

「どうって……」

馬渡は振り返り、正面奥のドアを指さした。

「あの中に入ったのだな？」

「はい」

「じゃああんたも彼女と同じように入ってみろ」

馬渡は首をかしげながら立ちあがり、店の中に入った。まっすぐ歩いていき、突き当たりのドアを開ける。洋式の便器が一つある。

「まだわからないのか？」

後藤が笑う。馬渡は首をかしげる。

「ドアを閉めてみろ」

馬渡は言われたとおりにする。

「おいおい。その鈍さだから、幻の女を見てしまうんだよ。ドアを見てみろ」

上部に、トランプの絵札を模した金属のプレートがついている。

「何のカードだ？」

「スペードのキング」

「隣のドアは？」

テラス席からは死角になって見えなかったが、先のドアと九十度の位置に同じ大きさのドアがあった。同じように金属のプレートがついている。

「ハートのクイーン」

「あんたと一緒に飲んでいた女は、男子トイレに入ったんだぞ」

「男子トイレに入ったもので、あの髭の兄ちゃんは、おやっ？　と思ったそうだ。ただ、女子トイレがなかなか空かない場合、我慢できずに男子トイレに入る女性もたまにいるので、その時は、そう気にしなかった」

後藤が馬渡に説明する。ビジューを出ると、ほかにはどこにも寄らず、警察署に戻ってきた。

「ところがそのあと、彼女のケータイに着信があった。あんたがトイレに立っていた間のことだ。ケータイに出た彼女の声を聞き、兄ちゃんはのけぞった。注文を受けた時や、あんたと話していた時とはまったく違っていて、女装した男だと察した」

だから店員は「危険な女」だと忠告した時に失笑したのかと馬渡は腑に落ちた。

するとと自分は、女装した男に見とれ、性的衝動までも感じてしまったというのか。それを思うと馬渡は非常に複雑だったが、しかし、いま重要なのは、そこではない。

「性別はともかく、その彼女、いや、彼の名前や住所の手がかりは得られました？」

「一見の客だったそうだ」

馬渡は肩を落とす。道が開けたようで開けていない。

「けれど、そういう謎の人物が存在したことは証明されたのだから、そいつが日置さんの部屋に逃げ込み、しばらくののち出てきて逃走した、という私の話も、もう信じても

8

らえますね？」

「いいや」

馬渡はさらに力をなくす。しかし後藤は妙なことを続けた。

「その女装男は、あんたを振り切って、銀杏荘二〇一号室に逃げ込んだ。しかし彼はそのあと部屋を出ていない」

「は？」

「二〇一号室から出てきた人間はいる」

「え？」

「その人物に対してあんたは言いがかりをつけた。しかしその人物は女装男ではない」

「えっ？」

「女装した男ではなく、普通の女。妙な表現だが」

「でも、帽子も眼鏡も……」

「女装男のものを拝借してつけていただけだ」

馬渡は首をかしげる。帽子はともかく、人の眼鏡を借りるとは、あまり聞かない。

「顔を隠したかったからだ。犯罪者にはよくある行動だろう。逃げる途中に顔は見られたくない」

「逃げる？」

「その女が日置さんを殺したんだよ。それはあんたの望んでいたところじゃないか。先ほど本人も犯行を認めた。なにきょとんとしている。まだわからないのか？　日置さんが女装男で、あんたから逃げて帰宅したところを、待ち伏せしていた奥さんに殺されたんだよ」

日置衛士は語学関係各種学校の理事長で、新屋敷に自宅を構えていたが、家族には内緒でアパートを借りてもいた。銀杏荘二〇一号室である。日置には女装へのあこがれがあり、しかし普段の生活でそれを実行するわけにはいかなかったため、隠れ家を持つことにしたのだ。

レディースの服やアクセサリー、化粧品やウィッグを買っては隠れ家に持ち込んだ。最初は、変身した姿を鏡に映して悦に入るだけだったが、やがてその姿で街に出るようになった。

女であることを意識して歩き、人と接すると、山積みされている経営上の難題も兄弟間の確執も未婚で出産した娘の行く末も忘れることができた。自分の知らなかった自分の発見にも驚かされ、日置のタブレット端末の中から見つかった日記には、「幽体離脱して自分の姿を俯瞰しているよう」と記されていた。ちらしを配る馬渡に積極的に声をかけてきたのも、無料券がほしかったのでも困っている彼を見かねたのでもなく、自己を解放するためだったのだろう。

日置が女になるのは週に一、二度だった。週末のうち一日と、仕事を早くあがれた平日の夜だ。隠れ家にはたまにしか来ないので、静かな隣人として映り、郵便受けにはちらしが溜まっていた。

しかしその程度の頻度でも、身近な者は変化に気づく。日置の妻、詠子(えいこ)は、休日に家を空け、仕事からの帰りが遅くなるようになった夫のことを、探偵を雇って調べさせた。その報告は浮気より残酷なものだった。驚き、悩んだすえ、妻は夫を問い質すことにした。

昨日の朝、仕事に出ていく夫に、「懇親会で遅くなるから食事はいらない」と言われ、今日が女になる日だと確信した詠子は、午後八時半に隠れ家に乗り込んだ。このとき夫は女装して街に出ており不在だったが、詠子としてはそれでよかった。言い逃れできないよう、部屋で待ち伏せし、女装姿で戻ってきた現場を押さえるつもりだった。

部屋の鍵は、郵便受けの蓋の裏側に貼りつけてあるのを探偵が発見していた。普段使っているキーケースに入れていたら、見慣れない鍵だがどこのものだと妻に追及されるかもしれないと日置は恐れたのだろう。ちらしを入れるなと彼が異常なほどうるさかったのは、そこが鍵の隠し場所だったからなのかもしれない。

詠子は夫を待った。部屋の中なので人目や夜露にわずらわされることはなかったが、一人でただ待つのはつらい。ハンガーに掛かっているワンピースやテーブルに並ぶ化粧品が嫌でも目に入ってきて、いらいらがつのる。

だから、早く帰ってこいと夫を急かした。ビジューで日置が受けた着信がそれである。ただし、銀杏荘二〇一号室で待っているとは言っていない。先に手の内をさらしたのでは、外で男に戻って帰ってこられ、部屋の服や化粧品は、住居に困っていた女子職員に使わせていると言い訳されかねない。そういう弥縫策すら施されないよう、親戚に不幸があったとだけ伝え、夫の帰りを手ぐすね引いて待ちかまえた。

妻からの電話を受け、日置は馬渡を置いて隠れ家に向かった。あの時の日置は本当に急いでいたのだ。馬渡はしつこく追いかけてきたが、どうにか振り切ることができた。しかし安堵も束の間、そこにいるはずのない人物が扉の向こうに仁王立ちしていたのである。

妻は夫に説明を求める、趣味だと夫は答え、妻はそれで納得できるはずもなく、言葉で理解させることは不可能と判断した夫は口をつぐみ、それによって妻の絶望が怒りに変わり、気がついたら夫が床に倒れていたという。突き飛ばすように押したことで椅子ごと傾き、流し台の角に頭をぶつけていた。白目を剝いており、揺すってもまったく反応がなく、詠子は恐ろしくなって逃げ出した。その際、顔を隠すため、夫が女装に使っていた帽子と眼鏡を拝借した。

「だから全裸で死んでいたのですか。男の服に着替えている際の無防備なところを奥さんに衝かれた」

馬渡は手を打ってつぶやいた。ところが真相はそうではなかった。

「服は、事後、奥さんが脱がせた」

「え？　ああ、自分の指紋やDNAが付いてしまったのではと恐れたのか」

「そうではない。女装して死んでいたとなると、本人の名誉が傷つき、家族の世間体も悪いと思ったそうだ。だから奥さんは、死体の化粧も落としていった。帰宅してからは、女装に関係するものいっさいを回収するために銀杏荘に戻る必要があると思ったそうだ。といって、死体を隠蔽しようという考えはなかったらしい」

馬渡はきょとんとするしかなかった。

「妙なところに異常に神経をつかい、帽子と眼鏡で顔を隠すという冷静さもあったというのに、指紋は消していないんだよ。鍵もかけずに出ていってしまったため、死体が早々に発見され、服や化粧品の回収もできなかった。ちぐはぐだが、不測の事態を前にした人間は、往々にして不可解な行動を取るものだ。火事で逃げる時に財布でなく同窓会の案内状をポケットに突っ込んだり、人を殺して、そのお宅の冷蔵庫をあさって満腹で眠りこけてしまったり。

指紋といえば、あんたの指紋は、二〇一号室にあったヴィトンのバッグと、その中の財布から出たんだよ。それで、部屋に入って物色したと考えたのだが、事の真相は、ビジューで飲んだ時にさわったのだな」

「そうですよ！　何に指紋が付いていたか、写真を見せてくれればよかったんですよ。そしたら、このバッグはビジューで同席した人が持っていたものであり、ということはその人は女装した日置さんだったのだとわかったのに」

馬渡は憤慨する。

「重要参考人に一から十まで教えられない。捜査は駆け引きだ」

とうてい納得できる答ではなかったが、この件を長引かせると藪蛇になりそうなので、馬渡は仏頂面を返しただけで終わりにした。彼がクローシュの君がトイレに立った間にバッグと財布をさわったのは、財布の中身を抜き取ろうかと魔が差したからだった。

「二〇一号室は男の一人住まいなのに女物の服ばかり置いてあることをおかしく思わな

かったのですか？　新屋敷に立派な自宅があるのにアパートを借りていることも。事件当夜日置さんが着ていて奥さんが脱がせた服や鬘も室内のどこかにあったのですよね？　それには日置さんの毛髪や汗が付いているから、彼が女装していたとわかったんじゃないですか？　化粧も完全には落ちていなかったんじゃないですか？　一から十まで教えろとは言いませんが、それらのうち一つでも言ってもらっていたら、私がバーで会っていた人物とアパートの死体とを結びつけて考えられたのに」

馬渡は方向を変えて警察を批判する。

「初動の段階で一気に全容が掴めるとでも思っているのか？　夜遅かったから、入居者について不動産屋や大家に確かめるのは翌日回しだ。男の独り暮らしと仮定し、女の服があって女がいなくても、それを女装趣味に結びつけるより、通ってくる恋人のものだと考えるのが自然だ。鑑定にも時間がかかる。それに、捜査の助言をもらうためにあんたを呼んだのではない」

結局、見当違いの疑いをかけてくれたことに対する謝罪は一言もなかった。

9

昨晩保護された際預けさせられた所持品の返却を受けて留置事務室を出ていこうとすると、話があるからちょっと待っていてくれと言われたので、馬渡は部屋の隅の丸椅子に腰をおろした。

後藤が去ったあと、馬渡の中に小骨のように引っかかっているものがある。自分は日置を救うことができたのではないか。

ビジューで日置に声をかけたのは、アパートでもめていくらも経っていない時だ。こいつはさっきのちらし配りだと、彼はピンときたことだろう。すると普通は、正体に気づかれたら厄介なことになると、同席を拒否するのではないか。そしてもし相手にしてもらえなかったら、自分はおとなしく引き下がり、ラーメン屋経由で塒に帰っただろうと馬渡は考える。この時点ではまだクローシュの君に対して執着は持っていなかった。ところが日置は拒まなかった。受け容れたのはおそらく、正体を見破られるか見破られないかのスリルを楽しもうとしていたのだろうが、馬渡はそれを好意と誤解し、つきまとうことになった。だったらどうして最後まできっちりつきまとわなかったのか、というのが馬渡の無念である。

自分がもう少し酒を控えていて健脚でもあったら、裸足で逃げる日置を見失うことなく、二人で隠れ家になだれ込むことになっただろうから、すると待ちかまえていた奥さんの対応は全然違ったはずだ。クローシュの君が男だったと知れば、酔っぱらっていた自分も大声をあげるだろうし、三人が嚙み合わない騒ぎを続けていれば隣人も黙っていない。すくんで顔は出せなくても一一〇番通報するだろうから警官が駆けつけ、ひとまずその場は収拾し、日置が奥さんに殺されることは回避された。

責任を感じるとまではいかないが、人生の機微、あるいは綾というものを馬渡が嚙みしめていると、肩を叩かれた。

「すまんね、足止めして」

米崎だった。

馬渡は皮肉のつもりで言ったのだが、老刑事には伝わらなかったようで、ついてこいと言うように手を動かしながらドアを開けた。

連れていかれたのは職員用の駐車場だった。

「中に喫煙所はあるんだが、入れ替わり立ち替わりで落ち着かん」

米崎は自転車置場の屋根の下に腰をおろすと、ポケットからアルミの灰皿を出して足下に置き、タバコに火をつけた。そのままライターを差し出してきたので、馬渡も戻ってきたばかりのタバコを取り出して火をもらった。

「戸籍の件は無罪放免とはならんよ。これはこれ、それはそれ」

不意討ちで言われ、馬渡は冷や汗が噴き出した。

「担当が違うから、いつとは言えんが、そのうち聴取に伺うよ。馬渡さん、変な気を起こしちゃいかんぞ。その時が来たらおとなしく従いなさいよ。大きな罪にはならないから」

馬渡は黙ってうなずいた。

「この先についても考えんとな。懲役三十年を食らえば、余生は刑務所でめんどうを見てもらえるが、残念なことに、執行猶予か罰金刑だろうなあ。今後はどう生きていくかね」

「そうですね……」

と馬渡は言ったものの、続きは出てこない。

「あんた、熊本に来る前、大阪でも養子縁組してるようじゃないか」

「あ？」

また不意討ちを食らい、馬渡は顔がカッと熱くなる。

「今の戸籍で金が借りられなくなったら、また宿主を換えるのかい？」

「いえ、そんなことは、もう二度と」

「その歳でアルバイトはきついだろう。だが馬渡さんよ、だからといって抜け道に走るのはいかん。その道が公道ならまだいいが、人の家の庭を突っ切るようなまねはしちゃならん」

「はい」

「独り暮らしは生活が乱れるよねえ。酒も、飲みたい時に飲みたいだけ飲んでしまう。私も女房が入院していた時、そうだったさ。馬渡さん、あんた、熊本には来て浅いんだっけ？　知り合いに会うわけでもなしと、服装も無頓着になるわな」

「はあ」

「今回疑いがかかったのも、そういう身持ちによるところも大きいぞ」

「は？」

「整った身なりで、素面だったら、どうだっただろう。日置さんとちらしのことで悶着を起こしていた廉で事情聴取を受けたとしても、公園での一件や戸籍ロンダリングがなかったら、心証はかなり違ったと思うぞ。公園の件も、スーツで缶コーヒーを飲んでいたのなら、警察沙汰になったかどうか。それを差別だと憤ってもいいがね、見た目による判断というのは避けようのない現実なんだよ。そして不思議なことに、怪しいことに手を染めておると、顔つきや言葉、仕草に滲(にじ)み出てくるんだな。つまり、トラブルに巻き込まれないためには、まずは自分を正さないと。だらしなさは信用のなさに通じる」

馬渡は米崎の一言一言にうなずいて耳を傾けた。そしてタバコを消して立ちあがると、決して皮肉ではなく頭をさげた。

「お世話になりました」

どこか遠くでいつものメロディーが鳴っている。遠き山に日は落ちてと、馬渡は心の中で口ずさむ。

匿名で恋をして

掲示板

π
デブデブデブデブ当てつけかよ！
ブスブスブスブスふざけんな！
マキシィ
なに怒ってるの？
π
ＴＶＪ。あー、ムカつく！
マキシィ
見てないので詳しく。

π
番組名は忘れた。有名無名の芸人が集まってトークする。ミツバチというコンビの二人が、寄ってたかってブスだデブだとこきおろされてた。

映研一級
事実じゃん。ミツバチはデブスとガリブス。

π
かわいいよ！

マキシィ
おたく、♀だろ？

π
だったら何？

ロレッタ
男と女とでは「かわいい」の基準が違うからねぇ。

大王烏賊下足
女は何でもかんでも「かわいい」と言う。脊髄反射的に口から出ているだけなのだ。

映研一級
挨拶みたいなものか。

ZAXON
不細工な相手を「かわいい認定」しておけば、このブスがかわいいなら自分はもっとかわいいとなる。相対評価を利用した自己保身術。

映研一級
そこまで計算してるかね。オレは脊髄反射説に一票。

π
論点がずれてる。私が憤っているのは、ブスという表現それ自体。

映研一級
だからいくらおまえがかわいいと思おうと、一般的な認識としてミツバチはブスなの。事実を口にしてどこが悪い。心ではブスと思ってるくせに、かわいいと笑いかけろと？

嘘をつけと？

π
お世辞を言えと言ってるんじゃない。その人のことを悪く思うのは自由。けれど表に出すのは自由じゃない。人を見下すような表現が許されるわけ？　しかも公共の電波の上で。

マキシィ
バラエティ番組だろ。

π
バラエティだったら、笑いを取るために何をしてもいいわけ？　そう、ブスブス攻撃したあと、スタジオは笑いに包まれるんだよ。人を貶めて笑うなんて異常。いじめじゃん、いじめ。それを電波に乗せて不特定多数に見せているのだから、これはもう公開リンチ。

ZAXON
×いじめ　○いじり

π

「いじり」は「いじめ」のすり替え。

ミツバチの二人も、ブス呼ばわりされるのは承知のうえで活動しているのだ。ブスであることを売り物にしているのだ。つまり、いじられることを自ら望んでいるわけ。それをいじめとは言わない。

大王烏賊下足

π

盲目のお笑い芸人がいたとする。物理的に目が見えない。それに対して、三文字の蔑称をぶつける？「目が見えないこと、あるいはその人」を意味する単語。漢字だと、亡の下に目を書く。

足が不自由だったとして、「歩行がぎこちないこと」を表わす単語を口にして笑う？漢字だと、足偏に皮。

突拍子もない言動を取ったからといって、「精神の均衡が崩れていること、あるいはその人」を表わす単語を浴びせる？「熱狂的なファン、マニア」を表わす時にも使われるあの単語で。

絶対に言わないよね。

それは差別用語だから。

報道の現場でもエンターテインメントの世界でも、今の時代、それらが使われることはない。使ってはいけないことになっている。

万が一、生放送でそれらの言葉が不用意に使われてしまった場合には、そのすぐあとに、「ただいま不適切な発言があったことをお詫びします」と一言入る。

そういう規制がなかった時代に作られた映画やドラマを放送する場合には、黒澤映画のような名作なら、番組の冒頭で、「作者の制作意図を尊重してそのまま放映します」とテロップを入れて無修正で流し、それほどでもない作品なら当該箇所の音声が無音処理される。

メディアだけの話ではない。

今ここで、M、E、K、U、R、Aとキーボードを叩いても、「目蔵」なんていう意味不明の漢字に変換されるだけで、望む単語は次候補にも出てこない。ソフトメーカーの配慮により、かな漢字変換のプログラムにはその種の単語がデフォルトでは組み込まれていないのだ。

差別的な言葉に関しては、それほどの配慮がなされているのである。

なのにどうして「ブス」が許されるのか？

少年K
あなたバカですか。「ブス」が差別なら、「ハゲ」も差別になってしまいます。

π

当然。「バカ」も。

ロレッタ
「デブ」「チビ」「グズ」なんかも?

π
全部NG。

通りすがリーマン
言葉狩り反対。

映研一級
おまえが認定したから何? 「ブス」も「ハゲ」も「デブ」も現実には差別用語じゃねーし。

π
私が憤っているのは、まさにそこ! 世の中、間違っている。

ZAXON

物理的に目が見えないのは、病気か怪我によるもの。それを蔑視しないよう戒めるのは当然のこと。

中歩危
ブスもある意味病気だろ。好きこのんでそう生まれてきたわけじゃないんだし。だとしたら揶揄するのはよくないわな。

ZAXON
目が見えない、足が不自由、というのは客観的な事実。ブスというのは主観による評価。百人中九十人がブスと評価しても、八人は並だと感じ、二人はかわいく思うかもしれない。なので差別的表現ではない。車のデザインを、カッコいい、ダサい、と評価するのと一緒。

映研一級
アメリカ映画に出てくるアジアンビューティーって、日本人の感覚では「ウソだろ！」ってのが多いよな。

マキシィ
デブやチビの基準も人それぞれだからセーフだな。

映研一級
デブは甘え。食い過ぎ。自己管理のできないやつは罵(ののし)られて当然。

ロレッタ
小食でも、体質で太ってしまう人もいるんじゃないの？

中歩危
ハゲは甘えじゃないぜ。海藻を食べたり頭皮マッサージをしたりして自己管理に努めても、禿(は)げるやつは禿げる。

映研一級
ハゲはハンディキャップじゃないし。外国ではセクシーだとモテモテ。

π
論点がずれてる。たとえ主観的な評価であっても、相手が傷つくことを言っていいわけがない。

大王烏賊下足

ずれてるのはおたくなのだ。

映研一級

学力が劣っていることがわかって傷つくからテストは禁止しろってか。

マキシィ

いいね！

少年K

形勢不利と見るや論点をすり替えて怒り出す人がいるよね。問題の本質を探りたいのではなく、人に勝ちたいだけなんだろうね。

中歩危

パイちゃん、バイバーイハシ

通りすがリーマン

（そこは「パイパイ」だろ……）

ZAXON

生きているかぎり、日々大なり小なり傷つく。それが生きている証しであり、生き続けたいのなら、傷を治して立ちあがるしかない。野山を駆けて傷つく野生動物と一緒。

マキシィ
カッケー！

宮下祐一（仮）
言葉狩りより納得できない規制がある。女の乳首と性器が写った写真は猥褻なの？　生まれながら備わっているものなのに。それを猥褻と断罪されたら、この世に生まれてきたこと自体が悪になってしまう。

マキシィ
男の性器も出しちゃらめぇ。

映研一級
おまえら、無修正の裸が見たいだけだろ。

ZAXON
フルヌードが許されないのは、猥褻だからではない。神聖だからだ。

少年K
ちょっとよくわかりません。

大王烏賊下足
性器は快楽のためにあるのではないのだ。種を残すために用いる器官なのだ。そういう大切なものだから、みだりにさらしてはいけないのだ。

中歩危
男の乳首がオッケーなのは授乳しないからなのね。目から鱗(うろこ)だわ。

メール

ロレッタ
突然のメール、ご容赦ください。ジャムジャム・ボードに出没しているロレッタです。πさん、最近掲示板にいらっしゃいませんね。例の件が尾を引いているのでしょうか。あれについては自分にも責任があったと反省しています。
常連だったπさんがいらっしゃらないと、ぽっかり穴が空いたというか、火が消えたというか、そういう寂しさがあります。

また顔を出していただけると嬉しいかなと、そんなことを思っている今日このごろです。

π

ジャムジャムから離れたのは、ロレッタさんには関係のないことです。

ロレッタ

お返事、ありがとうございます。

ログを見返すと、初期の段階で当方が、

〈男と女とでは「かわいい」の基準が違うからねぇ〉

と発言しています。この能天気な一言が起爆剤となったことは間違いありません。

π

ロレッタさんがそう書き込まなくても、話はああいうふうに発展したことでしょう。

責任ということであれば、最初に書き込んだ私に責任があります。

いずれにしても、すんだことです。

ロレッタ

僕は脚に障害を持ち、ときどき人の目が気になります。すれ違いざま振り返られたりすると、その表情で、驚きなのか憐れみなのか嘲(あざけ)りなのかを察します。

そのように自分が差別的に見られることには敏感なのに、他人の痛みには鈍感です。太った女性が狭い歩道をのろのろ歩いていると、「どけよババア、デブは社会の迷惑なんだよ!」と心中罵る。

僕は典型的な自己中です。だからπさんの問題提起にも、自分が対象となっているわけではないからとのんびりかまえ、そうしている間にあれよあれよとレスがつき、流れを変えようにも、とても手に負えなくなってしまいました。

なさけなく、申し訳ない気持ちでいっぱいです。

π

問題提起だなんて、とんでもありません。

ブスだデブだとからかわれたことは幼稚園以来数知れません。そのたびに憤りました。傷ついたという感覚ではなく、単純に腹が立ちました。デブと男子に言われたら、ハゲ(坊主頭)と言い返していました。ですから、差別うんぬんを真剣に考えたこともありません。

先日ジャムジャムに書き込んだのは、虫の居所が悪かっただけです。実生活で嫌なことがあってイライラしていて、加えてちょっとお酒が入っていて、ちょうどその時テレビで女性芸人が集中砲火を浴びていたもので、勢いで書き込んでしまいました。ただそれだけのことなのです。

なんという意識の低さでしょう。障害を持っていらっしゃる方を前に、まったく恥ずかしいことをしてしまいました。ロレッタさんには心からお詫びいたします。

PS
ロレッタさんは男の方だったのですね。女性名だから勘違いしてました。

ロレッタ
いえいえ、謝られることはありません。
僕の物言いもちょっと大げさでした。脚が不自由であることは事実ですが、障害とまで言えるかどうか。認定も受けていませんし。
車椅子や杖は必要としておらず、日常生活にはほぼ支障ありません。ただ歩くぶんには痛くもなんともないし、歩幅が狭いと引きずり加減も微妙なので、脚が悪いと気づく人も少ないかと思います。
走るのはだめですね。駆け込み乗車しようとしても、全然ダッシュにならない。悪いほうの右が左についていかず、体を斜めにスキップするようになってしまいます。人の目を感じるのはそういう時です。

π
ちょっとした時にも走れないというのは、やはり不自由ですね。子供の時にはからかわれたりいじめられたりしたのでしょうか。

ロレッタ
小学校の同級生に小児麻痺の影響で歩行に障害がある女子がいて、歩き方をまねされたりしてからかわれていました。体育が見学のことも多く、寂しそうでした。幸か不幸か、僕のこれは大人になってからの事故によるものなので、面と向かって差別的な扱いを受けたことはありません。
前にも書いたように、冷たい目で見られることはあります。けれど自業自得の面もあるので、怒りの持って行き場がなかったりします。
リハビリをさぼっちゃって。めんどくさかったのと、お金がなかったのとで（苦笑）

π
うちの母は腰痛持ちで、雨になると具合が悪くなります。腰がしくしくするから傘を持っていきなさいなんてことを言うのですが、これが結構当たるんですよ。ロレッタさんも天気が悪いと傷が痛みます？

ロレッタ
僕も天気予報できますよ（笑）
けどこれ、雨（湿気）のせいじゃないんですよ。気圧です。
それに気づいたのはわりと最近のことで、きっかけは飛行機でした。飛行機に乗ると、決まって脚の具合が悪くなるんです。快晴の日でも。それで気圧の低下が影響しているのだと察しました。

なので飛行機は極力避けたいのですが、仕事だとそうもいかなくて。国内はどうにかなるにしても、海外はどうしようもない。クイーン・エリザベスで太平洋横断させてくれる会社に転職したいものです（笑）

π

ロレッタさんは世界を股にかけてお仕事されているんですね。すごいです。

私はハワイにも香港にも行ったことがありません（泣）

ロレッタ

全然すごくないです（汗）グローバルなビジネスマンなんてものではなく、むしろどさ回り（涙）メキシコに行くのもエコノミークラスですし（怒）

ん？　「どさ回り」も差別用語？

そんなことより、πさん、そろそろジャムジャム・ボードに戻ってきませんか？　ROMっているかとは思いますが、現在、メロンパンのドライタイプ／ウエットタイプ論争が量子論にまで発展して盛りあがっています。

π

ネットワーク・コミュニケーションはやめることにしました。

ロレッタ
先日の件で顔を出しづらいというのであれば、ハンドルネームを変えて参加という手もありますよ。

π
ネットワーク・コミュニケーションについては、かなり前からもやもやしたものを抱いていました。
こちらの気持ちがうまく伝えられず、向こうの意図も十分汲み取れたとは思われず、なのに話題がどんどん進んでしまい、齟齬の上に齟齬が重なり、何を話しているかわからなくなることしばしばです。
先日の一件もそうで、ああもう潮時なのかなと感じました。トシなのかも。
わかり合えないことは、ただただ虚しいです。疲れました。

ロレッタ
オンラインでのやりとりだと、呼吸をはかったり顔色を読んだりできませんからね。思いを文章にするのも難しい。

π

そうなんですよ。もたもたしている間に置いていかれてしまって。みなさん頭の回転が速いんですね。私はのろま。そういう劣等感を感じてしまうのも嫌なんです。

ロレッタ映研一級さんとかレスポンスが異常に速い（笑）

僕もあのくらい切れれば、この間の話題も流れを変えさせることができたんですけど。昔からそうなんです。あとから考えると、ああ言っておけばよかったと後悔してばかり。

π

あと、もう一つわだかまっていたのが、リアルなコミュニケーションにおいてはあまり見られない、茶化しやはぐらかし、誹謗中傷です。

ただやりとりを楽しめれば、おもしろおかしく時を過ごせれば、それでいいのでしょうか？

ロレッタ

顔が見えないから遠慮がなくなるのでしょうね。しかも匿名なので、実体が何もない。

電話も顔が見えないコミュニケーションですが、相手が知り合いであれば、たとえ顔が見えなくても、接し方は直接の場合とほとんど変わりません。

ところが面識のない相手だと、とたんに態度が大きくなる輩（やから）がいる。脅迫まがいのセールス電話を受けたことがあるでしょう？　いたずら電話も匿名だからできることです。透明人間のつもりなんですよ。

掲示板でのふるまいも同じことです。

π
理屈としては理解できますが……。

鬱々とした現実から逃れるために、砂漠に水を求めるようにジャムジャム・ボードに参加するようになったのに、泉は涸れてひび割れていたのです。

オンもオフもストレスでは、パンクしてしまいます。といって、現実の生活を棄てるわけにはいきません。だから……。

私はネットには向かないのでしょう。

ロレッタ
このメールのやりとりもネットワーク・コミュニケーションですよ。
しかも面識のないどうしの。本名を名乗り合ってもいません。もしかしたら実は僕は女で、πさんは男だったりして（笑）
お互い正体不明であるにもかかわらず、コミュニケーションはきちんと成立しています。
πさんがネットに向かないということはありません。

π
それは一対一だからですよ。
相手が一人なら、考えをまとめ、そのあと文章にする間、待ってもらえます。思いがうまく伝わっていないと感じたら、あらためて伝えることもできます。相手が大勢だと、時間の流れを止められません。

ロレッタ
たしかに、一対一と一対多では勝手が違いますね。
無理強いになるので、引き留めることはもうやめます。今は隠れ名作映画の話題で盛りあがっているんですけど……。ちなみに僕のそれは『サンライズ』だったりして……。
いやいや、後ろ髪を引いてはだめですね（汗）
どうかお元気で。

π
ごぶさたしています。その後いかがお過ごしですか？　今、お仕事でアメリカやヨーロッパなのかもしれませんね。
唐突に変なことをお尋ねしますが、ロレッタさんは仕事中に鼻毛を抜きますか？

ロレッタ

本当に変な質問だ（笑）
抜きませんよ（断言）

π
すみません、変な質問をして。

実はうちのボスが仕事中に鼻毛を抜くんです。指を使って抜くんです。うまく抜けないみたいで、繰り返し繰り返し、鼻の穴に指を突っ込むんです。

鼻毛を抜くなとは言いません。伸びるんですから。私だって鋏（はさみ）でカットしています。けど、職場で抜くって、非常識ですよね？　しかも抜いたあとの指を、白衣の裾とか袖とかでふくんですよ。

最初は、汚いなあと不快に感じるだけだったんですけど、毎日毎日やられるものだから、とうとうこらえきれず、注意したんです。そしたら何と言い返してきたと思います？

「この鼻毛に付着している物質はこの部屋の空気中に漂っていた物質である。それが人体に悪影響を与えるほどの細菌やウイルスであるのなら、君らの白衣や頭髪にも付着しているわけで、そんな君らが扱ったものはすべて汚染されているということになってしまいますよ」

ふざけんなですよね！

ロレッタ

白衣を着ているということは食品工場ですか？　だとしたら、業務開始前に消毒したとしても、鼻毛を抜いたらだめですよ。健康上の被害が出なくても、異物混入で大変な事態になりますよ。管理職は基本的にはラインに入らないでしょうけど、トラブルやヘルプで近づくことはあるでしょう？

π

調剤薬局です。

鼻毛を抜いた指を白衣でぬぐったあと、薬を出すんですよ。薬は裸ではなく、ヒートや密封された袋に入っていますよ。でも不衛生でしょう？

ロレッタ

うーん、そういう薬局には行きたくないかなあ。

π

そう思われて当然です。千葉薬局やヤクモファーマシーに行っちゃってください。ただし、彼が鼻毛を抜くのは奥の調剤室で、患者さんに服薬指導しながら抜いたりはしません。

だからさいわいにしてこの件でクレームがついたことはないのですが、タバコのことは何度か言われました。

彼は喫煙者なんです。その臭いがたまらないって。さすがにくわえタバコで調剤はしませんが、暇を見つけては外に出ていって一服するんです。そのあと手を洗わないしマウスウォッシュもしない。白衣も脱いでいかないので、そこにも臭いが染みついている。クレームが出て当然です。

だいたい、休み時間でないのに職場を離れるとはどういうことでしょう。さぼりじゃないですか。頭にきたからチェックしてやったんですけど、一日にだいたい十回タバコを喫いに出ていき、一回あたり三分はかかります。一日あたり三十分は仕事をさぼっているわけです。ボスともあろう人が。私が勤務時間中に三十分間席をはずしてお茶しに行ってもいいんですか？

ふざけるなですよ。

ロレッタ

僕も喫煙者なので耳に痛い話ですが……。

自分のことを棚に上げて言わせてもらえるなら、タバコの臭いは不衛生でだらしない印象を人に与えると思うんです。飲食、教育、そして医療といった、クリーンであることが要求される立場にある者は、喫煙の痕跡を現場に持ち込んではならないと思います。

πさんの上司は、そんなにタバコを喫うから鼻毛が伸びるんじゃないですかね（笑）

π

そうですよ！　こんな適当なやつが管理薬剤師で、事務の私よりずっとずっと高い給料をもらっているのかと思うと、悔しくて涙が出てきます。

ロレッタ

しかし上司というのはどこの職場でもバカなんですね。うちの課長は鼻毛は抜きませんが、職場のトイレットペーパーや文房具をくすねて家に持って帰る。部長は喫煙で仕事をさぼることはありませんが、朝礼での中国故事を引用した訓示で一時間も無駄づかいします。部下の労働意欲を削ぐためにやっているとしか思えません。

けれど僕は、バカな上司やわがままな取引先はまだ我慢できるんです。表面だけ話を合わせてやりすごすテクニックも身につけました。

つらくてたまらないのは、へとへとになって帰宅しても、部屋が真っ暗なことです。壁を探って明かりを点け、エアコンを入れ、虚空に缶ビールを挙げ、コンビニ弁当を掻っ込み、ソファーでテレビを見ていたら寝落ちして気づいたら朝、十分でシャワーと歯磨きをすませて部屋を飛び出し鮨詰め(すしづめ)の電車に特攻する。

こんな日々を送るために血眼(ちまなこ)になって就職活動をしたのかと思うと泣けてきます。

π

正反対でびっくりです。私は一人暮らしでないことがものすごいストレスなのに……。

家庭は安らぎの場であるとよく言われますけど、嘘ですね。職場のストレスを抱えて帰宅したら、そこにもストレスが待っているんですよ。だからジャムジャム・ボードに救いを求めたというのに——同じ話の繰り返しですみません。

ロレッタ

勝手な想像による物言いをお赦しください。

家庭でのストレスというのは、虐待ではないでしょうね？　旦那さんからの。もしそうであるなら、しかるべきところに相談したほうがいいですよ。

π

独身です（笑）

かつて結婚していた男につきまとわれていていてうんぬんということでもありません。正真正銘の独身です（何を威張っているんだ）

ロレッタ

失礼しました！

π

私は実家で両親と暮らしています。妹が二人いるのですが、二人とも十代で家を出ており、両親のめんどうは私がみています。

めんどうをみるといっても、二人が具合が悪いということではありません。父はまだ現役で働いていますし。

日々の家事を手伝い（朝食と父の弁当は私が作ります）、休日には買い出しのために車を出し、法事の送り迎えもし、愚痴を聞いてやっています。月々お金も入れています。

短大を出たあと、十年以上ずっとです。

すぐ下の妹は、就職は地元でという約束で東京の大学に行かせてもらったのですが、卒業後は戻ってくるどころかアメリカに留学してしまいました。

一番下の妹は、十八で結婚して家を出ていってしまいました。どうしてそんなに結婚を急いだのかは、お察しいただけるかと思います。

男のいないきょうだいの長女だから、将来は自分が親のめんどうをみることになるのかなとは、小さいころから何となくは覚悟していました。けれど妹二人はあまりに早く、そして何の相談もなしに出ていってしまいました。お父さんお母さんをよろしくねの一言があれば、こんなわだかまりを感じることはなかったと思うのですが。

すぐ下の妹はロサンゼルスの大学を無事卒業しました。ところがうちに戻ってくるどころか日本にすら帰ってきていません。今どきたんに英語を話せるくらいではアドバンテージにはならない、アメリカの政治や法律や経済にも通じていてこそ日本に戻った時に普通のOLの十倍稼げると、向こうで学校を渡り歩いているのです。今では遠く東海岸まで行ってしまいました。学費も生活費も親持ちです。親はそれに、しょうがないねえと応える。で、為替の送金手続きをするのは私なのです。昼を抜いて郵便局に走り、米やカップ麺が詰まった段ボール箱も送ってやる。そんなもの、フィラデルフィアならいくらでも手に入るというのに。

末の妹は、月に二度は実家に戻ってきます。かならず子供を三人とも連れてきます。そのへんのスーパーで買ったようなお菓子や靴下をお土産として持ってきます。そして、その何十倍もの現金をもらって帰ります。

郁美（いくみ）が帰ったあと、親との会話がとげとげしくなります。彼女に与えられるお金の一部は、私が少ないお給料から月々入れているものが使われているからです。律子（りつこ）に為替を送った時も同様です。

私は両親のめんどうをみているだけでなく、妹たちも助けているのです。なのにうちの親は、とくに母は、私を責めるのです。

おまえはいつまでこの家にいるつもりなのか、早くしないと子供を産めなくなってしまう、休みの日にデートする相手もいないのか、家でごろごろしてるから太るのだ、太るから相手が見つからないのだ――。

そういやみを言った舌の根の乾かぬうちに、腰を押してちょうだい、あした出かける前にお客さん用の布団を干すのよ、仕事の帰りにクリーニングを取ってきて、藤崎でお総菜を買ってきて、閉店前で半額になるまで待つのよ――。

ふざけんな！

キャリアアップという名の勉強ごっこをしてるのや、ラス前でナンパされて子供ができちゃったのがかわいがられ、どうして一番いい子だった私が虐げられなければならないのよ！　わがままを言わないから御しやすいの？　じゃあ反抗してあげる。さようなら！
そう啖呵を切ってやれたら、胸のつかえがおりるのかもしれません。でも言えませんよ、親に向かって。今さら優等生のキャラクターは捨てられない。
だからそれがストレスで、別のストレスでMAXになっている職場から帰宅しても安らぐことができず、別次元の世界に逃げられるものならばとジャムジャムに入っていったのですが――また同じことを言ってますね。すみません。

ロレッタ
そういう事情がおありでしたか。
僕はπさんの怒りを買いそうだ。

π
？？？

ロレッタ
僕は高校を卒業すると、とっとと親元を離れ、それっきりです。最近では盆も正月も帰らなくなりました。電話して様子を窺ったりこちらの声を聞かせたりするのも、半年に一度あるかないか。父の日母の日誕生日、カード一枚送りません。初月給でも何もプレゼントしませんでした。長男でこれですからね、ひどいでしょう。
親元には弟がいます。兄は出ていったきり帰ってきそうにないので、地元での就職を考えることでしょう。親のめんどうをみてくれるのなら、こっちは相続を放棄してもかまわない。
と考えていたのですが、πさんの話を聞き、まったく自分勝手だったと気づかされました。ふざけんな金の問題じゃねえよと、弟は怒っているのでしょうね。

π
ロレッタさんは長男なので、弟さんより先に家を出ていったのは自然なことです。
一方私は、先に生まれたアドバンテージがありながら、先に行動しなかった。今ある自分の境遇は、自分で招いたものなのですね。
積極的な者勝ちですね（しみじみ）

ロレッタ
πさん、東北の人ですよね？

π
違いますよ。訛ってないじゃないですか（笑）

ロレッタ
違うんですか？　仙台だと思ったんですけど。
＞ラス前でナンパされて
この「ラス前」って、一番町のフォーラスの前のことじゃないんですか？
＞藤崎でお総菜を買ってきて
「藤崎」は、やはり一番町にあるデパートだと読んだのですが。
仙台にいらっしゃらないのでしたら、今の話は忘れてください。勘違い、失礼しました。
π
ロレッタさんは仙台にお詳しいようですが、地元の方なのでしょうか。
ロレッタ
東京の人間です。
仙台はうちの会社の重要なマーケットで、出張でよく訪ねるので、そこそこ知っています。当地の取引先の方との話を通じて、フォーラスの前で待ち合わせるような場合、「ラス前でね」と言われていることを知りました。
π

白状します。私は仙台に住んでいます。
オンライン上では個人情報につながるようなことはぼかして語るよう心がけていたのですが、メールを見返すと、「ラス前」とか「藤崎」とか書いていますね。たぶん親とひと悶着あってお酒を飲んで、勢いで書いて読み返さずに送信しちゃったんだろうなあ……。

ロレッタ
そもそも仙台うんぬんを言い出したのは、来週仙台出張があるので、もしお時間があればお茶でもどうですか？　ということだったのですが。
二人オフ会的な（笑）

π
えーっ⁉
あ、いえ、これは拒絶ではなく、とまどっているわけでして。
嬉しいけど……。
私、おばさんですよ。
それに最近また太っちゃったし。
恥ずかしい……。

ロレッタ
僕もおじさんですよ（笑）
そして僕も腹がちょっと……（泣）
出張は来週の金曜日、十五日です。予定は五時には終わるので、それ以降でどうでしょうか？

π
私は六時まであがれないのですが、それでもだいじょうぶでしょうか？

ロレッタ
新幹線は九時台までありますから。乗りそこなっても、サウナとかでどうにかなります。待ち合わせはπさんの職場の近くの喫茶店とかでいいんじゃないですか？　そしたら時間を節約できます。適当なところを指定してください。

π
それでは六時十五分でどうでしょう？　一番町に〈風花〉という喫茶店があるので、そこで。住所は以下のとおりです。

ロレッタ

諒解です。何を目印にしましょうか。僕は紺色のスーツに焦げ茶色のブリーフケースです。経済誌を裸で持っていましょうか。それとも写真を交換しておいたほうがいいですかね。

π
顔も名前も知らないどうしがこうやってメールをやりとりしてるって、ゲームみたいですよね。だったら待ち合わせもゲームっぽくしませんか？　私は風花で、ある目印と一緒にいるので、見つけて声をかけてください。

ロレッタ
どういう目印ですか？

π
何が目印となっているのかを当てるのもふくめてゲームです。

オフライン

ロレッタは仙台駅を西口に出、高架歩廊から青葉通りに降りた。
五月である。広い通りの左右には欅（けやき）の大木が青々とした葉を茂らせている。まだ若葉である。薄い葉肉は陽光をよく通す。ロレッタは全身に木漏れ陽を浴びながら、仙台の繁華街に向かった。

地下道を抜け、アーケードの入口の一つ先を折れると、狭い道の端っこに〈風花〉という看板が申し訳なさそうに立っていた。

ロレッタは待ち合わせの店を確認しただけで中には入らず、アーケードの方に戻った。過去の出張時の記憶では、このあたりに大型書店があるはずだった。腕時計に目を落とす。まだ一時間半の猶予がある。余裕を持って出てきて正解だった。

ロレッタは三十を過ぎた。独身である。焦りはない。世間の結婚年齢は年々上がっている。

焦りはないが、漠然とした不安はある。

ロレッタは独身主義者というわけではない。といって結婚を至上に掲げているわけでもないのだが、では独身のまま一生を終えていいのかと問われれば、それは嫌だと躊躇なく答える。結婚して子供を持つという世間の平均からはずれたくはない。そして、子供を作るとしたら、あまり遅くならないほうがいいとも考えている。五十でできた子の授業参観に行ったら、わが子は恥ずかしさに教室を飛び出したくなることだろう。

そこまで考えをめぐらせているのに今もって独り身なのは、大恋愛のすえの大失恋という苦い過去が影響している。ロレッタはまだ若く、世間というものをわかっていなかった。愛は無敵ではなく、どんな困難も乗り越えられるというのは幻想だった。

彼女の面影を断ち切るため、ロレッタは仕事人間になった。そして気づいたら三十である。同期の半分は伴侶を得ている。自分はこのまま会社と添い遂げるのか。破局の痛手はもう癒えている。

職場に独身の女性はいる。営業職なので、得意先にも顔見知りは多い。けれどロレッタは職場結婚には抵抗があった。安直とあきらめのようなものが感じられるし、恋愛中に破局となったら働きづらくなる。結婚までたどり着けたとしても、オンもオフもパートナーと一緒では息が詰まりそうだし、たとえ彼女が寿退社しても夫の仕事ぶりは容易に想像できるわけで、そういう妻の目が常にあるのかと思うと、やはり安らがない気がしてならない。

といって、ほかにどこで彼女を探す。平日は会社と塒の往復で終わり、休日には溜まった洗濯と掃除が待っている。趣味に使う時間もほしい。古い友人から酒の誘いもある。お見合いの斡旋が趣味の伯母はいない。

そこに現われたのがπだった。ネットワーク上の掲示板で存在を知り、そののちメールで一対一のやりとりをするようになった。

ロレッタは帰宅してコンビニ弁当を広げるより先に端末に向かい、彼女からのメッセージが届いていないと十分おきにチェックをし、変なことを書いて嫌われたかと不安にかられた。そしてようやく届いたメールを繰り返し読み、その返事を書いては消している間は、上司の小言や取引先から突きつけられた無理難題も、暗く寒い部屋に独りぼっちでいることも忘れられた。

πに好意を抱いていることをロレッタが自覚するまでに、そう時間はかからなかった。メールの文面から、πはそれなりの歳だと判断できた。しかしこちらもそれなりに歳を取っている。三十を過ぎているのに女子高生と交際したいというのは虫がよすぎるというものだ。

πが適齢期を過ぎているにしても、父親が現役であること、妹二人の話などから判断して、四十歳にはまだ達していないと思われた。ならば自分と年齢的に釣り合いが取れている。

知らないどうしが回線を通じて心を通わせ、それがリアルでの交際に発展するというのは、自身未体験の恋愛形態であり、冒険に出るようで心躍る。東京と仙台なら、遠距離といっても、そう遠くはない。そして交際を重ねた結果ゴールインしようものなら、これはもう一篇のおとぎ話ではないか。

こうやって勝手に盛りあがるのが恋というものだったよなと、久しく忘れていた感覚に、ロレッタは笑壺（えつぼ）に入った。そして寝つきさえ悪くさせる胸のうずきに背中を押され、とうとうπに誘いをかけた。

出張のついでというのは嘘である。仕事で仙台に行く予定は向こう三か月まったくなく、πとの対面の約束を取りつけることに成功すると、有休を取って新幹線に乗った。

しかしやまびこの坐席で揺られるうちに、勢いで頭に昇っていた血が降りてくる。

およそ恋愛というものは、まず直接的な出会いがあり、そこから二人の物語がはじまるものである。ところが今回は相手が見えない。見合いであっても、その席に着く前に相手の写真を見ることができるというのに。誰だかわからないにもかかわらず会話を重ね、シンパシーを感じるようになり、じゃあ実際に会ってみようかというのは、通常とは正反対のアプローチである。普通でないからこそ劇的であり、だから気分が高揚した。

しかし醒めてみると、そこに一つの問いかけが生じる。姿形がわからない女性と対面し、その姿形がどうであっても、フィーリングが合うから問題ないと恋愛を続けられるのか？　おまえは磨りガラスに映ったシルエットに入れあげているのだぞ。

といって、都合が悪くなったとドタキャンするわけにはいかない。引き返せないことはないが、出張ではなく自費で新幹線に乗ったのだから、金をドブに捨てることになる。

顔も目印も知らされないまま相手を見つけ出すのも一興と、相手の提案に乗ってしまったことをロレッタは後悔する。やはり写真を交換しておくべきだった。もっとも、見合い写真のような作りあげたものが送られてきたら、実際に会ってみて、詐欺だと力を落とすことになってしまうのだが。

大宮、宇都宮、郡山――決断の時間が迫る。

福島、白石蔵王――新幹線の速度で頭を回転させ、ロレッタは急遽Bプランを練りあげた。

一番町、国分町の雑踏を抜け、晩翠（ばんすい）通りを渡って道を一本西に入ると、人の姿がぐっと少なくなる。商店の規模も小さくなり、むしろマンションのほうが目立つようになる。抜け道として利用されているのか、道幅の割に車は切れ目ない。はなもり薬局はそんな裏通り沿いにあった。ここがπの勤務先のはずだった。

メールの中でπは、閉店間際の藤崎で総菜を買ってくるよう母親に言われると愚痴をこぼしていた。母親がそう命じるのは、娘の職場が藤崎に近いからではないのか。

また、不衛生な薬剤師のいる自分の薬局ではなく千葉薬局やヤクモファーマシーを利用しろと言っていたことから、この二つの薬局が彼女の薬局と競合していると考えられる。

そこで藤崎を中心に調剤薬局を探してみるとはたして、一番町の隣の大町というところに千葉薬局とヤクモファーマシーが見つかり、その二店舗と等距離のところにも調剤薬局があった。それが、今ロレッタの目の前にあるはなもり薬局である。

新幹線の中で推理を組み立て、仙台到着後、一番町の大型書店で市中心部の住宅地図を広げた。喫茶店で会う前にπの姿を確認し、それによって身の処し方を決めようとロレッタは考えたのだ。

はなもり薬局は小さなビルの一階にあり、ガラス張りで、外から中がよく窺える。正面にカウンターがあり、レジの前に白衣の女性が坐っている。

ロレッタは目を見張った。遠目にもはっきりわかった。それでも納得できず、車に注意して道を薬局の側に渡ると、電柱の陰に身を潜め、あらためてガラスの向こうを窺った。瞬きを繰り返しても見えるものは変わらなかった。

スリムであることが正義であると声高に喧伝している昨今の風潮をロレッタはよしとしていない。女性は、二の腕にも腿(もも)にも、それなりの肉というか脂肪がついているほうが好ましい。抱き心地もいい。心理学者なら、幼少期に母親の愛情を十分受けなかったことでうんぬんと分析するところだろうが、ともかくロレッタは、女性の肉づきについてはかなり寛容だった。だからπに「最近太っちゃった」と言われても、あまり気にしなかった。

しかし今日にしている女性はぽっちゃりではない。これはどう贔屓目に見てもデブだ。七十五キロの自分をゆうに超えている。小学生なら、名字をもじった四股名が綽名につけられるだろうと容易に想像できる。

おまけにその造作。掲示板の書き込みにあったように、美醜の基準は人それぞれなので、この彼女にストライク判定を下す者も世の中にはいるだろうが、ロレッタはNGだった。それも、バックネット直撃かワンバウンドの大暴投だ。ミツバチの二人が美人に見える。写真交換の提案にπが乗らなかったのは、事前に写真を見せたら会ってもらえなくなると不安に思ったからではないのか。

待て待て、何か早合点していないか？

ロレッタはひとつ深呼吸する。あらためて薬局の中を覗く。

カウンターは横に長く、三人ほど並んで患者に応対できそうだが、今いるのは一人、レジ前の彼女だけだ。

フロアーの椅子には四人坐っているが、みな白衣を着ていない。患者だ。

カウンターの背後は調剤室で、白衣の三人が働いている。一人は五十年配の男、これがヤニ臭いボスか。あとの二人は女性で、薬を扱っているので薬剤師だろう。二人とも痩せ形なので、「最近太っちゃった」の条件にも当てはまらない。

πは事務員だ。そして事務と思われる人間は、レジ前の例の彼女しか見あたらない。事務はもう一人いるのだがトイレに立っているのだ、所用で外出しているのだ、自分との待ち合わせがあるから休んだか早退したのだ、いや薬局を勘違いしているのだ、千葉薬局とヤクモファーマシーの競合店がほかにもあるのだ、もう一度地図を確かめないと——。

ロレッタがそれでも希望を捨てきれず考えをめぐらせていると、問題の彼女が立ちあがり、カウンターの中から出てきた。フロアーを横切り、窓の方に歩いてくる。ずっと覗いているので不審に思われたのかとロレッタは身を硬くしたが、彼女が行った先は椅子に坐る年配の男性のところだった。相手は耳が悪いのか理解力に乏しいのか、彼女は身振り手振りを交えて繰り返し話しかける。

その様子をぼんやり眺めていたロレッタの背中に冷や汗が噴き出した。

事務の彼女の胸には名札がつけられていた。〈π田〉とあった。

いや、それは遠目からだったため文字の輪郭が不鮮明でそう見えただけで、目を凝らすと〈灰田〉だった。〈灰〉と〈π〉が図形として似ているために生じた錯覚だ。さらに〈灰〉の読みは〈はい〉で〈π〉の読みは〈ぱい〉。πというハンドルネームはここからきていたのか——。

灰田嬢は患者の前を離れ、カウンターに戻っていく。外股で肩をそびやかして歩くその姿は、まったく相撲取りだった。肥満ゆえに、体の動きが自然とそうなってしまうのロレッタは失望に打ちのめされ、はなもり薬局をあとにした。

だろう。

風花はレジのカウンターが冷蔵のショーケースになっており、掌サイズのケーキが華やかに並んでいる。これが売りなのか、店内は女性客ばかりで、わずかに見られる男もカップルの片割れである。

そんな華やいだ店内に一人居心地悪く坐っているのがロレッタである。

灰田嬢の姿に愕然としたというのに、律儀に待ち合わせの場所にやってきたのにはわけがある。はなはだ卑しい理由からだった。

灰田嬢とは、たとえ話が合ったとしても、リアルに交際するのは無理だとロレッタは思った。だから待ち合わせをすっぽかし、どうして来なかったのだとπからメールが来たらそれも無視し、第二、第三の問い合わせが来ても黙殺を続け、オンライン上でも彼女の前から消えてしまおうと考えた。向こうはこちらの本名も住所も電話番号も知らないのだから、自宅や会社に押しかけられることはない。ロレッタはそう考え、東京に帰りかけた。

しかしこのまま駅に直行では、ただ新幹線に乗りに来たようなものである。生憎ロレッタは鉄ちゃんではないので、それでは満足できない。そこで、当地の風俗店に寄って、このやりきれない気分を発散させてから帰ろうと考えた。過去の出張の際に接待を受けたことがあり、知った店もある。性欲が服を着て歩いているような時期は過ぎたが、三十代前半、まだまだ煩悩は大きい。

ところが国分町のそういう一角に足を向けかけ、待てよと思った。性的欲求を解消したいのなら、風俗ではなく、灰田嬢でもよくないか？

彼女の容姿はまったく好みではないが、風俗でも、指名する時の写真と実物のギャップにがっかりさせられるのだ。あれこそ写真のマジックだ。それでも事におよんでしまうのが男の性(さが)なのだが、だったら相手が灰田嬢でもいいじゃないか。その場で適当に話を盛りあげ、場所を変え――。一度関係を持ったからといって、交際しなければならないということはない。文学的に言えば、かりそめの関係、平たく言えば、やり逃げというやつだ。向こうはこちらの正体を知らないのだから、今宵かぎり連絡を絶っても、追いかけられることはない。

そう卑しく考えをめぐらし、ロレッタは待ち合わせの喫茶店にやってきたのであった。

約束の六時十五分になった。店内はあらかた埋まっている。灰田嬢はまだ来ていない。六時半を過ぎた。この十五分間、ロレッタはタバコをふかしながら店の入口に目をやっていたが、灰田嬢は入ってきていない。仕事が終わらないのだろうか、それとも虫が知らせてドタキャンすることにしたのだろうか。

六時四十五分になっても灰田嬢は現われず、七時まで待っても来なかったら店を出ようとロレッタが決めた時、すみませんと声がした。ケーキ皿を持った女性がテーブルの向こうに立っていた。

「頼んでいませんが」

ロレッタは手を振るが、彼女は立ったまま動かない。

「何か？」

気味悪く思いロレッタが尋ねると、質問を質問で返された。

「失礼ですが、お客様は東京からいらっしゃいました？」

「は？」

「東京の人ではありませんか？」

「何なんですか」

ロレッタはますます気味悪く思い、露骨に顔をしかめた。すると彼女は言った。

「ロレッタさんではありませんか？」

驚きのあまり、ロレッタは反応できなかった。すると彼女は、

「人違いでした。ごめんなさい」

と頭をさげて立ち去ろうとする。

「ちょっ……、待ってください」

ロレッタは声を裏返して呼び止める。彼女が振り返る。

「今、何と？　あなたは？」

「πです。この名前にピンときませんか？　でしたら私の勘違いです。ごめんなさい」

「勘違いじゃないです、たぶん」

ロレッタはきょとんと彼女を見つめた。そこにいる彼女が灰田嬢とは似ても似つかぬ姿をしていたからだ。体型も、面立ちも。

「ロレッタさんなのですね？」

彼女は確認してくる。ロレッタは呆然とうなずく。

「ああ、よかった。男性の一人客だから、そうだとは思ったんですけど、経済誌を置いてないから、躊躇していました。私、そこにいたんですよ。十五分ちょうどから」

と、三つ離れた二人掛けの席を指さす。

「目印、わかりませんでした？　簡単だと思ったんですけど」

ロレッタは目印のことなどすっかり忘れ、脳裏に強烈に焼きついていた灰田嬢の姿を探していた。

「ここ、坐っていいですか？」

πはロレッタの前の席を指さし、返事を待たずにケーキ皿をテーブルに置くと、元の席からコーヒーを持ってきて椅子に腰をおろした。

「これ」

πはフォークの先で皿のケーキをつつく。

「おなかのほうは」

ロレッタはぼんやり手を振る。

「あー、やっぱり気づかなかったんですね」

「は？」

「これ、何ですか？」

「ケーキ」

「種類ですよ」

「アップルパイ」

「ね？」

「は？」

「まだわからないんですか？　アップルパイ」

πは皿を指さし、

「パイ」

自分を指さす。

「ああ」

ロレッタはようやく察した。

「ばかばかしいですか？　こういう洒落、お嫌いですか？」

πは声を落とし、眉を曇らす。自分が無表情だからだと気づいたロレッタは、

「すみません。混乱してて」

とこめかみを叩く。

「混乱？」

「πさん――、でいいんですよね？」

ロレッタは目の前の女性にあらためて尋ねる。

「πです。はじめまして」

ほほえみ、顔を少し斜めにして頭をさげる。ストライクだ。

「代理で来られたんじゃないですよね？」

「代理？」

「勤め先ははなもり薬局じゃないんですか？」

「どうしてご存じなんですか？」

πは目を見開く。

「あ、いや、いただいたメールから、そうじゃないかと推理して」

「仙台だと当てたり、すごいですね」

πは睫（まつげ）をしばたたかせる。

「薬剤師ではなく、事務をしていらっしゃるんですよね？」

「ええ」

「今日はお休みだったんですか？」

「いいえ」

「半休？」

「いいえ。六時までしっかり働きましたよ。というか、働かされました」

πは首をすくめ、ロレッタは首をかしげる。

「何か？」

「先ほど伺ったところ、事務の方は一人しかいらっしゃらなかったので、てっきりあの方がπさんだと」

「うちの薬局にいらしたんですか？」

「あ、ええ、仙台に早く着きすぎたもので——、じゃなくて、出張の用件が早く片づいたもので、ちょっと覗いてみようかと……」

「やだあ」

πは頬に手を当てる。

「それに、あの方、灰田さんとおっしゃるんですよね？　ハンドルネームの由来は名字の読みにあるのだと思いました。〈灰〉と〈π〉の形もなんとなく似てるし」

「ホントだ、びっくり」

πは掌の上で人さし指の先を動かす。

「そういうふうにいくつも条件が合うもので、彼女がπさんだと確信したんですけど」

まあとπは目を丸くし、次に軽く噴き出し、それから首をかしげて、

「でもおかしいですね。私もいたはずですよ。昼休みは外に出たけど」

「そんなに早くありません。五時過ぎです。カウンターには灰田さんしかいませんでした」

「じゃあ、調剤室でピッキングしてたんだわ。配達する薬もあって忙しかったから」

「僕が見た時には三人いたけど、あれは薬剤師さんでしょう？　みんな薬を扱っていました」

「三人いたのなら、一人は私です。今日は、薬剤師二人、事務二人でしたから。一人だけ白衣が違ったでしょう？」

「白衣が違う？」

「うちでは、薬剤師は白、事務はピンクと分けています。形も、薬剤師のはコート型で、事務はケーシーの上だけを着ています」

「ケーシー？」

「胸が開いていない白衣です。ケーシー高峰が着ている。だからケーシーと言われているのではなくて、ベン・ケーシーが着てたからなんですけどね。て、何歳だよ、私」

πは恥ずかしそうに両手で顔をおおう。

「気をつけて見てなかった……」

「本当は薬剤師免許がないと薬を扱ってはいけないんですけど、忙しい時には手伝います。包装されたものを数えて出すだけですから、小学生にでもできます。どの薬局でもやってることです」

πは唇に人さし指を当てる。理屈っぽい話を聞かされるうちにロレッタは、ようやく頭が回復してきた。

「じゃあどうしてメールにあんなことを書いたんです？」

「あんなこと？」

「『最近太っちゃった』って、全然太ってないじゃないですか。調剤室の女性はどちらも痩せてたから、πさんの候補からはずしたということもあります」

「太ってますよぉ」

πは眉を寄せる。

「どこがです。ぽっちゃりにも満たない」

「お上手ですこと」

「頰も顎もすっきりしているじゃないですか。それにその細い指は何です。本当に太ってる人は、指がフランクフルトみたいになるんですよ」

「見えないだけです。夜は炭水化物を抜いてるんですよ。なのに全然瘦せなくて、週末はリンゴだけにしようかと思ってるところなんですから」

πはカーディガンの上から二の腕を摑み、いまいましそうに腿を叩く。

「服を着てても、太ければわかりますよ。ほら」

ロレッタは自分の腹に手を当てる。

「それはコンビニ弁当ばかり食べてるからじゃないんですか、ビールと一緒に」

「それはそうかもしれませんけど……。いや、僕のことじゃなくて、あなたは普通ですって。それ以上瘦せてどうするんです。健康を害しますよ。早死にしますよ。テレビや雑誌にまどわされちゃだめです。太ってるというのは、灰田さんのような方のことを言うんですよ。あの人こそダイエットの必要がある。医療従事者であの太り方はない。不健康なイメージで患者を不安にさせてしまう。ヤニ臭い薬剤師と同等に罪深い」

そこまでまくしたててからロレッタはハッとして、

「灰田さんに何とお詫びしていいか。何てひどいことを……」

頭を抱えてうなだれた。

「告げ口しませんよ」

「いや、いま言ったこともそうですけど、ああ、僕は何て恥ずべき人間だ。勝手な想像で決めつけて、おまけに鬼畜な計画まで……。最低だ。近くに教会はありませんか？」

「教会？」

「すっ飛んでいって懺悔(ざんげ)したい気分なんです。灰田さんに申し訳なくて」

ロレッタは顔をあげ、胸の前で手を組み合わせる。

「おもしろい方。ぼーっとしてたり、急にテンションを上げたり」

πは顎の下で手を叩く。

「全然おもしろくないです。πさん、あなたにも合わす顔がない」

「ほら、おもしろい。合わす顔がないって、もう会っちゃったんですけど。それより、せっかく頼んだのだから、食べましょうよ。半分どうぞ」

πはフォークでケーキを切り分け、自分のぶんをさらに小さく切り、一つ、二つと口に運ぶ。ダイエットしているとは思えない、いさぎよい食べっぷりだ。

「アップルパイがお好きなんですね。だからハンドルネームに」

ロレッタはなるほどとうなずく。

「私はパイよりタルトかな。これは目印のために頼んだだけです。はい、どうぞ」

πは半分残ったケーキの皿をロレッタの方に押しやる。

「じゃあπの由来は何なんですか？」

「なーんだ？」

「わかりませんよ。πさんの好みとか全然知らないんだし」

「それでも当てられないことはないですよ。うん、ロレッタさんなら当てられるかも。

私が仙台に住んでいるとか、はなもり薬局に勤めてるとか、見事推理したくらいだから」

「灰田さんだと決めつけた程度の力ですけど」

「いいから当ててみてくださいよ。ゲーム、ゲーム」

πは囃(はや)し立てるようにフォークを振る。

「またゲームですか」

「私もロレッタというハンドルネームの由来を当ててみようかな。趣味とかわかってなくても当てられます？」

「不可能ではないけど、かなり難しいですよ」

「ロレッタって、女性の名前ですよね？」

「そうですね」

「好きな歌手とか女優とかの名前？」

「違います。そういう単純な結びつけではありません。XだからY、YだからZ、Zだからロレッタ、という感じで連鎖しています」

「連鎖……。『歌え！ロレッタ愛のために』という映画がありましたよね。『キャリー』の女優さんが主演の」

「シシー・スペイセク、オスカーを獲りましたね。映画、よく観られるんですか？」

「そこそこ。あの映画と関係ありますか？」

「関係ありません。強引につながりを求めるなら、あれはカントリー歌手の伝記映画でしたよね。僕のロレッタも音楽が関係しています」

「歌手の名前じゃないんですよね？」

「違います」

「もう少しヒントをください。音楽に関係あるというだけでは、どこから手をつけていいか」

「ある有名な一曲に関係しています」

「その曲名？」

「ではありません」

「外国の曲ですか？」

「はい」

「私、日本のしか聴かないんですけど」

「だとしても知っている曲です。僕が中学生の時にヒットしました。曲名は知らなくても、ここで僕が鼻歌でサビの部分を歌ったら、聴いたことがあると言うはずです」

「歌って歌って」

「こんなところで恥ずかしいですよ」

πは両肩を前後に動かす。

ロレッタは左右に目をやって、

「ゲームなら、僕にもターンを回してくれないと不公平ですよ。πがアップルパイでないとしたら、パイナップル？」

「こっちも、そういう単純なものではありませんよ」

「カタカナ書きでなく、πとギリシア文字で表記する必然性がありますか？」

「あら」

「図星？　πは円周率だけど、3・1415926……、三月十四日が誕生日とか？　違う？　じゃあπという文字の形かなあ。〈仄〉に似ていると思ったのは、方向性としてはよかったと。ほかに似た漢字はというと……、元気の〈元〉がもっと似てる。いやそれより、〈π〉そのものの漢字がある。〈元〉の上の横棒を取ったやつ。何て読むんだろう」

　とロレッタは、テーブルに指で〈兀〉と書く。

「二人とも当てられませんね。終わりにしましょう」

　πが言った。

「え？　まだはじめたばかりじゃないですか」

「ハンドルネームの意味なんて、どうでもいいことですし」

「まあそうですけど」

　ロレッタは冷めたコーヒーが残ったカップに口をつける。当てっこしようと言い出したのは誰だよ、こいつは気分屋かと、顔には出さずにむっとする。

「ちょっと怖くなりました」

　πは伏し目がちに首を振る。

「怖い？」

「実は、πというハンドルネームは私の本名に由来しています」

「なんと。僕のほうも本名につながっているんですよ。気が合うなあ」

ロレッタは茶化すように言ったのだが、πはくすりともしない。

「私たち、きのうまで、ううん、ついさっきまで、お互いのことを何も知らないでやりとりしていましたよね。本名も年齢も住まいも家族構成も仕事も顔も。私はいろいろぽろっと漏らしてしまい、はなもり薬局で事務をやっていると知られることになりましたが、あれは不可抗力であって、教えるつもりがあったわけではありません」

言葉の調子が変わったのを察し、ロレッタは黙ってうなずく。

「けれど今日ここでロレッタさんとお目にかかり、お互い、リアルな姿形を知ることになりました。そしてさっきのゲームを続け、ハンドルネームの由来を明かすと、本名を教えることになります。

これまではお互いが見えない関係だったので、気軽に、ある意味無責任に話せたところがあると思うんです。けれど顔も名前もわかってしまったら、以前と同じようなやりとりはもうできないんじゃないかって、それが怖くなりました」

たしかに、顔を合わせただけの今なら、ぎりぎり引き返せる。先ほどロレッタが灰田嬢に対して卑怯な手に出ようとしたのも、個人情報は明かさないので追いかけられず、責任問題には発展しない、という安心に支えられてのことだ。

「怖いですか」

ロレッタは独り言のように復唱した。

「怖いです」

「けれど、怖さとわくわく感は表裏一体みたいなところがありますよね。どうなるかわからないから怖い、どうなるかわからないからわくわくする。ホラー映画もそうでしょう？」

πはきょとんとしている。

「うん、昨日にはもう戻れないでしょう。昨日は終わってしまったのです。でも、明日は無の世界ではなく、昨日までにはなかった何かが待っているんじゃないですか？　怖いというのは、それが何かわからないからでしょう。僕にもわかりません。でも怖いというより、それが何だか確かめてみたいという気持ちのほうが強くあります。だから先に進んでいきたい。無謀でしょうか」

ロレッタは覚悟のうえで誘いをかけた。

「よろしくお願いします」

πはテーブルの端に両手の先をちょこんと置いて頭をさげた。

「じゃあハンドルネームのゲームを再開しましょうか。ええと、どこまで考えてたっけ」

ロレッタはそっけなく応じるが、顔は火照（ほて）り、唇が乾いている。

「とりあえず場所を変えませんか？　おなか、すきません？」

πが言う。

「そうですね。でもπさんはケーキを食べたばかりでしょう」

「甘いものは別腹なので。なんて言ってるから太っちゃうんですよね」

「だからπさんは太ってませんって」

「男と女では『太っている』の基準が違うんですよ」

どこかで聞いたような台詞にロレッタが記憶を探っていると、πが伝票を引き寄せて腰をあげた。

「ここは僕が」

ロレッタは手を伸ばす。

「遠くからいらしたのだから」

「会社の金でね」

ロレッタは見栄を張り、伝票を奪う。

これからは交通費が大変だなと憂えながらも心が弾む。

舞姫

1

両腕を広げ、弧を描くように回し、脇を締め、肘を張り、肩を回し、左手を頭に置き右手を翼竜の羽ばたきのように波打たせる。

膝から下を小刻みに動かし、足首を交差させ、逆に交差させ、爪先で一回転、踵で逆回転、両脚を前後に大きく開き、コンパスのように回して左右に開脚、一つのジャンプで立ちあがり、右脚を前に百八十度振りあげ、左脚をサソリの尻尾のように後方に蹴りあげる。

文章にすれば分けて書かざるをえないが、腕と脚は同時に動かしている。しかも、上半身は三拍子、下半身は四拍子のポリリズムである。合間には、頭と腰でアクセントを入れる。

最初のころジョジョは、彼女の片脚の動きすら追うことができなかった。毎日練習につきあううちに全体を鑑賞できるようになったが、それでも気を抜くと動きを見失ってしまう。まったく曲芸のような身体表現である。

スピッツが吠えるような声をあげ、フランソワーズが動きを止めた。パンと手を打ち、赤いヘアバンドをはずして金色の髪を両手で掻きあげ、天を仰ぐ。何かミスをしたらしい。ジョジョの目には少しも留まらなかった。

悔しそうな顔をジョジョに向け、フランソワーズは自分の手首を指さした。ジョジョは腕時計に目を落とすと、右手の指を四本立てて彼女に示した。

「じゃあ、今日はおしまい」

フランソワーズは肩の力を抜くように上げ下げしたのち前かがみになり、両手を地面につくのと同時に爪先で地面を蹴りあげた。ゴムでできたような柔軟で無駄のない肢体が、手首を支点に弧を描く。ふらついたのは一瞬で、すぐにぴんと静止する。練習を締める一分間の逆立ちだ。一本の垂線となり大地と空を結ぶ姿は、アスファルトを割って天に伸びるタンポポのようだ。

左手の奥には、濃緑の葉を茂らせた大木が悠然と立っている。もうひとつ左に目をやると、さらに奥の方に、錬鉄の巨大なモニュメントが屹立している。

フランソワーズの爪先と、マロニエの頂、エッフェル塔の先端が、遠近の視差により、ちょうど同じ高さに見える。その後ろに広がる八月の空は青く澄みわたり、ジェット機の航跡で上下に二分されている。

どうしてカメラを持ってこなかったのだとジョジョは嘆き、思い出は心の中に焼きつけるものだと、負け惜しみで己を納得させる。

「オーディションに落ちちゃった」

フランソワーズが逆立ちをやめ、掌の土をはたきながら近づいてくる。首筋を伝う汗のきらめきがまぶしい。

「ただの練習じゃないか」

ジョジョは笑ってタオルを投げて渡す。

「練習という気持ちで練習をしてどうするの。『常在戦場』よ」

フランソワーズは目元を引き締め、額から頬をぬぐう。

「なんで、そんな難しい日本語を知ってるんだよ……」

「さ、行きましょう」

フランソワーズはタオルを肉体労働者のように首にかけて歩き出す。背筋を伸ばし、片手を腰骨の横に添え、フラミンゴのように脚をさばくさまは、ファッションモデルを気取っているように見える。身長はジョジョのほうが頭半分高いのに、同じピッチで歩くと遅れを取ってしまう。

夏の午後四時は日本でもまだ夕方とは言いがたいが、ヨーロッパの高緯度地域ではそれ以上に日が高く、真っ昼間の範疇に入る。

チュイルリー公園にも人があふれている。歴史軸のど真ん中なので、いかにもな観光客が目につくが、ジョギングや犬の散歩をしているパリっ子も同じくらい見受けられる。オクトゴナル池のところからコンコルド広場に出る。記念撮影のじゃまをしないようにオベリスクと噴水の間を抜け、行き交う車を躱(かわ)してシャンゼリゼ通りの歩道に渡る。

一直線の大通りの両脇には、マロニエの並木が彼方まで続く。その消失点にあるのが凱旋門だ。ここからだとキャラメルのような粒にしか見えないが、並木も人も車も舗道も、すべてを呑み込むように、中心に鎮座している。

はじめてこの通りに立った時、ジョジョは息を呑み、一歩も動けなくなったものだ。

空の青さが違った。広さも違った。

並木の偉容が違った。緑の色合いが違った。

道の広さが違った。歩道の広さはなお違った。車は右を走り、プジョーもルノーもシトロエンも、日本で見たことのないモデルばかりだった。

建物が違った。国も歴史も文化も違うので、様式がまるで違っているのはあたりまえなのだが、この荘厳さは何だ。雲を突くような高層建築など一つもないのに、どうして圧倒的な存在感で迫ってくるのだろう。

あれから四か月、シャンゼリゼ通りを歩くジョジョは何も思わない。左にグラン・パレ、右にマリニー劇場が見えても、いちいち足を止めないし、呼吸も乱れない。

いや、最近思ったことがある。この街の建物は彫りが深い。ただの集合住宅でも、東京のそれより凹凸がはっきりしている。それは日本人とフランス人の顔の彫りの違いと通底しているのではないか。

そして今日も思うことがある。そこの横断歩道の真ん中に立ち止まって地図を広げている君たち、君たちはどこの国からの観光客？　それともレンヌあたりからのお上りさん？　と蔑むように一瞥してしまう。

今やジョジョにとってシャンゼリゼ通りは、神宮外苑の銀杏並木のようなものだった。あちらも、一直線の道の消失点に、絵画館というランドマークがどっしり構えている。

コンコルド広場のオベリスクはメキシコ記念塔だ。学生時代、サーフィンをしに行った御宿(おんじゅく)にあった日・西・墨三国交通発祥記念之碑と、形といい高さといい、そっくりだ。御宿では、波に乗る合間に遠く目にしただけだったのに、遠く異国に来ては、足下から舐(な)めるように見あげて記念撮影というのも滑稽(こっけい)な話だ。

それにしても、昨夏は九十九里に行くのもひと苦労だった人間が一年後はパリ住まいというのは、結構劇的な人生である。

「何よ」

腕を引っ張られ、ジョジョは隣のフランソワーズに顔を向けた。

「ニヤニヤして、気持ち悪い」

「え？」

「彼女に書く手紙を考えていたんでしょう。日本で待ってる彼女に」

フランソワーズはジョジョの二の腕をつねる。

「違うし、だいたい、いないよ、そんな子」

「じゃあ何よ」

「好きな人と毎日この道を歩けて、自分はなんてしあわせなんだろうって」

「嘘ばっかり」

「ホントだよ。去年の今ごろは、こんな自分を想像してもいなかった」

ジョジョはフランソワーズの細い腰に腕を回す。うまく説明できるだけのフランス語力も英語力もなかったのでそうごまかしたが、今こうしていることにしあわせを感じているというのは嘘ではない。

　メトロのフランクラン・D・ローズヴェルト駅を過ぎると、「世界で最も美しい通り」は、いっそう華やかに、にぎやかになる。古典主義的な、あるいはアール・ヌーヴォー調の建物が、街路樹の背後に切れ目なく続く。一階にはブティックや映画館が入り、カフェは歩道にまで椅子を並べている。

　シャンゼリゼ通りから魚の小骨のように左右に伸びている枝道にも商店が軒を連ねている。表通りのブランドショップとは違い、店構えはこぢんまりとしていて庶民的なところも多いが、そのいっぽうで常連でないと入りづらい雰囲気も漂わせている。

　角を一つ曲がると、道はさらに狭く、陽当たりも悪くなり、知らずに迷い込んだら、少々おっかない気分にさせられることだろう。フランソワーズは、そんな裏通りの一角で足を止め、ジョジョの頬に唇を寄せてきた。

「じゃ、お互い、今日も一日がんばりましょう」

「もうお別れかぁ。さみしい」

「何言ってるのよ。夜また会えるじゃないの。帰りに〈黄金の紺碧（アジュール・ドール）〉に寄るね」

　フランソワーズはもう一度、今度は反対の頬にキスをして、〈谷間のユリ（リリー・ド・ラ・ヴァリ）〉のドアの向こうに消えていった。ジョジョは、耳の横に残る、ちょっと痺（しび）れたような感触を、まるで消えてしまわないためのおまじないのように指で押さえながら、サン・ラザール駅の方に足を向けた。

2

病院のベッドで無聊（ぶりょう）を託（かこ）っていると、見舞いに来た友人が、一冊の本を置いていった。十條（じゅうじょう）が日本で大学生だった時のことである。

『青年は荒野をめざす』というその小説は、本好きでなかった十條には聖書のように分厚く見え、表紙を開けるのに気後れしたが、いざ読み始めてみると、あっという間にユーラシア大陸を横断していた。どうしてアメリカ篇の話がないのだと不満に思ったほどだ。

退院しても十條は友人に本を返さず、ページが波打つほどに読み耽（ふけ）った。たんに愛読書となっただけでなく、主人公を自分に重ね合わせ、モスクワからストックホルム、コペンハーゲン、パリ、マドリードと旅する己を想像し、一人悦に入った。

いつかは自分もという気にもさせられた。学校の勉強そっちのけで、地図やガイドブックと首っ引きで、自分探しの旅の計画のようなものも立てた。人には絶対に言えないが、そのノートも残っている。

しかし十條は、そこ止まりだった。

渡航費用をどうするのだ。金はどうにかなったとしても、自分には北淳（ジュン）一郎のトランペットに相当するような特技がない。それで海外に行ったとしても、ただの観光旅行ではないか。いやそれより、今ある環境を――講義に出席しておけば卒業資格を与えてくれて就職先も斡旋してくれる学校を、朝まで歌って踊って飲んでくれる友人たちを、夜のドライブと週末の競馬を、やわらかな唇と吸いつくような肌の彼女を、捨てることができるのか。何か月、何年、世界を見てくるのかは知らないが、その後帰国して、仕事はどうする——。

十條には勇気がなかった。彼にかぎらず、九十九パーセントの青年は、そこから一歩を踏み出せないまま老いていくものなのだ。

しかし十條は今、東の都から一万キロ離れた花の都にいる。

半年前のこと、十條は大学の卒業資格は与えてもらえそうだったが、その後の進路がまだ決まっていなかった。単位を集めるだけの主体性のない学生生活を送り、就職にあたっては業種や職種の希望はなく、可能ならテレビでCMをバンバン打っている有名どころ、給料がよければ中小でも、などとわが身を顧みていなかったのだから、苦戦したのもあたりまえだ。

そこに一通の知らせが舞い込んできた。一度不採用を下された会社からで、もしまだ決まっていなかったらと、特別採用枠への応募を働きかけるものだった。CMも新聞広告も見たことのない地味な会社だったので、おおかた内定者に多数逃げられたため、あわてて二次募集をかけたのだろうと思った。しかし十條も切羽詰まっていたので、閉店前の半額セールに飛びつくように説明会に参加した。

特別枠という惹句に偽りはなかった。入社の条件が通常の募集とはまったく異なっていた。

入社式を終えたら、半年海外に行ってこい。海外の支店に配属、あるいは取引先で働けということではない。半年間海外で遊んでこい。往復の航空券と最低限の滞在費は与える。身分を保障し、滞在許可の便宜を図る。ただし、贅沢をしたかったり、国から国へと渡り歩きたかったら、自分の力でどうにかしろ。途中で嫌になったら連絡しろ。当社との雇用関係を解除するので、あとは帰国して他社で働くも現地に居着くも自由だ。それまで与えた金を請求することもない。

入社していきなり、半年好きな国で好きなことをしてこいとは夢のような話ではあるが、テレビや新聞で目にしたことのない会社がそう誘いかけてくるのは何か裏があるのではと勘繰りたくもなる。労働関係の法律からしても、この条件でだいじょうぶなのかという心配もある。

なので、説明会に参加した百人からの学生のうち、実際に採用を希望したのは三分の一以下だった。それでも倍率は三十倍に近かった。なにしろこの枠での採用は、たった一人だった。

たった一人だ。飛び抜けた学力や語学力があるわけでも積極的に自己アピールしたわけでもないのに、その一人に選ばれたことが、十條はまだ信じられない。何かの間違いとしか思えない。

しかし彼は今、たしかにパリの大地に立っている。

3

アジュール・ドールの青い扉を開けると、レジの前でナディーヌが皺くちゃの紙幣を数えていた。

「ハーイ、ジョジョ」

フランス人は十條と発音するのが難しいらしく、ジョジョと呼ばれるようになった。

「その黒い薔薇、はじめてだよね？　誰からのプレゼント？　似合ってるよ」

「五十点」

「は？」

「もうちょっとうまく褒めないと」

ナディーヌは酒焼けした声で笑い、薔薇の形の髪留めに手を持っていく。

フロアーではルネがテーブルを整えている。調理場でフィリップが庖丁を研いでいるのが見える。ジョジョはこのブラッスリーで下働きをしている。

地下に降りると、狭い通路の片隅で三人が着替えているところだった。

「今日も忙しいのかなあ」

とジョジョが自分の存在を示しながら近づいていくと、ジャン＝ミッシェルとベルトランは、やあと笑顔で返してきたが、フェルナンは顔も向けずにシャツのボタンを留める作業を続けた。ジョジョもロッカーを開けて制服に着替える。

倉庫のドアが開いた。

「きのう、五二年のシャトー・コス・デストゥルネルは出てないよな？」

マネージャーのヴァンサンが出てきた。

「半年に一本も出ませんが」

ジャン＝ミッシェルが笑う。

「六四年のシャトー・マルゴーは？」

「同じく。うちはそういう店じゃないでしょう」

「だよなあ……」

ヴァンサンは険しい顔をして、手にしたクリップボードをＢＩＣのボールペンで叩く。

「在庫が合わないのですか？」

その質問にヴァンサンは直接答えず、

「勝手に持ち出してないよな？」

とロッカーの前の四人を見較べた。

「持ち出してませんよ」

ジャン＝ミッシェルが首を振り、

「くすねるのなら、テーブルワイン（ヴァン・ド・ターブル）か地酒（ヴァン・ド・ペイ）でしょう。一日に何ダースも出るやつだったら、一、二本頂戴してもバレない」

ベルトランが笑う。

「持ち出したことがあるのか？」

マネージャーに睨みつけられ、

「たとえばの話ですよ」

泡を食って手を振りたてる。

「手癖が悪いのは山猿」

フェルナンがぼそりと言った。

「おまえか?」

ヴァンサンのぎょろ目がジョジョに向けられた。

「僕が?　違います」

ジョジョは両手を顔の横に挙げる。

「数え間違いとか」

ベルトランが言った。

「それはない。エシェゾーは一ダースも足りないんだぞ」

「一ダース⁉」

「まあいい。あとでまた訊く。開店の準備が先だ」

マネージャーは舌打ちを繰り返しながら階段を昇っていったが、すぐに戻ってきて、
と尋ねてきた。

「きのうの閉店後、吸殻の片づけをしたのは誰だ?」

「僕です」

ジョジョは自分を指さす。

「手順を言ってみろ」

「バケツに集めて、水をかける」

「知らずに放置していたより、知っていたのにやらなかったほうが罪が重いぞ」

「え？」

「聞き取れないのか？　どうしてバケツに水を入れなかった？」

ヴァンサンはフランス語から英語に切り替えた。

「入れました」

「入ってなかったから言ってるんだ」

「でも――」

「言い訳はいい。今日はかならず入れろ。二度と入れ忘れるな」

「はい」

「三秒で忘れるのがエテ公」

というつぶやきが、ジョジョの後ろの方から聞こえた。

「もう一つ訊く。レンジ周りの掃除をしたのは誰だ？」

マネージャーはジョジョから視線をはずし、部下全員を見渡す。

「僕です」

これにもジョジョが応じた。

「全部おまえか！」

ヴァンサンが声を二目盛り上げた。

「ウエスを吸殻の山と一緒にするバカがいるか。吸殻の中にはくすぶっているものもあるかもしれないんだぞ。だから吸殻のバケツには水を入れる。なのにそれを怠りやがって、それだけでも危ないというのに、可燃物を捨てただと？　レンジ周りをふいたウエスは油をたっぷり吸っているんだぞ。それに種火が燃え移ったらどうなるか、おまえの国の学校ではその程度のことも教えないのか？」

「知っています。だから一緒にしていません。それから、吸殻のバケツにも水を入れました。どっちも間違いありません」

「言い訳はいい」

「言い訳じゃ――」

「うっかりしてということで、今回は目をつぶってやる。しかし次はないぞ。店が焼けて、おまえ、弁償できるのか？」

「気をつけます」

ジョジョは不承不承頭をさげた。たった一日前のことだ、はっきり憶えている。吸殻もウエスも、いつもどおり適切に処理した。記憶障害も患っていない。

「俺、わかっちゃったんですけど」

ぼそりと声がした。

「何だって？」

ヴァンサンがフェルナンに顔を向ける。

「あるところに黄色いお猿さんがいました。火に水をかければ消えることを、逆に油をかければ燃えさかることを知らない、山から出てきた猿でした。あるとき彼は、洞窟の奥にしまわれていた珍しい壺を割ってしまいました。粗相をしたと申し出たら、どんなお仕置きをされることでしょう。知らん顔は通用しません。いま洞窟に入ったのは自分一匹だと、みんな知っているからです。黄色いお猿さんはそこで、壺のかけらを拾い集め、こなごなに砕き、そのへんに撒き散らし、何もなかったことにしようとしました。けれどそれで何もなかったことになったと思ったのは、黄色いお猿さん一匹だけでしたとさ。まさに猿智慧」

「僕は無実です。ワインは割っていません。吸殻もウエスも、ちゃんと処理しました」

ジョジョはヴァンサンに訴え、そのあとフェルナンを睨みつけた。フェルナンは頭の後ろで手を組み、あさっての方を向いている。

「続きはあとだ。開店準備に入れ」

ヴァンサンは腕時計に目を落とし、階段を昇っていく。今度は戻ってこなかった。

「早くゲロったほうが身のためなのに。警察沙汰になったら国外退去じゃねえの？　ま、目先の損得しか考えられないから猿なわけだが」

フェルナンは独り言のようにつぶやきながら、ジョジョの前を横切って階段に向かう。ジョジョは前のめりになり、フェルナンの背中を目で追いかける。ほっとけと言うように、ジャン＝ミッシェルがジョジョの胸の前に腕を差し出す。

屈辱に震える一方でジョジョは、大きな喜びも感じていた。フランス語での悪口雑言をほぼ聞き取れた自分の進歩が嬉しかった。

アジュール・ドールはなかなか評判の店で、洗っても洗っても汚れた皿が運ばれてくる。その合間には、オイルサーディンを取ってこい、今度はビール一ケースだと命じられるものだから、あっという間に時間が過ぎる。

午前一時に店を閉めたら、客席と厨房の掃除をし、それで一日の業務が終わる。ちょうどそのころ、フランソワーズもリリー・ド・ラ・ヴァリでの仕事を終えて通りかかるので、ジョジョは彼女と一緒に十八区のアパルトマンに帰る。

ところがこの日は、掃除の前に、マネージャーのヴァンサンが従業員全員を客席に集めた。

「あらためて尋ねる。六九年のドン・ペリニョンが二本、六四年のシャトー・マルゴー、五二年のシャトー・コス・デストゥルネル――」

ヴァンサンはワインのリストを読みあげる。全部で三十本にもおよんでいた。いずれも、この庶民的な店で用意しているワインの中では最上級の代物である。

「以上のワインに心あたりのある者はいないか？」

そう唇を結び、一同を見渡す。何も返ってこない。

「回りくどい言い方はやめよう。盗んだのは誰だ？」

誰も反応しない。

「いさぎよく認めれば、内々で処理してやる」

従業員たちは、ある者はうつむき、またある者は神妙に眉を寄せ、ふてくされたようにタバコをくわえたり、早く終わらないかというように顎を掻いたりと、中には演技のように見えなくもないたたずまいの者もいたが、名乗り出る者はいなかった。

「やむをえん。警察にまかせることにしよう」

ヴァンサンは同意を求めるように、ちらと横に目をやった。オーナーのアルベールは椅子で脚を組み、その膝に片肘をついた手で顎を支え、アンディーヴを丸ごと齧ったような苦い表情をしている。この若き二代目はよく店に顔を出すが、たいてい宵の口であり、かつ女連れで、オーナー特権で飲み食いし、満足したら、夜の街に繰り出していく。こんな遅い時間に素面で来ていることが、事態の重さを物語っている。

「では、解散。掃除に移れ」

ヴァンサンは手を叩く。

「ちょっといいですか」

ジャン＝ミッシェルが一歩前に出た。

「おまえなのか」

ヴァンサンも一歩前に出る。

「違いますよ。どうして僕らが疑われるのです。泥棒が入ったんじゃないですか？」

「今日私が店を開けた時、ドアには鍵がかかっていた。窓も破れていなかった」

「針金か何かを使ってドアを開けて侵入し、出ていく時にもその道具で鍵をかけていったのかもしれません」

「戸締まりをしていく泥棒がいるか」

「それは……」

ジャン＝ミッシェルが言葉に詰まると、フィリップが口を開いた。

「鍵が開いたままだと、泥棒が入ったのではとすぐに疑われてしまう。神経質な者は、中が荒らされているかどうか調べる前に警察を呼ぶことだろう。犯人はそうさせたくなかった。犯罪捜査は、初動が早ければ早いほど、犯人逮捕の率が上がる」

最古参かつ最年長者ということで遠慮したのか、俳優のような説得力のある低音が効いたのか、ヴァンサンは何か言いたそうだったが、すぐには口を開かず、言葉を選ぶように鬚(ひげ)をさすった。その隙を衝くようにナディーヌが言った。

「なくなってるの、三十本？　そんなにたくさん、あたし、持ち出せないよ。バッグに何本入るのよ。プロの泥棒が入ったのよ」

そうだそうだと声があがる。

「六人でやれば、一人頭五本ですむよね」

ルネが言い、

「六人っておまえ、スタッフのほとんど全員がかかわってるってか？　ヤバすぎるだろ、そんな店」

ベルトランが首をすくめ、

「お猿さんが粗相して割ってしまいました。中身がなければ、瓶は相当軽くなります。破片になれば、容積も相当減ります。一人で持ち出すのも不可能ではありません」

フェルナンがぼそぼそ話を蒸し返す。ジョジョにとってさいわいだったのは、従業員が口々に何か言い出したことで、営業時間中のような喧噪の中にフェルナンの個人攻撃がまぎれてしまったことだった。

「掃除だ！　掃除！　掃除！」

ざわめきに負けない大声がした。オーナーが椅子から立ち、掃除掃除と連呼するのに合わせて靴の踵を床に打ちつける。

「朝までやるつもりか。今の最優先事項は、明日の営業だろう。さあ、掃除、掃除、掃除」

手を叩いてうながされ、従業員たちは散っていく。ジョジョも厨房に向かったが、テーブルの間で足を止め、思いきって振り返った。

「掃除はしちゃだめです」

「何だと？」

「警察を呼ぶのでしょう？　掃除をしたら、犯人の痕跡を消してしまいます。すでにだいぶん時間が経っているので、証拠の多くは消えてしまったでしょうけど、それでも現場を保存しておけば、捜査の役に立つと思われます」

「そうよ。掃除は現場検証が終わってから」

ナディーヌが感心したようにうなずき、

「猿が背伸びしやがって」

フェルナンが悪態をついた。

「今日のところは警察は呼ばない」

アルベールは首を横に振った。

「どういうことです」

ヴァンサンが目を見張った。

「今日のところは私が預かるということだ」

「預かる？」

「この中に犯人がいるのなら、マネージャーか私に名乗り出ろ。今、この場でなくてかまわない。神に祈り、心が落ち着いてからでいい」

「それでいいんですか？」

ヴァンサンは不満そうだ。

「私はおまえたちを信じている。ここにいる誰も盗みなど働いていないし、万が一盗んだのだとしても、それは魔が差しただけで、二度とバカなまねはしないだろう」

「するとオーナーは、泥棒が入ったとお考えで？」

「そうに決まってる」

「でしたら、なおのこと警察を――」

「おまえ、マネージャーだろう？」

「は？」

「はあ」

「うちは繁盛しているんだ」

「それで察せられないのなら、おまえには店をまかせられないぞ。さあ、店を閉めるぞ」

アルベールは腕を大きく振りあげ、突っ立って成り行きを見守っていた従業員たちを急き立てた。

ジョジョがアジュール・ドールの外に出ると、二つ隣の明かりの消えた雑貨屋の前から、細長い影が近づいてきた。

「遅かったね。混んでたの？」

フランソワーズが腕をからめてきた。コロンの甘い匂いがする。

「ごめん。ちょっとトラブルがあって」

「トラブル？」

「ちょっとじゃないか、相当なトラブル」

ジョジョはアパルトマンに向かいながら、開店前からの騒動をかいつまんで説明する。

「マネージャー、どうかしてる。従業員のはずないじゃない。一、二本なくなっているのならまだしも」

フランソワーズはわがことのように憤慨する。

「ドアに鍵がかかっていたのなら、従業員に疑いの目を向けても仕方ない。気分は悪いけどね。許せないのはフェルナンだ」

敵意剝き出しのあの態度。侮辱するだけでも許しがたいのに、公然と濡れ衣を着せようとするとは、いったいどういうメンタリティなのだ。

「いつもの彼ね。頭がどうかしてるのよ。この国のモットーは、自由、平等、博愛よ」

「それはわかってる」

日本を発つ前は、もっと差別的な扱いを受けるかとびくびくしていた。アジュール・ドールのスタッフも、この国の標準とは顔つきが違うジョジョを変な目で見ない。つたないフランス語を笑うこともない。フェルナン・ルロワを除いて。あの男だけが、ジョジョが挨拶しても無視、たまに口を開けば猿呼ばわりで見下してくる。

「気にしない、気にしない。差別は病気なの。むしろ、そういう人を、かわいそうだと憐れんであげなさい」

フランソワーズは子供をあやすようにジョジョの肩を叩く。

ロシュシュアール大通りを渡って十八区に入り、モンマルトルの丘の裾（すそ）に沿うようにして歩いていく。十八区の奥に向かうにしたがって、明かりが暗く、落書きが目立つようになる。二人の足音が石畳や石壁に反響し、数人に追いかけられているような錯覚に陥る。ジョジョは毎日のようにこの道を歩いているが、いつになっても慣れない。この時間、メトロはもう運行していない。

「警察沙汰にならなくて助かったよ。呼ばれてたら、今晩はブタ箱泊まりだったかも」

「えっ？　実はあなたが盗んだの？」

ジョジョは少し足を速めた。

フランソワーズが急に足を止めたため、つないだ二人の腕が前後にピンと伸び、そして切れた。

「違うよ。僕、就労許可証なしに働いてるから」

「あー、驚いた」

　フランソワーズが腕をからませてきて、二人はまた並んで歩き出す。

「不法就労がばれて、何のおとがめもなし、ということはないだろうし、心証を悪くするだろうから、窃盗の疑いも強くかけられる。留置されなくても、いろいろめんどうなことになったと思う」

「そうだね。アルベールに感謝しないと。ん？　彼も、ジョジョのことがあるから、警察を避けたかったんじゃないの？　労働許可証のない外国人を雇ったことが発覚したら、店がまずいことになるじゃない」

「いや、それは違う。オーナーはべつに僕のことを頭に置いていたんじゃない」

「そうよ、きっとそう」

　強く言うものでそれ以上彼女を否定しなかったが、アルベールが警察沙汰にしなかった理由は別のところにあるとジョジョは踏んでいた。

　アルベールは、外部犯の可能性と内部犯の可能性を天秤にかけたのだ。そして内部犯の可能性が高いと判断した。

　内部から逮捕者が出たらどうなる。店の評判が落ちる。アルベールは、オーナーとしてそれを避けたかった。

　従業員のことを信じているとアルベールは言ったが、実は正反対で、まったく信じていないのではないか。しかし、信じていると言い切ることで、窃盗の再発を抑止できると考えた。つまり、被害は一度きり。その損害額と、店の評判が落ちることによる損害額を、ふたたび天秤にかけ、身内から犯人を出さないほうが得策だと判断した。

　さいわいにも従業員は無関係だったとしても、泥棒に入られた店ということで有名になり、何かプラスがあるだろうか？　物珍しさに覗きにくる者はいるだろうが、むしろルーズであるとの悪い印象を与え、客足を遠ざけてしまうのではないか。

　フランソワーズはアルベールとは旧知の仲で、ジョジョは彼女の仲立ちにより、アジュール・ドールで仕事を得た。フランソワーズはアルベールのことを、女好きの気のいいおじさんと思っているようだ。

　今ここでジョジョが考えを述べれば、アルベールはそんな小賢しい人ではない、あなたに何がわかるのと、フランソワーズは気分を害しかねない。なにしろ彼女と彼は数年来の知り合いで、こちらとは数か月の関係でしかない。彼女との仲がこじれるのなら、自己主張などしないほうがいい。

　リオン広場を過ぎると、アパルトマンはすぐそこだ。

　歩きながら、部屋でスーズ・トニックをやろうと話していたのに、帰り着くなりジョジョはベッドに倒れ込み、そのあとフランソワーズが覆い被さってきてキスをされ、自分も彼女を抱きしめたような気がするのだが、記憶はそこで途切れている。

4

　理想は、ジュンの軌跡をなぞるように、ナホトカからユーラシア大陸を横断するルートだった。ウラジオストクから鉄路で大陸横断でもいい。

けれど、地図で確認した沿海州の位置と、そこからヨーロッパまでの距離に気後れしてしまい、結局十條が採用したプランはというと、とりあえず日本人観光客が相当いるであろうパリに飛び、環境に慣れたらそこを起点にヨーロッパ諸国をめぐるという、保険をかけた冒険旅行だった。

十條は海外ははじめてだった。それどころか、二十余年の人生で飛行機に乗ったこともなかった。だから成田空港を飛び立った時からお上りさん気分で、航空写真そのままの房総半島に、もうそれだけで興奮してしまった。

シャルル・ド・ゴール空港への着陸態勢に入った飛行機の窓からの眺めにも息を呑んだ。眼下に広がる緑は、半日前日本で見た緑とは、量も色合いも、まるで違っていた。空港から乗ったバスからの景色には、おとぎ話の世界は現実に存在していたのかと、ドラッグでもやったような浮遊感に包まれた。

パリ東駅近くの安宿で旅装を解き、夜明けから陽が落ちるまで市内を歩き回った。凱旋門、エッフェル塔、ノートルダム大聖堂、バスティーユ広場、ルーヴル美術館、カルチェ・ラタン、モンパルナス、モンマルトル、ブローニュの森、国鉄に乗ってヴェルサイユ宮殿に足を伸ばし、モン・サン・ミッシェルのバスツアーにも参加した。

しかし一週間もすると、感動も興奮もなくなり、踵の肉刺を気にしながら歩くのもめんどうで、次はどこの国に行こうか、その前にブルゴーニュの葡萄園でも見ておくかと、十條はチュイルリー公園のベンチでジャンボンのサンドイッチをかじっていた。

「あなた、日本人？」

突然声をかけられ、十條はむせかえった。

「あら、ごめんなさい」

顔をあげ、十條はまた驚いた。若い女性が立っていた。日本人ではなかった。けれど日本語を喋っている。つたなかったが、たしかに日本語に聞こえた。そして日本人のように、神仏を拝むように顔の前で手を合わせている。十條は、だいじょうぶと言うように手を振り、コーラを一口飲んでから、

「日本語、喋れるの？」

と笑いかけた。

「ちょっとだけ」

彼女は親指と人さし指の先を一センチほどに寄せる。笑うと、左の八重歯が唇に引っかかる。

じゃあねと言うように彼女は手を挙げ、十條の元を離れた。腰に手を当てて歩くさまがモデルのようだと十條が見とれていると、彼女は突然跳びあがり、着地するのと同時に長い手足を複雑に動かした。そういえば自分がこのベンチに坐った時から彼女は踊っていたなと十條は思った。向こうの木陰でイーゼルを立てている老人と一緒で、風景の一部としてしか見ていなかった。

十分ほど踊り続けたあと、彼女がふたたび十條の方に歩いてきた。

「わたし、フランソワーズ。あなたは？」

少し息が切れている。赤いヘアバンドのところどころに染みができ、金色の後れ毛が首筋に張りついている。

「十條」

「ジョジョ？」

「十條」

「ジョジョ？」

「そう、ジョジョ。フランソワーズはファーストネームだよね。ラストネームはアルヌールだったりして」

「フランソワーズ・アルヌール！　それは女優さん」

彼女はぽんと手を打ち、違う違うと言うように手を振った。

「そっちか」

「そっち？」

「ううん、こっちの話」

十條が思い浮かべたのはフランスの大女優ではなく、『サイボーグ009』の金髪碧眼の紅一点、003ことフランソワーズ・アルヌールだった。003と同じ名で、同じように赤いヘアバンドをしていたので、これで名字がアルヌールだったら、アニメ好きの友人へのいい土産話になると思ったのだ。

フランソワーズは怪訝（けげん）そうな表情で向こうに去っていったが、十分ほど踊ってから、また戻ってきた。

「日本語、画家の人に教わりました」

「日本人の画家？　パリで？」

「そうです。シジミ・ツカサ」

「シジミ？　そっちが名前？　名字？　どっちにしても聞いたことないなあ。有名なのかなあ。いくつくらいの人？　今もパリにいるの？」

十條はそう英語で尋ねた。フランス語はまったくできなかったが、英語は少しできた。大学での評価はC止まりだったが、学生時代のアルバイト先に外国人が多く出入りしていたことで会話は鍛えられた。

シジミ・ツカサは中年の抽象画家で、彼女は半年ほど彼のモデルを務めていた。シジミはその後、スペインのバルセロナに向かったという。

ということを聞き出して話がひと区切りついたところで十條は、

「君はプロのダンサー？」

と尋ねた。

「そうよ」

フランソワーズは肩をほぐすように回した。カットソーの背中で肩胛骨（けんこうこつ）が鳥の羽のように蠢（うごめ）いた。

「どうりでうまいはずだ」

「全然だめ」

「すごいよ。ものすごい」

お世辞ではない。十條は学生時代、六本木や渋谷でそれなりに遊んだが、フランソワーズのようなしなやかな踊りは見たことがない。それでいて男顔負けの力強さもある。

「よかったら見にきて」

フランソワーズは十條に名刺大のカードを渡すと、ベンチから離れ、ステップを切りはじめた。

その晩十條は、シャンゼリゼ通りの裏にあるリリー・ド・ラ・ヴァリを訪ねた。フランソワーズに渡されたカードはこの店のちらしだった。

十條が入店した時、ステージには赤い照明が灯り、すでにショーが行なわれていた。驚いた。ストリップ劇場だったのである。

日本のそれより踊りの比率が高かったが、上は何もつけずに胸を震わせ、下はボッティチェリのヴィーナスくらいギリギリまで肉体をさらしていた。フランソワーズは十條に気づいたらしく、やたらと顔を向けてきて腰をくねらせたが、十條はとてもまともに見ることができなかった。

翌日、十條がチュイルリー公園に行ってみると、昨日と同じ場所でフランソワーズが踊っていた。十條の姿を認めると、タオルで汗をぬぐいながらベンチに近づいてきた。

「驚いた？」

「ここでの踊りと劇場での踊り、全然違うじゃん。あっちのはぬるい」

十條はごまかすように答えた。職業への偏見はないつもりでいたが、やはりどこかで線を引いている。

「リリー・ド・ラ・ヴァリの練習で踊ってるんじゃないよ。将来のため」

「将来？ ムーラン・ルージュのステージを狙ってるの？」

「ううん。ミュージカル」

「へー」

「いくつかオーディションを受けたけど、だめだった。ミュージカルは歌や芝居も必要だから、道は険しいわ」

「夢はきっと実現するよ。ダイナミックな踊りは大きな武器だ」

「ありがとう。ところでジョジョは、毎日こんなところでぶらぶらしてていいの？ ルーヴルやオルセーは丸一日いても見きれないわよ。朝市や蚤(のみ)の市には行った？」

十條は、自分がただの旅行者でないことを説明した。フランソワーズは、へぇと物珍しそうな顔で一言つぶやき、踊りの練習に戻っていったが、ひとしきり汗を流したあと、十條のところに戻ってきて言った。

「ドーバーを渡っても、アルプスを越えても、二日で飽きるよ。パスポートのスタンプとアルバムの写真は増えるけど、それであなたの中に何が残る？ それより、この街でこの街の人と同じ目の高さで生活したほうが、帰国したあと仕事に活かせるんじゃないの？」

そうして十條が連れていかれたのが、アジュール・ドールのオーナーのところだった。アルベールはリリー・ド・ラ・ヴァリの常連客だった。ちなみに例の日本人画家もである。

皿洗いでもジャガイモの皮剝きでもいいから雇ってあげてよと、フランソワーズがあだっぽく頼み込むと、アルベールは、困るんだよなあと脂下（やにさ）がりながら、言葉の不自由な異邦人を受け入れてくれた。

十條がジョジョになって最初の店休日、東駅に近いドミトリーにフランソワーズがやってきた。

「わたしのアパルトマンに来ない？　家賃を半分出してもらえると助かる。一人だと、食材を使い切れずに腐らせたりするし。ここだって相部屋なんだから、同じことだよね。うちのほうが一人当たりのスペースはもう少し広いよ」

ジョジョはフランソワーズのことを憎からず思っていたが、特別な関係を望んでいたわけではない。こうやって自分を主張するのが外国人なのだなと感心し、それをはっきり断われない日本人気質により、彼女の申し出に応じていた。

フランソワーズは純粋に、生活費節約のためにルームメイトを求めていたのかもしれない。けれど狭い部屋にベッドが一つしかなければ、男女の関係になるまでにそう時間はかからなかった。

ジョジョはフランソワーズの何に惹かれたのかわからない。異国で出会った日本語が通じる人だから、話す機会が得られると嬉しい——最初は、ただそれだけだった。早くも軽いホームシックだったのかもしれない。フランソワーズの踊りには圧倒されたが、そもそもダンスにそれほど興味があったわけではないので、彼女の才能に惚れ込んだわけでもない。むしろ、ストリップ劇場で踊っているということで、引いてしまった。スタイルも、手足がすらりと伸び、胸は張り詰め腰はぎゅっとくびれているのだが、無駄な肉がなさすぎて妖艶(ようえん)さに欠ける。

彼女が自分の何に惹かれたのかも想像がつかない。シャンゼリゼ通りをゆく人に振り返られるような目鼻立ちであるわけでも、ミケランジェロの彫像のような肉体を持っているわけでもない。ダンスはもちろんのこと、絵画や音楽や大道芸の才能もない。

しかしジョジョはフランソワーズとつきあううちに、彼女の中に深く沈み込んでいった。おそらく彼女もそうなのだろう。恋とはそういうものなのかもしれない。

5

九月になった。

日足はまだ長かったが、長袖がほしくなった。

濃緑を通り越し、茶や黒い染みが広がりはじめたマロニエの葉の間に目を凝らすと、海栗(うに)のような棘に覆われた淡い緑の実が見えた。今はまだ気まぐれに落ちてくるだけだが、もうじきこれが茶色になって街路を埋めつくすらしい。

九月である。

ジョジョはそのことをずっと頭の中から排除していたのだが、そろそろ真剣に考えなければならない時期になってしまった。

半年のモラトリアムで日本を出てきた。出国は四月の一日だったので、九月末には日本に帰らなければならない。期限までひと月を切った。

今この時、ジョジョの中でフランソワーズが占める割合は相当なものだった。彼女と一緒にいると楽しい。話したり食事をしたりキスをしたりしなくてもいい、彼女の寝姿や、着替えが見つからずにクローゼットを引っかき回してわめいている様子を見ているだけでしあわせを感じられる。

そんな彼女と別れられるのか？

理性的な自分に登場願い、説得を試みた。

彼女の仕事が何だかわかっているのか。どんな男に好かれ、どんな身体的接触を持たれていることやら。アルベールはただの常連客なのか。日本人の画家は？

しかし感情的な自分はやり返す。

彼女はアルベールもシジミ・ツカサも、そのほかどんな男も選んではいない。彼女は今こうして自分と一緒に暮らしている。彼女が過去どれだけの男とつきあっていたとしても、現在どれだけの男に色目を使われているのだとしても、その中から選ばれたのはただ一人であり、それがこの自分なのだ。自分だって、彼女が最初の女ではない。それを棚にあげ、彼女にだけ純潔を求めるのは卑怯じゃないか。

説得は失敗に終わった。ここまで彼女のことを好きになるとは、ジョジョも自分で驚いている。

ただ、問題は彼女のことだけではなかった。

特別採用してくれた日本の会社は、海外の水が合ってそのままとどまりたく思うのなら契約は解除してやると言っている。なのでジョジョは、十月になってもパリにいることはできる。

しかしこのままパリに居続けてどうするというのだ。フランソワーズとは一緒にいられる。しかし毎日が皿洗いだ。好きな女性と一緒にいられるのなら、一年後、十年後もスポンジを握っていてしあわせを感じていられるだろうか。十年も時間があれば、ホールや厨房に昇格しているだろうが、男子一生の仕事として、それでいいのか。いやそれ以前に、送り出してくれた会社の後ろ盾を失い、この先どれだけこの国に滞在できるのかもわからない。

けれど彼女と一緒にいると楽しい。しあわせだ。だからジョジョは問題を先送りにし、今日も昨日と同じ一日を繰り返している。

二人とも夜が遅いので、一日のはじまりは昼に近い。フランソワーズがパンを買いにいき、ジョジョが冷蔵庫を覗いて一皿作り、フルーツたっぷりの食事をとったのち、一緒にチュイルリー公園に向かう。昼なのでメトロは運行しているが、ウォーミングアップになるからと、フランソワーズは歩く。

アパルトマンの近くにも公園はあるのに、わざわざセーヌ河畔まで足を伸ばすのは、チュイルリー公園が観光名所だからだ。多くの目にさらされることで、緊張感を持って練習することができるという。あわよくばニューヨークのブロードウェイかロンドンのウエスト・エンドから遊びにきているプロデューサーの目に留まるかもしれないという計算も働いている。

フランソワーズは夕方まで踊り続け、ジョジョはベンチで本を広げる。日常会話は問題なくなっていたが、文字のほうはまだ看板を読める程度だったので、もっぱらグラビア雑誌をぱらぱらめくる。ファッションやカメラワーク、誌面のレイアウトが日本とはかなり異なっているので、眺めているだけでも飽きない。

練習が終わると、フランソワーズはリリー・ド・ラ・ヴァリに、ジョジョはアジュール・ドールへと別れ、店がはねたら一緒に十八区のアパルトマンに帰り、軽く飲んで深く愛し合い、そうして一日が終わり、その一日が繰り返される。

九月もなかばになろうかというその日も、ジョジョは午後をチュイルリー公園で過ごし、フランソワーズとはリリー・ド・ラ・ヴァリの前で別れた。

アジュール・ドールに着くと、店の前に人だかりができていた。その中から頭一つ抜け出ているのはベルトランだ。その手前の広い背中はフィリップのようだ。その横のパンツルックの女性はナディーヌ？　よく見ると、全員が店のスタッフだった。

「燻煙剤でゴキブリの駆除中？」

近づいていってジョジョが尋ねると、

「鍵がかかってるの」

ナディーヌが首をすくめた。

「マネージャー、来てないの？」

従業員で鍵を持っているのはヴァンサンだけで、いつも彼が誰よりも早くやってきて店を開ける。

「来てるのは来てるみたいなんだけど」

とナディーヌが顔を向けた先、隣のカフェとの間あたりに銀のシトロエンが駐まっている。ヴァンサンの車だ。

「何で開けてないの？」

「知らないわよ」

「タバコでも買いにいった？」

「私は三十分前に来たのだが」

フィリップが背中越しにつぶやいた。

「じゃあ、中にいたりして」

「さっきからドアや窓を叩いてるけど、出てこない」

ナディーヌが首を振る。

「トイレ？」

「だとしても、ここのドアに鍵をかけることはないでしょう。わたしたちが入れない」

「猿は小便に三十分もかかるのか」

こんなつぶやきをするやつは一人しかいない。

「とにかく、もうじきアルベールが来るから」

「オーナーが？」

「入れないって連絡したの。鍵を持ってきてくれる」

そう話すうちに、狭い通りに盛大な音が轟き、プジョーのカブリオレが到着した。

「おいおい、本当に行方不明なのか？ マリーを適当にあしらって、まずかったか、俺？」

アルベールは車を降り、キーケースの中から鍵を探す。

「マリー？」

ルネが尋ねた。

「午過ぎにヴァンサンの嫁さんから電話があったんだよ。見回りに出かけたきり戻ってこないって。マリーそれは夜回りにかこつけての夜遊びだよと笑い飛ばしたのだけど、笑い事じゃなくなってきたな。けど普通、そう思うだろう？ ああ、これだ」

アルベールは話を中断し、店の鍵を開ける。

「ヴァンサン？ いるのか？」

ドアも開け、中に入って声をかける。返事はない。

「いませんよ」

いち早くトイレを覗いたジャン＝ミッシェルが報告した。

ジョジョはフロアーの中央に立ち、左右に首を回す。しゃがんでテーブルの下を覗いてみる。

「厨房にもおらん」

フィリップの声がした。

「あれ？ 開かない。何で？」

ベルトランの声がした。続いて、

「ヴァンサン？　いるのか？　ヴァンサン⁉」

アルベールの怒鳴るような声が聞こえた。それにかぶさって、ドアを繰り返し叩く音も響く。ジョジョは、声がした方、地下に降りていった。

狭い廊下に人だかりができていた。その中心はアルベールで、マネージャーの名を連呼しながら倉庫の扉を叩いている。

「ドアが開かないんだ」

何事かとジョジョが尋ねると、ベルトランが答えた。

「開かないって、倉庫に鍵あったっけ？」

「ない。でも開かない」

「荷崩れしてるの？」

廊下が狭いため、倉庫のドアは内開きになっている。そのため、中に置いた食材がたまに荷崩れを起こしてドアの開閉のじゃまをしてしまうことがある。

「荷崩れとは違うっぽい。びくともしないんだよ。中から誰かがドアを押さえているように」

「押さえてるって、何のために？」

「さあ」

「誰が？　マネージャー？」

「かもしれない」

「呼びかけて返事はないの？」

その質問の返事の前に、

「手伝え」

とアルベールが言った。

ベルトランとフェルナンがドア板に両手をあてがう。「一、二の」とアルベールが声をかけ、「三」と同時に、三人が足を踏ん張り、六本の腕を押し出す。倉庫のドアがゆっくり向こうに動く。

「ヴァンサン！」

アルベールが声を裏返し、ドアの隙間から倉庫内に躍り込んだ。

「うわっ」

「えっ⁉」

ベルトランとフェルナンも口々に叫び、あとに続く。遅れて、ジャン＝ミッシェルとジョジョも倉庫の中を覗いた。

床に男が倒れていた。剃り込みが入ったように薄くなった髪と、それと対照的に濃く豊かな鬚――。

「どうしたんです⁉　マネージャー！　しっかり！　起きて！」

ベルトランはヴァンサンのそばにしゃがみ込み、頬を叩き、肩を揺する。

「へたに動かしたりさわったりしないほうがいい」

ジャン＝ミッシェルが言った。

「動かないから、動けって動かしてるんだよ。マネージャー！　しっかり！」

ベルトランはヴァンサンの手を取り、上下左右に振りながら声を張りあげる。

「だめだって。落ち着け」

ジャン＝ミッシェルはベルトランの肩を抱え込む。フェルナンも加勢して、ヴァンサンの体から離す。

「救急車、呼ぶ？　呼ぶよね。諒解」

ルネが泡を食いながら階段を駆け昇っていく。

ヴァンサンは、足をドアの方に向け、仰向けで倒れている。これだけ騒然となっても微動だにしない。うめき声も漏らさない。顔色も尋常ではなかった。全校集会での校長の長い訓示に貧血を起こした生徒でも、これほど白くはないだろう。

「ヴァンサン？　聞こえてたら返事をしろ。首を動かすだけでもいい」

アルベールが頭の横にしゃがみ込み、耳に口を寄せて呼びかける。返事はない。首も、指先も、ぴくりとも動かない。

ヴァンサンの周りには、缶詰や乾燥食品のパッケージが散乱している。脚立と椅子も横倒しになっている。

ドアの近くに段ボール箱があった。蓋が開いていて、中にワインの瓶が見えた。ジョジョは何の気なしに一本抜いた。レオヴィル・ラスカーズだった。隣はシャトー・ディケムの白。

「ねえ、何かの発作なの？」

ナディーヌが後ろの方からこわごわ首を突き出した。

「わかんねえよ。医者じゃねえよ」

ベルトランが怒ったように応じた。

ぱっと見たかぎり、外傷や出血はない。入口近くで倒れたため、ドアが塞がれ、廊下側から押しても開かなかったようだ。

「さっき言ってた、奥さんの電話とか、夜回りとか、何なんですか？」

ジャン＝ミッシェルがオーナーに尋ねた。

「夜中に家を出ていったきり戻ってこないが心あたりはないか、という電話があったんだ」

「マネージャーの奥さんから？」

「そう。ヴァンサンは昨晩、店を閉めてベルシーの自宅に帰ったあと、就寝前にまたここに出かけた。先日の盗難騒ぎ以来、毎日ではないが、見回りを行なっていたのだ。聞いてないか？」

「いいえ」

とジャン＝ミッシェルは同僚に顔を向けた。みな一様に首を横に振った。

「マリーは、見回りに出かけていく夫を見送り、先に寝た。ところが朝になって起きたところ、ベッドの隣は空っぽのままだった。昼になっても夫は戻ってこない。それで心配になり、私のところに電話してきた。その電話に私は、夜回りにかこつけて夜遊びしてるのではと応じたのだが、いま思うと軽率だった。安心させようと言っただけなのだが……。男なら、普通、そう思うだろ……」

「見回りは、オーナーが命じたのではないのですか？」

「違う。私もマリーに聞かされてはじめて知った。自主的にやっていたようだ」

「マネージャーとしての責任感からか」

ジャン＝ミッシェルは納得したようにうなずいた。

「電話は結構早い時間だったんだよ。一時ごろだったかな。それを笑い飛ばさず、すぐに様子を見に来ていれば助かったかと思うと……」

アルベールは額に手を当て、溜め息をつきながら首を横に振る。

「何ですか、その縁起でもない言い方は」

ジャン＝ミッシェルはオーナーをたしなめるが、ヴァンサンは相変わらず動く気配を見せない。

「そうだ。マリーに知らせないと」

アルベールは緩慢に腰をあげ、倉庫を出て階段を昇っていく。

やがてサイレンの音が地下にまで届き、どやどやと救急隊員が階段を駆け降りてきた。脈や眼球を確かめられたあと、ヴァンサンは担架で運ばれていった。

段ボール箱がいくつも倒れ、食材が床に散らばっている。ワインラックの足下ではワインの瓶が二本砕けている。ラベルは赤い葡萄酒をたっぷり吸い、銘柄は読み取れない。どこかでピクルスの瓶も割れているらしく、酢の強い臭いも漂っている。

しかし、片づけ、掃除をすることは、まだ許されなかった。事件性が疑われるので、これから警察が現場検証を行なうという。

現場検証といっても、やってきた警察官は二人きりで、やっつけのように作業をして帰っていった。なので臨時休業にはいたらず、二時間遅れで開店した。マネージャー不在でも客足に影響はなかった。影響を受けたのはスタッフのほうである。いつもと同じ回転で従業員が一人欠けているのだ。普段は厨房を出ることのないフィリップが料理の皿を客席に運び、ジョジョもホール・デビューをはたした。

戦場のような混乱はラストオーダーまで続いた。営業時間はいつもより二時間短かったのに、ジョジョには二時間も長く感じられた。そして疲れを癒す間もなく追い討ちがかかった。

看板になったあと、アルベールがスタッフを集めた。

「残念ながら、ヴァンサンはだめだった」

どよめきも悲鳴も嘆息もなく、みな一様に首を垂れた。救急隊員の見立てでも心肺停止状態だったそうで、搬送先の病院で、医師により正式に死亡が確認された。死んだのは午前四時ごろらしい。

「何で亡くなったんです？　心臓麻痺？」

ジャン＝ミッシェルが尋ねた。

「頭を強く打ったことが原因らしい。脚立の上で足を滑らせ、落ちる時に棚板の角に頭をぶつけた」

「打ちどころが悪かったのか。運が悪かったんですね」

ジャン＝ミッシェルはしんみり言った。

「運のつきだ」

「え？」

「もう一つ残念なことを報告しなければならない」

アルベールは今までよりさらに難しい顔でタバコをくわえ、ひとつ喫ってから口を開いた。

「先日のワインの一件は、ヴァンサンの仕業だった」

一瞬の間ののち、今度はどよめいた。

「マネージャーが盗んだ？」

ベルトランが立ちあがった。

「そういうことだ。残念だが」

アルベールは溜め息とともに紫煙を吐き出す。

「いや、でも、俺たちのことを厳しく追及してたじゃないですか」

「演技ということになる」

「わけがわかりません」

ベルトランはどすんと腰をおろし、額に手を当てる。

「私も信じられん。しかし事実がそう語っているのだ」

アルベールも額に手を当てる。

「事実って？」

ナディーヌが尋ねた。アルベールはうなずき、顔をぬぐうように額から手をおろして、

「今日のことから話そう。ヴァンサンは脚立に乗って何をしていたのか。ラックの上の方にあるワインを見ていた。紛失しているものがないかチェックしていた？　違う。盗むワインを探していたのだ」

「えーっ？」

信じられないというようにベルトランが眉を寄せる後ろで、

「だからか」

フェルナンが膝を叩いた。

「何がだよ」

「段ボール箱にワインが詰められていた。あんなところにワインは置かないから、変だと思ったんだよ。倉庫から持ち出すために集めていたのか。高級なものばかりだったし、間違いない」

なるほどと、ジョジョは思わずつぶやいてしまった。悔しいが、この男に同意せざるをえない。

「手ごろなものを物色中、足を滑らせて落下、頭部を強打し、死にいたった。以上は私が言っているのではない。警察の見解だ」

アルベールはタバコの先を灰皿に押しつけ、いまいましそうに左右にひねり、火種を押し潰す。

「夜回りと言って家を出たのは、奥さんに対する言い訳だった」

ジャン＝ミッシェルがつぶやく。

「どうも、そうやってちょこちょこくすねていたようだ。相当な値のものに狙いを定めているので、自分で飲んでいたのではなく、横流ししていたのだろう。常習犯だったというのは、警察の見解ではなく、私の想像だが」

「ひっでぇ」

ルネがひしゃげた声で顔をしかめる。

「信じられねぇ」

ベルトランが額をぴしゃぴしゃ叩く。

「だからか」

フェルナンが指を鳴らす。

「だから何だよ」

「俺たちが出勤してきた時、店の入口に鍵がかかっていた」

「それが？」

「夜中にやってきたマネージャーが、店内に入ったあと、中から鍵をかけた」

「それが？」

「これこそ盗みが行なわれていた証拠だ」

「はあ？」

「自分が見回りに来た場合を考えてみろ。中に入ったあと、鍵をかけるか？」

「知るか」

「かけない」

ジョジョが割り込んで答えた。

「ベルトラン、猿に負けてどうする。見回りならかけない。すぐに出ていくのだから。なのにマネージャーはかけた。なぜか？　誰も入ってこないようにだ。物色しているのを見られたらまずいから。たとえば、警邏（けいら）中のおまわりとか。犯罪者ゆえの用心だ」

はなはだ悔しいが、ジョジョはこれにも同意せざるをえない。

「まいったぜ」

ベルトランが額に手を当てたまま天を仰ぐ。

「腑に落ちん」

フィリップが腕組みをして唸る。

「俺も信じられませんよ。けどたしかにオーナーの言うように、事実が物語っている」

フェルナンが溜め息をつく。

「先日こっそり盗まれたワインのことだ。あれもヴァンサンの仕業なのか？」

「当然そうなる」

アルベールが答える。

「あの時点では、ワインが盗まれたことは誰も気づいていなかったのだよな。アルベール、あんたもヴァンサンの報告ではじめて知ったのだろう？」

「そうだ」

「盗難には誰も気づいていないのに、どうしてその事実を犯人自らが明かすのだ」

「演技だよ。犯罪を見つけて報告している自分は潔白であるとアピールしたかった。警察を呼ぶと息巻くことで、潔白であることをより強固に印象づけようとした」

「その演技は必要か？　私が犯人なら、沈黙して目立たぬよう努めるが」

「第一発見者イコール犯人というのは、王道パターンですよ」

ジャン＝ミッシェルが言う。

「過剰防衛だろう……」

フィリップは納得いかない様子だ。

「そう思うのは、シェフが犯罪経験者じゃないからですよ」

「じゃあおまえは犯罪経験者なのかよ」

ベルトランがツッコミを入れ、笑いが少しだけ起きた。

「マリーにどう伝える」

アルベールが大きな溜め息をついた。

「病院の安置所でも泣きどおしだった。今晩は月がなくて不気味だからよしておけと止めておけばよかったと、せんなく自分を責めてもいた。そのうえ旦那が泥棒だったと知ったら……。ヴァンサンに罪はあっても、彼女にはない。どうすりゃいい」

アルベールは頭を抱え、ホールはふたたび重い空気に沈んだ。

ジョジョがアジュール・ドールの外に出ると、フランソワーズが長い脚をフラミンゴのように動かして近づいてきた。

「混んでた？　金曜日だもんね」

「ごめん、遅くなって。大変なことがあってさ」

「また泥棒騒ぎ？」

「そうとも言えるのかな。この前の続きなわけだし」

「続き？　またマネージャーがあらぬ疑いをかけてきたの？」

フランソワーズは夜の闇にジャブを放つ。

「そのマネージャーが死んだんだ」

「えっ？」

「そして泥棒でもあった」

言葉を失ったフランソワーズにジョジョは、怒濤の半日を語って聞かせた。濃い内容だったので、話し終えた時にはアパルトマンのテーブルでバドワを飲んでいた。

「自分が蒔いた種を自分で刈り取ったんだわ」

フランソワーズは吐き捨てるようにコメントしたが、すぐあとに、

「報いを受けたのはまったくそのとおりなんだけど、死んじゃった人を鞭打つのは嫌な気分だわ。もっと兇悪な犯罪に手を染めていたのなら、地獄に落ちろと言ってやるけど、泥棒だもんね。それも、フランス銀行の金庫を破ったのでも、シャネルの本店を襲撃したのでもなく、せこいちょろまかしだし」

そうつけ加えて口元を両手で覆った。

「同感。彼の従業員に対する厳しさや仕事に対するまじめさが、本性を隠すための仮面だったのかと思うと、僕も腹が立ってしょうがないんだけど、死んだことで十分すぎる報いは受けたと思う」

ジョジョは唇をへの字に結ぶ。

「冥福を祈ろうか」

フランソワーズはクロスのネックレスをはずすと、それを持った手を胸の前で組んだ。十字架を持っていないジョジョは空の手を組み合わせたが、ふと思いつき、ズボンのポケットを探った。

「それ、日本のお守りというものだよね？」

ジョジョが手にした錦の小袋をフランソワーズが覗き込む。

「知ってるの？」

「シジミが絵の具箱の取っ手に下げてた」

「本当は数珠というものを使うのだけど、ないから代わりに」

ジョジョはお守りの紐を手首に通す。

「『気は心』よ」

「なんでそんな日本語を……。それも画家のおっさんから？　意味を間違って教えられてるぞ」

「袋の中には何が入ってるの？　神様のシンボル？」

「知らない」

「じゃあ、見てみようよ」

フランソワーズが手を伸ばしてくる。

「見ちゃだめ」

ジョジョは手を引く。

「どうしてよ」

「神聖なものが宿っているから。神聖なものは、俗な人間は見てはいけないの。目が潰れるの。神社のご神体も、人の目にはふれないようになっているんだから。日本の神様というのはそういうものなの」

「とか言いながら、実は、日本で待っている人の写真が入ってたりして」

「何言ってるんだよ」

ジョジョは眉を寄せ、ついと顔をそむける。図星を指されたからではない。帰国期限がそこまで迫っていることを思い出したのだ。そのことはまだフランソワーズには伝えておらず、身の振り方もいまだ決めかねていた。

「日本って不思議な国ね」

フランソワーズは暢気(のんき)そうにお守りをつんつんする。ジョジョはとても切り出せない。頭を別のことに向けなければ、表情が変わったことで彼女に不審がられてしまう。

おろおろ視線を下げていたジョジョの目に異物が映った。自分の足に何かついている。上体を曲げて手を伸ばす。

「何だ、こりゃ」

靴の裏に粘着テープがついていた。梱包用の幅広いもので、埃（ほこり）や葉っぱなども盛大に巻き込んでいる。ジョジョはテープを引き剝がすと、アンダースローでゴミ箱に放った。

「下手くそ」

縁（ふち）に嫌われて落ちた塊をフランソワーズは拾いあげ、ゴミ箱に入れた。しかし何を思ったのか、すぐにゴミ箱を覗き込み、いま落としたものを手に取った。

「汚いぞ」

「紙切れがくっついてる」

「お札？」

「と思って確かめたんだけど、違った。〈ヴァンデ兄弟商会〉って印刷してある」

「うちの店の仕入れ先だ」

「マロンクリーム10、カマンベール50、ビーツ缶12。納品書？」

「店からずっとくっつけてきたのかよ」

「旅はここまで、お疲れさま」

フランソワーズはゴミを手から放した。

しかしまたすぐ、今度はゴミ箱を両手で抱えあげ、中をじっと見つめる。

「どうしたの？」

「わからない」

「はあ？」

「でも、何かわかるような気がする」

「何言ってるかわからない」

「黙って」

フランソワーズはゴミ箱の中を見つめ続ける。ジョジョはお守りをポケットにしまい、洗面所に立った。

歯磨きをして戻ってくると、フランソワーズはテーブルに上体を投げ出していた。

「ゴミ箱との対話は終わった？」

「椅子」

「は？」

「倉庫の中では脚立のほかに椅子も倒れてたんだよね？」

フランソワーズはゆるゆると体を起こす。

「今日のこと？　うん」

「どうして椅子があるの？　脚立があれば椅子は必要ないじゃない」

「あの椅子、レジの」

「何で倉庫にあるの？」

「今は使ってないから。昔は会計専任のおばちゃんがいたそうなんだけど、繁盛するようになってからは、レジの前で坐って客が帰るのを待ってるなら皿の一つでも運べってことになって、その後ホール担当の全員がレジを打つようになり、すると椅子があっても出入りのじゃまになるだけだから、お蔵入りになった。それが？」

「シャワー」

フランソワーズが立ちあがった。

「何だよ、藪から棒に」

「シャワーを浴びながら考えをまとめてくる」

「どうぞ。何のことかわからないけど」

フランソワーズは服を脱ぎ捨てながら部屋を出ていき、ジョジョはグラスに残っていたバドワを口に運んだ。

「車」

フランソワーズの声に顔を向けると、戻ってきてそこに立っていた。

「素っ裸はどうかと思うぞ」

「マネージャーのシトロエン、隣のカフェとの間に駐めてあったんだっけ?」

「うん。車じゃないと盗品を運べないからね。それが?」

と尋ねた時にはもうフランソワーズの姿はなく、水圧の低いシャワーの音が聞こえはじめていた。

6

体が揺れているような不快感でジョジョは目覚めた。

「おはよう。ごはん、できてるよ」

すぐそこにフランソワーズの顔があった。軽くキスをされ、ジョジョは体を起こす。

室内は薄暗かったが、それは陽当たりのせいで、窓の外に見える向かいのアパルトマンは陽射しに包まれていた。自分の体を見ると、昨晩帰ってきた時と同じシャツを着ていた。シャワーの交代を待っている間にベッドに横になり、そのまま眠ってしまったらしい。嵐のような半日だったのだから、無理もない。運動をしたわけでもないのに、肩やふくらはぎにこわばりが出ている。

テーブルには、ビスケットとチーズを一緒に盛った皿とオレンジジュースのグラスが二つずつ置かれていた。

「オムレットを作るよ。ジャガイモ、あったよね?」

ジョジョがキッチンに向かおうとすると、

「時間がないから、今日はこれでいい」

フランソワーズはビスケットにチーズを載せて口に運ぶ。

「そんなに寝ちゃった?」

とジョジョが時計を見ると、十時だった。いつもよりずっと早い。

「食べて、食べて。食べたらシテ島に行くよ」

「シテ島? 今日はノートルダムの前で踊るんだ。たまには場所を替えたほうが緊張感が出るか」

「今日は練習はお休み」

「休み? じゃあシテ島へは何をしに?」

「ヴァンサンの弔い」

「弔い？」

ジョジョはきょとんとし、

「ノートルダム大聖堂で祈りを捧げるって、大げさすぎない？　身分とかそういうことは関係ない時代だけど、一市民の死にそこまでしなくても。むしろ、まだ決まってないけど、彼の地元の教会で行なわれる葬儀に参列したほうがいいんじゃないの」

「いいから、食べなさい。練習は休むけど、仕事は休まないんだから」

フランソワーズはビスケットを頰張り、オレンジジュースで流し込む。


エネルギー補給だけの朝食を終えると、セーヌ川の中州、シテ島に向かって歩いた。アパルトマンからの距離は、いつものチュイルリー公園とほぼ同じである。練習を休むことの代償としてなのか、フランソワーズの足取りはいつもより速く、ジョジョはしばしば置いていかれそうになった。

セーヌ川の右岸からノートルダム橋を渡り、しばらく行って左に曲がると、百メートルほど先に、ゴシック建築の偉容が屹立している。ジョジョはパリに来て二日目に、四百二十二段の螺旋階段を昇ったものだ。

ところがフランソワーズは、ノートルダム大聖堂に背を向け、通り沿いの右側の建物に入っていった。

この建物も歴史を感じさせる荘厳な造りで、今もその前で記念撮影しているグループがいる。しかしここは観光名所ではない。彼らは何の建物だかわかっていてポーズを決めているのだろうか。この建物はこの街の警察の総本山、パリ警視庁である。

ジョジョは驚き、入口を前に足を止めたが、フランソワーズはそのままドアを開けて入っていき、迷わず受付に向かった。

ほどなく、初老の男がフランソワーズに寄ってきた。彼女はハーイとにこやかに手を振ったが、彼はまるで無視して横に並んで立ち、顔はあさっての方に向けて、

「まずいよ、ここに来ちゃ」

強面(こわもて)に似つかわしくないささやき声で言った。

「脱がないよ」

「そういうことじゃなくて……」

「警察官がストリップ小屋に通っていると知れたらまずいの？　警視様が」

「君、声が……」

男は自分の口元を手で覆い隠してフランソワーズに背を向ける。

「じゃあ人払いできるところで話しましょう。ピエールの執務室でもいいし、空いている取調室でもかまわないわ」

「急に言われてもだな。だいたい仕事中なんだぞ」

「国家警察の威信にかかわることでも？」

「何だって？」

「きのう、サン・ラザール駅近くのブラッスリーで人死にが出ました。自損事故として処理されたので、警視様は知りもしないでしょうけど。けれどこれ、担当警察官の手抜

きにより、事故扱いされてるのよ」

「手抜きだと？」

「そう。他殺であることを見逃すって、かなりまずくない？」

「他殺？」

ジョジョは驚いて訊き返した。

「一市民の訴えに、いちいちかまってられない？　だったらメディアにかまってもらうわ。権力大嫌いのカナール・アンシェネなら、喜んで買ってくれることでしょう。〈切り裂きジャック、ドーバーを渡る。パリなら全部事故扱い〉って見出しが目に浮かぶわ」


通されたのは、日本式に言うなら四畳半程度の部屋だ。窓が開いており、格子もはまっていないので、取調室ということはないのだろうが、狭苦しい空間で二対二で向き合うのは、ただそれだけで緊張を強いられる。

机の向こうに坐るのは、ピエール・ジラウディ警視と、ヴァルタンという刑事。昨日アジュール・ドールに来た二人の片割れだ。

ジラウディ警視はフランソワーズのことをヴァルタンに、アジュール・ドールの従業員だと紹介した。それに対しヴァルタンが、昨日店で見かけなかったがと指摘することはなかった。その程度の捜査しかしなかったということだ。ジョジョも昨日事情聴取を受けなかった。

「事故でないと？」

ヴァルタンは明らかに不快そうだった。

「事故に見えるのが不思議」

フランソワーズはひるまないどころか、挑発する余裕さえある。

「死体の後頭部の傷と棚板の縁の形が完全に一致している。棚板も傷つき、毛髪も付着していた。脚立の縁には、ゴムが強くこすれた跡が残っていた。死者が履いていた靴の底にもこすれた跡が認められた」

「だから、脚立の上で足を滑らせ、落ちる途中、棚に頭をぶつけたと」

「そういうのを事故と言う。おいおい、棚や脚立に殺されたと言うんじゃないだろうな」

ヴァルタンは黄色い歯を剝いて笑う。

「誰かに突き飛ばされて棚にぶつかっても、後頭部にそういう傷ができますが。脚立の靴跡は事後の工作」

「で、突き飛ばしたやつは、死体を残して倉庫を立ち去ったと？」

「そういうのを事故と言うの？」

「こっちを見るとあっちが見えなくなるのが女だというが、まったくそのとおりだな」

「何よ」

フランソワーズが腰を浮かせた。

「死体を発見した際、倉庫のドアが開かなくて往生したんだろうが」

「それが?」

「開かなかった理由は、死体がつかえていたからだ。内開きのドアの室内側に死体が密着していたら、外からドアを押しても開かない」

「そうよ」

「まだわからないのか。これが他殺だとしたら、マネージャー氏を殺した犯人さんが倉庫を出ていった時点では、死体は開口部から離れていた。ドアにくっついていたら、ドアが開かず、犯人は外に出ていけない」

「あたりまえじゃない」

「全然わかってない。他殺だとしたら、死体発見時、倉庫の中の死体はドアから離れていないといけないんだぞ。あんたらがドアを開けようとした時、そうだったのか? 死体はドアとくっついていたんだろうが。ドアが開かなかったのがその証拠だ。つまり他殺とは考えられない。この説明でもわからないか?」

「犯人が、倉庫を出ていったあと、死体をドアまで動かしたのよ」

「できるか」

「できるわ」

「どうやって?」

「方法を教えたら、他殺として再捜査しなさいよ」

フランソワーズが顎を突き出す。

「納得のいく説明であれば、もちろん再捜査するさ」

ジラウディ警視が、なだめるように両手を上下させる。

「念動力とか言い出すなよ」

ヴァルタンがふんと笑う。

「磁石も使わないわ」

「ロープもだめだぞ。死体にロープを結んでおいて外に出、ドアを閉め、隙間から出しておいたロープの端を引っ張って、死体をドアまでぴたりと寄せる。死体に縛られた跡はなかったし、ドアの下にロープが通るほどの隙間もなかった。どこが手抜きだ。こちとらプロだ、少人数でも短時間でもきっちり仕事をこなしてるんだよ」

「ロープなんか使うわけないでしょう。どこかに隙間があって使ったとして、そのあとロープをどうするの。回収できないから廊下に出しっぱなしで逃げることになる。死体発見時にそれが見逃されたはずがない。倉庫の前には何人も詰めかけていたのよ」

「じゃあどうやって動かした。聞いてやるからさっさと言え」

「マネージャーが自分で動いた?」

ジョジョは閃(ひらめ)くのと同時に声に出していた。

「犯人が立ち去った時、マネージャーはまだ絶命していなくて、力を振り絞って外に出ようとした。けれどドアまで達した時に力つきてしまった」

「それはない」

「違うわ」

ヴァルタンとフランソワーズが揃って声をあげた。

「倉庫の外を目指して倒れたのだとしたら、頭が開口部の方を向いていなければならない。ところがマネージャー氏の死体はというと、足のほうが開口部に近く、頭は奥だった。外からドアを押し開けたことで死体は動いてはいるが、それを差し引いても、この倒れ方は自力で出ていこうとしたものではない」

「それに、這い出ようとして倒れたのなら、仰向けではなく、うつぶせになるはずだわ」

呉越同舟で否定され、ジョジョは黙って肩を落とした。

「ほら、足が開口部に近く、頭が奥」

ヴァルタンがファイルを開いてだめ押しをする。

「現場写真があるのなら、最初からそう言ってよ」

フランソワーズはファイルを覗き込んで、

「脚立と並んで椅子が倒れてるわよね。ヴァンサンは、殺されたあと、この椅子に載せられたの」

フランソワーズは人さし指を振りたてて写真を指さす。警視と刑事が、そしてジョジョも眉を寄せた。

「そして、これ」

フランソワーズはバッグから紙袋を取り出し、その中身を机の上にあけた。昨晩ジョジョが靴の裏につけて帰ったゴミだ。

「要点を手短かにお願いするよ」

警視がオブレイの腕時計に目を落とす。

「説明がへたですみませんね。ダンスの練習はしてるけど、スピーチやプレゼンはずぶの素人なもので。

順を追って説明すると、犯人はヴァンサンを殺すと、倉庫にあったこの椅子をテープでドアに留め、死体を坐らせた。そして廊下に出て、ドアを閉めた。死体が椅子から落ちないよう、慎重にね。ドアに死体の重さプラス椅子の摩擦がかかるから、結構大変な仕事だよ。ただ力まかせにノブを引っ張ったのでは、勢いがつきすぎて死体が落ちちゃうかもしれないし。けど、人はいないし時間もあるから、何度でもやり直しはきく。

さて一夜明け――ツッコみたくてうずうずしているそこの刑事さん、もう少し我慢してね――出勤してきたスタッフは、倉庫が開かないことに気づく。普通に押したくらいではびくともしない。そこで何人かで力を合わせてドアを押した。その勢いにより死体が椅子から落ちたため、そのあと倉庫に入った者たちの目には、最初から床に倒れていたように映った。入口近くに倒れていたのでドアの動きをじゃましていたのだと解釈した。

はい、刑事さん、お待たせ。問題は、椅子よね。テープでドアに固定してあるので、死体は落ちても、椅子はそのままドアにくっついている。それを見たスタッフは不審に思い、中には、その意味を考える者もいることでしょう。だから犯人は、パニックに乗じてテープを剝がし、椅子をドアから遠ざけ、工作の痕跡を消した」

「えっ？」

ジョジョは驚きの声をあげたが、フランソワーズは無視して続ける。

「そこに人が倒れていて、しかもよく知っている人物なのだから、みんなの目はヴァンサンに釘づけで、しばらくは周囲への注意がおろそかになり、犯人の動きも目に入らない。

リリー・ド・ラ・ヴァリの前座でマジックをやってるよね。左手を前に差し出し、指の間のボールが二つから三つ、三つから四つと増えると、お客さんはそこに注目する。右手の指先がテーブルの下に入り、次のコイン・マジックの種を仕込んでいるとは気づかない。それと一緒」

「何のことだか」

ジラウディ警視はわざとらしく痰(たん)を切る。

「内部犯だと言うの？」

ジョジョは睨みつけるようにフランソワーズの顔を覗き込む。

「残念だけど」

「嘘だ。ありえない」

「わたしも思い過ごしであってほしい」

フランソワーズは伏し目がちに首を振る。

「その説でいくと、倉庫に入らなかった者は嫌疑の対象からはずせるということだな」

ヴァルタンがファイルに目を落とす。

「あら、オーディションに合格した？」

「まだ審査中だ。誰が倉庫に入り、誰が入らなかった？」

「憶えてません」

ジョジョは思い出そうともせず、ふてくされて答える。

「思い出す必要はないわ。いま話した工作が行なわれたのだとしたら、犯人は彼一人しか考えられない」

フランソワーズはそう言い切り、そこからはつぶやくように続けた。

「アルベール・ランギーニ」

「オーナーが？　マネージャーを？　どうして？　店のことでもめて？」

ジョジョは詰め寄るように尋ねた。

「動機なんて知らない。知りようがない。家族でも恋人でも秘書でもないのだから。けど、目に見える事実が、誰が犯人であるか、ピンポイントで指している」

「どういう事実だよ」

「責めるように言わないでよ。わたしだって、知り合いを告発するのはつらいんだから。あんな嘘つきだとは思ってもいなかった。本当は黙っていたかった。でも、人を殺しただけでなく、ううん、あれはたぶん殺意によるものではなく、事故に近かったと思う、けど、たとえ過失だとしても、そのあと、死人に口なしで、何もかも押しつけてしまおうという魂胆は、やっぱりゆるせない」

フランソワーズは目に涙を溜めている。

「動機もわかってるの？」

「想像がつかないでもない」

でも言いたくないというように、フランソワーズは大きく息をついた。

「動機はともかく、目に見える事実とは何だね？」

警視がうながした。

「鍵よ」

「鍵？」

「死体発見前、店の入口は施錠されていた。このドアのキーは二本しかなく、一本はヴァンサンが持っていたのだけれど、彼は死体として倉庫に横たわっていたので、入口に鍵をかけたのは彼ではない。すると必然として、鍵をかけたのはキーのもう一人の持ち主、アルベールということになる」

フランソワーズは溜め息をつく。

「倉庫を密室にし、店の入口にも鍵をかけたのは、事故に見せかけるためか」

ヴァルタンが言った。

「たぶんそう。安心して物色できるよう、店の入口に鍵をかけて作業していたところ、脚立から滑って頭を打ち、ドアのすぐそばに倒れてしまったため、倉庫も密室になってしまった——というふうに見せかけようとした」

「段ボール箱の中の高級ワインも、犯人による偽装工作か」

「そう。そして警察はまんまと引っかかった」

「初動捜査において、事故の可能性が高いとみなされただけだ。まだ検討段階であり、報告書は提出していない」

「そうですか」

「そうだ」

「じゃあそういうことで」

「昨日現場で集めたものを精査している段階――」

「店の入口に鍵をかけたのにはもう一つ理由があると思う。鍵をかけなかったら、出勤してきたスタッフが店の中に入れる。すると、スタッフだけが協力して倉庫のドアを開けちゃうかもしれない。それではテープでドアに留められた椅子を見られてしまい、第三者の関与を疑われてしまう。

入口に鍵をかけておけば、スタッフは中に入れない。いつまで待ってもマネージャーがやってこなくて、連絡もつかなければ、必然として、もう一つの鍵の持ち主が呼ばれる。そうすれば自分が先頭切って倉庫に入っても不自然ではなく、偽装工作の痕跡を消しやすくなる」

「これは、工作に使われた現物なのか？」

ヴァルタンはボールペンの先を机の上の汚れたテープに向ける。

「死体を発見した時、ジョジョの靴にくっついたみたい。犯人が椅子から剝がしたあと、過って落としてしまったのよ。ゴミだらけだけど、パリ警視庁の力をもってすれば指紋は採れるよね。剝がしたあとズボンのポケットに突っ込んだのなら、その繊維も付着してる。椅子の塗料が剝げてくっついてるかも。テープの出所が犯人の車のトランクとかだったら、なお決め手になる」

「現場で警察が回収したものでないと、証拠能力は低いんだよ」

「じゃ、持って帰る。偽装工作とは何の関係もなく、梱包に使われただけなのかもしれないし」

フランソワーズは丸めたテープに手を伸ばす。

「きれいなお手々が汚れるぞ。こっちで捨てておく」

ヴァルタンは自分の指紋をつけないよう、ボールペンを使ってテープを袋に収めた。

「その推理には穴がある」

ジョジョはすっくと立ちあがった。

「鍵の所有者は、マネージャーを除けばオーナーだけだけど、それを使えるのはオーナーだけではない。ベルトランも使えた。ジャン＝ミッシェルもフェルナンもルネも。僕だって使えたんだ」

「あなたは使ってないわ。ベルトランもジャン＝ミッシェルも、従業員の誰も」

フランソワーズはかぶりを振る。

「いいや、こうすればいい。殺害後、マネージャー所有のキーを拝借し、それで店の入口を施錠して帰る。明くる日死体が発見された際、どさくさにまぎれて鍵を返す」

「だめ」

「テープの回収はできて、どうして鍵を返すのがだめなんだよ。マネージャーを助け起こすふりをしながらポケットに押し込むだけじゃないかよ」

「方法としてはそれでいいけど、誰もそんなことしてない」

「したかもしれないじゃないか」

「してない」

「証拠もないのに、どうして言い切れるんだよ」

ジョジョはなぜかむしょうに腹が立ってきた。

「証拠があるから言ってるの。状況証拠だけど。ヴァンサンの車よ」

「車？」

「その駐車位置。どうして隣のカフェとの間に駐めたの？　見回りにやってきたのなら、店に入りやすいよう、アジュール・ドールの入口横につけるのが普通じゃない？」

「駐めたくても、スペースが空いてなかったら駐められない」

「そうなのよ。ヴァンサンがやってきた時、一等地は先客に取られていたのよ。それって誰？　アジュール・ドールの入口脇に駐車したということは、アジュール・ドールに用があったのよね。でも真夜中よ。店は閉まってる。お客さんということはない。従業員が忘れ物を取りにきた？　来たところで入れないわ、鍵を持っていないのだから。この時点ではヴァンサンはまだ生きているのだから、彼の鍵を奪って持っていたということはないわよ。じゃあヴァンサンの鍵を使わずに誰がお店に入れるのかというと、アルベールしかいない。アルベールが先に来ていて、あとからやってきたヴァンサンとの間で何かが起きたとしか考えられないのよ」

7

十月、ジョジョは十條に戻っていた。

現実から目をそむけ、アパルトマンとチュイルリー公園で今日のしあわせにひたっていたつもりでも、心の奥底ではちゃんと計算していて、荒野よりも安全な日常を選んだのだ。気がついていない、いや、気がついていないふりをしていただけで、おそらく相当前から心を決めていたのだろうと、今はそう思う。

セックスのあとフランソワーズの髪をなでながら、明日帰国するからと伝えると、彼女は跳ね起きるほど驚いたが、どうしてと説明を迫ることも、急すぎると怒ることも、なじることも泣きわめくこともなく、翌日、一緒にアパルトマンを出て、彼女はチュイルリー公園に、ジョジョは空港行きのバスが出ている東駅へと別れた。

「ごめん」

最後の一言がどうしてそれだったのか、十條は飛行機の中で思い出しては悔やんでいた。「元気でね」とか「ブロードウェイまで観にいくよ」とかで別れていれば、気分はここまで重くなかったはずだ。

十條の当面の勤務地は本社で、それは東京の表参道にあった。歩道にあるのはマロニエでもプラタナスでもなく欅だったが、緑の茂りがまっすぐな坂道の左右にどこまでも続いているさまはシャンゼリゼ通りとオーバーラップし、朝夕の行き帰りに、昼を食べに出た時に、せつなさと後ろめたさとで胸が潰れる思いだった。

十條にとってさいわいだったのは、スケジュールが過密だったことだ。レポートの提出、重役陣の前での報告、マンツーマンの研修で、あっという間にひと月が過ぎた。忙しさは、喜びも悲しみも麻痺させてくれる。

そこにフランソワーズが現われた。

「来ちゃった」

フランソワーズはぺろりと舌を出して首をすくめた。

「似合ってないぞ」

十條のネクタイを引っ張って笑う。

商品企画部への配属が決まり、デスクの引越しをしていると、内線で呼び出され、受付に降りてみたところ、彼女が待っていたのである。

これは夢か？　罪悪感が創り出した幻想なのか？　十條は激しく混乱した。

「フランソワーズ？」

十條はこわごわ尋ねた。

「もう忘れちゃったの？　薄情ね」

彼女は頬を膨(ふく)らませ、十條の鼻の頭をつつく。よく磨かれた楕円形の爪、弾力のある指先、すらりとした手足、いたずらっ子のようなほほえみ——まぎれもなく、あのフランソワーズだ。

「いや、髪の色が変わってたから、びっくりして」

十條はとっさにごまかした。

「気分を変えようと」

「でも、どうして、ここに？」

「会社の名前は聞いてたから」

「そういう意味じゃなくて、何のために？」

「ひどーい。あなたに逢いにきたのに」

フランソワーズはきゅっと眉を寄せる。

「いや、でも、ここはリヨンじゃないんだぞ。びっくりして、信じられなくて……」

「ジョジョだって、大阪でなくてパリまで来たじゃないの」

「いや、でも、僕はこの会社に派遣されたみたいなものだから……。そうだ、リリー・ド・ラ・ヴァリは？　前に、二日連続で休ませてもらえないってこぼしてたよね？」

「辞めた」

「え？」

「こんなとこじゃなくて、どっか坐れない？　いっぱい話があるんだ」

フランソワーズは十條のスーツの袖口を取る。

「仕事が終わるまで待って。この辺はぶらぶらするだけでも楽しいと思うよ。五時、いや五時半には出られる」

十條は追い立てるように言って背中を向け、

「やっぱり六時にしよう」

と訂正し、今度こそエレベーターに向かった。籠に乗っても振り返らず、壁を向いてボタンを押した。

十條が六時に退社するころにはもう、新入りのところに若い外国の娘が訪ねてきてたぞ、フランス語で会話していたぞという話が社内を駆けめぐっていた。

「東京のほうがすごいじゃない。パリよりお店がたくさんある。かわいいものがたくさんある。これだって」

フランソワーズはマグカップのイラストを指先でなでた。その二頭身のネコは、十條には、かわいいというより幼稚に見えたが、フランソワーズは目の高さを合わせて、かわいいかわいいと日本語で繰り返す。

二人は明治通りのオープン・カフェで向き合っていた。この季節、日が暮れてからの屋外は快適とは言いがたかったが、日本ふうの喫茶店に案内するのは恥ずかしいと十條は思った。

しかしこうしてテラス席に坐っていると、歩道を行く十人に一人はフランソワーズに目を向ける。原宿に外国人は珍しくないが、今どきサイケな花柄のパンタロンというのは相当目を惹く。この店を選んだことを、十條は少し後悔していた。

「それで、どういうことなの？　リリー・ド・ラ・ヴァリを辞めたって」

パンケーキとオムレツが運ばれてきたところで十條は尋ねた。

「アルベールのこと、かなりショックだった。彼を愛していたんじゃないよ。でも、長いつきあいだったから。どうして知り合いとしての関係が長く続いていたのかというと、彼のことを、悪い人ではないと思ってたから。ジョジョのことも二つ返事で引き受けてくれたじゃない。いい人だと信じてたのよ。なのにその人は人殺しだった。自分が殺した人間に、平気で罪を着せられる人だった。わたしとしては、むしろ、あとのほうがショックだった。すぐに病院に連れていけば助かったかもしれないのに、放置して、自分を守るためにせっせと働いた」

アジュール・ドールは繁盛店だった。しかしオーナーのアルベールは、女に車に競馬にと金づかいが荒く、借金を重ねていた。首が回らなくなった彼は、一攫千金により窮状を打破しようと考えた。店を焼き、保険金をせしめる――。

しかし、吸殻の不始末により出火したと見せかけようとした素人の放火工作は不発に終わり、灰にしてはもったいないと高価なワインを事前に持ち出していたことで、泥棒騒ぎが起きてしまう。

しばらく時間を置き、アルベールは再度放火を試みる。ところが今度は、泥棒騒ぎを真に受けて夜回りをしていたマネージャーと鉢合わせという事態が発生、二人の間で悶着が起き、アルベールはヴァンサンを突き飛ばし、死なせてしまった。そしてアルベールは、高級ワインのボトルを段ボール箱に集め、食材をあたりに撒き、脚立に靴跡をつけ、密室工作を行なった。その結果、ワイン泥棒の間抜けな事故死として処理されたら、頃合いを見計らい、みたび放火するつもりだったという。

「裏切られた感じ。人間不信になったわ。それと同時に、人を見抜けなかった自分も嫌になった」

コートは着ておらず、北風が胸元に吹き込むというのに、十條はじっとり汗にまみれていた。「裏切られた」「人間不信になった」というのは自分に対するあてつけなのだろうか。数時間前の再会から今まで、一つの恨み言もないことも、かえって十條の胸を締めつけていた。

「あんまり憂鬱だったんで、気分転換に旅にでも出ようかと思ったんだけど、じゃあどこに行こうかとなった時、ジョジョの顔が思い浮かんだ。だから、来ちゃった。『思い立ったが吉日』」

「嬉しいよ」

十條は笑顔を作る。

「でもさ、日本は遠いのよ。全財産近くをはたかなければならない。お店にもまとまった休みをもらわなければならない」

「まさか、休みがもらえないから辞めたの？」

また負い目ができてしまうと、十條は気が滅入りそうになった。

「ううん。貯金をはたいての旅行なんて、自分を苦しめるだけじゃない。だから旅行はやめた」

「は？」

「日本で暮らすことにした。だからお店は辞めた。アパルトマンも引き払った」

十條は話についていけない。

「わたしの望みはただ一つ、踊ること。毎日踊って過ごせれば、それでしあわせ。だったら、世界のどこで踊ってもいいじゃない。パリもロンドンもニューヨークも一緒。東京も。だいたい、パリだって、わたしの生まれ故郷じゃないし」

「日本で踊るって、ストリッ――」

十條が言葉を呑み込んだのは、周囲の日本人を気にしてのことだ。

「リリー・ド・ラ・ヴァリのような店で？」

「ミュージカルよ」

「えっ？」

「ジョジョはよく言ってくれたじゃないの、『君なら今すぐ日本でトップになれる』って」

「言ったけど……」

「あれ、お世辞だったの？」

「誓ってお世辞なもんか。今ここで踊ったら、二重、三重に人垣ができる」

十條はテラスの横の歩道に顔を向ける。

「そう、踊りに言葉の壁はないのよ。東京で成功すれば、ブロードウェイでも注目される」

「いい考えだと思う。公園での練習より、舞台で本番を重ねたほうが、実戦の力がつくんじゃないかな」

「だから来ちゃった」

フランソワーズはテーブルの上で十條に手を重ねる。君にはかなわないなと笑いながらも、十條は彼女の手をやんわりとはずす。

「でも、一つ問題があるぞ。ビザは？　短期ならごまかせるけど、日本に腰を据えて働くとなると、そうはいかない。メジャーなプロダクションに入れれば、向こうが力を貸してくれるだろうけど、最初からメジャーと契約するのは難しいと思う。君の踊りがずば抜けていても、まったくの無名だから」

「わかってる。だから考えた」

フランソワーズはもう一度十條に手を重ね、そして彼の目を見つめて言った。

「結婚しようよ」

8

日本人と結婚して日本国籍を取れば日本で自由に働ける。自分はパリに愛着はあるがフランスへの愛国心はなく、どこの国の人間になってもかまわない。早くに親に見捨てられているので、彼らを気にかける必要もない。

あまりに唐突な申し出だった。よし区役所に行こうと手を取って立ちあがれるはずもなく、十條の部屋に来たがったフランソワーズを、超絶に散らかっているから今日はだめだと、浅草の外国人専用ゲストハウスまで送り届け、彼は一人で自分のアパートに帰った。

とても正気ではいられず、十條はバーボンを嘗めながら考えた。どう断われば納得してもらえる、どうやって傷つけずにフランスに帰す——。

しかし考えるうちに、彼の気持ちに変化が生じた。

手堅い人生を求めて帰国した。社会人一年生にとっては、電話の受け答えも、出金伝票の切り方も、何もかもが未知の体験で、通勤電車での苦痛にもそれなりに刺戟があり、充実感をおぼえていた。

しかし時間が経つうちに、ふと気づくと溜め息を漏らしていた。職場で飲む機会がよくあったが、愚痴と悪口がループして、酔うほどに冷めていく自分を感じていた。休日に学生時代の友人と会っても、こちらも底抜けの明るさが失われていて、昔のように楽しくはなかった。わずかひと月でこれである。大きな仕事をまかされるようになれば、気持ちに張りが出るのかもしれないが、基本的にはこの先ずっと退屈なのだなと、なんとなく悟った。

そこに、予告なしで異国から恋人が訪ねてきた。それだけでも相当劇的だというのに、結婚を申し込まれた。そこまで舞台が整いながら、すごすご袖に引っ込もうというのか。

十條はフランソワーズの踊りを心からすばらしく思っている。しなやかで力強い身体からほとばしる複雑なリズムは、日本人にはとうていまねのできないものだ。ものが違う。日本での成功は間違いないだろう。

フランソワーズはかならず有名になる。そのパートナーでいられたら、どれだけ誇らしいことか。会社勤めは辞め、主夫として彼女をサポートしてもいい。

十條は魅力的な未来を選択することにした。パリでは逆の選択をしたので、おまえは本当にそれでいいのかと、神様がいま一度チャンスをくださったのかもしれない。

酒に酔っての判断ではない。目覚めても彼の決意は揺るがなかった。

その週末、十條はフランソワーズをともない、愛媛の新居浜に向かった。そこに彼の実家がある。

日本をよく知りたいと言うフランソワーズのために、飛行機ではなく、電車と船を使って四国に渡った。

「ジョジョのご両親に会うなら、金髪でなく、ナチュラルな黒のほうがいいかなって。日本人もそうだしね」

フランソワーズは服もシックなワンピースに替えていた。

新居浜に実家はあるが、十條とは縁（ゆかり）のない土地でもある。彼が大学進学のため親元を離れたあと、父親が当地に転勤となったのだ。

だから十條には自分の家という実感がなく、玄関の鍵は渡されていたが勝手に入るのはためらわれ、チャイムを鳴らして中から開けてくれるのを待った。

母親はいつもより三倍化粧が濃く、今朝かけたと一目でわかるパーマ頭で、今日が特別な日になると察しているようだった。

しかし彼女は、おかえりともいらっしゃいとも言わず、笑顔さえ見せず、腕をつっかい棒のようにドアに当てたまま、

「フランス人？」

とアイライナーで固めた細い目を見開いた。

「なに驚いてんだよ。電話で伝えといたじゃん」

「どこがフランス人よ、アフリカ人じゃないの」

女！

ドアがノックされた。どうせ新聞か宗教の勧誘だろうと気配を殺して無視していると、何度か繰り返されたのち、おーい世之介と、だみ声が届いてきた。ヘブン・ヒルズの村田だとわかったが、この状況では顔を合わせたくないと、世之介は無視を貫いた。

三時間ほどのち、ふたたびドアを叩く音が響いた。おーい世之介、居留守じゃないのか、電気メーターが盛大に回ってるぞ、借金取りじゃないって村田だって、と呼びかけも繰り返される。

村田というのは、以前世之介がアルバイトしていた先の先輩である。三つ歳上の兄貴のような存在で、玉石混淆大人の世界を教えてもらい、警察沙汰寸前のバカもした。今でもたまに飲みにいく間柄だ。

しかし、本日、彼の訪問を受ける理由に、世之介は心あたりがなかった。今度も無視していればあきらめて帰るだろう。そう考える一方、かつての仲間に緊急事態が起きたのかもしれないぞ、飲んだくれの斉藤さんはいつ行き倒れになってもおかしくないし、それとも向かいのビルの総会屋に因縁をつけられたのだろうか、という思いが十パーセントくらいあったので、世之介は脱ぎ捨ててあったジャンパーを引っかけて居室を出、玄関ドアを開けた。

「やっぱり居留守じゃねえかよ」

村田が白い息を吐いて笑った。

「寝てました」

世之介は目をしょぼしょぼさせて答える。

「何時だと思ってんだ。いいご身分だな」

「風邪っぽくて」

からんだ痰を切るふりをする。

「そりゃ悪かった。外気に当たるとよくないな」

と言ったので帰るのかと思いきや、村田は中に入ってきてドアを閉めた。

「うつりますよ」

世之介は二つ三つ咳をしてみせる。

「だいじょうぶ。なぜならバカは風邪をひかない」

村田は、ジョークも、空気の読めなさも、小学生なみだ。

「で、何の用ですか？」

「何だよ、ご機嫌いかがと訪ねちゃいけねえの？　昔はしょっちゅう来てたじゃねえか。車で送り迎えもしてやったし。アポを取れ？　世知辛(せちがら)い世の中だねえ」

「いや、そういうわけじゃ……」

「中野ブロードウェイをぶらっとするから、世之介もどうかと誘ってみたんだよ。いないみたいだから一人で行ってきて、帰りにも寄ってみたってわけ。で、これ、おみやげ」

と差し出された紙袋にはコミックが一冊入っていた。

「両さん？　俺が貸したやつじゃないですか」

「続きはないの？」

「返却は何年後ですか？」

世之介は気のきいたいやみをぶつけたつもりだったのだが、村田は、

「読んでいくか」

と靴を脱ぐ。

「めちゃくちゃ散らかってるんで」

「うちも」

「咳を連発してたんで、菌が充満してますよ」

「だから俺はバカなんだって」

本当にバカだよおまえはと、無言で怒る世之介の横をすり抜け、村田は部屋にあがり込む。

「万年床かよ」

「寝てたんですよ」

「ここも片づけろよ。汚いから具合が悪くなるんだ。埃にダニ」

村田は、部屋の端に寄せられた炬燵まわりをぐるりと指さす。

「だから散らかってるって断わったでしょう」

世之介は天板の上の平皿にマグカップを重ねる。

「おー、生き返る」

村田は炬燵に下半身を突っ込み、マグカップの一つを取りあげる。

「ちょっとぉ、片づけのじゃまをしないでくださいよ」

「喉が渇いた」

カップの中にはインスタントコーヒーが半分入っている。

「これはだめですよ。俺が口をつけたやつだから」

「今さら何だよ。カクテルとか、よく回し飲みするじゃねえか。そこそこ温かいし、これでいいよ。新しいのを淹れる手間を省いてやろうっていう親心」

「いや、これはさすがにヤバい。菌がうようよで、バカでも風邪がうつりますよ」

世之介はカップを奪い取る。

「バカで悪かったな。じゃあ新しいのをくれ」

自分で言っておきながら、村田はふてくされる。

「あいにく、これが最後のコーヒーで、お茶も切らしてまして。白湯でいいですか？」

「いるか」

世之介が食器を流しに下げて部屋に戻ると、村田は人のタバコを勝手に頂戴していた。

「喉が痛いんですけど」

「そっちには煙を吐かねえよ。つか、何だよ、この吸殻の山。ホントに風邪なのか？」

「苦しくても、つい喫っちゃうんですよ」

世之介は空咳をしてみせる。

「ま、それがタバコ喫みの性だよな。で、両さんのマンガ、どれ？」

村田はカラーボックスの方に首を突き出す。

「本当に読んでいくんですか？　持っていっていいですよ」

世之介は二巻と三巻を取り出し、村田の前に置いた。

「おー、サンキュー。世之介も入れよ。風邪が悪化するぞ」

「うつしちゃいけないから」

世之介は炬燵には入らず、部屋の反対側に敷きっぱなしの寝具に足先を突っ込んだ。

「つんけんすんなよ」

「べつに。具合が悪くて、喋るのがだるいだけです」

「じゃあ、俺が治してやるよ」

「はあ？」

「三十八度の熱も一気に下がるぞ。いや、興奮しすぎて、逆に四十度を超えてしまうかも」

村田はニヤニヤ鼻の頭を掻く。

「何言ってるんですか」

「ただぷらっと寄ったと見せかけて、実は、インフルエンザも吹っ飛ぶような朗報を持ってきたんだな、これが」

「朗報？」

「いい知らせ。学士様になろうというお方が、そんなことも知らないのかよ」

「意味は知ってます」

「また合コンできそうだぜ。今度は看護学校の子たち。テルが話をつけてて、基本的にはオッケーなんだけど、向こうが学校が相当忙しいみたいで、日程の調整中。今月中には組むよ。場所は渋谷ね。おい、何だよ、嬉しくないのか？」

世之介が沈黙していると、村田が首を伸ばしてきた。いやそんなことはと世之介は手を振る。

「この間が失敗だったから、期待が持てないってか？」

世之介はぎこちなく笑う。

「まあありゃ仕方ない。丸の内のＯＬだか知らないけど、お高くとまりやがって。一次会を全額持ってやったってえのに、二次会は遠慮しますでドロンって、どういう料簡だよ。けど今度は看護学校だから、庶民的で、盛りあがること間違いなし。十九、二十のピチピチだしな」

「今回はちょっと……」

世之介は小声で言う。

「はあ？」

「都合が……」

「おい。合コン合コンって、いつも一番がっついてるのは世之介じゃねえかよ」

「そんなことないですよ」

「よく言うよ」

「そういうの、そろそろ卒業かなって。社会人になることだし」

「おちょくってんのか？」

村田は炬燵から出てくる。

「いや、ホント、そういうふうに思うようになって」

世之介ははたかれた頭をさする。

「じゃあ、とっくに社会人なのに合コンしてる俺は何だよ？」

「あ、いや、人それぞれだから……」

「偉そうに」

「それと、今月は就職がらみで忙しいから……」

「就職？　ほぼ決まりなんだろう？　だからお祝いに合コンをセッティングしてやったんじゃねえか。それがイマイチだったから、仕切り直しにもう一度って、どれだけ愛情深いんだよ、俺ら。ん？　まさか、内定取り消し？」

「いや、それはだいじょうぶです。ただ、いろいろ準備があって……」

「スーツを買うとか？」

「いや、それはもう」

「引越すのか？　だったら手伝うぞ。モーやんを呼んだら三人分働いてくれる」

「いや、とりあえず引越しは……」

「じゃあどういう準備だよ。世之介、さっきからおかしいぞ。グズグズのグダグダで」

「だから今日は体調が……」

「ん？」

村田が怪訝な表情で言葉を止めた。

「あ？」

その視線が向く先に、世之介は身を硬くした。

「あっ⁉」

村田が腰を浮かせ、世之介は息を詰めた。

「まさか……」

村田は世之介を指さし、壁の方を指さし、そして布団を指さす。世之介は首をかしげようとするが、実際にできたかわからない。

（誰？）

と村田の唇が動いた。世之介は首を横に振る。

「これは何だよ？」

村田はささやくような声で壁の方を指さす。長押（なげし）にハンガーがかかっている。ハンガーにはベージュの上着がかかっている。

「コートですけど」

世之介はぼそりと応じる。

「そんなの、小学生でもわかる。おまえのじゃないだろ。左前じゃねえかよ」

村田が語気を荒くした。

すると、掛け布団がそろそろ動いた。世之介が動いたからではない。世之介が足を入れていたのとは反対側、襟（えり）の方がするする下がった。

「こんにちは」

布団の中から、久美子のばつの悪そうな笑顔が現われた。村田は、目も口も開きっぱなしだ。

「すみません」

世之介は頭を掻く。

「何だよ、どうなってんだよ」

村田は顔を赤くして、怒ったように繰り返す。

「いちおう誤解を解いておきますけど、その想像は誤解です」

「日本語が変だぞ」

「ムラさんが想像しているようなことはしていませんから」

「へー」

「本当です。炬燵で喋ってただけですから。冷やかされるのが嫌で、布団に隠れてもらったんです」

「あ、そ」

「本当ですって。マグカップのコーヒー、温かかったでしょう？　ムラさんが来る直前まで炬燵にいた証拠です」

「ふーん」

「服、着てますよ」

掛け布団が大きくめくれ、久美子が上半身を起こした。モヘアのセーターを着ていて、尻の部分のジーパンも確認できる。

「ほらね」

世之介が勝ち誇ったように言うと、

「何をしていようが、べつにかまわねえよ。俺が言いたいのはだな、先客がいるのなら、最初にそう言えよってこと」

村田は攻撃の方向を変えてぶつぶつ言う。

「言い出しづらい状況だったもんで」

「じゃあ、適当に言って追い返せよ」

「そうしようとしたのに、ムラさん、勝手にあがってきちゃったから」

「何だよ、俺が悪いってか？」

「いや、そんなことは」

「これじゃおまえ、俺は哀れなピエロじゃねえかよ、まったくよう」

村田は両手で髪を鷲摑みにする。

「先日はごちそうさまでした」

久美子が言った。村田が眉を寄せる。

「コンパの席でお高くとまっていた丸の内の年増（としま）ＯＬ五人衆の一人です。正確には、勤め先は大手町なんですけどね」

「あ？」

「一次会をおごってもらったのに、五人揃って二次会をパスして申し訳ありませんでした。言い訳させてもらえるなら、わたしたち、翌日は普通に仕事でした」

「俺らは週末が仕事でだめなんだ」

「でしたら、開始をもっと早くにしていただければ、二次会も参加できたんですけどね」

「ああ」

「看護学校生とのコンパでは、そのあたりの配慮をされたほうがいいと思いますよ」

「そうだな……。というか、待てよ、待て。おまえら、何でこんなことになってんだ？コンパでいい雰囲気だったか？　いや、あのあと男だけの二次会で、やけ酒食らって潰れたのは誰だよ」

村田は世之介の方を向いてまくしたてる。

「全然盛りあがらなかったからダメだとあきらめてたんですけど、なんかうまくいっちゃって」

世之介は猫背になって目尻を掻く。

「なんかって、何だよ」

「いちおう電話番号は交換してたから」

「ちゃっかりしてやがる。世之介の世之介たるゆえんだな」

「やめてくださいよ」

「ああそういうこと。だからもう合コンする必要ないわけ」

「ええまあ」

「はいはい。なら、今度のメンバーからはずしとくわ」

「お願いします」

「何だよ、誰かさんのためにセッティングしたのに。そういうことは早く言えっつーの」

「すみません」

「じゃ、おじゃま虫は帰るとするよ。あー、アホくさ」

村田は溜め息をつき、しきりに首をかしげながら退場していった。炬燵の上に忘れていかれた二冊が衝撃の大きさを物語っている。

「いいの？」

久美子が布団の中で意地悪そうに笑う。

「何が？」

「看護学校生との合コン、断わっちゃって」

「いいに決まってるじゃん。もう必要ないんだから」

世之介は炬燵に入り、タバコをくわえる。

「本当は行きたいんでしょ？」

「なわけないじゃん」

「若い子だってよ」

「べつに」

「我慢するなよ、趣味なんだし」

「はあ？」

「君のこと、合コン好きって言ってたよ、さっきの人」

「ムラさんは話を盛りすぎ」

「ふーん」

「何だよ、その目は」

世之介はタバコを置き、布団に突撃する。

「きゃーっ。へんたーい。おまわりさーん」

「さっきまで一緒に入ってたじゃないかよ」

「布団の中に服があって助かったぁ」

「それを速攻で着たことは評価に値する」

「下着はつけてないけどね」

「ホントだ……」

「きゃーっ。おまわりさーん。てゆーか、何で律儀に出ていっちゃったのよ。居留守を使ってればよかったのに」

「だからぁ、悪い知らせかと思ったんだよ。昼前にも来て、時間を置いてまた来たから」

「だからって、部屋にあげることはないじゃないの。玄関で話してさようならでよかったのに」

「勝手にあがってきちゃったんだよ」

「そんな弱腰じゃ、押し売りにもあがってこられちゃうぞ」

「ムラさんは先輩だから、無理やり閉め出すわけにいかないよ」

「わたしには押せ押せ押せできたのにね」

そう耳元でささやかれ、世之介の中でドーパミンが爆発的に放出された。久美子にのしかかり、唇を奪う。

しかし次の段階に入ろうとしたところで肩すかしを食らった。

「ねえ、世之介って何？」

「綽名」

「それはわかるよ。どうして世之介なの？　本名と全然関係ないよね？　名字とも、名前とも」

「それはまあいろいろあって」

「何よ」

「あとで」

「えーっ」

「こんな時に説明することもないじゃん」

「いま聞きたーい。教えて教えて」

情緒のない会話でドーパミンが減ってきたので、世之介は久美子の上から横に移動した。

「井原西鶴(いはらさいかく)ってわかるよね？」

「歴史の教科書に載ってる人？」

「江戸時代の前期に花開いた元禄文化の担い手の代表格で、小説家であり劇作家であり歌人」

「今で言うなら、寺山修司(てらやましゅうじ)か」

「井原西鶴の代表作に『好色一代男』というのがあるんだけど――」

「それ、知ってる。試験のとき憶えた」

「そうなんだよね。教科書に載ってるから、みんな知ってる。タイトルだけはね。でも、読んだことないでしょ？」

「うん」

「内容までは学校では教えないからね。『源氏物語』や『徒然草』だったら、歴史の教科書に載るだけでなく、古文の教科書で内容を教えられるわけだけど、『好色一代男』はそれがない。未来永劫ない。どうしてかというと、教育上問題があるから。要するに、エロ」

「『好色』って、まんまそういうことなの？」

「そうなんだよ。『源氏物語』もある意味ヤバい小説だけど、雰囲気だけだからね。『好色一代男』は具体的すぎる。数えの七歳で性に目覚めた男の話でさ、九歳で望遠鏡で女中の自慰を覗き見するわ、十五歳で後家さんを孕(はら)ませてとんずらするわ、行商や坊主になって日本全国やりまくりの旅に出るわ、ついには精力剤や大人のおもちゃ満載の船で日本を飛び出してしまうわで、今とは倫理観が違うことを差し引いても、学校では教えられないって。男色もあるし」

「マジで?」

「マジで」

「もし、勉強熱心な生徒が、歴史の教科書にあったから読んでみて、それについて質問したら、先生はどう答えるんだろうね」

「どう答えるんだろうね。ま、問題になってないってことは、そこまで探究心のある生徒はいないってことで」

「だね。ん?　何の話をしてたんだっけ?」

「綽名の由来」

「そうだよ、そうそう」

「でね、『好色一代男』の主人公の名前が世之介なわけ」

「それはつまり、君が好色ということなのね。そっかー、たしかに」

「そこまでエロじゃないだろ」

「何よ、これは」

　と久美子は、内股に忍び込んできた世之介の手をぴしゃりと叩く。

「本家の世之介はこんなもんじゃないって。牢屋の格子越しにペッティングするほどなんだから」

「じゃあ何で世之介なのよ」

「俺の名前だよ。本名」

「は？」

「小学校中学校では、この名前のおかげでよくからかわれた。『やーい、大助平』って」

「うんうん。子供は言いそう」

「小中学校の時は、綽名は大助平止まりだったんだけど、この間までバイトしてたヘブン・ヒルズに文学部出の人がいてさ、大助平は助平の頂点という意味であり、そこまでの好き者といえば、ドン・ファンかカサノヴァ、わが国では『好色一代男』の世之介だよなということで、世之介と呼ばれるようになったってわけ。だったら、ドン・ファンかカサノヴァにしてほしかったんだけど、カッコよすぎてだめだってさ」

「たしかに。ドン・ファンなんて呼ばれてたら、聞いてて鳥肌が立っちゃう」

久美子は声をあげて笑う。

「受けすぎ。てゆーか、このシチュエーションで、何でこんな話をしてんだよ」

世之介は腕に腕をからめる。

「そろそろお開きという流れじゃないの」

「え？」

「さ、帰ろう」

久美子は布団をはねのける。

「えー？　もう？」

「ゆうべからずっといたじゃない。また遊ぼ」

久美子は世之介の頰に軽く口づけすると、抱きしめようとする彼をやんわり押しのけて布団を出た。手早く服を整え、化粧ポーチを開ける。

「腹減らない？」

世之介は未練がましく引き留める。

「すいた」

「じゃあ何か食べにいこうよ」

「近くにある？」

「中華か洋食。といっても、ラーメン屋に毛が生えたみたいな中華屋と、有線が流れている喫茶店」

「そこ、オムライスある？」

「ある」

「じゃあ、中華のほう」

「いや、オムライスがあるのは喫茶店」

「ううん、中華でいいの。返事を待つ〇・五秒の間に気が変わって、餃子が食べたくなった」

「おもしろい人だなあ」

「わたしには三つの夢があります。ニューヨークでエッグベネディクトとクラムチャウダーの朝食を食べること。銀座のお寿司屋さんで、おまかせで握ってもらうこと。ラーメン屋で、とりあえず餃子とビール。最後のは、時間的にも経済的にも、いつでも実現できそうだけど、女子一人で実行するにはハードルが高いのです」

「じゃあ、今日、夢の一つを実現させよう」

世之介も、素肌の上に羽織ったジャンパーを脱ぎ、身支度をする。

ノックの音が響いた。村田だと、世之介は反射的に判断した。コミックを取りに戻ってきたのだ。だから世之介は誰何せずにドアを開けてしまった。

世之介の口が「あ」の形で固まった。しかし声は喉の奥に貼りついて出てこなかった。

「やあやあ」

快活に挨拶されても、世之介の表情筋は硬直したままだった。

「寝てた？　ごめーん。まだ寝てる？　もしもーし？」

世之介の眼前に手がかざされ、上下に動く。

「伊豆高原じゃ？」

世之介はようやく言葉を発した。

「クロエが熱出しちゃって、早めに切りあげてきた。はい」

土産物屋の紙袋が差し出される。

「どうした？　大ちゃんも熱があるの？」

世之介の額に手が当てられる。

その手がはらりと落ちた。笑みが消え、視線が世之介を通り越し、部屋の奥に向かっている。

「誰？」

世之介の後ろ、敷居の向こうに久美子が立っていた。コートに片腕を通した状態で立ちつくしている。

「大ちゃん、誰なの、この人？」

世之介は腕を摑まれる。

「誰？　この女の人、誰なの⁉　大輔、何か言いなさいよ！　十條大輔！」

世之介は前後に揺すられ、友里の絶叫が安普請のアパートを震わせる。

錦の袋はタイムカプセル

1

みなさん今日のごはんはおいしかったですかという小笠原施設長の問いかけに、おいしかった、ごちそうさま、ピーマンは嫌だ、おいしかったです、おかわりしたよ、わたしには多すぎだ、ごちそうさまでした、と声があがる。

「その、おいしいごはんを作ってくださったのが、ここにいらっしゃる方々です。今日だけじゃないですよ。毎日作ってくださっています。紹介しましょう。最初は栄養士の久保山さん。久保山さんは毎日の献立を考えてくださっています。一人で考えられているんですよ。すごいでしょう」

三角巾にポニーテールの女性がお辞儀をする。パチパチと拍手が起こる。

「お隣が調理長の西村さん。今日の茶碗蒸しもおひたしも糝薯（しんじょ）揚げも、西村さんが味を見ました。調理場をまとめているお父さんのような存在です。昔は登別で料理長をされていたんですよ」

おおという感嘆の声と拍手。海坊主のような強面が顔を伏せ、それほどでもないと言うように手を振った。

白衣の四人が壁を背に並んでいる。壁の半分は掲示板になっており、習字や貼り絵や写真が掲示されている。四人から少し離れたカラオケセットのところに、マイクを握った小笠原施設長が立っている。

フロアーには大きなテーブルがいくつも置かれ、そこについた三十人ほどが、壇上の四人に注目している。

日高に続いて馬渡も紹介され、その締めくくりに施設長が、

「馬渡さんは若いころ、本場フランスで修業されていました」

と言うと、西村の時より大きなどよめきが発生した。西村がほんの一瞬、愉快でない顔をしたのを、馬渡は見逃さなかった。

「それでは調理長、代表して一言お願いします」

西村にマイクが渡される。

「みなさん、こんにちは。はじめまして、西村です。みなさんに料理を作っております。今日は暑いですな」

要領を得ない挨拶に、馬渡はわがことのように冷や汗が出てくる。

本日は〈つつじの里〉の参観日である。潮見台の中腹にあるこの老人デイサービスセンターでは、年に二度、利用者の家族を施設に招き、レクリエーション活動を見てもらい、健康管理についてのセッションを行なっている。今は、利用者と一緒に給食を食べてもらったところで、そのあと施設長による調理スタッフの紹介が行なわれている。

「私の一番のこだわりは味噌でして、『味噌豆は七里帰りても食え』と言いますでしょ

う。私が味噌蔵まで足を運んで味見をしております。わが家でも二十年来ここの味噌を使っているんですよ。家族六人全員病気知らずです。大雪山の麓の味噌屋さんで――」

西村は、喋れば喋るほどカオスになっていく。イライラで爆発してしまわないよう、馬渡は西村の声をシャットアウトし、テーブルの方に目をやった。

膝に手を置き、背筋を伸ばして傾聴しているお爺さんがいる一方、楊枝(ようじ)を使いながらあくびを繰り返しているお婆さんがいる。その横で携帯電話をいじっている女性は、年齢から考えて家族だろう。

そうやって一人一人観察しながら年齢や家族構成を推測していた馬渡の目が、とある一点で止まった。

最前列右のテーブルに坐る女性だ。六十に届くか届かないかといったところなので、利用者ではない。その隣の白い角刈りの男性の身内のようだ。

馬渡の気を惹いたのは、彼女の鼻だった。左の小鼻の付け根に小豆大の膨らみがある。ファンデーションで目立たなくなっているが、それは黒子(ほくろ)と思われた。

老眼の目を凝らすと、隣のお爺さんが胸につけている名札から、〈高浪辰雄(たかなみたつお)〉と読み取れた。馬渡はつつじの里に入って日が浅く、利用者の顔と名前がまだ一致していない。

ようやく西村の話が終わり、マイクが小笠原施設長に戻って締めの一言があり、利用者とその家族は隣の部屋に移動する。調理スタッフはテーブルの食器をさげて食洗機に入れ、厨房の掃除に取りかかる。

片づけを終えると、調理スタッフは休憩に入る。馬渡は白衣を脱いでデイルームを覗いた。

利用者たちは大きな丸テーブルをぐるりと囲んで坐り、折り紙に取り組んでいる。家族もその中に混じって、色紙を折っては開いている。参観に飽きてしまったのか、昼食のあと帰ってしまった家族もいるようだったが、例の黒子の女性は残っていた。隣に坐る白髪の角刈り男性と共同で何かを作っている。

馬渡は廊下に立ち、ドア上部の小窓を通して彼女の姿を眺め続ける。そうするうちに、水に浸けた乾鮑(ほしあわび)が徐々にやわらかくなるように記憶が戻ってき、想像が広がり、胸が高鳴ってくる。

彼女が席を立った。ドアに向かって歩いてくる。馬渡は一歩退き、窓の方に顔を向けた。市道からのアプローチに赤や紫のツツジが今が盛りと咲きほこっているさまは、まさにつつじの里である。

彼女はバイブレーターの振動音とともに馬渡の後ろを通り過ぎ、玄関ホールとの境あたりで携帯電話に出た。事務的な口調から、相手は役所か金融機関だろうと馬渡は推測する。

吉凶はすべてタイミングだ。いくつもの成功と、その何百倍もの失敗の繰り返しから、馬渡はそう悟るにいたった。

千五百キロ離れた南の地で、この北の街を懐かしく思い、経験も興味もあったわけでもないのにデイサービスセンターに働き口を求め、数多(あまた)の同業者の中からつつじの里を選び、参観日で利用者の家族の前に立たされ、するとそこに彼女を見つけた。そして彼女が家族のそばを離れ、いま廊下にいるのは自分と二人だけ。

ほんの湧き水にすぎなかったものが、渓流から小川、そして大河へと成長し、いま目の前を流れている。このタイミングを何かのサインととらえるか、あるいは妄想にすぎないと勝手に流しておくか。タイミングを逃せば、起きるはずのことも起きない。そのタイミングで何かが起きるのだとしても、スイッチを入れないことには何も起きない。

「高浪さん」

馬渡はスイッチを入れた。通話を終え、デイルームに戻ろうとしていた彼女が足を止めた。

「失礼ですが、高浪というのは、嫁ぎ先の姓ですよね？　間違っていたらごめんなさい、あなたの旧姓は樺島ではありませんか？」

彼女は眉を寄せた。訝っている様子だが、否定はしていない。

「樺島美由起さんですよね？　小学校は二小」

彼女はぷいと顔をそむけ、デイルームのドアに向かって足を踏み出した。否定したのではなく、警戒しているのだと馬渡は判断する。

「待ってください。私はおそらく小樽第二小学校であなたと同級生でした。五年と六年の時、一組でしたよね？　いずれの学年でも一学期に副委員長を務めていましたよね？　担任は輿水という女の先生。あと、幼稚園は、何て名前だったっけ、寺がやっていたところですよね？」

彼女が足を止めた。馬渡は正面に回り込む。

「やっぱり樺島さんだったか。まさかとは思ったけど、長く生きていると、時々、映画のような『まさか』に遭遇するんだよなあ」

感激に手を合わせて天を仰ぐ馬渡とは目を合わさず、彼女の視線はやや下に向いている。

「これは今の戸籍がそうなっているだけで――」

馬渡は名札を手で隠して、

「弓木です。弓木大輔」

と言った。しかし彼女の表情は変わらない。

「憶えていませんか？　まあそうかな、六年の途中で転校しちゃったから。一緒に卒業していないと印象が薄いよなあ。卒業アルバムにも載ってないし」

馬渡は溜め息をつく。

「転校？」

彼女がはじめて口を開いた。

「六年の一学期に、神戸に」

彼女は眉を寄せた。記憶を探っている様子だったが、待っていても眉は開かない。

「親しかったやつらにはミッキーと呼ばれてたんだけど。弥富とか大岩とか、あと誰がいたっけ。弓木で、ミッキー」

「ミッキー……」

彼女は何か琴線にふれたようだったが、そこ止まりだった。

だ。

デイルームがざわついた。何人かが立ちあがっている。折り紙の時間が終わったようだ。

「携帯番号を交換しませんか?」

馬渡は言った。彼女は拒みはしなかったが、携帯電話を取り出す気配もない。

「交換するのが不安でしたら、私のだけ教えます。もし私のことを思い出したら連絡をください。通話は抵抗があるかもしれませんから、メールアドレスもお教えします」

馬渡は、この時を予感してあらかじめ書いておいたメモを彼女に押しつけた。

2

五日後の午後、馬渡はマリーナを望むホテルのラウンジにいた。テーブルの向かいには高浪美由起が坐っている。

「ヨットハーバーとか、いったいどこの湘南だ。だいたいここ、引込線だったところだろう? 弥富や藤岡と、貨物列車を見るために勝手に入ったことがある。めちゃくちゃ広くて、線路も何本も走っていたのに、跡形もない。こんなホテルや大型商業施設に生まれ変わるなんて、夢にも思っていなかった。そりゃそうだよな、五十年近く前の話なんだから。貨物列車がトラック運輸に取って代わられるとは、当時の大人でも思ってなかっただろう。半世紀か! 気が遠くなる」

メニューを開く前から、馬渡がかかったサラブレッドのように飛ばしていると、

「弓木君、そんなにお喋りだったっけ？」

と驚いたような顔をされた。

「昔は、どちらかというとおとなしいほうだったかな。口から生まれたような弥富をうらやましく思っていた」

「これが弓木君よね？」

美由起がテーブルの真ん中に一葉の写真を置いた。馬渡はあえて手元に引き寄せず、彼女の方に乗り出して写真に顔を近づけた。石鹸かシャンプーの、シンプルな香りがした。

写真はモノクロの集合写真だった。いい具合にセピアに変色している。そこに写る一人の顔を、美由起は小指の爪の先で示している。爪は短く手入れされていたが、マニキュアは塗られていない。半月（ルヌーラ）が狭く、縦の筋が目立つ。

「違う。これは寺元。じゃなくて三浦だっけ？　ちょっと思い出せないけど、僕じゃない。僕は、これ」

と馬渡は、最前列右端の野球帽の少年を指さした。

「こんなに背が低かったっけ……」

「うん、チビだった。伸びたのは中学の後半になって。せめて百六十にしてくださいと毎日祈ってたら、あっという間にそれを通り越して、二十歳を過ぎてもまだ伸びて、まさかの百七十七だからね。これ、何の写真？　学校じゃないみたいだけど」

「手宮公園。五年の秋の遠足」

「手宮公園！　春と秋で、どっちかはかならずここだったよね。洞窟がなかったたっけ？」

「あるよ」

「樺島さんはこれだよね？」

馬渡は後列のお下げ髪の女子を指さす。

「よくわかるわね」

「全然変わってないから」

「よく言うわ」

「本当だよ。だから、つつじの里で一目見て、ピンときた」

「ピンときたのは、これにでしょう」

美由起は小鼻を指さす。

「それは特徴ではあるけど、そこに黒子があるのは世界に一人ってわけじゃない。全体的に面影が残っていたからサインを感じた」

「サイン？」

「いや、とにかく、樺島さんは小学生の時の姿がそのまま成長している。いっぽう僕はというと、このありさま。途中で転校していかなくても、『あんた誰？』ってなったさ」

馬渡は広い額に手を当て、腹を叩く。

「六年生の時に転校したんだっけ」

社交辞令でもいいから否定してくれるのを期待していたのにスルーされ、馬渡はかなりがっかりくる。

「そう。六年の六月六日。これ、冗談じゃなくて、本当」

「あと少しで卒業だったのにね」

「そうだよ。子供のことを思えば、卒業まで我慢するよね、ふつうは」

「我慢？」

「両親が離婚したんだ。僕の親権は母が取ったので、神戸に行かなければならなくなった。母の実家」

「そうだったんだ」

「あの二人、僕がものごころついた時にはすでに仲が悪くて、遅かれ早かれ別れるだろうなとは予感していたけど、あのタイミングはないよ」

　小樽を離れたくないと涙で訴えても聞き入れられず、青函連絡船のデッキで潮風に打たれながら馬渡は、母である人との縁を切った。独立が許される年齢ではないので一緒に暮らすが、それは生命を維持するために宿主として利用するだけで、精神的には親として見ることをやめた。そしてこの先、この人が何と言おうとどんな期待をかけてこようと、自分の好きに生きてやるのだと心に決めた。

「転校先、神戸だったの。港町つながりなのに全然憶えてなかった、ごめん」

　美由起が頭をさげる。表情はやわらかく、言葉ほどすまなくは思っていないようだ。

「今なら快速エアポートで新千歳まで行き、飛行機でひとっ飛び、三時間で神戸だけど、当時は陸路を乗り継ぎ乗り継ぎ丸一日以上だからね。いやいやの長旅だから、本当にもう地獄だったよ。開業間もない東海道新幹線に乗れたことは嬉しかったけど。そうそう、これは憶えてる？　転校する時、一組のみんなからということで、これをもらった」

馬渡はポケットからお守りを出した。気品のあった錦はすり切れ、色褪せ、金糸で縫い取られていた〈住吉神社〉の文字はまったく読み取れない。

「ひどいクラスメイトね。いくら小学生でも、こんなボロっちい餞別はないわ」

「びっくり」

馬渡は目を見開く。

「何よ」

「樺島さん、ボケられるんだ」

「はい？」

「小学校の時には冗談言ったの聞いたことなかったから」

「関心がなくて聞いてなかっただけよ」

美由起はぷいと顔をそむける。そしてその体勢でティーカップを口に運んで、

「神戸かぁ」

と溜め息をつくように言った。

青い空と白い雲、水平線で空に溶け込む青い海、整然と繋留された白いヨット——美術の課題にスケッチして提出したら、絵はがきを写してくるとはなにごとかと拳骨をもらうような景色が、窓というキャンバスいっぱいに広がっている。

「海も空も、こっちのほうがきれいだよ」

馬渡は彼女の気持ちを察したつもりで言った。

「でも、おしゃれな街なんだよね」

「ガイドブックには、小樽もおしゃれな街として紹介されてるけど」

「小樽の何倍もガイドブックが出てるから、何倍もおしゃれなんでしょう？」

「ごみごみしてたという印象しかないけど。北野や御影あたりは瀟洒なんだろうけど、結局行かずじまいだったからなあ」

「神戸からまたどこかに引越したの？」

「うん。かなり引越してる。一番長かったのが東京だけど、九州や中国にも住んだ。そうやって転々とするうちに、物怖じせず喋れるようになったんだろうね」

「中国というのは、日本の中国地方ではなくて、中華人民共和国？」

「そう。ん？　考えてみたら、中国地方にも住んだことがあったか」

「海外生活の経験もあるんだ。すごいんだね」

「会社に命令されて赴任しただけだよ。社畜」

「それでも外国に住むなんて、とても考えられない。日本の中国地方ですら、遠い異国。わたしなんて、ここに根が生えてるから」

「ずっと小樽なんだ」

　美由起は首をすくめる。

「そう」

「旅行で離れたことも？」

「旅行くらいしてるわよ。でも、旅行と住むのとは違う」

「大学も小樽だったんだ。ああでも、札幌なら自宅から通えるか」

「大学は行ってない」

「え？　ふーん、そうなんだ」

馬渡は平静を装ってコーヒーカップを取りあげた。北大に行って当然の才女に何が起きたのか大いに気になったが、半世紀ぶりの再会を懐かしんでいる時の質問としては無粋にすぎる。

「弓木君はどうして、また小樽に住むようになったの？　転勤じゃないわよね。つつじの里は全国展開している施設じゃないし」

美由起が顔をあげた。

「最後は生まれ故郷で過ごしたいなって。鮭が生まれた川に戻ってくるようなもの」

「最後って、まだそんな歳じゃないじゃないの」

「そんな歳だよ。もう六十だぜ。自分が還暦を迎えるとか、二小の時に考えたことある？　火星人が攻めてくることはあっても、赤いちゃんちゃんこを着るなんて、ありえない未来だったのに」

馬渡は天を仰ぎ、がくりと首を落とす。

「でも定年はまだよね。なのに会社を辞めて戻ってきたの？」

「グロウシスはだいぶん前に辞めてるけどね」

「グロウシス？」

そんな有名企業にいたのかと驚いたように美由起は目を見開いたが、すぐにハッとし

たように眉を動かし、

「もしかして弓木君、別れたお父さんのめんどうを見るために戻ってきたの？」

と声を落として尋ねてきた。彼女にはこういう真剣な表情が一番似合うのだったよな
と馬渡は思い出す。

「親父はとっくに酒で身を滅ぼしてる」

「そうなの……」

「そういう親父を嫌悪していたのに、どうも血を引いているようで、困ったものだ。樺島さんのところは？」

「親？　二人とも健在よ。幸か不幸か」

「おいおい、それはないだろう」

「弓木君のご家族、理解があるのね。後半生は生まれ故郷で過ごしたいという願いを叶えさせてくれて。ふつう、ずっと勤めていた会社を定年前に辞めるなんて言い出したら、大変なことになるわ。それもグロウシスよ。一時期危なかったけど、最近持ち直してるみたいじゃない」

「独りだから、何をしようと自由」

「あ？」

「バツイチというのはネガティブだから、マスコミと広告代理店が結託して、結婚経験者という呼称を広めてくれないかなあ」

馬渡は苦笑する。

「ごめんなさい。失礼なことを言ってしまって」

「離婚なんて、今どき珍しくもなんともないよ。そうやって反応するということは、樺島さんはしあわせな結婚だったんだね。おめでとう」

「うちは死別」

馬渡は絶句し、背中や脇が冷や汗にまみれた。気にしないでと言うようなほほえみは返ってきたが、美由起はそれきり口を開かない。間に合わせでいいから、この沈黙を何かで埋めないと居心地がどんどん悪くなってしまうと、馬渡は思いついた先から言葉として発した。

「つつじの里を利用いただいている高浪辰雄さんは、ご主人のお父さんですよね？」

うろたえ、敬語になってしまった。美由起は黙ってうなずく。

「同居してるんですか？」

「そう」

「お義母さまも？」

「義母は主人より前に亡くなった」

「そうでしたか……」

そのつもりはなかったのに、馬渡は泥沼にはまっていく。

「義弟が二人いるんだけど、どっちもわれ関せずで。札幌に住んでるのに、様子を見にきてもくれない」

美由起は唇を引き結び、スプーンの先でレモンをつつく。

「ごめん、そろそろ戻らないと」

馬渡は腕時計に目を落とす。仕事の休憩時間に出てきたのだ。つつじの里はショートステイのサービスも提供しており、利用者がいる日には、その夕食を作らなければならない。

「こっちこそ、ごめんね。弓木君の仕事が終わったあと会えればよかったのだけど」

舅は軽い認知症を患っており、一人にしておけないのだそうだ。そのため美由起が家を出られるのは、辰雄がデイサービスを受けている平日の日中にかぎられる。

「ずっと見ていないといけないって、大変だね。樺島さんがまいっちゃわないように。だめだな、こんなテンプレートしか言えなくて」

馬渡は頭に拳骨を落とす。

「ううん、ありがとう。こうして外に出るとストレス解消になるから、機会を作ってもらえて嬉しかった。今日は、最後、愚痴っぽくなっちゃったから、今度は楽しい話をしましょう。弓木君の話をもっと聞かせてよ。中国のこととか。中華人民共和国も、中国地方も」

「また会ってくれるの？」

「もう会ってくれないの？」

目が合い、顔が赤くなったのを馬渡は感じた。

3

再会は一週間後になった。

「一言の相談もなしに再婚だよ。ようやく大和という母親の旧姓にも慣れてきたところだったのに、今度は十條に。四年間で姓が三つって異常だよ。加えて、新しく父親になった人が広島に転勤になって、高校を変わらなければならなくなった。死にものぐるいで勉強して、実力の二ランク上のところに合格したというのに、たったの二か月で転校だよ。親を恨んだ恨んだ」

「昔は単身赴任なんてなかったからね」

前回と同じ、海を望むラウンジだ。この日も馬渡は昼休みに職場を抜け出してきた。美由起はドレープのワンピースを着ており、ルージュも少し濃く、一週間前よりおしゃれな印象だった。

「だから、高校を卒業したら家を出てやると決めたんだけど、ラジオに熱中しすぎて成績がガタ落ち、高校を卒業しても家を出られなかった。受験に全部失敗しちゃって」

「わたしも中学高校の時は深夜放送に夢中だったなあ」

「常連投稿者で、DJマイケルといえば、広島では結構な顔だったんだぜ」

「そういうカッコつけた名前、いま思い出すと恥ずかしくない？」

「べつにカッコつけたわけじゃないんだけど。DJはその当時の本名、十條大輔のイニシャルで、マイケルは昔の本名、弓木に由来している。つまり自分の過去と現在を合体させた名前」

「マイケルが弓木？」

「弓木でミッキーって呼ばれてたじゃない。ミッキーはマイケルの短縮形」

「ああ」

「ＤＪミッキーでもよかったんだけど、ＤＪマイケルのほうが響きがいい」

「そういうのをカッコつけと言うんだけど」

二人は笑い合う。笑いながら馬渡は、弓木姓をからめた裏には、当時はまだ小樽を恋しく思っていたのだなと、今では忘れてしまった気持ちを推理した。

「それで、いつ家を出られたの？」

「一浪で東京の豊多摩大学に入った。聞いたことないだろう？」

「田舎者だから」

「東京の人間でも知らないから。一浪でこんな学校しか受からないなんて、絶望的なバカだよ。けど、家を出ることが最優先目標だったから、二浪はせずにそこで手を打った。その大学、今は中野から埼玉の所沢に移転して、何て名乗ってると思う？　東京都市軸大学とか、どういうセンスだよ」

馬渡は鳥肌の立った腕をさする。

「でも、グロウシスに入ったのだから、大学でがんばったのでしょう？」

「全然がんばってないよ。そもそも学問を修めるために大学に入ったわけじゃないし。

親元を離れられたことで目的を達成し、あとは抜け殻、アーパーな四年間だった。講義には出ないし、サークルもすぐに辞めちゃって、キャンパスにも寄りつかなくなった。バイトして、帰りにディスコで朝まで踊って、バイトして、湘南まで車を飛ばしてサーフィンをして。四年になっても、ずっとそんな生活。就職もだけど、よく卒業できたと思うよ」

「青春を謳歌したのね」

美由起の表情が翳る。やはり大学に進学しなかった裏には何か複雑な事情があるようだ。

「楽しいとかそういう感覚はなかったなあ。現実を見たくないから暴走してた感じ。ほら、猛スピードで走っている車からだと、景色がはっきり見えないじゃない」

馬渡は難しい顔をしてみせる。

「サークルは何だったの?」

「芝居」

「そういう才能があったんだ」

「ないよ。中学高校でもやったことなかったし。興味すらなかった。勧誘されてなんとなく入ってしまっただけ。そんなもんで、初舞台に立つ前に辞めちゃった」

と馬渡は、今も傷が残っている右腿をさする。先輩につけられた板橋継世という芸名は結構気に入っていただけに、それを一度もポスターやパンフレットに載せられなかったのが、今も少しだけ心残りだ。十條という姓を赤羽線(現埼京線)の十条駅に見立て、「十条は板橋の次よ」という洒落になっているのだ。

「遊んでばかりだったのに、グロウシスに就職できたのは、コネ？」

「運」

「人違いで採用通知が送られてきたとか？」

「籤に当たった」

「籤引きで採用を決めてたの？」

「そう」

「嘘だぁ」

「本当」

「グロウシスがそんな適当なことを？　信じられない」

「当時は、海外ブランドの代理店をやってるだけの、ちっちゃな同族企業だったよ。社名も、松本衣料物産だぜ。僕は、そんなダサダサな会社の試験も落ちる程度の学生だった」

　特別採用枠での一人は、社長が籤を引いて決めた。「運を持っている人間」がほしかったのだという。その運により海外で何かを吸収し、一般採用で入った常識的な者とは違った視点で会社に貢献してほしい。一九八〇年当時は海外旅行のハードルはまだ高く、もちろんインターネットもなく、海外を実体験した者にはそれなりのアドバンテージがあった。しかし馬渡は後年、思いつきで博打を打っただけで君に期待していたわけではないと社長に打ち明けられた。

「思い出した。この間の参観日に、若いころフランスで修業したと紹介されてた。その時のことだったのね」

美由起が膝を打った。

「皿洗いの修業ね。つつじの里の面接では、厨房に入っていたとふかしたけど」

「まあ」

「でも学生時代のバイト先もレストランで、そこでは厨房の下っ端もやったから、調理経験があるというのはまったくの嘘ではない」

会社に期待はかけられていなかったが、馬渡は期待以上の結果を出してみせた。その原動力はパリで吸収したものではない。自分を追って日本にやってきたパリでの恋人との関係が、母親の無遠慮な一言で壊れてしまい、彼女はフランスに戻っていった。彼女の面影とパリでの思い出を断ち切るため、馬渡は仕事に打ち込んだのだ。

しかし十年経っても完全には断ち切れていなかったとみえ、パソコン通信をはじめた際、ハンドルネームにパリの自分を投影させている。フランスでジョジョと呼ばれるようになったとき馬渡がまず思い浮かべたのが、'Jojo was a man who thought he was a loner' ではじまるビートルズの「ゲット・バック」だった。この歌には登場人物がもう一人おり、それは二番の冒頭で 'Sweet Loretta Martin thought she was a woman' と歌われている。

ジョジョからの連想でロレッタを名乗り、πこと永嶌一葉(かずよ)と知り合ったのが三十代前半。アップルパイを目印にする茶目っ気や、ハンドルネームのつけ方が好ましく感じられ、メールでのやりとりが中心の遠距離恋愛だったが、一年足らずの交際でゴールインした。永嶌一葉は馬渡と同い歳で、この年代の人間にとってナガシマといえば3という数字の象徴であり、一葉で14、314と並んで円周率のπということだ。

　結婚に際し一葉は、永嶌姓を残すことを望んだ。きょうだいが三人とも女だったからだ。十條というのは無理やり押しつけられた姓なので、捨てることに未練はなかった。フランソワーズへの暴言の件で絶縁状態が続いていた親には事後承諾ですませた。向こうも何も言わず、人形のような顔で花束贈呈に応じていた。再婚相手との間にもうけた男児がいれば、それでよかったのだろう。

　三十代、四十代、馬渡は飛ぶ鳥を落とす勢いだった。「点と線と面と立体理論」で人脈を広げ、どの部署に回されても業績を向上させ、とんとん拍子で出世、四十七にして取締役にまで上り詰めた。十代、二十代より女性にもて、浮気を重ねても発覚することはなかった。

　しかし五十を過ぎてグロウシスから独立してからは下り一直線だった。興した会社は倒産、私財までむしり取られ、妻子にも逃げられ、まさに嵐の五十代だった。それゆえ自虐的に五十嵐を名乗り、集団自殺に参加した。

　一命を取り留め、人生をやり直す決意をしたものの、栄光も贅沢も知ってしまった身に地道な生活は続かなかった。学生に命令されるようなアルバイトは屈辱で長続きせず、なのに目についた物は手に入れないと気がすまず、借金を重ね、返済に行き詰まると住居を変え、さらには戸籍まで変えて新たに借金を作った。子供の時から何度も姓が変わっていたため、戸籍が汚れることには抵抗がなかった。

　そうやって社会の底辺をさまよっていた時、殺人事件に巻き込まれ、身持ちの悪さから、強い容疑をかけられた。冤罪こそ免れたものの、捜査の過程で、他人の戸籍に勝手に入ったことが発覚してしまった。

刑事や裁判官に諭され、馬渡は目が覚めた。生まれ故郷である小樽に戻ってきたのは、一からやり直すという決意の表われである。

仕事は何でもよかった。最初狙ったのは、フリーペーパーで見つけたつつじの里の送迎車の運転手だったのだが、履歴書を持っていった時にはすでに採用が決まってしまっており、ほかの部署で人手は不足していないか、料理はパリで修業したことがあるなどと適当なことを言って、給食担当の職を得た。

冬の終わりから働きはじめ、初夏になった。どん底時代、一つの仕事がこれだけ続いたことはなかった。たった四か月で胸は張れないが、今度こそやり直せそうだという感触が馬渡にはある。

ただ、今の前向きな毎日の中にあっても、唯一の心残りが、娘との約束を反故にしてしまったことだ。籍がどうなっていようと父親には変わりないから結婚式にも出てくれと向こうが言ってくれていたのに、どん底状態で合わせる顔がなく、自分から連絡を絶ってしまった。

「山あり谷ありね」

二週にわたって馬渡が半生を語ったあと、美由起が発した最初の一言である。

「この十年は、谷から谷だけどね」

馬渡は溜め息で応じたが、言うほど不幸には感じていなかった。波瀾と曲折と数奇に富んだ半生というものは、伝記になるような偉人にだけあるのではないのだなと、むしろ感慨深い。

「いろいろあってうらやましいわ」

美由起は寂しそうにつぶやいた。

4

次に会った時、美由起が言った。

「同窓会しようか」

「小学校の？」

「高校の同窓会を開いても、弓木君は来られないでしょう」

「幼稚園のかもしれないと思って」

「はいはい。小樽に戻ってきて、同級生の誰かと会った？」

「いや。連絡の取りようがないし。転校した直後、何人かに暑中見舞いを出したきりで、その後は誰とも音信不通」

なのに彼女と再会できたのだからと、馬渡はあらためて感じ入る。

「わたしも、地元にいながらそうつきあいがあるほうじゃないけど、伊藤さんと菅原さんとは高校までずっと一緒だったから、今でも年賀状のやりとりをしている。二人とも小樽にいる。中川君は中学の同窓会会長をやっていたことがあるから、小学校の同級生の消息もそれなりに把握しているかもしれないわ。彼に音頭を取ってもらえば、結構集まると思う」

「中川か。いたな」

「義父のことがあるから、わたしは出られないけど」

「ショートステイで預かってもらえばいい」

「そうね。じゃあ、近いうちに伊藤さんに連絡してみる」

「詳しいのは中川じゃないの？」

「旧姓伊藤、今は中川」

「そうなの？」

馬渡が驚き、

「そうなの」

美由起がくすりと笑う。

一艘のヨットが、帆をおろしながら、しずしずとマリーナに入ってくる。それを上空から監視するように、カモメが一羽、８の字を描くように旋回している。相変わらずの絵はがきのような風景だ。この席に坐っている間は、職場でのいざこざも、失った家族への未練も、将来への不安も、忘れることができる。

窓ガラスのフレームの外にカモメが飛び去っていく。それを目で追いながら馬渡は、独り言のようにつぶやいた。

「同窓会もいいけど、僕はこうして樺島さんと二人きりで話ができればそれでいいかな」

「何か言ってるよ、この人」

美由起が眉を寄せた。

「告白すると、小学校の時、樺島さんのことが好きだった。あー、言っちゃった」

馬渡はおどけるように目をしばたたかせ、両手で口を塞いだ。心拍数は急上昇している。

「からかわないで」

美由起が泣き笑いのように目尻をさげる。

「本当だよ」

「嘘。そんなこと一度も言われたことなかった」

「そりゃそうだよ。今と違って、小学生で男女交際とか考えられなかった。休み時間に女子と話しただけで、女に気がある軟派なやつと、男子連中に冷たい目で見られるんだから、手をつないで下校しようものなら、男子の中での居場所がなくなってしまう。自分の中にも、女といちゃいちゃするやつは男のクズだというような考えがあって、好きだという感情を表に出すことはためらわれた」

「硬派だったのね」

「女子は女子で、男は野蛮だ不潔だって、近寄ってこなかったじゃないか」

「そうだったかしらねぇ」

「うちの娘なんて、幼稚園の時から、バレンタインには本命と義理を分けてチョコを贈り、小学三年の時にピアノの発表会で出待ちされ花束とラブレターをもらい、その後二、三度デートしている。そんな時代じゃなかったから、僕らのころは。君のところだって、色気づくのが早くて、あきれただろう？」

「うちは、いないから」

5

先週は、意図せず気まずい空気を作り出してしまい、肝腎の話を続けられなくなってしまったが、それで意気沮喪する馬渡ではない。

「この間見せたよね」

いつものテーブルで向き合うと、擦り切れたお守りをテーブルに置いた。

「クラスからの餞ね。記憶になくてすみませんね」

美由起は唇をすぼめ、小さく首を振る。先週のことを引きずっている様子はない。

「お守りの中がどうなってるか、見たことある？」

馬渡は巾着状になっている口を緩める。

「覗いちゃだめよ」

「御利益がなくなる？　罰が当たる？　でも、製造に携わっている人は、見ちゃってるんですけど」

「そういうことは言わないの」

「この中には長方形の厚紙が入っている。お守りが型崩れしないようにだろうね」

馬渡はお守りの中に指を差し入れる。灰色の厚紙が出てくる。

「二枚重なっているけど、もともとは一枚で、一枚は僕が追加した」

重なっている一枚を取り去ると、黄ばんだ紙が現われる。その紙を厚紙二枚でサンドイッチしていたわけだ。具になっていた紙は縦横に折り畳まれている。馬渡は慎重に開き、折り目を伸ばして美由起に渡す。

「〈有坂弥生　札幌市石山──〉？　何、これ？」

「自分の字だぞ」

「わたしの？　違うよ」

美由起は紙をひらひらさせる。

「もろくなってるから、手荒に扱わないように。小学生の時にはそういう字だったんだよ」

「うそぉ。筆跡もだけど、書いてあることにも心あたりがないんですけど」

「有坂さんのことも忘れてしまってるんだ」

「有坂……」

「四年の途中に転校してきて、五年の夏休みに札幌に転校していった。二小にいたのは一年足らずだけど、東京から来たお嬢さまということで、学校中で知らない者はいなかった」

「東京からの転校生……」

美由起はうつむきかげんで額に手を当てる。

「彼女のネックレスがなくなるという事件が発生して、クラスがちょっと険悪な雰囲気になった。事態を収拾するため、副委員長だった樺島さんが、自分が犯人であると名乗り出た。真犯人は僕だったのに」

「あ?」

美由起は細くしていた目を開いた。

「思い出した?」

「ぼんやりと」

「同じ出来事でも、人によって重みが全然違うんだな」

「この札幌の住所が、有坂さんが引越した先?」

美由起は鉛筆書きの文字を指さす。

「そう。樺島さんが僕に教えてくれたんだよ。その時もらったメモが、これ。手紙でも電話でもいいから、有坂さんに真実を打ち明けて謝れって。僕はバカだから、札幌まで自転車で行こうとして挫折して、結局手紙を出したんだけど」

「わたしが? 弓木君に?」

美由起はふたたび額に手を当てる。

「この一件からなんだよ、樺島さんを好きになったのは」

「え?」

「この間言ったじゃない、小学校の時、樺島さんのことが好きだったって」

馬渡は先週よりはドキドキしていない。

「まだ言ってるの……」

美由起は泣き笑いのような顔になる。

「正直、それ以前は、全然気にもしていなかったよ。いや、正確には、女のくせに口の立つ優等生で、いけ好かなく思っていた」

「すみませんね」

「でも、ネックレス盗難事件で、それまでより一歩近いところで接することになり、近づいたことで、それまで見えなかったものが見えるようになり、印象がかなり変わった。そして不思議なもので、意識して見るようになると、見た目の印象も変わった。今ふうに言うと、『あれっ？　こいつ、実は美人じゃね？』」

「それ、褒め言葉？」

「おそらく、樺島さんは常に折り目正しくて、机の並びがずれていても指摘するような人だったから、そういう言動が教育ママのように感じられて、条件反射的に拒絶していた。僕にかぎらず、男子はみんな。だから、純粋な見た目では、誰も評価していなかったのだと思う。見ようともしていなかった」

「褒めてないわね」

「あと、『美人』と『かわいい』は違うんだよね。子供は『かわいい』子に惹かれる。『美人』というのは総じて大人としての美しさなわけだから、子供の目では、将来『美人』になるとは、なかなか見抜けない」

「無理やりフォローしてる」

「そしてまた不思議なもので、外見が好ましく思えると、言動にも理解を寄せられるようになる。恋愛感情というものは、こういう流れで生まれるんだよ」

「ずいぶんお詳しいこと」

「樺島さんが口うるさいのはクラスのためを思ってのことであり、それはリーダーとして当然やらなければならない行動なのだけど、周囲から煙たがられたら、トーンをさげたり地位を放棄したりして、みんなと騒いだりするんじゃないの、ふつうは。そのほうが楽だし、居心地がいい。けれど樺島さんは孤立を恐れずに、学級委員長の職をまっとうしていた」

「副」

「実質、委員長だったじゃない」

「副」

「リーダーという立場を除いても、自分というものをしっかり持っていたよね。子供の時は、まじめであることを悪のようにとらえるところがあるじゃない。おもしろくない、暗い、堅物、つきあいが悪い、ガリ勉——そういう表現で蔑視する。とくに集団になるとその傾向が強くなって同調圧力がかかるから、まじめでとおすことは大変だ。強い人だと思ったよ」

「『鉄の女』って、褒め言葉？」

「意志の強さは美しさでもある」

「詭弁っぽい」

「実は、その前は有坂さんのことが好きだったんだ」

「ずいぶん気の多い硬派ですこと」

「けれど樺島さんのことが気になりだしてから、有坂さんに対しての想いは恋愛感情とは違ったのだとわかった。有坂さんはたしかに抜群にかわいかった。学校中の男子が騒ぐはずだよ。けど、僕は彼女を人形のようにしか見ていなかったんだ。ブラウン管の中のアイドル。自分はテレビの前に坐り、かわいいなあと胸躍らせているだけ。自分とアイドルでは住む世界がまったく違うから、一緒に登下校したいとか、フォークダンスで手をつなぎたいとか、夏休みは蘭島で海水浴だとか思ったことはなかった。

　ところが、樺島さんを好きだと思う感情は、有坂さんの時とは全然違った。低学年の時に気になっていた橋本さんや重松さんに対する思いとも違った。樺島美由起さんは、僕がはじめて好きになった等身大の女性だった。本当の初恋だったのだと思う」

「弓木君、飲んできたの？」

「カフェイン酔いかな」

　馬渡はコーヒーカップを覗き込む。

「困った人だわ」

「何が？」

「今さら何を言い出すかと思えば……」

　美由起は頬に手を当てる。

「迷惑？」

「そうじゃないけど、どう反応してよいやら」

「迷惑でないのなら、『ありがとう』でいいんじゃない？」

「じゃあ、ありがとう」

美由起はテーブルに三つ指を突いて頭をさげる。どういたしましてと馬渡も頭をさげて、

「僕だって、リアルタイムで想いを伝えたかったさ。でも告白する勇気なんてとてもなくて、そのまま小樽を離れることになってしまった。だからこれを大切にしていた。好きだった人の写真みたいなものさ」

メモ用紙を引き寄せ、幼い文字にじっと見入る。

「五十年も大切に取っておいてくれてありがとう、って言えばいいのかしら。あたしが有名人なら、プレミアがついたのにね。やだ、半世紀も前のこと？　歳取っちゃったわね、お互い」

茶化すように言う美由起に、馬渡は真顔で応じる。

「昔も、よく、この紙を開いて見つめていたっけ。恥ずかしい話、神戸に行ってしばらくは、学校から帰って毎日泣いてた。言葉も街の雰囲気も全然違って、突然外国に飛ばされてしまったような不安でいっぱいだった。小樽に戻りたい戻りたい神様お願いしますと、このメモに向かってつぶやいていたんだよね。片手にはこれを握って。この二つが心のよりどころだった」

馬渡は、住吉神社のお守りを、当時のように握りしめる。

「わたしは一度も転校したことがないから、そういう気持ちはわからないけど……。ネットがあれば、また違ったのかな」

「全然違っただろうね。もっとも、二学期も終わりになると、すっかり神戸の子になってたけど」

「まあ」

「若くて順応性が高かったからだよ。でも、だからといって、樺島さんや一組のことを忘れてしまったわけじゃないから。大切な思い出として、お守りの中にしまった。フランスにも中国にも持っていったんだぞ。落ちぶれて親子三人2DKのアパートに引越した時も、伊勢神宮や出雲大社のお守りは、ちっとも守ってくれなかったじゃないかとゴミに出したけど、このお守りは別だった。家族にも愛想をつかされ、借金取りから着の身着のままで逃げる時も、ポケットにはいつもこれが入っていた」

　馬渡はお守りにメモ用紙を重ねる。

「といっても、五十年間毎日想い続けていたわけじゃないけどね。それじゃあストーカーだ。思い出として大切にしていただけで、会いたいと思うことがあったのは、せいぜい高校生までかな。大人になってからは、名前を思い出すこともめったになくなった。すみませんね、その程度の思い入れで。

　だからもし会社を潰さず、今も東京に住んでいたら、こうやって話す機会は絶対になかったと断言できる。僕は二小の卒業生ではないから、同窓会があったとしても、案内状は届かないしね。

現実には会社を潰してしまい、再出発のために生まれ故郷に戻ってきたわけだけど、樺島さんに会うつもりはまったくなかったよ。だいたい、樺島さんはもう小樽にはいないと思ってた。もしお舅さんがつつじの里を利用していなかったら、今こうして話していることはなかった。就職を希望した僕が、運転手はもう決まりましたと門前払いされた際に素直に引き下がっていても、すれ違いで終わっていた。そう、再会できたのは、数奇なめぐりあわせによるものなんだよ。それを天の配剤と感じるのはおかしいかい？

樺島さんは、『今さら』好きだったと告白されてもとまどっているけど、僕にしてみれば、『今だから』なんだよ。永遠にないはずだった再会が奇蹟的に実現したんだ。かつてどうしても口にできなかった想いを、あの時の自分に代わって、今この時に伝えなくてどうするの。『懐かしいですね。お元気でしたか？　ごきげんよう』で終わらせるのが大人だって？　自分に嘘がつけるような立派な大人になったと聞いたら、弓木大輔君は、さぞ喜んでくれることだろうね」

美由起は目を伏せて黙っている。

「そう、これ、小樽第二小学校五年一組の弓木大輔からの伝言だから。今の僕が告(こく)ってるんじゃないから。告るとか、若者ぶってるよ」

馬渡は熱く語ったことが急に恥ずかしくなり、笑いにまぎらすように話を閉じた。ご神体のメモ用紙を慎重に畳み、厚紙で挟んで巾着の中に収める。リアクションがないので息苦しい。

「楽しい時間はあっという間に終わってしまうね。さて、針の筵(むしろ)に戻りますか」

馬渡は腕時計に目をやり、伝票を手に取った。

「仕事で何かあったの？」

美由起が顔をあげた。気分を害しているようには見えず、馬渡はひとまず安堵する。

「人間関係で、ちょっとね」

「だいじょうぶなの？」

「どんな職場でもよくあることだよ。ただ、長い間、人づきあいを避けて生きてきたから、耐性がなくてこたえてるだけ」

「辞めたりしないよね？」

「ここで辞めたら、あの時代に逆戻りじゃない。何の仕事も勤まらず、借金に走り、夜逃げ。つつじの里をわが手に収めるくらいの気概でやり抜くよ」

「だったらいいけど」

「心配？」

彼女が変わりないのをいいことに、馬渡は調子に乗る。

「夜逃げされたら同窓会ができないじゃないの」

こういうふうに切り返してくれるほうが楽しい。

「そうだ、同窓会はどうなったの？」

「伊藤さんには連絡しておいたよ。でも、一年くらいあとのほうがいいかもね」

「一年も？」

「一年後、誰かさんがまだ夜逃げしてなかったら、よくがんばりましたということで、クラスをあげてお祝いしましょう」

「早くしないと、死んじゃうかも」

「それだけ口が達者なら、十年後でもだいじょうぶそうね」

「僕だけの問題じゃないんだけど」

「そういえば、伊藤さんに連絡した時、寺元君、胃を半分切って入院してるって言ってた」

「みんなそういう歳なんだよ」

「とにかく仕事を投げ出さないこと。ほら、遅刻するわよ」

美由起は手を叩いてうながす。それを馬渡が、

「あー、それ、委員長っぽい」

と茶化すと、すかさず、

「副」

と返ってくる。

窓の外は本日も、青と白に染め分けられている。帆をおろしてバースにずらりと並ぶヨットが、槍をかついで合戦の陣太鼓を待つ武者どものようで勇ましい。そのマストの先端では、海鳥が羽を休めている。

来週もこの席に坐れますようにと、馬渡はゆっくり腰をあげる。

散る花、咲く花

1

この間持っていったじゃないと美由起は関心を示さなかったが、花と刺身は新しいほうがいいと私は主張し、それは女房と畳でしょうと彼女はあきれ、その格言は若輩の戯言だ恋人なら新しいほうがいいが人生の苦楽をともにする女房は古いほうがいいに決まっているフランスではワインと女は古いほうがいいと言うんだぞ、そう言葉巧みにあの人この人を口説いて浮気を重ねてきたのねメモメモ、といった具合に、たわいないやりとりが藪蛇となり、私は大いにうろたえたわけだが、前方に三角屋根の商家が現われたことで、とりあえず窮地を脱することができた。

坂の途中にある花屋だ。正面の壁に目を凝らすと、〈佐久間文房具店〉と色褪せた文字を拾えるので、正しくは文具屋である。しかし店先の棚には値札のついた鉢植えが並び、切り花を挿したバケツが置かれている。そんな案配で店の前は花に占拠されているため、車は少し行き過ぎたところに駐めた。

ガラスの重い引き戸を開けて、花をくださいと声をかけると、薄暗い店内のさらに暗い奥の方から、はーいただいまと、デニムのエプロンをつけた女性がサンダルをつっかけて現われた。

「黄色とピンクを一本ずつ」

私はバケツの切り花を指さし、

「たったそれだけで悪いね」

と、つけ加える。

「いいえ。いつもありがとうございます」

店員は笑顔で鋏を手にし、薔薇を一本つまみあげる。四十代なかばと思しき、昔で言うトランジスタグラマーな女性だ。

手持ちぶさたに店内を覗くと、木製の陳列棚にノートや鉛筆が並んでいるが、花の冷蔵ケースは見あたらないので、実体は文具屋ということでいいようだ。

「あら、かわいい」

車で待っていると言っていた美由起が現われ、鉢植えのピンクの花を指さした。

「真ん中が黄色になっているところがおしゃれですよね」

店員はにこやかに応じる。

「パンジー？　じゃないわよね」

「プリムラです。パンジーと同じように育てやすいですよ。花も長持ちしますし」

「じゃあ一つもらっていこうかしら」

と財布を出そうとするのを私は止める。

「鉢植えはだめだろう」

根がついたものは「寝つく」に通じ、見舞いの花としてふさわしくないとされている。

「うち用よ」

「テラスと水道の間がちょうど空いてるな」

「ボリューム感があるので、色を組み合わせると、お庭がとても華やかになりますよ」

店員は如才なく言って、ピンクのほかにもう三色買わせることに成功した。

花束と鉢植えを持って車に戻り、さらに坂を登っていく。農地の間に民家が点在するのどかな地区だ。

丸山病院は白樺の林に囲まれている。開院当初は白堊の壁がまぶしかったのだろうが、今では雪空のようにくすみ、息を殺すようにして林の中にたたずんでいる。駐車場は広大だが、車は歯抜けのようにしか駐まっていない。

ロビーは薄暗く、がらんとしている。外来が終わったからなのだろうが、蛍光灯が間引かれており、わびしさがつのる。

二基並んだエレベーターのランプは3と4に灯っていたので、扉の前を素通りして階段を使う。エレベーターは患者を慮(おもんぱか)って速度を極端に抑えてあり、ベッドやストレッチャーの利用があれば乗り降りにも相当な時間がかかるため、待つより歩いたほうが早いのだ。エレベーターに乗れなかったとき美由起は決まって、運動運動と負け惜しみのように繰り返しながら階段を昇る。

三階のナースステーションにこんにちはと声をかけると、こんにちはと輪唱のように返ってくる。カウンターには面会人用のノートが置かれているが、記帳しなくてもとがめられることはない。

三一一号室に入ろうとしたところ、辰雄と鉢合わせになった。

「あら、おとうさん。おしっこ？」

美由起が尋ねたが、辰雄は彼女を押しのけるようにして廊下に出た。パジャマの裾が半分はみ出している。

「トイレはこっちでしょう」

おぼつかない足取りで左に行こうとする辰雄の右腕を美由起は引っ張る。辰雄はいやいやをするように肩を揺する。

「トイレじゃないの？」

尋ねても、いやいやをするだけだ。

「どこに行くの？　おしっこじゃないの？　うんち？　違うの？　どこに行くの？」

繰り返し尋ねると、

「リハビリだよ」

と、しゃがれた小声で答えた。

「リハビリ？　何時から？」

「リハビリ、リハビリ」

辰雄は繰り返し、左の方に歩いていこうとする。

「おとうさん、待って。リハビリだったら、療法士さんが迎えにくるでしょう。おかしいわね。訊いてくる」

美由起はそう言い置き、早足でナースステーションに向かう。

「リハビリだよ、リハビリ」

「やる気満々だな。いいことだ」

放っておくと歩いていってしまうので、私は辰雄の肩を抱く。長い療養ですっかり肉が落ちてしまっているが、十六の時から港湾労働で鍛えあげただけあって骨は太く、男として嫉妬を感じてしまう。

「リハビリは三時からよ。それまで部屋で待っていましょうね」

美由起が戻ってきて辰雄の手を取った。辰雄はなおリハビリを連呼して嫌がったが、二人がかりで病室に誘導した。

「いいお天気で」

そう声をかけてきたのは山崎さんのご主人だ。いつものように奥さんのベッドの横に腰かけ、いつものように彼女の手を握っている。彼女の目が開いているのを、私は見たことがない。しかしご主人は病室にいる間、片時も奥さんから手を放さず、時にはベッドに上半身を伸ばして頬ずりをし、季節や近所の話題を語って聞かせている。

三一一号室は六人部屋で、入っている全員が後期高齢者である。磯さんのところには、息子や娘が思い出したように顔を出す。須藤さんに面会があるのは週末だけだが、孫や曾孫もまじって実ににぎやかだ。窓際の二床、大宮さんと白石さんが見舞いを受けているのは見たことがない。

「昌子、長嶋は？」

ベッドに寝かせると、辰雄は嫁の袖を引いた。

「長嶋さんはとっくに引退したじゃないの。監督からも」

「長嶋は？」

「野球観たいの？　やってないわよ。まだお昼じゃないの。というか、プロ野球、開幕してた？」

そう言いながらも美由起はテレビをつけ、チャンネルを次々と切り替えてやる。

「ほら、やってない。残念でした」

「昌子、排水の工事はどうなった？」

「きのうしてもらったわ。それよりおとうさん、わたしはおかあさんじゃないですよ。美由起、みー、ゆー、き」

「美由起？」

「そう、高浪美由起。治（おさむ）さんのお嫁さん」

「おお、治、帰ってきたか」

辰雄は枕から首を浮かせ、首を左右に動かす。

「親父、ただいま」

私はベッドの上に身を乗り出し、辰雄の顔を真上から見おろす。

「治、グローブを持ってこい」

「キャッチボールは退院したらね」

「こうやって縫い目に沿って指をかけるんだよ。そして押し出すようにひねる」

辰雄は腕を上げ、五本の指を鉤型に曲げ、手首を回す。

「疲れるから、枕を使いな」

「武藤の小倅に蹴っぱくられたって？　やられっぱなしで帰ってくるやつがあるか」

辰雄はさらに上半身を起こし、私の腕を小突く。その目は私を通り越し、ずっと遠くを見ている。

「親父、おみやげ。ほら」

私は薔薇の小さな花束を振ってみせる。

「治」

「何？」

「一杯やるか。昌子、スルメをあぶってくれ」

「おとうさん、ここは病院。スルメは食べられませんよ。お酒もだめですよ」

汚れ物をまとめながら美由起が応じる。

「ここを出たら、好きなだけ飲ませてやるから。そのためにも早く元気になろうな。退院祝いは寿司屋でやるか」

私は辰雄の耳元で噛んでふくめるように話しかけ、言葉を置くたびに肩を叩く。辰雄は何も言わずに首筋をこする。

「漬け物も大福もだめだから、今はこんなんで我慢してくれよ。花は好きだろう。盆栽やってたんだし。まあこれはちょっと違うけど、鉢は持ち込めないんだ。この薔薇、ビロードみたいできれい――」

「治」

「何だい？」

「治、治」

「ここだよ」

私は辰雄の手を握る。

「治、治」

辰雄は握り返してくるが、表情はうつろで、わが子と認識して名前を口にしているようではない。それでも私は語りかける。

「花は元気をくれるんだぞ。こうやって持って入ってきただけで、部屋がパッと明るくなっただろう。そうそう、親父の盆栽は、ちゃんと水をやってるから安心しな。剪定はしてないぞ。俺がへたに手出ししたらめちゃめちゃになるからな。退院して、親父がしっかりやってくれ。ん？　何を捜してるんだ？」

辰雄は毛布をめくって中を覗き込んでいる。

「そこの人、タバコはあるかい？」

「タバコもだめなんだよ。それから、俺は治だから」

「おお、治。いつ帰った」

辰雄は両手で握手を求めてくる。

「今。ただいま」

「キャッチボールするか」

「あとでね。この花、そこに生けとくから。気をもらって、早く元気になろうな」

私は心の中で溜め息をつき、辰雄から体を離した。

「いつの間に。仕事が早いな」

薔薇の花束を床頭台の端に置き、鋳物の一輪挿しを取りあげる。

「何が？」

タオルを整理しながら美由起が言った。

「古いの、捨ててくれたんだろう？」

花のない一輪挿しを彼女の方に向ける。

「わたしが？　捨ててないわよ」

足下のゴミ箱を見る。前回持ってきたシンビジウムは捨てられていない。

「しおれてたから、清掃スタッフが処分したのかな」

「昌子、治は？　スキーか？」

辰雄が首をあげた。

「治さんはそこにいますよ。あらおとうさん、だめでしょう。よしなさい」

美由起が振り返り、舅の手に腕を伸ばした。辰雄は自分の首筋をこすっていた。痒いからそうしているのではない。手持ちぶさたな時、首筋や掌をこすって垢をぼろぼろこぼすのが、若いころからの癖なのだ。息子の顔も見分けがつかなくなってしまったというのに、変な癖だけは衰えていないというのは、いったい人の脳はどういう仕組みになっているのだろうか。不思議であり、そして悲しい。

水を替えようと、私は一輪挿しを手にベッドを離れようとした。美由起の後ろを通り過ぎたところ、彼女が言った。

「きのうはまだ元気だったわ」

「今日も元気じゃないか」

手首を摑まれ腕を下げさせられても、辰雄はすぐまた指先を首筋に持っていこうとする。

「おとうさんじゃなくて、シンビジウム。きのうは元気に咲いてた。多少しなっとなっていたわよ、持ってきた時よりは。けど、みすぼらしいとまでは。だからさっき車の中で、わざわざ買うことはないとあなたに言ったのよ」

「今朝、冷え込んだよな。それで花がだめになったのか」

「ここは病院よ。温度管理は万全でしょうに」

「だったら、しおれていないのに処分されたことになるが」

「やっぱり、花は持ち込んじゃいけないんじゃないの？」

「婦長さんに確かめただろう」

病院によっては、アレルギーや感染症につながると、見舞いの花を禁止しているところもある。しかし丸山病院では、切り花で、香りが強くなく、量も少なければ、かまわないとのことだった。

「じゃあ、嫌がらせ？」

「そういうことになってしまう」

「お掃除の人が？」

「看護師かもしれない。医師、検査技師、リハビリテーション職、給食担当――病室に出入りするスタッフはたくさんいる」

「みんな、そんな悪い人には見えないけど」

「見た目はね」

と私は周囲を窺い、声を落として、

「時々ニュース沙汰になっているだろう。ストレスから患者を虐待してしまう医療従事者のこと。花を処分される程度なら、直接手を出されていないだけ、まだましなのかもしれない」

「やあねえ」

美由起は眉を寄せ、頬に手を当てる。

「親父、治だ。わかるか？　治。あんたの息子」

私はベッドを覗き込んだ。

「治、夕飯までキャッチボールするか」

と辰雄はまっすぐ見つめてくるが、網膜に映った私の顔は、脳の中でどう認識されているのだろうか。

「花があっただろう、そこのテーブルに。シンビジウム、って言ってもわからないか、黄色い花」

「釣り竿を持ってこい。アブラコの仕掛けを教えてやる」

「釣りは今度な。そこにあった花、誰が捨てたか見てないか？　黄色い花。誰が捨てた？」

「いいか治、武藤の小倅にだけは背中を向けるな。あした一発入れてこい。かならずだ。武藤は高浪の仇敵だと忘れるな」

「親父、そこの花瓶にあった花だよ。誰が捨てた？　昨晩か、今日の午前中だ」

「武藤！　ぶっ殺す！」

「訊いても無駄よ」

美由起はかぶりを振り、起きあがった辰雄を赤ん坊のようにあやして寝かしつける。

「決めつけるな。それに、こういうやりとりが脳の刺戟になるかもしれないだろう」

私は言う。

「刺戟が強すぎて、騒がれても困るんですけど」

「親父、花だよ、そこのテーブルに飾ってた花。誰が捨てたか見てないか？」

私はもう一度尋ねる。期待はなかった。ところが反応があった。

「儂は知らん」

たしかにそう言ったように聞こえた。

「ほら、質問は伝わってる」

私は興奮して美由起に肩をぶつけた。

「おとうさん、お花、どうしたの？　誰かが持っていっちゃったの？」

美由起も尋ねる。

「知らん」

「おとうさんが食べちゃったの？」

「知らん」

「食べちゃだめよ。お花は食べるものじゃないの」

「知らん」

「反射的に口にしてるだけじゃない。さっきの『リハビリ』と一緒で」

美由起は首をすくめる。その後ろで、知らん知らんと繰り返される。

私は一輪挿しの水を替え、薔薇を二輪生けた。美由起は辰雄を適当に相手しながらベッド周りを整理する。

そうこうするうちに理学療法士の男性が現われ、辰雄をリハビリテーション室に連れていった。本日は、関節可動域を改善するためのマッサージとストレッチを行なったあと、運動療法機器を使っての筋力強化を行なうという。

辰雄をエレベーターまで見送ったあと、美由起と私はホールの椅子に坐った。

白樺林を見おろす窓に面してテーブルが数卓置かれている。今はその一つで、パジャマ姿の入院患者が一人、古い雑誌を読んでいるだけだが、昼時には椅子が足りなくなることもある。ベッドから出られる患者は、ここで昼食をとることになっているのだ。大勢と接することで機能回復が促進されるという、この病院の方針からだった。

「たしかにこちらの質問に反応した」

私はまだ言っている。

「そうですか」

美由起の返事にはまったく心がこもっていない。

「たぶん、ときどき脳の回路がつながるんだよ。ただ、つながっても、すぐまた切れてしまうから、会話が成り立たない。けど、ごくたまにでもつながるということは、部品は死んでいないということだろう。根気よく刺戟を与えれば、回路がつながる回数、持続時間が増える」

「あなた、脳科学の先生でしたっけ」

「希望は持とうということだ」

「そうね」

美由起はパン屋の袋を開け、デニッシュを一つずつ配る。保温水筒から付属のコップにコーヒーを注ぐ。

辰雄は糖尿病の治療のために丸山病院に入ったのだが、糖尿病由来であちこち異状をきたしており、退院の目処は立っていない。認知症は糖尿病とは関係なく、数年前に発症し、砂浜が波に侵されるように悪化している。

たいした会話もなくパンを食べ終えると、私はタバコを喫いに屋外に出た。

三階のホールに戻ってくると、美由起は携帯電話を手にしたまま目を閉じていた。上半身を斜めにし、首はさらに深く傾け、そんな窮屈な体勢なのに、安らかな寝息を立てている。片道一時間をかけて毎日のように通っているのだ。疲れが抜けなくて当然だ。後期高齢者の世話をする側も、間もなく高齢者の仲間入りなのである。

た。

「治さん」

突然、美由起の唇が動いた。

「はい？」

虚を衝かれ、私が裏返り気味の声で応じると、彼女はびくりと肩を動かし、目を開け
た。

「やだあ」

恥ずかしそうに瞼を伏せ、指の腹で顎をこする。

「涎は垂らしてないよ」

「やだ」

「だから、出てないって」

「どうしてそういうことを言うの」

悪い事態を否定してやったのに、どうして文句を言われるのかとムッとし、けれどそ
れを言葉にすると角が立つとこらえていると、

「寝ちゃった」

美由起は両腕を挙げ、大きなあくびをした。

「鼾はかいてなかったよ」

「だからぁ、どうしてそういうことを言うのよ、この人は」

私の心づかいは今度も届かない。けれど怒って喧嘩に発展させるようなことはしない。

「変な体勢で、首の筋がおかしくなったんじゃないか？」

「だいじょうぶ。あー、少しすっきりした」

美由起は坐ったまま伸びあがる。

「そういえば、昔よく、机に着いてそういう感じでうつらうつらしたけど、布団で寝るのとは違う、妙な気持ちよさがあったなあ」

「授業中寝ちゃだめでしょう」

「誰かさんと違って劣等生だったから」

「ホント、嫌な人ね」

美由起は片目をぎゅっとつぶる。

「で、何？」

「何が？」

「呼んだじゃない、治さんって。何用でしょう？」

私はニヤニヤしながら尋ねる。

「ああ……」

美由起は溜め息をつくようにうなずき、唇を結ぶ。

「それじゃわからないだろう」

「夢よ。気にしないで」

「気になる。気にしないで。どんな夢だったんだ？」

「ひ、み、つ」

美由起は歳も考えずに科を作る。

「そう言われると、ますます気になるな」

「本当は、話しているうちに忘れちゃった」

「嘘が下手だな」

「本当だって。夢って、そういうものでしょう。思い出そうとすればするほど消えていってしまう」

美由起は掌を見つめ、指を軽く握り、すぐまた開く。

時刻は把握していたが、きっかけ作りのために、私は腕時計に目をやった。

「もうこんな時間か。そろそろ行くよ」

椅子を斜めに引き、ジャンパーの前を閉める。

「ごめんね」

美由起が掌に向かってぽつりと言う。

「いいよ、夢なんだから」

「そのことじゃない」

「じゃあ何だよ」

「うん」

とだけ言い、続きはない。

「わけわかんないやつだな」

「そうね」

手を握り、開く。指が痩せ、プラチナのリングが斜めにずれている。

「謝るのは俺のほうだろう。先に帰ってすまない」

私は顔の前に片手を立てる。

「あなたこそ謝る必要ないじゃないの。仕事なんだから」

「とはいえ、行きはよいよい帰りは放置で、申し訳ない」

「べつに歩いて帰るわけじゃなし」

「ここの送迎バス、やたら遠回りじゃないか。一時間に一本しかないし」

「もう慣れた」

美由起は小さくかぶりを振る。

「二か月、か」

私もつられるように首を振る。

「そうね。暖かくなって、ずいぶん楽になったわ」

「元気そうなんだけどな」

「見た目はね」

「一人でトイレに行けるようになったし」

「人間って、すごいと思った」

「あんな歳になっても、運動をすれば筋肉が戻るんだな」

「そうね」

「生命の力はすごいんだよ。脳の機能もきっと回復する」

美由起は笑っただけで何も言わなかった。

「さ、お仕事、お仕事」

私は椅子を立った。

「行ってらっしゃい」

美由起は坐ったまま手を振った。

2

買っていっても捨てられるだけなのにと美由起は眉をひそめたが、理不尽なことに対してこちらから引き下がれば悪を許すことになると私は主張し、大げさな人ねと彼女は苦笑し、これは高浪辰雄一人の問題ではない、入院患者全員にかかわる問題だ、わが国の医療現場におけるダークサイドを放置しておくわけにはいかないと、私は自分の言葉に酔ったような状態で、車を佐久間文房具店の先に駐めた。

古いガラス戸を開けて、花をくださいと声をかけると、薄暗い店内のさらに暗い奥の方から、はーいただいまと、デニムのエプロンをつけた女性がサンダルをつっかけて現われた。

「赤と白を一本ずつ。黄色ももらおうかな」

私はバケツの切り花を指さし、

「たったそれだけで悪いね」

と、つけ加える。

「いいえ。いつもありがとうございます」

店員は笑顔で鋏を手にし、チューリップを一本つまみあげる。それに私が、

「本当は、ここにある花を全部と言いたいのだけど、病室にそれだけ持ち込んだら追い出されてしまう。スイス銀行の小切手も用意してきたのだが」

とポケットを叩いて応じ、店員が噴き出し、なごやかな雰囲気になったのだが、

「それ、オヤジギャグ？」

車で待っていると言っていた美由起がやってきて、冷ややかな目を浴びせかけてきた。

「オヤジというよりジジイなんだが、年齢的に」

とっさにしてはうまく切り返せたと思ったのだが、

「さむーい」

と、美由起は顔の半分をしかめる。

「『さむーい』とか、そっちのほうが寒いだろう、若者ぶって」

二人のやりとりに、店員の彼女は笑っている。花を持つ指は赤く腫れ、白く皹割れている。最近の女性で、ここまで手が荒れているのも珍しい。

美由起は、これは何、じゃあこっちはと、棚の鉢植えを指さしては店員をわずらわせたが、結局この日は何も買わず、三本で四百五十円のチューリップを携えて丸山病院に向かった。

「お寒うございます。寒の戻りですかね」

三一一号室に入ると、山崎さんのご主人が、いつものように声をかけてきた。奥さん

はいつものように目を閉じている。

磯さんの息子夫婦とも挨拶を交わしたのち辰雄のベッドに行くと、床頭台の一輪挿しに薔薇はなかった。昨日美由起が来た時にはなくなっていたという。

ベッドの周りにカーテンを引き、私は美由起に小声で尋ねる。

「それで、傷というのは？」

辰雄は、昼を食べて眠くなったのか、あるいは薬のせいなのか、胎児のようになって瞼を半分閉じている。

美由起は辰雄のパジャマの左袖をたくしあげ、手首の内側を私の方に向けた。腱に沿うようにして、十センチほどの傷が二本認められた。やはり昨日の面会時に美由起が見つけていた。

「血は止まってるな」

「きのうも滲んでいた程度だったから」

「看護師には言ったんだよな？」

「言ったわよ。でも、どこかに勝手にぶつけたんじゃないかって、それだけ。アルコールで消毒はしてくれたけど。リハビリの人にも訊いた。リハビリ中に事故はなかったって。

おとうさん、これは抱き枕じゃないんですけど。やっぱり敷き心地が悪いのね」

美由起は辰雄が抱きかかえていたクッションを引っこ抜くようにして取りあげる。

「爪で引っ掻かれたんじゃないか？」

私は辰雄の手首をもう一度見る。

「わたしもそう思う。けど、誰が虐待したのか調べろと、いきなり食ってかかるわけにはいかないわ。さわるとき注意してください、という言い方もいやみになる。看護師さんたちの心証を悪くしたら、苦労するのはおとうさんなんだから」

「泣き寝入りするしかないと？」

「そうは言ってない。慎重にいきたいのよ。ほかの病院のあてがあるのなら、強気でいくけど。あら、お目覚め？」

「昌子、メシ」

辰雄がむっくり顔をあげた。

「お昼ごはんはさっき食べたはずよ」

「マグロの目玉がうまかった」

「そんなもの出るわけないじゃないの」

「グルクンの唐揚げ、ジーマーミ豆腐」

「沖縄に行った時のことか。一度きりなのに、難しい名前をよく憶えてるわね」

「ミミガー、ラフテー、ヒラヤーチー、サーターアンダギー」

「どうしてわたしより憶えてるのよ。おとうさん、本当に病気？」

「ソーキそば、海ぶどう、クース、オリオンビール」

「沖縄、楽しかったね。治さん、日焼けが火傷みたいになって、帰ってから病院に行ったっけ」

「治」

辰雄は上半身をがばと起こす。

「よう、親父、おはよう。治だぞ、わかるか？　今日の気分はどうだい？」

私は辰雄の正面に身を乗り出す。

「治、アブラコは釣れたか？」

「ああ、大漁だ。今日は天麩羅（てんぷら）にして、残りは味噌漬けだな。それより親父、この傷、どうしたんだい？」

辰雄の手を取り、その手首が彼の目に入るように向ける。

「ん？」

「この傷だよ。ひどいことされたな。誰にやられたんだ？」

「痒い痒い」

辰雄は指先で傷をこする。

「いじっちゃだめだ。どうしたんだ、この傷。きのう、何があったんだ？」

「こんにちは。どちらさんでしたか？　まあおあがりください。おーい、昌子、お客さん」

辰雄はお辞儀をし、亡き妻の名を呼ぶ。

「訊いても無駄よ。おとうさん、これを敷いて寝てみて」

美由起は持参した紙袋の中からクッションを取り出し、辰雄の腰のあたりに置いた。褥瘡（じょくそう）を防止するためのものだ。これまで使わせていたクッションは体に合わないらしく、すぐにのけてしまうので、パンヤの量を調節してきたのだった。

「おとうさん、どう？　何か感想言ってよ。張り合いがないじゃないの」

「うん」

「うんって、どういうこと？　いい具合？」

「うん」

「わかって返事してるということにしておこう」

美由起は舅のパジャマの袖を直し、上半身に毛布を掛ける。

「さっきの話だけど、慎重にいきたいとは、虐待の動かぬ証拠を見つけるのが先ということか？」

私は小声で彼女に言う。

「そうね」

「どうやって？」

「それは、ちょっと考えないと」

「しかし、証拠を摑むには、機会が必要だぞ。次に虐待されるという。そこで証拠が摑めなかったら、さらにもう一度、二度、三度と虐待される必要がある。それでいいのか？　苦しむのは誰だ？」

「そうだけど……」

美由起は返答に窮し、ベッドに背を向けた。汚れ物を一つにまとめ、洗濯してきた衣類を引き出しに収める。

「看護師に花のことは訊いた？」

「スタッフのどなたかが捨てましたか、というふうな責める感じでは訊いてない。花の持ち込みはいいかと確認しただけ」

「で？」

「オッケーだって」

「ということは、違反だからと捨てられたのではないわけだ。つまり、悪意をもって処分された」

「そうね。残念だけど」

美由起は溜め息をつく。

「残念？ そんな一言ですませていいのか」

「すませないわよ。ただ――」

「どうにかしないと。それも早急に。これ、頼む」

私はチューリップの包みを床頭台に置いた。

「どこに行くの？」

美由起が引き留めるように腕を伸ばす。

「一服してくる」

「早まったまねはしないで」

「わかってる。気持ちを鎮めてくるんだよ」

「何か行動を起こす時には、かならずその前に相談してちょうだい」

「わかってるって」

どうしてこんなにイライラしているのか、自分でもよくわからない。

玄関の外にある喫煙コーナーで一本灰にすると、すっかり頭の血がさがった。この季節とは思えない冷たい空気も手伝ってくれたのかもしれない。

いったん中に戻り、温かい缶コーヒーを買ってきて二本目に火を点ける。

どうやったら証拠を摑めるのか。面会時間中見張っていても、家族がいる前では何もしないだろう。カメラを設置し、映像をＷｉ－Ｆｉで飛ばしてモニターするのは技術的には可能だが、カメラなど機器一式をどこに隠す。さわったら色がつき、石鹼で洗っても落ちないような薬品を花の茎に塗っておけば、犯人を追跡できる。どこで手に入れられる何という薬品？

現実的な策を何一つ思いつかず、吸殻だけを増やしていると、

「火を貸してもらえませんか」

と声をかけられた。最初は、見憶えのある顔だという印象しか受けなかったが、ライターが戻ってくるまでの間に、磯さんの息子だと気づいた。

同室の間柄とはいえ、儀礼的に挨拶を交わしたことしかない。気まずいが、いきなり立ち去るのは失礼だろう、といって男どうしで陽気の話題もないよなと、妙に気が焦っていたからだろうか。

「おたくのお母さん、どこか怪我をされていませんか？」

間を持たせようと、私はついそんなことを尋ねてしまった。

「うちは、怪我ではなく、病気です」

息子さんは左の胸を押さえた。

「ご病気とは別に、最近、怪我をされませんでした?」

「いいえ」

「擦り傷程度の軽いものもありませんでした? あるいは、髪の毛が抜けていたとか、深爪になっていたとかいうことは?」

息子さんはかぶりを振り、どうしてそんなことを訊くのだというように目を細くした。

「ここ、昼の食事が病室の外ででしょう。移動の間に怪我をするんじゃないかと心配で」

考えるより先に嘘が出た。

「うちはまだベッドで食べているみたいです」

怪しまれているようではなかった。

「ホールでみんなと食べられるようになるといいですね」

お愛想を使い、話題に幕を引く。美由起の言葉を思い出し、急いてはいけないと自らを戒める。

「使うなら、置いていきますよ」

お愛想ついでにライターを差し出す。

「病室に戻られます?」

「ええ」

「じゃあ、お借りします」

　タバコの火を落とし、パッケージをジャンパーのポケットにしまう。そして玄関に向かいかけたところ、

「ここ、どう思われますか？」

と、後ろから肩を摑まれるように声をかけられた。

「吹きさらしで、今日のような日はこたえますけど、今の時代、これが世界の標準ですからね。タバコ喫みは肩身が狭いですよ。場所が与えられているだけでもありがたいと思わないと」

　そう応じるうちにまた一本喫いたくなったが、ライターは彼の手にあると気づく。

「喫煙所ではなく、病院そのもののことです」

「病院そのもの？」

「この病院、姥捨て山みたいじゃないですか？」

「ずいぶんな感想ですね」

　私は苦笑する。

「入ってるの、年寄りばかりじゃないですか。それも、みんな明日にでもどうにかなりそうな人ばかり。うちのお袋もふくめて」

「四階で三、四十代を何人か見かけましたよ」

「見舞いも少ない。普通、土日は大混雑ですよ」

「ここは不便ですからね」

「ここが子供病院だったらどうでしょう。不便だからといって、家族すら来ないということがあるでしょうか。回復の見込みのない年寄りだから、ほったらかしているんでしょう？　正直、僕もお袋のことを病院に押しつけている」

磯さんの息子は吐き捨てるような溜め息をつき、タバコを大きく吸い込む。親を見捨てているような自分が許せないという気持ちにさいなまれているのだろう。

彼が口にしたことは、私がまさに感じていたことだった。ここに来た初日に姥捨て山だと思った。しかしそれは決して表に出してはならないという内なる声にしたがい、美由起にも言っていない。

「この病院に高齢者が多いのは、長く引き受けてくれるからでしょう。今どき、半年、一年も置いてくれる病院はなかなかないですよ」

私は大人の態度で穏やかに応じた。

そうなのだ。だから短気を起こしてはだめだという美由起の気持ちはよくわかる。

3

ガラスの重い引き戸を開けて、花をくださいと声をかけると、薄暗い店内のさらに暗い奥の方から、はーいただいまと、デニムのエプロンをつけたいつもの女性がサンダルをつっかけて現われた。

「黄色と白を一本ずつ」

私はバケツの切り花を指さし、

「たったそれだけで悪いね」

と、つけ加える。

「いいえ。いつもありがとうございます」

店員は笑顔で鋏を手にし、ラッパスイセンを一本つまみあげる。

「だんだん安くなってる」

美由起が小さく笑った。

「は？」

「前より安い花を買ってるってこと。処分されることを見越してるわけね。いい心がけだわ。買っていかないことが一番賢明だけどね」

「毎度同じ花だとつまらないだろう」

私は早口でささやいて睨みつける。店員は背中を向けて包装紙をくるくる回しているが、聞こえたに違いない。

恥ずかしく、居心地が悪くなってしまった私を置き去りにして、美由起は店員に話しかける。

「いつもあなたしか見かけないけど、一人でこのお店を？」

ええそうですと彼女は振り返り、はいどうぞと、二本きりの花束を差し出す。

「失礼だけど、こんなところでお店をしていて、お客さんは来るの？」

本当に失礼だ。私は美由起を肘で押しのけるようにして花を受け取り、代金を渡す。

「全然だめですねー。一日にゼロ人ということも珍しくないです」

店員はあっけらかんと言ってエプロンのポケットに手を突っ込み、掌の上で小銭をより分ける。千円札しかなくて申し訳なく思う。

「ゼロじゃやっていけないでしょう。ほかに不動産事業でもなさってるの？　花屋は道楽？」

美由起はなおずけずけものを言う。

「花を置いてるのはわたしの趣味です」

店員は笑って肝腎の質問は躱す。

「ここ、文房具屋さんなのよね？」

「ええ。昔、この裏に小学校があったんですよ。けど十年ほど前に廃校になってしまって」

「ああ。その話、なんか憶えてるわ」

「学校がなくなった時点で店も閉めるつもりだったんですけど、最後まで続けたいと父が言い出して。ちょうど病気になって、もう先が長くないと察したようで、だったら店と一緒に人生を閉じたいと。自分で開いた店なので、自分そのものだったのでしょう」

店員は胸の上で両手を重ねる。

「おとうさまは？」

美由起は無粋な質問をぶつける。店員は無言でかぶりを振る。暗さはない。歳月の力だろう。

「今もお店をやってらしてるということは、ごく最近までご健在でしたのね」

また無粋なことを言う。

「いいえ。廃校の二年後に亡くなりました。今も続けているのは、なんとなくだらだらと。廃業するのも、結構大変なんですよ。商品の処分とか法律上の手続きとか。個人商店の場合、赤字でもうまいことやれば生計を立てられるとわかったこともあります。うん、でも一番大きいのは、ここで生まれ育ったことかな。去りがたい気持ちは、やっぱりあります。あ、忘れてました」

店員はあかぎれだらけの手を開き、釣り銭を差し出してきた。温かい百円玉が私の掌に落ちた。

車に戻り、仏頂面でハンドルを握っていると、美由起のほうから口を開いた。

「あなたも気になってたんでしょう？」

たしかにそうだが、それを律するのが社会的な人のふるまいというものだろう。女というものはどうして、歳を重ねると図々しくなってしまうのだろうか。しかし思い返せば、美由起の場合、子供のころから物怖じしないタイプだった。

丸山病院に着き、三一一号室を訪ねたところ、辰雄のベッドは空だった。

一輪挿しは床頭台の上にぽつねんとあった。美由起によると、先週私が持ってきたチューリップは、翌日にはもうなくなっていたという。

花瓶の水を替えてラッパスイセンを挿し、美由起はタオルケットを交換する。

「なあ、やっぱり洗濯は病院に頼んだら？」

手伝いながら私が言うと、

「ひと月に三万円も取られるのよ」

美由起は眉間に皺を寄せる。

「そうだけど、大変じゃないか」

「手洗いならね」

「干して取り込んで畳むのは手作業だろう。それに、下着は汚れがひどいし」

「入院前からそういう下着を洗ってたわ」

「そうだけど、疲れてるように見えるから」

「見えるだけじゃなくて、実際に疲れてます」

美由起は首を傾け、肩を叩く。

「長期戦になることは確実なのだから、手を抜けるところは抜いておかないと、体がもたないぞ」

「でも、三万よ、三万。だったら、その半分でわたしがお寿司や焼肉を食べて精をつけて、洗濯をがんばる」

そんなやりとりをしていても、辰雄は部屋に戻ってこない。

「倒れてないかしら」

美由起が不安そうだったので、私はトイレを見にいった。辰雄は個室にもいなかった。ほかの階のトイレにも行ってみた。扉が閉まっている個室は叩いて名を呼んだ。辰雄はいなかった。

性別の区別がつかなくなっているのかもしれないと、女子トイレを美由起が確認し、その間私は病室を覗いて回ったが、辰雄の姿はどこにもなかった。

まさか容態が急変して手術でもと看護師に訊くと、お元気ですよと言う。この時間、リハビリや検査の予定も入っていなかった。

確認を頼むと、リハビリ室や検査室に高浪辰雄は来ておらず、ナースステーションにも緊張が走った。辰雄は認知症だ。院外に出ていってしまった可能性もある。

「たった二人？」

ナースステーションを出ていく看護師を見送りながら、美由起が眉を寄せた。

「ほかの患者を放り出すわけにはいかないだろう。それにほら、今どこかに電話してるじゃないか。ほかの階からも人を出してくれるはずだ」

そう彼女をなだめ、私たちももう一度トイレからあらためてみることにした。

トイレから病室、そのあとロビー、売店、外来と回ってみても辰雄は見つからなかった。痕跡も摑めなかった。

むなしく時間が過ぎるうちに私は、辰雄がいなくなった理由がわかった気がした。

毎度処分される花や体の傷から、辰雄は病院スタッフに虐待を受けていたと考えられる。今日もまたひどいことをされ、彼はそれに耐えきれず、逃げ出したのではないか。

だとすると、病院の外に出ていった可能性が高いのではないか。

だとすると、命にかかわる。自分が今ある状況を認知できていなければ車をよけられないし、夜はまだ冷え込む。

よけいに心配させまいと、そこまでは口には出さずに考えていたが、最悪の事態を招かないためには、院内を回るより、車を出して外を捜索したほうがいいと判断し、その旨を美由起に伝えた。彼女に異存はなかった。

一階を回っているところだったので、そのまま飛び出していきたかったのだが、車で捜しにいくと一言残すために、いったん三階に戻った。

「高浪さん」

と大声で呼びかけられたのは、階段からナースステーションに向かっている時だった。

私たちが「ウォンバットちゃん」と綽名をつけている小太りの看護師が、ゴム鞠が転がるようにこちらに近づいてきながら手招きをしていた。

「辰雄さん、いました」

「えっ⁉」

美由起と私はハモるように声をあげ、顔を見合わせた。続いて、

「怪我は？」

と美由起が訊き、

「どこにいました？」

と私が尋ねた。

ウォンバットちゃんは息が切れており、すぐには答えられない。

「無事なんですね？」

美由起が詰め寄る。看護師がうなずく。

「どこにいたんです？」

私は再度尋ねる。

「安治川さんのところです」

看護師は体を反転させて歩きはじめた。

「安治川？」

「個室の患者さんです」

「この階の？　病室は個室もふくめて三度覗きましたが」

納得がいかないまま廊下のはずれまで達した。

「安治川さーん、入りますよー」

看護師は一言声をかけてから三〇一号室のドアを開けた。ネームプレートには〈安治川須恵〉とある。

六畳ほどの個室だ。窓の方にベッドがあり、束ねたカーテンのところに丸椅子が二つ置かれている。しかし誰も坐っていない。立っている者もいない。ベッドに患者が寝ているだけだ。たびたび覗かせてもらった時もこんな感じだった。

この部屋にはトイレがあるが、辰雄はそこにもいないはずだ。各個室にはトイレが設けられていると二周目に気づき、その中も調べるようにした。

と思っていたら、やはりウォンバットちゃんはトイレのドアの前を素通りした。足はベッドに向かっている。

ベッドの毛布の端からは半白の後頭部が覗いている。これが辰雄？　違う。彼はきれいな銀髪で、もっと刈り込んでいる。

看護師はベッドの足の方から向こう側に回り込み、美由起と私を手招きした。そして私たちが横にやってくると、毛布をそっとめくった。

「定時の測定で来たら、こうだったんですよ」

「あらやだ」

美由起がいち早く声をあげた。

辰雄はベッドにいた。体を胎児のように丸め、安治川須恵の胸に顔をうずめるようにして寄り添っていた。安治川須恵の片腕は辰雄の背中に添えられている。抱きしめているようにも見えるが、彼女の瞼は半分閉じており、覚醒しているのか判然としない。

「たまにあることなんですけどね」

ウォンバットちゃんは苦笑いする。

「常習犯なんですか」

美由起は困ったように眉尻を下げる。

「病棟全体でたまにということです。高浪さんがこうしているのははじめて見ました」

「自分のベッドがわからなくなって、ということではないんですよね？」

私は尋ねる。

「そういうケースもありますけど、たいていは自分の意志によるみたいですね。何をどこまで求めてなのかは、人それぞれです」

辰雄はパジャマを着ている。乱れているふうはない。

「やあねえ、男って。こんな歳になっても」

美由起が睨むようにこちらに顔を向ける。

「女性のほうからという場合もありますよ」

と補足があり、だってさと私は美由起を見返す。

「高浪さん、高浪辰雄さん。お部屋に戻りますよ」

看護師は辰雄の耳元で呼びかける。肩を揺する。辰雄はむずかるように首を振り、やがてとろんとした目を開けた。のっそりと上体を起こし、下半身をベッドの横の方に移動させる。

「やだ、おとうさんったら」

美由起が小さく噴き出した。

辰雄は脚をベッドからおろしているところだ。何がおかしいのだろう。上履きを足の指先でもたもた探っているが、いつものことだ。パジャマのボタンはかけ違っていないし、ズボンもずりさがっていない。

「犯人はおとうさん」

私が辰雄の方に首を突き出していると、美由起に横から腕を叩かれた。彼女の顔は床頭台に向いていた。

テーブルの上に切り花が横になっていた。長くその状態だったとみえ、すっかりしおれ、花びらは茶色になり、茎から落ちてしまっている。

「これって？」

んが怪訝な顔をする。

「まいったわ。ボケてるのか、冴えてるのか、どっちなの」

美由起と私は顔を見合わせ、声を立てて笑う。いったい何事かと、ウォンバットちゃんが怪訝な顔をする。

その枯れた三輪は、先週私が買ってきたチューリップだった。辰雄はそれを安治川須恵に贈ったのだ。

その前に消えた薔薇やシンビジウムも、愛情を表現するために辰雄が用いたのだろう。

彼の手首の傷は、自分が手にしていた薔薇の棘によるものだったのだ。

4

ガラスの重い引き戸を開けて、花をくださいと声をかけると、薄暗い店内のさらに暗い奥の方から、はーいただいまと、デニムのエプロンをつけたいつもの女性がサンダルをつっかけて現われた。

「薔薇を――」

と言いかけると、

「お久しぶりですね」

と彼女が笑いかけてきた。

「そうだね。ずいぶんごぶさたしてしまった」

「今日は薔薇ですか？」

「うん。六十一本――、はないか」

と、並んだバケツを見渡す。

「六十一本？」

「六十一本」

「全然足りませんねぇ」

女店主は白い歯をこぼす。

「そう。残念でした」

私は他人事のようにつぶやく。それから頬を軽く叩き、腕組みをし、顎をさすってから、

「じゃあ、あるだけもらおうかな」

と、バケツに向かって指先でくるりと輪を描いた。

「気をつかっていただかなくてもだいじょうぶですよ。潰れませんから」

店主は笑う。

「ボランティアを気取ってるのではないよ。本当にそれだけ必要なんだ」

「でしたら喜んで。明日なら六十一本用意できますが」

「いや、今日でないと。今あるだけもらっていくよ」

「承知しました」

店主は鋏を手にしてバケツの前に片膝を突く。

「退院祝いですか？」

「え？」

「丸山病院にいらっしゃってるのでしょう？」

「ああ、まあ」

「いつも二、三本しか買われなかったのは、病室にはたくさん持ち込めないからですよね？　なのに今日こんなにたくさん買われるということは、病室に持ち込むのではないから、病院から出てきたところで渡すから、すなわち退院祝い」

「名推理だ」

私は手を叩く。

「なーに、簡単なことですよ、ワトソン君」

彼女はおどけて立ちあがり、作業台の上に、いつもより大きな包装紙を広げる。

「タバコ、いいかな？」

「どうぞ」

私は一歩下がってタバコをくわえる。

「今日は、奥様は？」

薔薇の頭を揃えながら、店主は道路の左右を見る。

「家内？」

私は反射的に口にし、そのあと少し躊躇したが、

「家内とは別れたよ」

と言った。

「そうなんですか」

彼女は神妙に応じ、それきり口をつぐんだ。

タバコを半分灰にしたところで携帯灰皿に捨てる。黙々と作業を続ける背中に向かって話しかける。

「『男鰥に蛆が湧く』と言うけれど、ベテランにもなれば、とくに不自由はないな。この服だって、一日着たら洗う。アイロンも自分でかける」

「ベテラン？」

「十年？」

店主が手を止めた。

「もうすぐ十年選手」

「いつも一緒にきていた女性は、ただの知り合い」

「そうだったんですか」

「夫婦に見えた？」

「はい」

「じゃあ、今度彼女を見かけたら、ぜひそう言ってやってちょうだいよ」

私は自嘲気味に笑う。店主は怪訝な顔をしたが、何も返さずに作業に戻った。

花束ができた。数えてみると、薔薇は十二本だった。

「かつてない散財だ」

財布を開き、代金を渡す。

「どうもありがとうございました。またのお越しをお待ちしております」

店主はうやうやしく頭をさげる。

「残念ながら、またのお越しはないかな」

「え？　ああ、そうでした。退院されるんですものね。おめでとうございます」

「いや、死んだ」

店主が目を見開き、呆然としたまま固まってしまった。

「もう少し話していってもいいかな？　忙しい？」

「いいえ。うちは、ごらんのとおりで」

「これ、いい？　虚弱体質で。いや、歳か」

古傷が疼く腿をさすり、逆さにしてあったバケツに腰かけようとすると、折り畳み椅子を出してくれた。

「一緒に来ていた彼女は、早くにご主人と死別して、お舅さんとの二人暮らしだったんだ。お姑さんはご主人より先に他界していた」

高浪辰雄、美由起の二人と出会った当時を思い出しながら、私は話しはじめる。花屋の彼女は作業台の端にもたれるようにして立っている。

「彼女の亡くなった旦那には弟がいたから、そちらが実の父親を引き取るのが筋だと私は思うのだけど、長男の嫁である自分が最後までめんどうを見るべきであるというのが彼女の考えだった。まあ、日本の習わしからいくとそうなんだろうけど、ここのお舅さんは認知症で、人一倍手がかかるわけ。それを血縁のない彼女が一人でしょいこんでいた」

「大変ですね」

「最初は自宅介護でデイサービスを利用していた。私はデイサービスセンターで二人と出会ったのだが、そのうち、お舅さんの糖尿病がひどくなり、入院することになった」

「丸山病院に？」

「そう。入院という事態になったということは、それだけ状態が悪いということだけど、彼女にしてみれば、手が離れて負担が相当減ったと思うよ」

店主は大きく二度うなずいた。わがことを思い出したのだろう。

「入院して、お舅さんの状態はずいぶんよくなった。戦中戦後を生き抜いた人はものが違うと、つくづく思ったよ。けれど認知症が進行し、彼女のことが誰だかわからなくなっていた。あれだけつくしているのに、名前も顔も忘れられてるんだぜ」

「やりきれませんね」

「それから、しきりに長男の名前を呼んで彼女を困らせるようになった。治はどこだ、治は元気か、治に話がある――そう言われても、この世にいないのだから、連れてきようがない。だろう？

そこで私は彼女に一つ提案した。自分が治さんのふりをしてはどうか。長男を装い、適当に話を合わせる。話し相手になるだけにすぎないが、それでお舅さんの気持ちが落ち着くのなら、それも一つの孝行なのではないか。顔の見分けはつかないのだから、似ている似ていないは問題ない」

「なるほど、それで丸山病院に通うようになったんですか」

「通うといっても、週一だったけどね。仕事があるから、毎日は来られない。それも、職場で長めに昼休みをもらって抜けてくるわけだから、三十分も相手にしてあげられたかどうか」

「週一ということは、お見舞いに行く時にはかならずうちに寄ってくださっていたのですね」

店主ははたと手を打ち、合わせた両手を唇に当てる。

「そうだね。お舅さんを喜ばせたかったというより、部屋を明るくしたかった。病室って、陰気だろう？　見舞ってる自分の気が滅入ってしまう」

「贔屓にしていただき、ありがとうございます」

店主は丁寧にお辞儀をする。

「頭をさげるのはこっちだ。いつも二、三本しか買っていかなくて申し訳なかった」

「そんなことありません」

「たったそれだけしか買わないというのも、恥ずかしいものなんだよ。嫌な顔をされやしないかと、内心ひやひや。こう見えて小心者でね」

私は胸に手を当てる。

「でも、いい人です。病気の人のために一肌脱いだ」

彼女の笑顔は自然で穏やかだ。

「いい人なもんか」

私は唇をへの字に曲げる。

「ご謙遜を。相手は赤の他人ですよ。なかなかできることではありません」

「いけないなあ。あなた、そんなことじゃ、悪い男にひっかかっちゃうよ」

私はふっと笑い、彼女は笑みを消す。

「私はね、認知症で糖尿病の爺さんのためにやったんじゃない。その嫁である彼女を助けたかっただけだ。いや、その表現にもごまかしがあるな。事実は、私は彼女に惚れていて、彼女のそばにいる口実としてお舅さんを利用したんだ。親切な人、情け深い人、頼りになる人をアピールして、点数を稼ごうとした。そういうのを、いい人とは言わない。ずるい人だ。

もっと正直に言ってしまえば、この爺さん、早く片づいてくれないかとさえ思っていた。そうすれば彼女は心身ともに余裕ができ、私のことをもっと見てくれるだろう。こちらとしても、病床にある身内を抱えている人を正面から口説くわけにはいかないからね。

ここは笑っていいんだよ。あるいは軽蔑の眼差しを送るか」

彼女は困ったように目を泳がす。

「じゃあ、もっと軽蔑しやすいようにしてあげよう。

丸山病院に入って四か月、お舅さんは肺炎に罹（かか）り、あれよあれよと容態が悪くなり、呼吸器感染症により亡くなった。糖尿病のほうは、ゆっくりとだが確実に快方に向かっていたというのに、人の体はわからないものだね」

店主は何かに気づいたように二度うなずいた。

「そう、亡くなったから、花はもう必要なくなり、こちらに買いにくることもなくなった。いや、菊がいるか。すべった？」

「では、今日の薔薇はお供え用に」

彼女はうなずきながら言う。

「お供えに薔薇というのはあまり聞かないが」

「生前、故人が好きだったのであれば、華やかな花でもお供えしますよ」

「これはプロポーズ用だよ」

「えっ？」

薄く紅を差した唇が、驚きの言葉を発した状態で動かなくなった。

「愛しの彼女は、今や重荷から解放された。私が待ち望んでいた状況が訪れたんだ。本来なら一周忌がすむまで慎むべきなのだろうが、私もいい歳だ。想いを告げずにコテンなんてことになったら、この世に思いを残すことになる。喪中ではあるが、忌は明けているから、誕生日を祝うくらい許してもらおう」

「六十一本というのは歳の数？」

「そう。どうだい、軽蔑したくなってきただろう？」

「数が足りなくてすみませんねえ。よそで買い足します？　近くの花屋さん、教えましょうか？」

さすがにあきれているようだ。

「それにはおよばない。十二本しかなかったことが、わが命だ」

私は薔薇の花々を上から覗き込む。店主は首をかしげる。

「とっくに失恋していたんだよ」

彼女は反対側に首を倒す。

「親切ぶったり、紳士を気取ったり、おどけたり、からかったり、金離れのいいところを見せたり、母性をくすぐらないかと頼りない男を演じてみたりと、あの手この手で彼女の気を惹こうとしたのだが、反応が今ひとつなんだよ。といって、はっきり拒んでもこないので、手を替え品を替えつきまとっていたところ、やがて彼女の気持ちが見えてきた。

手のかかるお舅さんを抱え込んでいたのは、家制度に縛られていたのでも義務感からでもない。汚物まみれの下着の洗濯を自分の手でしていたのは、金を惜しんでいたからではない。

亡くなった旦那を愛していたからなのだ。いや、過去形ではなく、今なお愛している。愛する人の父親だから、苦労を厭わなかったのだ。子供がいれば、夫の面影はそちらに投影したのだろうがね。

とにかく、私の入り込む余地など最初からなかったし、固く閉ざされた扉をこじ開けることも無理なんだよ。死別して二十年だというのに、結婚指輪をはずさず、面影を愛し続けられるとは、どれだけいい男だったんだろうね。嫉妬すらできないほど、私とは格が違いすぎる。

私は自分の恋がかなわないことを悟った。ただ、彼女には長い間好意を寄せていたから、わかりました黙って身を引きますさようならと、一瞬でスイッチを切り替えることはできない。脈はないとわかっていつつ、どうにかならないかとつきまとい続けるわけさ。

そうするうちにお舅さんが亡くなる。一つの壁が取り払われたことで、どうにかなるんじゃないかという気持ちが強くなる。彼女の誕生日が近づき、心が落ち着かなくなる。しかしどうにかならなかったら無駄に傷つくだけだし、彼女にも嫌な思いをさせてしまうことになる。

笑えるだろう？ 還暦を過ぎた爺さんが、乙女みたいに揺れていたんだよ。そして揺れすぎて頭がおかしくなってしまったらしく、乙女のようなことを思いついてしまった。彼女と通った思い出のあの花屋で薔薇を六十一本用意できたら、それを彼女の元に届けよう。用意できなかったら、縁がなかったものとあきらめよう。これも花占いの一つかな。そして御託宣は、見てのとおりだ」

私は天を仰ぎ、十二本の花束を額に当てる。

女店主は言葉を見つけられないようで、伏し目がちに突っ立っている。私はタバコをくわえたが、ちっともうまくないので、半分も喫わずに火を消した。

整備不良のトラックが黒煙をあげながら坂を登っていき、この寂しい山道にしては珍しく、そのあと車が三台も続いた。

「返金しますよ」

長考のすえ、店主がエプロンのポケットから千円札を取り出した。

「お気づかいなく。これは大切に使うよ」

私は花束を胸に抱く。

「やはり気持ちは伝えるのですね」

「いや、それは未練だ」

「じゃあ、カードはつけずに、玄関先にそっと置いて帰るとか」

「そういう気障はできない性分でね。私は即物的なんだな。ということで、はい」

私はつと立ちあがり、両手で花束を差し出す。きょとんとした反応が愉快だ。

「花は売るほどあるから、贈られても嬉しくない？　花屋さんは人から花を贈ってもらえないだろうから、プレゼントとしては結構意外じゃない？　ここに来るのは今日かぎりとさっき言った気がするけど、それは撤回ね。そのうちまた顔を出すから、そのとき暇だったら食事でもどうかな。お互い独り暮らしなのだから、たまには誰かと食卓を囲むのも悪くないでしょう」

あっけにとられている佐久間さんを置いて、私は車に向かう。

清少納言によると春はあけぼのだそうだが、恋もはじまりの時が一番だ。ステージに上がる時のような緊張感と高揚感がたまらない。

恋なんて、うまくいく時もあれば、うまくいかない時もある。うまくいかなかったからといって、嘆くことも涙にくれることもない。新しい恋を見つければ、はじまりの時の格別さをまた味わえる。

必ず本編をすべて読み終わってから読んでほしい解説

大矢博子

と書いたところで、先に読んじゃう人は読んじゃうんだろうから、まずは読まれても構わないように、概略から始めよう。

本書には十三の短編が収められており、どれも共通するのは恋愛が描かれているということだ。だがその描き方はすべて異なる。主人公の年齢や環境もバラバラだし、恋愛の形もいろいろ。さらにほとんど全ての物語にミステリの構造が用いられており、その趣向もさまざまなのである。つまり、あらゆる面でバラエティに富んだ恋愛ミステリ短編集と言っていい。

たとえば、十代のまっすぐな恋がモチーフの「ずっとあなたが好きでした」は、最後の一行で世界が反転する、いわゆるフィニッシング・ストロークが光る作品だ。恋が人生に力を与える様子が描かれる「黄泉路より」は〈何が起きたのか〉で引っ張るミステリ。小学生が主人公の「遠い初恋」はクラスで起きた盗難事件。翻弄される恋がテーマの「別れの刃」は断ち切るようなラストが印象的だ。愛する人をストーカーから守ろうとする「ドレスと留袖」は捻りが効いていて、騙されること請け合い。

高校生の一目惚れを描く「マドンナと王子のキューピッド」、恋人同士の日常の一コマを描きつつも終焉を予感させる「まどろみ」。「幻の女」はウィリアム・アイリッシュの本歌取り。同じく「舞姫」は森鷗外の本歌取りだが、恋人の来日以降の顚末は小説ではなく鷗外自身の出来事がベースになっている。これもまた〈最後の一撃〉が強烈。この本歌取り二作は、特に本格ミステリ色が強い。

ネットで知り合った男女の駆け引きを描く「匿名で恋をして」は、正解が明示されないリドルストーリーの味わい。コミカルな一幕ものの「女！」、還暦の男が昔の同級生と再会する「錦の袋はタイムカプセル」を経て、病院で見舞いの花が消えるという事件を描いた「散る花、咲く花」へとつながっていく。

こうしてざっくり並べただけでも、小学校の事件あり、サスペンスあり、オマージュあり、本格ミステリあり、どれとは書かないが叙述トリックあり、日常の謎あり、〈最後の一撃〉あり、ミステリ色がまったくない恋愛ものあり。小学生の初恋があれば還暦の恋もあり、ネット恋愛もあれば国際的なロマンスもあり、実に幅広い。

だが――思い出そう。書いたのは、歌野晶午だ。

バラエティに富んだ恋愛ミステリ短編集？　さまざまなロマンス？

まさか歌野晶午が、それだけのはずないじゃないか。

ということで、**次のページから先は完全に仕掛けをばらすので、くれぐれも本文読了後にお読み下さい。**未読の人はここまでですよ！

さあ、これだけ警告したのだから、遠慮せずはっきり書くとしよう。

本文をすでにお読みのあなたならご承知の通り、本書は確かに「主人公の年齢も環境もばらばら」で、まったく異なるタイプの恋愛ミステリを並べたように見えるが、実はひとりの男の小学生時代から還暦過ぎまでの恋愛遍歴を描いた大河小説である。

読者が「あれ？」と思うのは「女！」の最後の二行だろう。そしてそれに続く「錦の袋はタイムカプセル」で、それまでの十一編がすべてつながり、ひとりの男の人生だったことが種明かしされるという次第だ。主人公の名字が違うこともその中で説明されるし、途中で終わっていた「匿名で恋をして」の謎解きも「錦の袋は〜」で完結する。

作中で説明されたことはここでは繰り返さないが、他にもヒントはかなり出されていた。たとえば主人公が成人している話では、喫煙者であることか車が好きであること、あるいはその両方が全ての話に登場するというのもそのひとつ。

それ以外にも細かい繋がりが幾つもあるのだが、それを確かめるには、時系列順に再読してみるのがいちばんだ。と同時に実は大事なのが初出、つまり雑誌に発表された順番なのだが、まずは時系列で並べ直してみよう。こういう流れになる（タイトル後の数字は発表順）。

「遠い初恋」⑥　小学校五年生、小樽
両親の仲が悪いという情報あり。好きな子でも離れたら意外とあっさり忘れた。
「ずっとあなたが好きでした」②　中学三年生、神戸

地名から兵庫県だとわかる。大和という姓を名前だと思った読者も多いのでは。
「マドンナと王子のキューピッド」①　高校二年生、広島
想いを寄せる先輩とは「ずっと～」の三千穂。恋に落ちたときの描写も同じ。
「別れの刃」④　大学一年生、東京
太腿にケガをする。以降の作品に、古傷や走れないという記述が頻繁に登場。
「まどろみ」⑤　大学四年生、東京
大輔という名前が初めて登場。弟の誕生と両親の話は「マドンナ～」から継続。
「女！」⑨　大学四年生（「まどろみ」より少し後）、東京
「まどろみ」とこれを続けて読むと、世之介というあだ名の説得力たるや。
「舞姫」⑪　就職一年目、パリ
入院は「別れの刃」のケガ。フランソワーズは黒髪が「ナチュラル」との描写。
（ちなみに森鷗外の恋人は日本まで追いかけてきたが、鷗外の母に追い返された）
「匿名で恋をして」⑧　三十歳を過ぎたところ、東京
大恋愛の末の大失恋、とは黒人のフランソワーズと破談になったことを指す。
「ドレスと留袖」⑦　四十代、名古屋に単身赴任
ナガシマさんだしジャイアンツファンですね、の台詞が「匿名で～」のヒント。
「黄泉路より」③　五十代、離婚して東京？
浮気はしたが妻には気づかれることなく云々、の一例が「ドレスと留袖」。
「幻の女」　書き下ろし　五十代、熊本

娘が今では二児の母、というのは「黄泉路より」の愛奈とその恋人のこと。

「錦の袋はタイムカプセル」 書き下ろし　六十歳、小樽

すべてのネタばらし。「遠い初恋」がここに帰結する。

「散る花、咲く花」 ⑩　六十～六十一歳、小樽

いかがだろう。ここに挙げた〈伏線〉はごく一部だが、これだけでも、いかに物語が順を追って続いていたかがわかるはずだ。

そしてこの順で読み返したときに浮かび上がるのは、惚れっぽい男の一代記に他ならない。振られても懲りず、二股がばれても懲りず、刺されても懲りず、浮気に余念がなく、その時々は真剣なんだろうけど忘れるのも早く、自殺まで思いつめたのにそこでまた女に惚れるという、もうどうしようもない、けれどなんだか憎めない男の、波乱万丈ロマンス一代記なのだ。まさに好色一代男、まさに今世之介ではないか。

つまり本書は、まず独立した短編として個別の恋愛模様とミステリを堪能する楽しみが最初にあり、ラス前の短編でそれがひと続きだったことがわかってさらに大きなサプライズが来る。そして時系列で読み直すことにより、初読のときとは違った視点で長編を楽しめるという三段構えになっているのだ。なんて贅沢な！

――と、書いたものの。

ここまでなら、まだ〈普通〉じゃないか？　だって歌野晶午だもん。それだけ？

実は本書にはもうひとつ大きな企みが隠されている。それを知るために必要なのが、初出の順番と本書の並び順だ。

最も早く発表されたのは「マドンナと〜」だ。作中の神戸時代をほのめかす描写は、すでに電子雑誌「つんどく！」に発表された時点から存在していた。また、「女！」のラストシーンで十條大輔というフルネームが初めて登場し、それが読者を本書全体の仕掛けに気づかせるきっかけになっているが、この短編単独では特に必要のない演出と言っていい。いや、そもそも世之介などというあだ名をつけて大輔という本名を隠すこと自体、独立した短編なら意味はないのだ。それなのに初出の雑誌掲載時からこの形だった。いずれも、全体の仕掛けが早い段階でできていたことの証左だ（もちろん、短編によっては初出時から書き直された部分もある）。

そんな中、発表順と掲載順を変えたことによって大きく印象が変わった作品がある。最後の「散る花、咲く花」だ。本書の並び順で読んだ読者は、すでに「錦の袋は〜」で全体の仕掛けを知っている。その後に続く短編なので、高浪美由起とは樺島のことであり、彼女の夫は亡くなっていることも承知しているわけで、彼女と一緒にいて「治」と呼ばれているのは大輔だと想像するだろう。樺島の舅のために、死んだ息子のふりをしてやっているのだな、と。前の短編で大輔は樺島に告白してるんだから、樺島が寝言で治の名前を呼び、大輔に謝る場面にも何の違和感もない。

だがこの短編は、もともと「錦の袋は〜」が書かれる以前に、独立した短編として雑誌掲載されたものなのである。するとどうなるか。

読者は、主人公は入院している辰雄の息子・治であり、美由起とは夫婦であるという前提で読むだろう。それが終盤になって、実は夫婦ではなく、主人公は美由起のことが好きで手伝っていた他人だとわかる。寝言で「治」の名を呼ぶ場面も、実は死別した夫の名前だったということがわかり、その場面の持つ正確な意味が初めて理解される。かなり周到な叙述トリックなのである。

ところがそれを〈解決編〉の後に置いたことで、トリックが無効化されてしまった。え、何それ。そんなこと普通考える？　せっかくのトリックなのに！

この逆を行くのが他の短編だ。何も知らず、時系列で読めば主人公が同一人物であることはずっとわかりやすくなる。たとえば「ドレスと留袖」も、時系列で読めばこれが浮気であることに早々に見当がつくだろう。だが順序を入れ替えることで叙述トリックのサプライズが活きた。

同一人物の話だとわかったとき、そこに現れるのは、前述した通り、懲りない惚れっぽい男の一代記だ。となると、敢えてせっかくのトリックを犠牲にして「散る花〜」を最後に持ってきた理由がわかる。

もしも「散る花〜」が存在せず、「錦の袋は〜」で本書が終わっていたらどうだったか想像してみていただきたい。ものすごくイイ話を読んだ気分になるはずだ。あれこれフラフラしてきたどうしようもないダメ男だけど、最終的には初恋の近くに帰ってきたんだね、〈ずっとあなたが好きでした〉というのは樺島さんのことだったんだね、というハッピーエンドで締めくくられるのだから。

そんなヌルいハッピーエンドを、歌野晶午が書くと思うか？

そのあとに「散る花～」を置いたことで、やっぱり大輔は振られるのである。けれどそれでも、やっぱり懲りずに次を探すのである。こいつ、還暦過ぎても懲りてねえ！

そんな苦笑とおかしみで本書は幕を閉じるのだ。これは、「散る花～」の叙述トリックを生かしたままではできないことなのである。


本書の仕掛けは、バラバラに見えた短編が実はすべてつながっていた、というものだが、そこで止まっては本書の醍醐味は見えてこない。最大の企みは、読む順番を変えることにより、見えてくる物語が大きく変わるということにこそあるのだから。そのためなら、秀逸なトリックすら犠牲にするほどに。

まったく、こんなことを考えつくとは、なんて作家だ歌野晶午！

雑誌掲載時からすべて読んでいた、という読者が最も幸せだろう。ひとつの物語が幾通りにも姿を変える様を新鮮な気持ちで体験できたことは実に羨ましい。

ぜひ、時系列順に読んだあとは発表順に読み返し、その変化の様を追体験して頂きたい。本になるにあたって「幻の女」と「錦の袋は～」が新たに書き下ろされた意味もそこで見えてくるはずだ。

二度読み必至、というミステリはいくつもある。しかし本書は世にも珍しい、〈三度読み推奨〉のミステリなのである。


（書評家）

初出一覧

ずっとあなたが好きでした　別冊文藝春秋　三〇六（二〇一三年七月）号
黄泉路より　別冊文藝春秋　三〇七（二〇一三年九月）号
遠い初恋　別冊文藝春秋　三〇九（二〇一四年一月）号
別れの刃　別冊文藝春秋　三〇八（二〇一三年十一月）号
ドレスと留袖　別冊文藝春秋　三一〇（二〇一四年三月）号
マドンナと王子のキューピッド　つんどく！ vol.1（二〇一三年四月発売）
まどろみ　つんどく！ vol.2（二〇一三年十一月発売）
幻の女　書下ろし
匿名で恋をして　別冊文藝春秋　三一一（二〇一四年五月）号
舞姫　別冊文藝春秋　三一三（二〇一四年九月）号
女！　つんどく！ vol.3（二〇一四年五月発売）
錦の袋はタイムカプセル　書下ろし
散る花、咲く花　別冊文藝春秋　三一二（二〇一四年七月）号

単行本　二〇一四年十月刊　文藝春秋

本書の無断複写は著作権法上での例外を除き禁じられています。
また、私的使用以外のいかなる電子的複製行為も一切認められておりません。

文春文庫

ずっとあなたが好(す)きでした

定価はカバーに表示してあります

2017年12月10日　第1刷

著　者　歌野晶午(うたのしょうご)
発行者　飯窪成幸
発行所　株式会社 文藝春秋

東京都千代田区紀尾井町 3-23　〒102-8008
TEL 03・3265・1211(代)
文藝春秋ホームページ　http://www.bunshun.co.jp

落丁、乱丁本は、お手数ですが小社製作部宛お送り下さい。送料小社負担でお取替致します。

印刷・萩原印刷　製本・加藤製本
Printed in Japan
ISBN978-4-16-790974-1

文春文庫　最新刊

一網打尽　警視庁公安部・青山望　濱嘉之
青山望が北朝鮮とサイバーテロ、仮想通貨の闇に迫る第十弾

奴隷小説　桐野夏生
何かに囚われた状況を、炸裂する想像力と感応力で描く短編集

「ななつ星」極秘作戦　十津川警部シリーズ　西村京太郎
豪華列車「ななつ星」へ乗車、潜入捜査をする十津川警部だが

ずっとあなたが好きでした　歌野晶午
恋こそ最大のサプライズ・ミステリー!?　異色の恋愛小説集

ラ・ミッション　軍事顧問ブリュネ　佐藤賢一
幕府の軍事顧問だったフランス軍人が見た、日本の幕末とは

伶也と　椰月美智子
伶也のために全てをなげうった直子の半生。号泣必至の問題作

無銭横町　西村賢太
平成の無頼派、筆色冴えわたる六短篇に名品「一日」を新併録

血脈〈新装版〉上中下　佐藤愛子
大正から昭和へ、佐藤家を焼き尽くす因縁の炎。感動の長篇

アメリカの壁　小松左京
米国と外界との連絡が突然遮断された!?　SF界巨匠の短編集

祝言日和　酔いどれ小籐次（十七）決定版　佐伯泰英
公儀の筋から持ちかけられた相談とは？　恋実る夏に大暴れ

鬼平犯科帳　決定版（二十四）特別長篇　誘拐　池波正太郎
表題作ほか「女密偵女賊」「ふたり五郎蔵」の全三篇。最終巻

男たちへ　フツウの男をフツウでない男にするための54章〈新装版〉　塩野七生
彷徨える男性たちに喝！　本当の大人になるための指南書

「南京事件」を調査せよ　清水潔
なぜこの事件は強く否定され続けるのか。敏腕事件記者が挑む

仁義なき幕末維新　われら賊軍の子孫　菅原文太　半藤一利
異色の顔合わせによる、歴史の〝アウトロー〟をめぐる幕末史

内田樹による内田樹　内田樹
内田樹の思想をたどる上で欠かせない十一の著作を自らが解説

ニューヨークの魔法のかかり方　岡田光世
いつでもどこでも誰でも〝魔法〟にかかれる。待望の第八弾！

羽生結弦　王者のメソッド　野口美惠
挑戦心を胸に二度目の五輪へ――人間・羽生結弦を知る決定版

アンネの童話〈新装版〉　アンネ・フランク　中川李枝子訳　酒井駒子絵
アンネが遺した童話やエッセイが、小さな絵本として甦る

明治大帝〈学藝ライブラリー〉　飛鳥井雅道
東洋の小国を一等国へと導いた唯一の大帝の実像に迫る